Was heißt eigentlich Lazarus?

Lazarus, auf Deutsch: Gott hat geholfen!
Lazarus von Bethanien wurde von Jesus von den Toten auferweckt!
Der arme Lazarus kommt in einem von Jesus dargelegten,
im Lukasevangelium berichteten Gleichnis vor.
Lazarus ist der Patron der Totengräber!
Lazarus-Phänomen: Benannt nach einer scheinbaren Auferstehung.
Jesus weckt nach vier Tagen den toten Lazarus durch den Ruf

„Lazarus, komm heraus aus deinem Grab!"

wieder auf, und noch mit den Grabtüchern umwickelt verlässt Lazarus
lebendig das Grab.

In der Akte Lazarus bewirkt eine israelische Agentin
mit deutschen Wurzeln das Gegenteil.
Sie schickt die Lebenden zu den Toten.
Für immer.
Für jene gibt es am vierten Tage keine Auferstehung.

Ich stelle mir bis zum heutigen Tage die Frage, ob meine Schwester
nicht irgendwann doch für den israelischen Geheimdienst gearbeitet hat.
Das ist jetzt über fünfzig Jahre her.

Apfelking

i.J.d.H. (im Jahre des Herrn) A.D. (Anno Domini) 2019

Vorwort

Seit über zweitausend Jahren gibt es Christen, die an das glauben, was in der Bibel schriftlich festgehalten wurde. Im römischen Reich wurden Christen den Löwen zum Fraß vorgeworfen, weil sie ihrem Glauben nicht abschwören wollten. Sie starben lieber, als sich vor Gott zu verleugnen. Sie lebten in Armut und gaben dem zu essen, der nichts hatte.

Dann kam die katholische Kirche und hat das Recht für sich reklamiert, die einzig wahre Glaubensrichtung zu sein. Alle anderen waren Ungläubige. Für dieses Recht hat sie die gesamte ihr zur Verfügung stehende kriminelle Energie eingesetzt. Bis zum heutigen Tage. Wenn man die organisierte Kriminalität der heutigen Zeit mit der katholischen Kirche vergleicht, müsste jeder Staat gegen diese kirchliche Vereinigung vorgehen und sie mit sofortiger Wirkung verbieten, weil es sich auch bei ihr um organisierte Kriminalität handelt und um nichts anderes.
Nach dem deutschen Gesetz verjährt Mord niemals. Demnach müsste der deutsche Gesetzgeber die katholische Kirche unter Anklage stellen. Aber dieses heiße Eisen will keiner anfassen.
Also bleibt alles beim Alten.
Sollte es doch einmal vorgekommen sein, dass ein Kind von einem Priester „rein zufällig" sexuell missbraucht wurde, weil es ihm schöne Augen gemacht hatte, war das nichts anderes als ein Betriebsunfall, denn der Teufel hatte dabei seine Hände im Spiel. Das Kind, dessen Seele dadurch Schaden genommen hatte, ließ man im Regen stehen. Nicht selten wurde es sogar der Lüge bezichtigt und mit seinen angeblich teuflischen Wahnvorstellungen an den Pranger gestellt. Der Priester aber, der den sexuellen Missbrauch nur begangen hatte, weil der Teufel ihn verführt hatte, wurde dorthin versetzt, wo nur alte Gläubige lebten, damit er fortan keinen Schaden mehr anrichten konnte. Er verschwand aus dem Blickfeld der Presse. Auch in der Kirche sitzt man schwerwiegende Probleme aus oder kehrt sie einfach unter den Teppich, genau dorthin, wo sich schon eine große Menge von Dreck angesammelt hat.

Ich habe Respekt vor Gott und dem christlichen Glauben. Ich habe Respekt vor all den Priestern, die den Glauben wirklich leben und ihn ernst nehmen.

Ich verachte diese Kinderficker, die in Frauenkleidern angetreten sind, um kindliche Seelen zu zerstören, und die man einfach weitermachen lässt und die allerhöchste Protektion genießen.
Ich habe Angst um den Papst, der dieses Übel an der Wurzel packen will, jedoch in Rom von hochgiftigen Schlangen umlagert ist und so enden wird wie Johannes Paul der Erste.
Wann kommt eigentlich die zweite katholische kirchliche Revolution? Sie wäre längst fällig!
Sonst gibt es irgendwann keine katholischen Gläubigen mehr!

Apfelking

Die Lazarus-Akte

Die Töterin

„Ihr Kind ist tot“, sagte der Kommissar zu der Frau im Türrahmen.
„Mein Kind ist tot“, wiederholte sie. Es klang, als ob sie aus einer anderen Welt zu dem Kommissar spräche. Sie sprach monoton, als ob ihr Gehör in Watte eingepackt wäre und sie nur am Rande verstanden hätte, was er ihr gesagt hatte. Sie machte einen nicht sehr interessierten Eindruck auf den Kommissar; er konnte sich aber auch täuschen. Sie schien, als ob sie es nichts anginge, was er ihr gerade eröffnet hatte. Gleichgültig, desinteressiert? Der Kommissar konnte es nicht deuten.
„Sind Sie sicher, dass es mein Kind ist, das tot ist?“
Ihre blauen Augen wirkten kalt; den Kommissar überzog ein Frösteln. Die verbale und auch körperliche Kälte, die auf ihn zuströmte, irritierte ihn. Eine solche Eiseskälte hatte er beim Überbringen einer Todesnachricht noch nie verspürt.
„Ich bin sicher, dass es Ihr Kind ist. Sie haben uns ja ein Foto von ihrem Sohn gegeben und uns mit einer Speichelprobe weitergeholfen. Es gibt keinen Zweifel.“
Der Beamte schaute die Frau an und versuchte zu analysieren, was in ihrem Kopf vorgehen mochte. Versuchte sie die Tatsache zu verdrängen, dass ausgerechnet ihr Kind einem Mord zum Opfer gefallen war? Warum ihr Kind, nicht das einer anderen Frau? Hat mein Kind in der Stunde seines Todes an mich gedacht, hat es meinen Namen gerufen, hat es vor Angst oder vor Schmerz geschrien?
Versuchte sie sich vorzustellen, was man ihrem Kind angetan hatte? Wie würde sie jetzt, in diesem Moment, reagieren, wenn sie mit dem Mörder ihres Sohnes konfrontiert würde? Könnte sie ihn anschauen, mit ihm reden, ihm Vergebung erteilen, weil er ein krankes Schwein ist?
Wäre diese Frau, die um Worte rang, auch in der Lage, den Mann zu töten, der ihren Sohn auf dem Gewissen hatte?
Vor allen Dingen beschäftigte ihn die Frage, wie sie den Mann töten würde, wenn sie dazu in der Lage wäre. Hätte sie den Mut, ihn zu erschießen, zu erstechen oder gar zu enthaupten, wenn sie das notwendige Werkzeug in den Händen hielte?
Würde sie dem Täter den Schwanz abschneiden, wenn ihr mitgeteilt würde, dass ihr Kind sexuell attackiert wurde?

Welche Worte würde die Frau, die ihn mit eiskalten Augen anstarrte, dem Mörder ihres Sohnes ins Gesicht schleudern?
Was wäre, wenn der Mann, der ihren Sohn gemeuchelt hatte, sie um Gnade anwinselte?
Würde sie seinem Flehen nachgeben oder konsequent durchziehen, was sie sich in den Kopf gesetzt hatte?
Diese Fragen gingen dem Kommissar jedes Mal durch den Kopf, wenn er die Nachricht überbringen musste, dass ein Angehöriger einem Verbrechen zum Opfer gefallen war.
Das schlimmste für jeden Polizisten war jedoch die Mitteilung, dass es ein Kind war. Alle Kollegen seiner Abteilung drückten sich davor. Ihm, Kommissar Krähe, machte es nichts aus, die niederschmetternde Nachricht zu überbringen.
Nein, er war nicht gefühlskalt, nur abgestumpft. Genau, abgestumpft, das war das richtige Wort. Im Laufe der Zeit als Polizeibeamter in der Abteilung „Kinderhandel“ war er das. Was er und seine Kollegen jeden Tag auf dem Bildschirm sahen, was mit Kindern gemacht wurde, damit perverse Lüste befriedigt wurden, hatte ihn hart werden lassen. Ihn erschütterte nichts mehr, aber manchmal wurde auch er von dem Reiz in seinem Hals bedroht, der ihn nötigte, alles auszukotzen, was er gesehen hatte, damit seine Seele Ruhe zum Erholen hatte.

Krähe war nicht verheiratet und hatte keine Freundin. Seine Kollegen schätzte er in den gemeinsamen Arbeitsstunden im Polizeipräsidium in Frankfurt am Main und diese ihn ebenso. War die Arbeit beendet, fuhr er nach Hause in den Taunus, um sich auf andere Gedanken zu bringen. Dort, in Kelkheim, ging er seinem Hobby nach. Joggen in den Wäldern des Taunus, das war, was er liebte. Abends ging er in die Vereinskneipe seines Fußballvereins und trank gerne ein Glas Rotwein. Als er jünger war, spielte er aktiv beim FC-Kelkheim, aber das war schon Jahre her.

Krähe war groß, einen Meter neunzig, und ob seiner Statur nicht zu übersehen. Er hatte dunkelbraunes Haar, blaue Augen, einen federnden Gang und ein Grübchen im Kinn, was Frauenherzen höher schlagen ließ. Seine schmalen Lippen zeugten von dem lonesome wolf, dem einsamen Wolf, der auf viele Frauen unwiderstehlich wirkt.

Ab und zu wurde er auf Klassentreffen angesprochen, warum er im Gegensatz zu seinen Mitschülern noch nicht verheiratet sei. Seine Antwort war stets die gleiche: „Ich warte solange, bis die richtige Frau kommt. Wenn die vor mir steht, heirate ich sie sofort und will Kinder haben. Bisher ist aber noch nicht die Richtige aufgetaucht. Ich brauche keine Plunze, die pausenlos in ihr Handy quatscht oder Weltrekorde beim Extremshopping aufstellt. Kann ich nicht ertragen."
Und dann fügte er mit einem provozierenden Lächeln hinzu: "Vielleicht bin ich ja auch schwul und weiß es nicht."

Krähe wohnte in einer Altbauvilla im schönen Kelkheim. Sein Großvater hatte das Haus in den dreißiger Jahren des letzten Jahrhunderts gekauft. Als er starb, erbte es Krähes Vater nebst einem großen Grundstück, auf das man weitere Häuser hätte bauen können. Krähes Großvater und sein Vater waren Bankiers, zwar keine Privatbankiers, aber immerhin Bankangestellte eines großen internationalen Instituts. Seine Eltern kamen bei einem Flugzeugabsturz in Amerika mit zweihundert weiteren Passagieren ums Leben. Als er die Nachricht erhielt, dachte er, dass er den Verlust seiner Eltern nicht überleben würde. Er stellte sich vor, wie es an Bord der Maschine während des Absturzes zugegangen war und wie die Passagiere in Panik geraten waren. Bei dem Gedanken daran lief ihm jedes Mal eine Gänsehaut über den Rücken.
Als der Notar das Testament verlas, waren er und seine Schwester zu gleichen Teilen als Erben des großen Hauses eingetragen. Während seine Schwester eine Familie mit Mann und drei Kindern gründete, blieb er Junggeselle. Er wollte die Last seines Berufes nicht abends zu Hause bei einer Frau abladen, die kein Interesse an seinem Beruf zeigte. Wenn er den Wunsch verspürte, mit Kindern zusammen herumzutollen, ging er mit seinem ältesten Neffen zum Fußballplatz. Florian, so hieß er, war ein sehr guter Fußballer und spielte schon in der Jugendmannschaft von Eintracht Frankfurt. Der Trainer hatte Krähe einmal erzählt, dass sein Neffe eine große Zukunft als Profifußballer habe. Krähe nahm die Worte zu Kenntnis, sagte nichts, nickte nur.
Krähe wohnte in der unteren Etage der Altbauvilla, was ihn manchmal ärgerte, wenn ihm darüber die Sprösslinge seiner Schwester auf dem Kopf herumtanzten. Aber, so sagte er sich,

lieber die eigene „bucklige Verwandtschaft“ als sich mit Fremden im eigenen Haus auseinanderzusetzen.
Gleichzeitig genoss er die Abende im Kreise seiner quirligen Neffen bei der vorzüglichen Küche seiner Schwester. Und das Glas Rotwein danach im Sessel seiner großen Bibliothek. Krähe war durch den Tod seiner Eltern nicht nur reich geworden, sondern auf einmal sehr vermögend, so wie auch seine Schwester. Sie waren finanziell unabhängig.
Einige Zeit überlegte er sich, nachdem ihm das Geld aus der Erbschaft seiner Eltern auf das Konto überwiesen worden war, ob er den Polizeidienst an den Nagel hängen solle oder den Beruf weiterhin ausüben wollte. Schließlich entschied er sich für das berufliche Weitermachen. Was hätte er auch anderes machen sollen?
Im Polizeipräsidium wurde er in die Abteilung „Besondere Dienste“ versetzt. Diese übernahm Aufgaben, wenn andere Bereiche des Hauses überlastet oder unterbesetzt waren, und beschäftigte sich mit Mord, Terrorabwehr und alten Fällen, die noch nicht aufgeklärt waren. Kurzum, ein Mix aus allem. Krähe leitete die Abteilung, und die Kollegen griffen gerne auf seinen geschätzten Rat zurück.

„Es tut mir leid, dass ich Ihnen diese Nachricht überbringen muss“, sagte Krähe und schaute die Frau betroffen an, die immer noch reglos ihm gegenüberstand.
Sie hob den Kopf in Zeitlupe und blickte den Kommissar aus kalten Augen an.
„Ich glaube nicht, dass es Ihnen leidtut, mir diese beschissene Nachricht zu überbringen und zu sagen, dass mein Sohn tot ist. Sie ticken doch nicht richtig“, sagte sie ruhig, fast flüsternd, und schaute den Kommissar durchdringend an. Krähe kam es vor, als ob vor ihm ein Löwe stehe, der sich überlegte, ob er angreifen oder den Angriff bleiben lassen sollte.
„Wie kann es Ihnen leidtun? Sie kennen meinen Sohn doch gar nicht. Ihr Mitgefühl können Sie sich sparen“.
Der Kommissar war irritiert.
„Glauben Sie etwa, dass ich mir einen Spaß erlaube, an Ihrer Tür zu klingeln und Ihnen das mitzuteilen? Glauben Sie das wirklich? Ich habe anderes zu tun, als mir solche grausamen Scherze auszudenken, das kann ich Ihnen versichern. Aber ich bin auch aus einem weiteren Grund hier: Ich möchte Sie in die Pathologie

begleiten, damit Sie Ihren Sohn identifizieren. Der Gesetzgeber schreibt das leider vor. Ich kann es Ihnen nicht ersparen. Wenn Sie kotzen müssen, dann können Sie das auch dort, wenn Sie die Leiche sehen.“
Krähe hatte wütend seine Stimme erhoben.
„Ich scheiße auf den Gesetzgeber und das, was er mir vorschreibt. Ich allein entscheide, ob und wann ich meinen Sohn sehen will, und ob es das letzte Mal ist, dass ich ihn im Arm halten kann“, entgegnete sie.
Der Kommissar legte die Stirn in Falten und schüttelte unmerklich den Kopf. Er hatte schon einige Todesnachrichten überbracht. Nicht nur Frauen, auch Männer waren zusammengebrochen, hatten Weinkrämpfe bekommen und sich ihr Leid aus dem Leibe geschrien, aber diese Mutter war bisher die Härte. Wenn ihm früher jemand gesagt hätte, dass eine Frau angesichts einer solchen Botschaft in Schockstarre verfalle oder überhaupt nicht realisiere, was vorgefallen war, hätte er glatt abgelehnt, es zu glauben. Hatte diese Frau überhaupt Emotionen?
Vielleicht nur für ihren Sohn?
Hatte sie ihre sämtlichen Gefühle auf ihren Sohn fixiert, ihm die Mutterliebe gegeben, unter deren Mangel andere litten?
„Können wir losfahren?“, fragte der Kommissar mit Nachdruck.
Die Frau sagte nichts. Sie blieb einfach stumm.
Er musterte sie. Für eine Frau war sie ungewöhnlich groß. Er schätzte sie auf einen Meter achtzig. Sie hatte schwarze Haare, die ihr auf die Schultern fielen, ein schönes Gesicht, volle Lippen und dann diese Augen. Wenn sie wütend würde, geriete sie garantiert außer Kontrolle. Augen, die einen dann anstarren würden, und Blicke, die töten könnten! Wenn diese Konstellation in Effizienz umgesetzt würde, wäre es besser, ihr aus dem Weg zu gehen. Krähe hegte den Verdacht, dass sie eine düstere Vergangenheit hatte und brandgefährlich sein konnte. Sich mit ihr verbal oder körperlich anzulegen, schien ihm nicht ratsam zu sein.
Er atmete tief ein.
„Was ist, wenn wir in die Pathologie fahren und ich feststelle, dass es nicht mein Kind ist? Was machen wir dann? Diese Frage interessiert mich, Herr Kommissar. Stellen Sie sich vor, wir beide fahren zusammen dorthin, und dann ist es gar nicht mein Kind. Wäre das nicht toll? Man hat sich geirrt. Entschuldigung, dass wir Sie hierher bemüht haben. Aber das ist doch eine gute Nachricht,

dass Sie das Kind, das da liegt, nicht als das Ihrige identifiziert haben. Vielen Dank, Sie können wieder nach Hause gehen.
Das wäre doch etwas, ein Irrtum vom Amt, Herr Kommissar. Wäre das nicht schön?“
„Frau Ursula Büttner, mit so etwas beschäftige ich mich nicht. Hier geht es allein um Fakten. Und Fakt ist, dass in der Pathologie Ihr Sohn liegt. Wir haben einen DNA-Vergleich mit der Speichelprobe vorgenommen, die wir von Ihnen angefordert hatten, und es ist eindeutig Ihr Sohn, der Opfer eines Verbrechens wurde. Er ist gestern Morgen im Frankfurter Stadtwald gefunden worden. Ein Spaziergänger hat den toten Körper entdeckt, besser gesagt, sein Hund. Er lag unter Tannenzweigen versteckt. Wäre der Mann mit seinem Hund dort nicht vorbeigekommen, hätte es vermutlich noch lange gedauert, bis er entdeckt worden wäre. Seit vier Wochen ist er als vermisst gemeldet, und nun wurde er gefunden. Sie haben jetzt die Gewissheit, dass er wieder zu Ihnen zurückgekehrt ist. Sie brauchen nicht mehr zu zittern und zu bangen, was mit ihm ist. Er ist zurück, verstehen Sie das?“, fragte der Kommissar. „Sie wissen, wo Sie ihn in Zukunft besuchen können. In anderen Fällen geht das nicht, weil das Kind niemals gefunden wurde. Ich würde gerne solange mit Ihnen streiten, bis Ihr Sohn wieder lebendig wird, aber es geht leider nicht.“
Die Frau nickte nur leicht. Das war bisher ihre einzige körperliche Reaktion.
„Wir können gehen.“ Aus ihrer Stimme klang Eiseskälte.
„Kommen Sie, wir fahren in meinem Wagen. Ich bringe Sie später auch wieder nach Hause“, sagte er Kommissar.

Die Fahrt zur Pathologie verlief nahezu schweigsam. Krähe konzentrierte sich auf den immer dichter werdenden Straßenverkehr in Frankfurt, und Frau Büttner auf dem Beifahrersitz starrte stur aus dem heruntergelassenen Fenster.
Kurz bevor der Kommissar in die Kennedy-Allee einbog, drehte sie sich zu ihm und fragte plötzlich: „Was haben sie mit meinem Jungen gemacht, diese Schweine? Sagen Sie es mir. Ich will es wissen. Ich will alles wissen, was mit ihm passiert ist. Haben Sie verstanden, was ich will?“
Krähe suchte nach den richtigen Worten.
„Er wurde vergewaltigt. Nicht nur einmal. Jetzt wissen Sie es. Sie wollten doch, dass ich die Wahrheit sage. Das war Ihr Wunsch, richtig?“

Die Frau neben ihm öffnete den Mund und atmete tief ein.
„Wer macht so etwas? Einen kleinen Jungen vergewaltigen! Wer ist so krank? Können diese Scheißkerle nicht in das Bahnhofsviertel gehen und sich dort einen runterholen lassen? Warum ein Kind? Warum mein Kind? Sagen Sie es mir!“
Krähe überlegte, wie er sie beruhigen könnte. Plötzlich hatte er die Befürchtung, dass sie ausrasten und auf ihn einprügeln könnte. Oder ihm in das Lenkrad greifen würde, um ihn in ihren Selbstmord mitzureißen.
„Wir sollten jetzt erst einmal zur Identifizierung fahren. Und hören uns an, was der Pathologe sagt. Dann unterhalten wir beide uns in Ruhe. Etwas anderes können wir beide im Moment eh nicht ausrichten. Wir sind sowieso gleich angekommen. Dann wird sich einiges klären … hören Sie mir überhaupt zu?“
Sie schwieg, als ob sie nur dem Rauschen des Fahrtwindes gelauscht hätte.
Resigniert parkte Krähe vor dem Pathologischen Institut der Frankfurter Johann Wolfgang Goethe-Universität an der Kennedy-Allee.

Schon beim Betreten des Institutes nahmen die Besucher den Leichengeruch wahr. Er bedeutet Tod und ist im Geruchssinn des Menschen abgespeichert. Dieses noch nicht verschüttete Relikt aus der Urzeit versetzt den Menschen in sofortige Alarmbereitschaft und kann sogar Angst auslösen.
Ein Schwarm Mücken, der am Eingang des Gebäudes lauerte und nur darauf wartete, im Mund oder in der Wunde eines Toten seine Eier abzulegen, um dem Nachwuchs Nahrung zu bieten, war enttäuscht, dass diesmal zwei Lebende das Haus betraten. Frustriert flogen sie von dannen und begaben sich auf erneute Suche.
„Dürfen wir eintreten, Herr Professor Milic?“, fragte Krähe den Pathologen höflich, der mit seinem Assistenten vor einem Seziertisch stand.
„Nur mal rein in die gute Stube, Herr Kommissar. Wir machen gerade eine kleine Pause. Heute ist der Teufel los. Man hat uns vier Leichen angeliefert, bei denen die Todesursache unklar ist. Jeder erwartet von uns schnellstmögliche Auskunft, wie sie ums Leben gekommen sind. Wenn das so weitergeht, liege auch ich bald hier auf dem Tisch.“ Der Professor brach in schallendes Gelächter aus. „Auch wenn der mir für ein Nickerchen zu kalt ist.“

Der Professor begrüßte die beiden mit einem kräftigen Handschlag.
„Darf ich fragen, wer die Dame in Ihrer Begleitung ist, Herr Kommissar? Eine neue Kollegin, die zum ersten Mal mit der Realität konfrontiert wird? Habe ich richtig geraten, oder täusche ich mich, und die Dame an Ihrer Seite ist Zeitungsredakteurin?"
Er schaute Ursula Büttner mit einem charmanten Lächeln an.
„Sie täuschen sich, Herr Professor. Die Dame ist die Mutter von dem kleinen Julian, den Sie vor kurzem obduziert haben. Das ist der zehnjährige Junge der … Sie wissen schon ..."
Krähe hielt abrupt inne, als er sah, wie seine Begleiterin den Pathologen mit stahlhartem Blick durchbohrte.
„Darf ich das Kind sehen, damit ich sicher sein kann, dass es mein Sohn ist?", fragte sie den bärtigen Mann in weißem Kittel mit zerzaustem Haar, der seine Verblüffung kaum verhehlen konnte. Ihre Stimme klang fremdgesteuert.
„Ja. Kommen Sie bitte mit, wir gehen zu den Kühlfächern. Ich möchte Sie aber darauf aufmerksam machen, dass der Anblick des Jungen bei Ihnen als Mutter Depressionen und andere psychischen Schäden auslösen kann. Deshalb weise ich Sie auf die Folgen des Anblicks hin und muss Sie leider nochmals fragen: Möchten Sie die Leiche Ihres Sohnes wirklich sehen, oder wollen Sie ihn so in Erinnerung halten, wie Sie ihn zu Lebzeiten kannten?"
„Ich will keine Diskussion vom Zaun brechen, ob etwas gut oder schlecht für mich ist. Ich weiß, was ich mir antue. Ich habe keine Angst vor der Leiche meines Sohnes; ich habe vor nichts Angst. Selbst vor dem Teufel nicht. Wenn es sein muss, ziehe ich ihn an seinem langen Schwanz aus der Hölle und schneide ihm beide Schwänze ab."
Sie sagte es völlig emotionslos. Der Pathologe hob die linke Augenbraue und erwiderte nur: „Dann folgen Sie mir bitte."
Der Professor und Ursula Büttner gingen drei Schritte vor Kommissar Krähe. Er blieb aus Sicherheitsgründen hinter ihr.
Spielt sie nur die starke Frau? Das gelingt ihr gut. Aber vielleicht ist sie schwach und ängstlich wie ein Kaninchen vor einer Schlange, das nicht weiß, was es tun soll, weil es noch keine Schlange zu Gesicht bekommen hat. Ich bin gespannt, ob sie noch andere Emotionen zeigen wird.
In der Kühlkammer schaute der Pathologe auf einen Zettel, den ihm sein Assistent in die Hand gedrückt hatte, bevor die drei

Personen losmarschiert waren. Die Kühlfachnummer war darauf notiert, wo Julian Büttner vorübergehend seine vorletzte Ruhestätte gefunden hatte, bis man wusste, was ihm widerfahren war.
„Sind Sie bereit?“, fragte er sicherheitshalber.
„Machen Sie schon“, entgegnete Ursula Büttner ungeduldig. „Ich bin hier nicht zum Vergnügen.“ Die Kälte ihrer Stimme untermauerte ihre Entschiedenheit.
Langsam öffnete der Pathologe Kühlfach Nummer dreizehn und zog die Trage hervor. Der Körper war mit einem weißen Leinentuch bedeckt, so dass man nicht erkennen konnte, welchem Geschlecht er zuzuordnen war. Der Professor beugte sich hinunter und zog das Tuch zurück. Langsam, Stück für Stück kam der Körper eines kleinen Jungen zum Vorschein. Der Pathologe enthüllte jedoch nur Kopf und Schultern, so dass die Betrachterin nicht sehen konnte, dass der Körper aus medizinisch-juristischen Gründen geöffnet worden war, wie es das Gesetz vorschrieb. Der Professor wollte verhindern, dass die Mutter einen Schock erlitt.
„Ist das Ihr Sohn?“
Sie starrte auf die Leiche.
Minutenlang.
Sie sagte nichts.
Keine Träne rann über ihr Gesicht.
„Ich wiederhole meine Frage: Ist das Ihr Sohn? Können Sie ihn als Ihr Kind identifizieren? Wenn Sie sicher sind, können wir den Vorgang abschließen. Wenn nicht, ja dann, na ja …, “ sagte der Professor kühl. Der Tod und seine formaljuristischen Angelegenheiten waren ihm bekannt. Für ihn war der Umgang mit Leichen alltägliche Routine, die es abzuwickeln galt. Letztendlich lag es an ihm zu bestimmen, wie jemand zu Tode gekommen war, ob mit Gewalt oder durch einen dummen Zufall.
Die Frau ihm gegenüber strahlte eine Kälte aus, wie er sie niemals vorher bei einer Leichenbeschauerin verspürt hatte. Der bärtige Leichenaufschneider betrachtete sie über den Rand seiner Brille. In seiner Pathologie hatten sich schon die heftigsten Ausbrüche abgespielt: Schreiende Witwen, wimmernde erwachsene Kinder der Toten, Mütter, die sich die Haar ausrissen, und Mannskerle, die zusammenbrachen, nachdem sie die Tote als ihre Freundin identifiziert hatten. Diese Frau aber zeigte keinerlei Reaktion.

Null.
So etwas hatte er in seiner langjährigen Praxis noch nicht erlebt. Entweder hatte sie sich so unter Kontrolle, dass sie sich nur gehenließ, wenn sie allein war, oder sie war gefühlskalt. Professor Milic blickte ihr in die Augen. Sie waren eiskalt.
Kein Funken Mitgefühl.
Null.
Er versuchte sich vorzustellen, wie sie ihrem Mann die berühmten drei Worte sagt: „Ich liebe dich.“
Aus dem Mund dieser Frau? Es gelang ihm nicht.
Der Professor überlegte sich, wie viele Männer, wie sie im Bett wäre.
Ein Vulkan?
Ausgeschlossen, eher ein Kühlschrank. Der arme Ehemann, der ihr das Kind gezeugt hat, hat sie bestimmt stundenlang vor einen wohltemperierten Kamin zum Auftauen gelegt, um empfängnisbereit zu werden. Wo ist eigentlich ihr Ehemann? Die Frage werde ich ihr noch stellen.
„Ja, das ist mein geliebter Sohn“, sagte die Frau plötzlich. „Das WAR mein Sohn. Wie ist er zu Tode gekommen?“
„Wollen Sie das wirklich wissen?“ Dass es sie überhaupt interessierte, wie ihr Sohn ums Leben gekommen war, verwunderte den Professor.
„Ja, natürlich. Wenn Sie mir die Umstände seines Todes erläutert haben, werde ich meine ganz persönlichen Rückschlüsse daraus ziehen und die Person oder Personen zur Rechenschaft ziehen. Also, wie ist er gestorben?“
Der Professor sah die Fragestellerin verdutzt an. Dann begann er, der täglich mit dem Tod zu tun hatte und die übelsten Todesursachen feststellen musste, zu frösteln.
„Ich frage Sie noch einmal: Wollen Sie wirklich die Umstände seines Todes hören? Haben Sie keine Bedenken, dass Sie eine nachhaltige psychische Störung erleiden könnten?“
„Lassen Sie den Quatsch, das können Sie Leuten erzählen, die noch nie mit dem Tod Bekanntschaft gemacht haben. Sagen Sie mir jetzt, wie mein Junge zu Tode gekommen ist.“
Der bärtige Professor kratzte sich am Hinterkopf: „Ihr Ton gefällt mir nicht, und Ihre ganze Art irritiert mich. Entweder sind Sie dermaßen kontrolliert, dass Sie überzeugend die Unbeugsame spielen können, oder Sie haben wirklich keinen Funken Gefühl. Sie sind eine merkwürdige Person.“ Der Professor machte eine

Pause und holte tief Luft: „Also gut. Ihr Kind wurde von einer Kirchgängerin in der Kirche von Klein-Kreickheim entdeckt."
Nach einer weiteren Pause fuhr er mit seinem Bericht fort.

Die Kirchgängerin wollte an diesem Morgen für das Seelenheil ihres verstorbenen Gatten beten. Im ersten Moment fiel ihr nicht auf, dass sich das große Kreuz hinter dem Altar verändert hatte. Normalerweise hing dort die Porzellanfigur von Jesus. Als sie sich bekreuzigt hatte und beim Gebet auf das Kreuz blickte, stellte sie zu ihrem Entsetzen fest, dass dort nicht der vertraute Jesus hing, sondern ein nahezu nacktes Kind.
Nur seine Scham war, wie bei Jesus, mit einem Tuch verhüllt. Die Gläubige konnte nicht fassen, was sie sah. Sie trat näher, um sicher zu gehen, dass sie nicht einer Sinnestäuschung zum Opfer gefallen war. Nein! Vor Schrecken schlug sie die Hand vor den Mund und schrie auf. Der Küster, der in der Sakristei eine Trauermesse vorbereitete, hörte den gellenden Schrei und eilte ins Kirchenschiff. Dort sah er eine ältere, völlig aufgelöste Frau, die aus dem Gotteshaus rannte. Er lief ihr hinterher. Auf dem Kirchenvorplatz hatte er sie endlich eingeholt und bat sie, doch stehen zu bleiben und ihm zu erklären, warum sie so geschrien hatte. Die Frau zeigte mit zitternden Händen auf den Innenraum des Gebäudes und schluchzte, dass am Kreuz eine Knabenleiche hinge.
Der Küster schüttelte den Kopf und sagte im Brustton der Überzeugung, dass das nicht sein könne, dort hänge einzig und allein der Erlöser. Er versuchte die Besucherin zu beschwichtigen, dass sie ihre Brille vergessen und unscharf gesehen habe.
„Ich irre mich nicht! Dort hängt ein Kind. Ich setze da keinen Fuß mehr rein. Die Polizei muss sofort kommen und sich darum kümmern", entgegnete die ganz in Schwarz gekleidete Frau dezidiert, die sich in ihrer Ehre gekränkt fühlte.
„Sie täuschen sich bestimmt, Ihre Wahrnehmung spielt Ihnen einen Streich. Das kann gar nicht sein. Wenn Sie nicht mitkommen wollen, gehe ich alleine in die Kirche, um mich zu überzeugen." Aus seiner Stimme klang Verärgerung. Er verschwand im Eingangsportal und ging zum Altar. Nur noch wenige Meter vom Kreuz entfernt erkannte er, dass dort nicht mehr Jesus hing, sondern ein Körper mit wächsern schimmernder Haut. Der Mann sperrte den Mund auf und schaute ungläubig auf

das Bild, das sich ihm bot. Dann sank er auf die Knie und bekreuzigte sich.
Ja, die alte Frau hat recht, aber wie kommt der Junge an das Kreuz?
Und das Kreuz … irgendwie anders als sonst.
Was ist da passiert?
Was macht der Junge an dem Ort, wo Jesus zu hängen hat?
Wer hat so etwas gemacht?
Das ist eine Beleidigung unseres Herrn Jesus Christus.
Wer das verbrochen hat, soll in der Hölle schmoren. Für alle Ewigkeiten!
Ich muss sofort Pfarrer Peter informieren.
Welche Schande! Welche Gotteslästerung! Ein Kind am Kreuz! Nicht zu fassen.
Um Himmelswillen, das arme Kind!
Der Küster bekreuzigte sich wiederholt. Dann rannte er zum Pfarrhaus und klingelte Sturm. Um seinem Anliegen noch mehr Dringlichkeit zu verleihen, klopfte er kräftig an die Tür und rief: „Herr Pfarrer machen Sie auf! Es ist grauenhaft! Ich muss es Ihnen zeigen."
Der Küster polterte erneut an die Tür, als sie geöffnet wurde.
„Herr Greiner, was ist denn um diese Uhrzeit schon los? Was ist passiert?", fragte der Pfarrer neugierig.
„Kommen Sie bitte mit; das müssen Sie sehen. Das habe ich mein Lebtag nicht gesehen. Kommen Sie sofort! Am Kreuz hängt die Leiche eines Jungen." Der Küster deutete mit dem Zeigefinger auf die Kirche.
„Ich höre wohl nicht richtig, Herr Greiner. Da hängt wie immer unser Jesus - sein Name sei geheiligt -, aber nicht die Leiche eines Jungen."
„Nein, Herr Pfarrer, ich habe es mit eigenen Augen gesehen. Glauben Sie mir! Und wenn Sie sich das angesehen haben, rufen wir gleich die Polizei an. Kommen Sie", drängte der Küster. Seine Nerven flatterten. Ungeduldig drehte er sich um und lief zur Kirche. Der Pfarrer trottete widerwillig hinter seinem Küster her.
„Hier, Herr Pfarrer, schauen Sie auf das Kreuz! Dort hängt der Arme, und dazu noch nackt. Unten nur mit einem Tüchlein notdürftig verhüllt, genau wie unser Herr Jesus Christus."
Der Pfarrer schaute hoch und wurde kreidebleich. Dann bekreuzigte auch er sich: „Um Gottes Willen, Sie haben recht, Herr Greiner. Wir müssen sofort die Polizei benachrichtigen."

Er schüttelte den Kopf, als ob er verdrängen wolle, was er sah. „Das ist ja furchtbar. Welcher Teufel tut so etwas? Und warum ausgerechnet in meiner Kirche? Das ist so entsetzlich, dass ich gar nicht glauben kann, dass es wahr ist.“
Der fassungslose Pfarrer stützte sich schwer atmend auf den neben ihm stehenden Diener der katholischen Kirche.
„Wir müssen sofort die Polizei anrufen, damit die sich darum kümmern kann. Wir können hier nichts mehr tun, als für das Seelenheil des Jungen zu beten“, sagte dieser
Beide verließen die Kirche, und der Kirchendiener schloss die schwere Kirchentür ab. Im Pfarrhaus rief Pfarrer Peter die Polizei an. Als er dem Beamten erklärte, dass am Kreuz seiner Kirche ein Junge statt Jesus hinge, bat ihn der Polizeibeamte, das noch einmal zu wiederholen, weil er sich nicht sicher sei, ob er ihn richtig verstanden habe.
Nachdem der Pfarrer aufgelegt hatte, genehmigten sich beide einen Cognac. Ihre Nerven lagen blank. Während sie auf das Eintreffen der Polizei warteten, kredenzten sie sich noch zwei weitere Gläschen. Ihr Gespräch drehte sich ausschließlich um das Horrorszenario in der Kirche.
Die Polizei traf mit einiger zeitlicher Verzögerung ein und nahm die Ermittlung auf.

„Herr Krähe“, fuhr der Pathologe fort, „der Sie hierher gefahren hatte, hat den Fall übernommen. Der Junge wurde zu mir gebracht. Zu meiner Verwunderung stellte ich fest, dass in seinem kleinen Körper kein Tropfen Blut mehr war. Er war leer. Das Kind wurde geschächtet, und zwar fachmännisch. Wer das vornimmt, ist entweder Metzger oder Arzt. Diese Berufsstände kennen sich damit aus. Bei weiteren Untersuchungen fand ich in seiner Lunge Spuren von Cannabis, also die Inhaltsstoffe eines Rauschmittels. Soll ich weiter berichten? Jetzt wird es nicht mehr schön. Entschuldigen Sie, es war auch nicht schön, was Sie bisher gehört haben.“
„Machen Sie weiter“, sagte die Leichenbeschauerin und sah ihn mit immer kälteren Augen an.
„Tja, ich weiß gar nicht, wie ich Ihnen das sagen soll. Ihr Sohn wurde vergewaltigt. Wie das geht, möchte ich im Weiteren nicht darlegen. Es muss über einen längeren Zeitraum passiert sein. Da wir in seiner Lunge Cannabis gefunden haben, bin ich zu der Überzeugung gekommen, dass ihm dieses Zeug verabreicht

wurde, um Schmerzen zu lindern. Welcher Art brauche ich nicht zu erklären. In seinem Darm haben wir DNA-Spuren von unterschiedlichen Spermien gefunden. Mit anderen Worten, das Kind wurde von verschiedenen Männern sexuell missbraucht. Leider kann ich Ihnen nichts anderes sagen als die medizinische Wahrheit.
Wir mir Herr Krähe mitgeteilt hatte, ist Ihr Junge vor einem Monat auf dem Heimweg von der Schule verschwunden und nicht mehr aufgetaucht. Jetzt haben Sie die Gewissheit, dass er tot ist. So unglaublich das auch klingen mag, aber Ihre Ungewissheit hat ein Ende. Normalerweise ist die Aufklärung der Angehörigen Herrn Krähes Aufgabe, aber er hat mich gebeten, es zu übernehmen. Er meint, dass ich einfühlsamer bin als er.
Ja, mehr gibt es nicht zu sagen. Sie wissen jetzt alles. Eine Frage noch: Weiß der Vater Ihres Sohnes, was passiert ist?“
„Mein Sohn wird es ihm erzählen, wenn er ihn trifft“, sagte Frau Büttner.
Verständnislos sah der Pathologe die Frau an und runzelte die Stirn: „Wie soll ich das verstehen?“
„Mein Mann ist tot. Er war Bundeswehroffizier und ist in Afghanistan nach einem Gefecht mit Rebellen von einem Amokläufer erschossen worden. Ich bin der Rest der Familie. Schade, dass alles so gekommen ist.“
„Können wir wieder zurückgehen? Mir ist kalt. Die Kühlkammer und Ihre persönliche Kälte jagen mir mittlerweile Schauer über den Rücken“, sagte der Professor zu der Mutter des toten Jungen.
Die drei gingen zurück in sein Büro, und Ursula Büttner unterschrieb die notwendigen Papiere, um den Vorgang vorschriftsgemäß abzuschließen.
„Noch etwas“, platzte Kommissar Krähe in die Stille. „Sie haben vorhin gesagt, dass Sie die Mörder Ihres Kindes persönlich zur Rechenschaft ziehen werden. Wie darf ich das verstehen? Wollen Sie Selbstjustiz üben und sie auf dieselbe Weise töten, wie sie das mit Ihrem Jungen getan haben?“
„Genau“, antwortete sie knapp. „Ich werde sie töten. Da unterschiedliche Spermaspuren in ihm gefunden wurden, waren mehrere an seinem Tod beteiligt. Sie werden alle dafür büßen. Alle!“, wiederholte sie drohend.
„Frau Büttner, Sie wissen doch, dass wir nicht im Wilden Westen leben, wo jeder schalten und walten konnte, wie es ihm gefiel. Wir

haben Gesetze, an die wir uns zu halten haben. Das gilt auch für Sie. Ich betone: Auch für Sie", hielt der Professor ihr entgegen.
„Ihre Gesetze interessieren mich nicht. Ich habe meine eigenen. Wenn Sie sich als Beamter daran halten, ist das Ihr Ding, aber nicht meins. Wie gesagt, ich werde die Mörder meines Kindes finden und hinrichten. Ich habe kein Mitleid mit ihnen und werde ihnen auch nicht verzeihen. Ich werde sie zur Rechenschaft ziehen. Und ganz unter uns: In deren Haut möchte ich nicht stecken."
Kommissar Krähe presste die Lippen aufeinander.
„Frau Büttner, ich weiß, dass Sie aus Israel kommen und dort in der Armee Offizier waren. Weiterhin ist mir bekannt, dass Sie eine Spezialausbildung absolviert haben. Wie die im Einzelnen ausgesehen hat, durfte ich nicht erfahren. Wenn Sie aber nun in Deutschland leben, gelten die Gesetze unseres Landes auch für Sie."
„Hören Sie auf, Herr Kommissar! Meine Vorfahren mütterlicherseits sind vor siebzig Jahren nach Paragraph sowieso und Vorschrift XY abgeholt und getötet worden. Ich garantiere Ihnen, wenn es irgendwann wieder so weit sein sollte, werden meine Landsleute wieder nach Paragraph sowieso abgeholt und vernichtet. Und wissen Sie was? Das ist dann die Rechtfertigung, dass man sich auf Paragraphen beruft und behauptet, dass man doch nur nach Vorschrift gehandelt habe. Das kann machen, wer will. Ich nicht. Ich glaube, dass ich mich klar und deutlich ausgedrückt habe. Ich suche die Mörder meines Sohnes, und wenn ich sie gefunden habe, werde ich mit ihnen machen, was ich will. In Israel habe ich viel gelernt, sehr viel."
Ursula Büttner hielt kurz inne und atmete stoßweise.
„Ich möchte jetzt zurückgefahren werden; ich bin über alles informiert. Mein Junge wird nach Israel überführt und dort bestattet. Ich will nicht, dass er hier begraben wird. Meine Familie lebt in Tel-Aviv, meine drei Brüder und meine beiden Schwestern. Mein Sohn ist dort sicher und gut aufgehoben, das kann ich Ihnen versichern. Im Gegensatz zu hier. Können wir fahren?"
Ursula Büttner erhob sich von ihrem Stuhl.
Der Professor sah den Kommissar an, und dieser erwiderte den Blick, indem er eine Augenbraue hochzog.

„Wo soll ich Sie hinfahren?", fragte Krähe, als sie im Auto saßen.
Stille. Ursula starrte durch die Windschutzscheibe.

„Am liebsten ins Jenseits zu meinem Sohn“, sagte sie schließlich mit monotoner Stimme.
Dann schwieg sie wieder eine Weile.
„Fahren Sie mich zur jüdischen Gemeinde hier in Frankfurt. In die Beethovenstraße. Dort sitzt mein Arbeitgeber; dort arbeite ich. Ich werde mit den zuständigen Leuten alles Notwendige besprechen, damit mein Sohn nach Israel kommt. Also los, fahren Sie schon!“
Ihr Ton duldete keinen Widerspruch.
„Sie haben mich angelogen. Der Pathologe hat gesagt, dass mein Sohn an einem Kirchenkreuz gehangen hat, Sie hingegen, dass er im Wald gefunden wurde. Was soll das?“ Die Agentin schaute Krähe angriffslustig von der Seite an.
„Ganz einfach, meine Version klang milder als die Wahrheit. Ich wollte Sie nicht sofort schockieren. Ob es mir gelungen ist, weiß ich nicht.“
„Sie sind ein Arschloch!“ Sie schaute aus dem Fenster. Eine eindeutige Beamtenbeleidigung, Krähe sah aber in Anbetracht der delikaten Situation seiner Beifahrerin darüber hinweg.
Nach einer zehnminütigen Fahrt bog Krähe in die Beethovenstraße ein und hielt vor dem Haus der jüdischen Gemeinde. Das Haus machte einen unscheinbaren Eindruck, und nur einem aufmerksamen Betrachter wären die zwei Sicherheitsbeamten der Hessischen Wachpolizei aufgefallen, die terroristische Anschläge verhindern sollten. Sie waren mit Maschinenpistolen ausgerüstet und sahen auch sonst aus, als ob mit ihnen nicht „gut Kirschen“ zu essen war.
Krähe parkte auf der rechten Straßenseite. Ursula Büttner stieg wortlos aus, knallte die Tür mit zusammengekniffenem Mund zu und strebte dem Eingang der Jüdischen Gemeinde zu. Als sich ihr ein Wachmann entgegenstellte, zückte sie einen Ausweis, und er ließ sie kommentarlos passieren. Einige Schritte weiter befand sich eine große, mit Panzerglas gesicherte Tür. Ursula Büttner blieb vor einem Schalter stehen und wurde etwas gefragt, wie Krähe aus seinem Wagen beobachten konnte. Die große Tür öffnete sich, und sie trat ein.
Interessant, dachte Krähe, so schnell ist noch keiner in das Innere der jüdischen Gemeinde eingelassen worden. Ich wüsste allzu gerne, was die Frau in Wirklichkeit ist. Die Informationen, die ich über sie habe, besagen so gut wie nichts.
Krähes Vorgesetzter hatte gebeten, bei den Ermittlungen in dem Mordfall sensibel vorzugehen und nicht so grob wie sonst zu sein.

Krähe hatte nur genickt und sich die Vita von Ursula Büttner durchgelesen. Eigentlich ein ganz normaler Lebenslauf, aber mit Sicherheit stand mehr dahinter, als was auf das Papier gedruckt war.

Die Mutter des ermordeten Jungen war in Israel geboren. Ihre Großeltern väterlicherseits waren noch vor der Machtergreifung der Nationalsozialisten nach Israel ausgewandert. Ihr Großvater war in den Wirren der Weimarer Republik mehrfacher Millionär in Deutschland geworden. Er hatte in Frankfurt am Main eine Privatbank gegründet und über die Jahre viel Erfolg. Den Machtverhältnissen in Deutschland, damit meinte er immer den aufkeimenden Nationalsozialismus, traute er nicht. Also transferierte er kurzentschlossen sein Geld nach England auf das Bankhaus Rothschild, verkaufte seine Villa im Frankfurter Westend und fuhr mit seiner Familie nach Israel. Dort gründete er eine neue Bank, eine Genossenschaftsbank, und lieh all jenen Geld, die in der neuen Heimat etwas auf die Beine stellen wollten.
Ursula Büttners Großeltern hatten Glück durch die Weitsicht des Familienoberhauptes. Die anderen Familienmitglieder, die nicht ins Ausland abgewandert waren, wurden von der Nazi-Polizei abgeholt und verschwanden, ohne dass man je wieder etwas von ihnen gehört hätte.
In Ursula Büttners Vita stand jedoch nicht, dass sie, wie jeder Junge und jedes Mädchen in Israel, zum Militärdienst eingezogen worden war, als sie das entsprechende Alter erreicht hatte.
Während der Grundausbildung stellten ihre Ausbilder fest, dass die Rekrutin Büttner über ein fotografisches Gedächtnis verfügte. Was andere Rekruten erst beim zweiten oder dritten Mal begriffen, blieb bei ihr schon beim ersten Mal haften. Die Ausbilder gaben ihre Begabung weiter, und eines Tages erhielt sie Besuch vom militärischen Nachrichtendienst der israelischen Armee. Ein Offizier fragte sie, ob sie sich vorstellen könne, an einer längeren Spezialausbildung teilzunehmen und anschließend zum Nachrichtendienst zu wechseln. Die Rekrutin überlegte nicht lange und sagte zu. Eine Woche später verließ sie ihre Einheit in der israelischen Hafenstadt Haifa, um ihre Ausbildung zu beginnen. Und die war hart. Sie lernte alles, was ein Agent benötigt, um clever, erfolgreich und verschlagen zu sein. Zum Abschluss musste sie einen Palästinenser in Deutschland töten,

der auf der israelischen Fahndungsliste der meistgesuchten Terroristen stand, somit ein Staatsfeind Israels.
Ausgerüstet mit einem originaldeutschen Reisepass, der fälschungssicher war und der auf den Namen ihrer Großmutter mütterlicherseits lautete, flog sie mit einer Lufthansamaschine von Tel Aviv nach Frankfurt am Main. Dort traf sie sich mit einem Mitarbeiter des israelischen Auslandsgeheimdienstes im West Inn Hotel. Nachdem sich der Mitarbeiter in der Lounge mit dem vereinbarten Codewort an die Agentin gewandt hatte, gingen sie auf das angemietete Hotelzimmer. Ihr Führungsoffizier setzte sich auf den Stuhl vor dem Sekretär und zeigte ihr ein Foto von dem Mann, den sie liquidieren sollte. Ursula Büttner prägte sich sein Bild ein: Schwarzes Haar, leicht wulstige Lippen, ein rundes Gesicht und eine kleine rote Narbe über dem rechten Auge.
Der Offizier beobachtete seine Agentin, während sie die Zielperson in Augenschein nahm, und stellte fest, dass sie keinerlei emotionale Regung von sich gab. Nachdem sie genickt hatte, erläuterte er ihr, dass zwei Orte für die Liquidation geeignet waren: Der eine war eine Schule in Frankfurt am Main, zu der der Terrorist seinen Sohn fuhr, der andere ein kleines, verschwiegenes Bordell im Westend. Der Offizier erklärte seiner Agentin, dass er den Tod mehrerer Israelis zu verantworten habe. Er überließe es ihr, wo sie ihn zur Strecke bringe. Dann überreichte er ihr die Adressen der beiden Zielobjekte in englischer Sprache und den Schlüssel eines Schließfaches im Frankfurter Hauptbahnhof. In dem Fach mit der Nummer zweiunddreißig läge eine SIG-Sauer-Pistole mit Schalldämpfer und Munition. In der Wahl des Zeitpunktes ließe er ihr freie Hand.
„Ein Zurück gibt es nicht. Es geht um die Existenz unseres Staates, und der Mann auf der Abschussliste ist kein Freund Israels. Er will das Land mit allen Mitteln vernichten. Es wird Zeit, dass es um ihn dunkel wird“, sagte er und schaute sie dabei zum ersten Mal bewusst an. Vor ihm stand eine junge Frau, die etwa einen Meter achtzig groß war, pechschwarze lange Haare hatte, einen wohlgeformten, trainierten Körper ihr eigen nannte und einen Rock trug, der eine Handbreit oberhalb der Knie endete. Alles in allem eine Person, die extrem weiblich und sexy wirkte und auf die die Männer abfuhren, so die Meinung ihres Vorgesetzten.
„Haben Sie noch Fragen zu der Zielperson?“

„Nein, aber wo schlafe ich, bis der Auftrag erfüllt ist?“, fragte Ursula.
„Wir haben im Frankfurter Westend eine geräumige Wohnung von einem Landsmann zur Verfügung gestellt bekommen, dessen Familie seit Jahrhunderten dort lebt. Die Wohnung ist vollständig eingerichtet. Anschrift: Beethovenstraße Nummer drei. Sie brauchen nur dort hinzugehen, es sich gemütlich zu machen, den Auftrag auszuführen und wieder abzureisen. Das war es dann für Sie. Halt, bis zum nächsten Auftrag natürlich, und der kommt bestimmt, das kann ich Ihnen versprechen. Aber wie der aussieht, weiß ich noch nicht. Hier sind zweitausend Euro, damit Sie sich das eine oder andere kaufen können: Essen, Kleidung oder sexy Unterwäsche, wenn Sie diese für Ihren Auftrag einsetzen wollen. Sollten Sie auf Reizwäsche zurückgreifen, gehen Sie auf die Frankfurter Fressgasse. Dort gibt es ein Damenunterwäschegeschäft mit sexy Dessous. Legen Sie sich einige dieser Artikeln zu, Mann oder Frau weiß nie, ob man sie nicht einmal benötigt.“
Der Führungsoffizier grinste seine Agentin anzüglich an, als er das sagte.
„Hören Sie, ich bin hier, um zu töten, nicht, um zu ficken. Wenn es um das letztgenannte geht, entscheide immer noch ich, mit wem und wann ich ins Bett gehe. Und ich schlafe nicht mit Vorgesetzten, wie es manchmal in unseren Kreisen üblich ist. Ich glaube, ich habe mich klar und deutlich ausgedrückt.“
Er nickte: „Ja, das haben Sie. Klar und deutlich. Noch etwas: Bevor Sie den Auftrag erledigen, möchte ich Sie bitten, sich mit den Gegebenheiten in Frankfurt vertraut zu machen. Ihre Vorfahren stammen aus der Stadt, und die Privatbank ihres Großvaters stand in der Westendstraße Nummer sechsundzwanzig. Im zweiten Weltkrieg wurde das Haus allerdings zerstört und nach dem Krieg ein neues errichtet. Sie können sich ja den Ort in den nächsten Tagen anschauen. Ich nenne Ihnen jetzt die Anschrift Ihrer Wohnung.“
„Unnötig, das haben Sie bereits. Kann ich jetzt die Wohnungsschlüssel haben? Ich möchte mich etwas hinlegen; die letzten Tage waren anstrengend.“
„Klingeln Sie einfach bei Rosenbaum, und auf die Frage, wer an der Tür ist, sagen Sie: ‚Alina, die Cousine, ist gerade angekommen.‘ Dann öffnet Ihnen Frau Rosenbaum persönlich

und zeigt Ihnen die Wohnung. Ich gehe einmal davon aus, dass Ihre Deutschkenntnisse optimal sind, oder?"
Beide hatten sich bisher auf Hebräisch unterhalten, und die Agentin wechselte sofort in ein akzentfreies Deutsch.
„Ja, das klingt sehr gut. Noch eines", er schaute sie mit ernster Miene an. „Wenn etwas schief gehen sollte, damit meine ich, dass der Gegner schneller mit der Waffe in der Hand ist und Sie tötet, gilt für Sie wie für alle Soldaten im Einsatz: Es bleibt keiner zurück, jeder gefallene Israeli kommt zurück in seine Heimat und wird dort bestattet.
Und noch etwas Wichtiges: Für den Fall, dass der Auftrag im Ansatz misslingt: Kommt eine Polizeistreife zufällig um die Ecke und sieht, dass Sie den Scheißkerl getötet haben oder töten wollten, fliehen Sie! Wie es dann weitergeht, ist Ihnen bekannt. Man hat Sie bereits in Israel darüber aufgeklärt.
Versucht die Polizei jedoch, Ihre Flucht zu verhindern, und ruft Ihnen zu, dass Sie die Waffe fallen lassen und stehen bleiben sollen, tun Sie das auch. Die deutsche Polizei ist sehr human, besonders hier in Hessen. Nicht auf die Beamten schießen. Die nehmen Sie fest, und wir holen Sie wieder heraus. Auf Befragen der Polizei sagen Sie, dass der Typ Sie vor einigen Wochen vergewaltigt hat und Sie sich rächen wollten. Das versteht jedes deutsche Gericht. Ich verspreche Ihnen, dass Sie noch nicht einmal zur Gerichtsverhandlung gehen müssen. Das nur zu Ihrer Absicherung.
Ich habe Ihnen jetzt alles gesagt. Sollten Sie noch etwas wissen wollen, wenden Sie sich an Frau Rosenbaum. Sie wird Ihnen auch einen Personalausweis aushändigen. Falls Sie in eine Personenkontrolle geraten, ist es in diesem Land wichtig, dieses Dokument mit sich zu führen. Ich wünsche Ihnen viel Glück."
Der Offizier stand auf und reichte seiner Agentin zum Abschied die Hand.

Ursula Büttners Taxe hielt in der Beethovenstraße drei. Die Agentin stieg aus und schaute sich um. Frankfurt erstaunte sie. Die Stadt war eine pulsierende Stadt, die einen spröden Charme ausstrahlte. Wie eine Diva, die bei guter Laune die ganze Welt umarmen und bei schlechter jeden vergiften konnte. Heute war so ein Tag, an dem die Diva ihre Bewunderer küsste. Strahlender Sonnenschein, wolkenloser Himmel. Das satte Grün der gepflegten Parkanlagen und Gärten ließen jeden zu

Hochstimmung auffahren. Auch Ursula, was sie sich allerdings nicht anmerken ließ. Sie fragte sich, ob sie sich in dieser Stadt wohlfühlen würde, wenn ihre Großeltern nicht hätten auswandern müssen. Möglicherweise wäre sie heute, wenn die Nationalsozialisten nicht dazwischen gekommen wären, Tochter eines reichen Privatbankiers, der hier mit Geld und Aktien handeln würde. Ursula hatte in einem Buch gelesen, das ihr Vater ihr gegeben hatte, dass es im Frankfurt der Zwanziger Jahre einhundertzwanzig jüdische Banken gab. Eine wahrhaft gigantische Zahl! So viele gab es nicht einmal in Israel.
Egal, das ist Vergangenheit, dachte sie, was zählt, ist die Zukunft.
Sie drückte den weißen Klingelknopf neben dem Namen Rosenbaum. Eine Stimme meldete sich durch den Lautsprecher und wollte wissen, wer Einlass begehrte. Wie vereinbart sagte sie, dass Alina, die Cousine, gerade angekommen sei.
Die Tür wurde geöffnet, und Frau Rosenbaum nahm sie freundlich in Empfang. Nach einer kurzen Begrüßung auf Hebräisch wurde ihr ihre Wohnung gezeigt. Frau Rosenbaum erklärte ihr noch einige Details zur Wohnung, und dann wurde Ursula Büttner allein gelassen.
Sie bemerkte ein DIN-A4-Kuvert auf dem Wohnzimmertisch. Sie öffnete es und zog ein Foto heraus. Das Foto des Terroristen, das der Führungsoffizier ihr bereits gezeigt hatte. Auf der Rückseite waren noch einmal die Adressen der Schule und des Privatpuffs festgehalten und daneben die Zeiten, zu denen sich das Objekt dort einfand.
Ursula legte es beiseite und sah sich die Wohnung genauer an. Sie fand, was sie suchte: Einen toten Briefkasten unter der Diele. Sie legte den Umschlag hinein und verließ die Wohnung, um die Stadt zu erkunden.
Mit der U-Bahn fuhr sie zum Holzhausenpark, drehte als neugierige Besucherin, die offenbar zum ersten Mal den Park betrat, einige Runden und bewunderte die Menschen, die das herrliche Wetter auf einer Decke auf dem Rasen oder auf einer der Parkbanken genossen. Nach der dritten Runde setzte sie sich auch auf den Rasen und genoss die Ruhe, die der Park ausstrahlte. Allerdings so, dass sie die Privatschule schräg gegenüber im Auge behalten konnte. Plötzlich nahm das Verkehrsaufkommen in der kleinen Straße zu. Autos suchten Parkplätze, Fahrer stiegen aus, lehnten sich an ihr Gefährt oder gingen auf die Schule zu. Kinder verließen unter lautem

Stimmengewirr die Schule. Die jüngeren liefen zu ihren Eltern, die meistens am Wagen auf sie warteten.
Langsam erhob sich Ursula und ging zum Ausgang des Parks, um das Treiben vor der Schule besser beobachten zu können. Viele Erwachsene hatten es eilig. Sie packten ihre Kinder hektisch in ihr Fahrzeug und rasten davon. Andere wiederum, die zu Fuß gekommen waren, ließen sich Zeit, nahmen ihrem Sprössling den schweren Schulranzen ab und begleiteten ihn plaudernd nach Hause.
Nach einer viertel Stunde waren die besetzten Parkplätze wieder frei. Die Agentin hatte alles sehr genau registriert, aber nichts Außergewöhnliches feststellen können. Der Mann, dessen Sohn diese Privatschule in der Fürstenbergerstraße besuchte, war bisher nicht aufgetaucht. Enttäuscht, den Mann nicht gesehen zu haben, der den Tod vieler Israelis verschuldet hatte, wollte die Agentin schon gehen, als ein schwarzer Mercedes die kleine Straße nach oben fuhr. Er hielt direkt vor dem Ausgang der Schule, und die Tür wurde von innen geöffnet. Ein Junge, wohl acht Jahre alt, lief auf ihn zu, verschwand hastig in seinem Bauch, und das Fahrzeug brauste mit quietschenden Rädern davon.
Die Agentin hatte im Wagen neben dem Fahrer einen zweiten Mann ausgemacht. Eine neue Situation! Man hatte ihr nicht mitgeteilt, dass noch ein zweiter im Spiel war. Aber ihr war es gleichgültig, ob sie einen, zwei oder drei tötete. Sie musste den Mann erwischen, den sie auf dem Foto gesehen hatte. Das war ihr Auftrag. Wenn sie ihn ausführte und der zweite Mann säße ebenfalls im Wagen, war es auch für ihn zu spät. Sein Ende würde dann von ihr vorgegeben werden.
Jedenfalls musste sie die Schule überwachen, damit sie genau wusste, wann die Zielperson den Jungen morgens brachte und nachmittags abholte. Für den Moment konnte sie keine weiteren Informationen sammeln und verließ den versonnenen Park, in dem so viele Menschen ihre kostbare Freizeit entspannt verbrachten.
Der Junge, der im Fond des Wagens verschwunden war, brachte sie ins Grübeln. Nein, Kinder waren nicht ihr Ding. Sie mussten aus allem herausgehalten werden. Sie waren unschuldig, egal welcher Rasse oder Nation! Auf gar keinen Fall wollte sie das Kind töten. Irgendwann wollte auch sie Kinder haben, eins oder auch zwei, nicht mehr. Mehr wären eine Belastung. Wie sie dann ihre gefährliche und auch zeitraubende Tätigkeit als israelische

Agentin mit der Mutterrolle vereinbaren könnte, war ihr ein Rätsel, das sich aber zu gegebener Zeit lösen ließe. Im Moment wollte sie keinen weiteren Gedanken daran verschwenden. Sie musste sich auf den Auftrag konzentrieren.
Die Agentin passierte gemächlich die Schule und bog in die Wolfsgangstraße ab. Sie warf einen Blick auf die Nachhilfeschule Ecke Eschersheimer Landstraße und Fürstenbergerstraße, die ihr den Kleinen ihres Zielobjekts in Erinnerung rief. Gedankenverloren stieg sie in die Unterführung der S-Bahn-Haltestelle hinab und fuhr mit der S1 zum Hauptbahnhof, um von dort zu Fuß in die Beethovenstraße 3 zu laufen.

Als Ursula Büttner in ihrer Agentenwohnung saß, ließ sie sich das Tagesgeschehen durch den Kopf gehen. Überhastet einen Auftrag auszuführen war nicht im Sinne ihrer Ausbilder. Jeder Auftrag wollte generalstabsmäßig durchdacht sein. Sie wollte weder versagen noch von der Polizei festgenommen werden. Wenn ihr in Deutschland seitens der Behörden etwas passiere, so hatte man ihr gesagt, wüsste man Mittel und Wege, sie aus der Klemme zu ziehen. Aber es gäbe keine Einsätze mehr für sie. In so einem Fall, hatte der Ausbilder betont, nur noch Kaffeedienst oder Entlassung. Also immer gut überlegen, wie man alleine vorgeht. Und das tat die Agentin.
Am nächsten Tag setzte sie sich in einem Internet-Café vor den Bildschirm und suchte ein Perückengeschäft in Frankfurt. Als sie herausfand, dass sich in der Nähe der Reineckestraße ein solches befand, war sie zunächst zufrieden. Bei näherer Betrachtung verwarf sie den Gedanken, denn es lag fast in der Innenstadt. Sie suchte weiter und fand ein weiteres in der Mainzer Domstadt. Das war doch besser, überlegte sie. Man hatte ihr in Israel während ihrer Ausbildung zur Agentin beigebracht, dass sich Deutschland in Bundesländer gliedert, die des Öfteren aneinander vorbeiarbeiten. Die Feinabstimmung fehle in wichtigen Angelegenheiten, meinte der Ausbilder süffisant, in Israel gäbe es so ein Durcheinander nicht, was die Sache viel einfacher mache. Die Polizei in Hessen war liberal, in Rheinland-Pfalz schon genauer, und die Bayern hielten sich stur an die Paragraphen.
Sie entschloss sich, das Perückengeschäft in Mainz aufzusuchen, um eventuellen Nachforschungen auf hessischer Seite aus dem Wege zu gehen.

Da sie volles Haar hatte, überlegte sie sich eine plausible Antwort auf die Frage, warum sie eine Perücke benötige. Sie würde sich mit einer bevorstehenden Krebsoperation und anschließender unausweichlicher Chemotherapie herausreden. Dass ihr dann die Haare ausfielen, bräuchte sie nicht zu erwähnen. Ja, entschied Ursula, das ist eine gute Ausrede, wenn ich gefragt werde.

Vier Stunden später stand sie in dem Mainzer Geschäft, und der Perückenmacher stellte ihr genau diese Frage. Ihre Antwort überzeugte ihn Er nahm Maß und suchte ihr die gewünschte Kurzhaarperücke aus seinem umfangreichen Angebot heraus. Er bearbeitete sie noch ein wenig, setzte seiner Kundin das künstliche Haar auf, betrachtete sie kritisch und war zufrieden. Die Agentin bezahlte und verließ das Geschäft. In der nächsten Straße betrat sie ein Kosmetikgeschäft und erwarb drei Lippenstifte, zwei Make-ups und drei Eye-Liner. Aus Israel hatte sie drei Sätze Kontaktlinsen in unterschiedlichen Farben mitgebracht. Damit wollte sie für den Einsatz ihre Augenfarbe verändern und - im Falle eines Falles - eine Wiedererkennung erschweren. Sie wollte auf Nummer sicher gehen und jeden Fehler schon im Vorfeld ausschalten.
Nach ihrem Einkauf bummelte sie zum Café de Paris und ließ sich auf einem der klassischen Bistrot-Stühle an einem freien runden Marmortisch nieder. Sie bestellte einen Espresso und schaute scheinbar den Passanten nach, die mit vollgepackten Einkaufstüten vorbeigingen. In Wirklichkeit überlegte sie, wie sie am sichersten und schnellsten den Auftrag, der sie von Israel nach Deutschland geführt hatte, ausführen könnte.
Das Ausschalten des Fahrers und eines potentiellen Beifahrers bereitete ihr kein Kopfzerbrechen. Aber das Kind, das in den schwarzen Mercedes gestiegen war, bereitete ihr Sorgen. Sie wollte es nicht töten. Sie überlegte hin und her. Ja, sie musste unbedingt weitere Beobachtungen durchführen, bevor sie eine abschließende Entscheidung treffen würde. Kinder konnten nichts für die Fehler der Eltern. Sippenhaft wie bei den Nazis war für viele Israelis verachtungswürdig. Sie musste eine Lösung für das Kind finden.

Eine ganze Woche beobachtete sie die Schule in der Fürstenbergerstraße vom Holzhausenpark aus. Immer von neuen Standorten, um keinen Verdacht zu erregen. Tagtäglich spielte sich vor ihren Augen die gleiche Zeremonie ab. Die Schule war zu Ende, die Schüler stürmten lärmend vom Schulhof auf den Bürgersteig und raubten den Anwohnern den letzten Nerv. Dann, nachdem sie sich in alle Richtungen verteilt hatten, lief zum guten Schluss der Bub mit großem Schulranzen auf dem Rücken zu dem schwarzen Mercedes. Die Tür öffnete sich wie von Geisterhand, das Kind verschwand im Inneren, und der Wagen fuhr mit hohem Tempo sofort los. Die Straße war wie leergefegt. Auch vorher schon, bemerkte die Agentin, bevor der Junge gelaufen kam, war keine Menschenseele mehr vor der Privatschule zu sehen. Das verschaffte ihr eine gewisse Befriedigung, und sie zog ihre Konsequenz daraus. Sie wusste nun, wie sie vorzugehen hatte. Am Mittwoch der folgenden Woche wollte sie den Plan umsetzen.

Die Agentin stülpte sich die blonde Perücke über, setzte braune Kontaktlinsen ein und zog ein ausgeleiertes, ehemals schwarzes Sweat-Shirt zu verwaschenen braunen Jeans an. Nur kein Aufsehen erregen. Schlicht und einfach aussehen. Gesicht und Lippen schminkte sie blass. Als sie sich im Spiegel betrachtete, sah sie so krank aus, dass jeder, dem sie nach ihrer Auftragsarbeit begegnen könnte, Mitleid mit ihr empfinden und denken würde: Die Arme, sie hat nur noch wenige Tage zu leben. Kein Mensch würde sie ohne diese Maskerade wiedererkennen. Sie warf einen letzten prüfenden Blick in den Spiegel und beglückwünschte sich zu ihrer Tarnung. Welche Verwandlung!
Dann stellte sie sich die Frage, ob sie nervös war. Ursula horchte in sich hinein. Nein, keine Spur. Sie war cool und konzentriert. Sie hatte alles geplant, und vor ihr hatte ihr Auftraggeber schon viel erkundet. Also konnte alles ganz normal über die Bühne gehen.
Ursula Büttner steckte die Pistole in eine billige Umhängetasche, die sie nach dem Espresso in Mainz in einem Ein-Euro-Laden erstanden hatte. Sicherheitshalber nahm sie weitere Patronen in einer Schachtel mit, falls es zu einer Schießerei kommen und ihre Munition knapp werden sollte. Man musste schließlich mit allem rechnen.
Das waren die einzigen Utensilien, die sie mitnahm. Ihren Pass ließ sie in der Wohnung zurück. Das Flugticket, mit dem sie aus Israel nach Deutschland eingereist war, hatte sie längst zerrissen und in einen Abfalleimer in der Frankfurter Innenstadt geworfen. Der neue Pass, mit dem sie wieder ausreisen wollte, lag solange

in dem Versteck unter der Diele, bis der Auftrag erfolgreich verlaufen war.
Mit der Straßenbahn fuhr sie zum Frankfurter Hauptbahnhof und nahm die S1 zum Grüneburgweg. In der Unterführung zur S1 boten ihr zwei Drogendealer Heroin an. Die Agentin ignorierte sie und ging weiter. Die Dealer schauten ihr kopfschüttelnd nach, denn eigentlich hatten sie die Antwort von der Krankblassen erwartet: „Danke Jungs, ich habe schon gefixt, schönen Tag noch."
Am Ziel warf sie einen Blick auf ihre Armbanduhr. Bis zum Unterrichtsschluss hatte sie noch Zeit. Sie schlenderte die Eschersheimer Landstraße hoch und bog in die Wolfsgangstraße ein. Am Holzhausenpark setzte sie sich auf ein Mäuerchen, von wo aus sie gute Sicht auf das Geschehen auf der Straße und die Schule hatte. Es verging eine halbe Stunde, und die Schule war zu Ende. Der schwarze Mercedes kam in gemächlichem Schritttempo angefahren, um - zu ihrer großen Überraschung - zehn Meter vor ihr zu parken. Als sie sah, wie nah der Mercedes vor ihr zum Stehen kam, schoss Adrenalin in ihren Körper. Die Schläfen pochten, das Herz steigerte seinen Rhythmus und jagte das Blut mit doppelter Geschwindigkeit durch den Körper. Äußerlich blieb die Killerin gelassen, aber innerlich wurden sämtliche Warnsignale und der Urtrieb des Menschen aktiviert, nämlich der Drang zu töten. Während ihrer Ausbildung hatte man ihr gesagt, dass jeder Mensch in der Lage sei zu töten; es käme nur auf die Umstände an, unter denen er es täte.
„Wenn du tötest, Ursula, rettest du das Leben hunderter anderer. Wirf deine Skrupel über Bord. Wenn du nicht tötest, tötet dich ein anderer. Sei schneller und cleverer als der Gegner. Du bist israelische Agentin und wirst von einem der besten Geheimdienste der Welt ausgebildet: Du bist nicht nur gut, du gehörst zur absoluten Spitze in diesem Gewerbe. Wenn du versagst, bist du leider verbrannt und kannst als Schickse arbeiten. Also, sei besser als die anderen. Mit deinen Aktionen trägst du dazu bei, dass der Staat Israel weiterbestehen kann. Vergiss das nie." Sie hatte die Worte ihres Ausbilders noch im Gehör.

Die beiden Männer im Wagen unterhielten sich angeregt und schenkten der israelischen Agentin keine Aufmerksamkeit. Der Lärm der Schüler, die sich über das Ende des Unterrichts freuten, war verklungen, der Schulhof hatte sich geleert, und die Mama-Taxis waren abgefahren. Die Agentin erhob sich und strebte an dem schwarzen Mercedes vorbei dem Schulhof zu. Dort wartete sie auf den Jungen, der ihn in den letzten Tagen bestiegen hatte. In Mainz war ihr bei einem Espresso eine Strategie eingefallen, wie sie den Jungen davon abbringen könnte.

Die Agentin schaute sich um. Niemand weit und breit. Die Eingangstür des Schulgebäudes ging auf, und der Junge lief die Stufen hinunter. Ursula ging auf ihn zu: „Junger Mann, der Direktor hat mich gebeten, dir auszurichten, dass du ins Sekretariat kommen sollst. Dort liegt ein Brief für deinen Vater, den du ihm überbringen sollst, unbedingt. Der Brief ist ausgesprochen wichtig, und du sollst ihn sofort abholen."

Irritiert schaute er die Fremde an: "Im Sekretariat ist doch keiner mehr. Frau Schneider ist doch schon nach Hause gegangen."

Der Junge musterte die Frau misstrauisch. Ursula überlegte blitzschnell. „Mach schon und geh ins Sekretariat! Dein Vater wartet im Auto und will dich schnell nach Hause bringen, weil er noch eine wichtige Besprechung hat. Die Sekretärin wartet solange, bis du den Brief abgeholt hast. Sie will auch nach Hause. Also, beeile dich!"

Die Begründung überzeugte ihn. Er nickte und machte auf dem Absatz kehrt. Die Agentin hatte nur darauf gewartet. Mit schnellen, entschlossenen Schritten überquerte sie die Straße. Im Gehen griff sie in die Umhängetasche, entsicherte die Pistole und steuerte auf den schwarzen Mercedes zu. Dieser hatte bereits die hintere rechte Tür geöffnet. Sie ging zur Fahrerseite, zog die Pistole hervor und riss die Tür auf.

Die zwei Männer waren in ein Gespräch vertieft und blickten irritiert auf. Wer wagte es, die Fahrertür so heftig aufzureißen? Sie schauten in das bleiche Gesicht einer Frau, die einer anderen Welt entstammte. Der Fahrer konnte noch die Feststellung treffen, dass sie psychisch gestört oder todkrank sein musste. Die unerwünschte Person sagte nichts. Ihre eiskalten Augen zeigten keine Regung. Wortlos zielte sie auf ihn und schoss. Dann nahm sie den Beifahrer ins Visier und feuerte ein zweites Mal.

Der Fahrer krümmte sich im Todeskampf und stöhnte. Blut schoss aus der Einschusswunde am Kopf und lief über sein Gesicht auf das Lenkrad. Auch an die Frontscheibe war es gespritzt und bildete Rinnsale zum Armaturenbrett.

Die Agentin schoss ihm noch zweimal in den Kopf, dann seinem Beifahrer. Dieser saß vornübergebeugt mit der Stirn auf dem Armaturenbrett. Sein Kopf lag leicht zur Killerin gewandt. Noch im Tode starrte er sie an. Kein schöner Anblick, dachte sie, aber ihr wolltet es nicht anders. Ihr macht uns kaputt, und wir euch ebenso.
Mit dem Schalldämpfer war nur das trockene Ploppen zu hören gewesen, das keine Aufmerksamkeit in der Umgebung erregt hatte. Der Vorgang hatte nicht einmal zehn Sekunden gedauert. Ursula schaute sich um. Niemand hatte mitbekommen, was sich ereignet hatte. Sie schloss Fahrer- und hintere Tür, steckte die Pistole in die Ein-Euro-Laden-Tasche und ließ den Tatort hinter sich. Kein Mensch begegnete ihr, nur eine Katze, die auf dem Weg in den Park war, um sich einen kleinen Snack zu verschaffen.
Sie stellte beruhigt fest, dass keine Polizeisirene zu hören war, kein Mensch ihr nachlief und schrie, um andere auf sie aufmerksam zu machen. Sie bog in die Eschersheimer Landstraße ein, passierte den Bioladen Alnatura und verschwand in der U-Bahnebene, um zum Hauptbahnhof zu fahren. Dort ging sie in die öffentlichen Toiletten und schloss sich in einer der vielen Kabinen ein. Sie zog die Perücke ab, nahm die Kontaktlinsen heraus und verstaute alles in der Umhängetasche. Nachdem sie den blassen Lippenstift abgewischt und einen leuchtendroten aufgetragen hatte, verließ sie die Kabine. Vor dem Waschbecken warf sie einen Blick in den Spiegel: Sie hatte ihr altes Aussehen wiederhergestellt. Beim Verlassen der öffentlichen Toiletten schaute ihr ein Mann vom Reinigungsservice nach. Ihn erstaunte, dass manch eine Toilette ihren Besucher in einen anderen Menschen verwandeln konnte, und er grinste.
Die Agentin ging in die Innenstadt, um in einem Kosmetikgeschäft Make-ups und Lippenstifte auszuprobieren. Im Kaufhaus Karstadt auf der Zeil kaufte sie eine weiße Bluse und Blue Jeans, die sie gleich anbehielt. Dann setzte sie sich auf der Fressgasse in das Maredo und bestellte ein großes Steak. Bloody.
Sie war mit ihrer Arbeit zufrieden. Dennoch überlegte sie, ob sie etwas übersehen oder nicht durchdacht haben könnte. Es fiel ihr kein einziger Kritikpunkt ein.
Der Kellner trug auf und wünschte guten Appetit.

Als sich die Agentin dem Mercedes näherte, war sie von einer Mieterin des Eckhauses am Anfang der Fürstenbergerstraße bereits seit geraumer Zeit beobachtet worden. Sie hatte in ihrer Wohnung mit Blick auf den Holzhausenpark bemerkt, dass sich dort eine Frau seit Tagen zu unterschiedlichen Zeiten aufhielt und öfters ihre Position wechselte. Die Beobachterin folgerte daraus, dass sie ein Ziel verfolgte. Nur welches?

Sie begann, die Person mit ihrem Teleweitwinkel heimlich zu fotografieren. Aufgrund ihrer Sehschwäche waren die Bilder jedoch so unscharf, dass sie sie wegwarf und die rätselhafte Person mit ihrer Handy-Kamera aufnahm, was ihr leichter fiel.

Als die Agentin die beiden Männer erschoss, filmte die Beobachterin den Anschlag mit ihrem Handy durch das geschlossene Fenster ihres Wohnzimmers. Die Schüsse konnte sie wegen des aufgesetzten Schalldämpfers nicht hören, aber sie sah, wie der Kopf des Fahrers ruckartig nach hinten flog und etwas Dunkles über sein Gesicht floss. Die Beobachterin konnte nicht glauben, was sich vor ihren Augen abspielte, und hielt unverwandt den Finger auf den Aufnahmeknopf, um das Szenario festzuhalten. Das Ganze kam ihr wie eine Ewigkeit vor, dauerte aber nur wenige Sekunden.

Die Beobachterin bekam Angst. Von ihrem Blickwinkel aus sah sie, dass die Frau verschwand und kurz darauf ein kleiner Junge zum Wagen lief. Aber etwas stimmte nicht, denn er stieß einen markerschütternden Schrei aus und rannte zur Schule zurück.

Auch diese Szene hielt die Frau fest und schwenkte noch einmal auf den Fahrer des Autos. Dann atmete sie tief durch.

Dass sich vor ihren Augen zwei Morde abgespielt hatten, hielt sie erst nicht für realistisch. Aber sie waren tatsächlich passiert.

Die Beobachterin fing an zu zittern und fragte sich, ob sie zur Polizei gehen oder lieber alles auf sich beruhen lassen solle. Sie entschied sich für letzteres. Mit der deutschen Polizei wollte sie nichts zu tun haben. Sie war als palästinensische Asylantin nach Deutschland gekommen. Wenn es sich um Ausländer handelte, die vor ihrem Fenster getötet worden waren, würde die deutsche Polizei ihr vielleicht eine Mitschuld in die Schuhe schieben. Nein, damit wollte sie nichts zu tun haben. Auf keinen Fall sollte deutsche Polizei in ihrer Wohnung ein- und ausgehen. Wenn sie in ihrem Freundeskreis erzählen würde, was sie eben live gesehen hatte, würde ihr das keiner abnehmen. Sie wollte aber mit ihrem besten Freund, einem Deutschen, der sich für ihre ursprüngliches Heimatland politisch einsetzte, darüber reden. Seine Meinung war ihr wichtig. Wenn er ihr riete, zur Polizei zu gehen, würde sie das tun; wenn er anderer Meinung wäre, würde sie die genauso respektieren.

Als der Junge im Sekretariat nach dem Brief für seinen Vater fragte, erwiderte die Schulsekretärin verwundert, dass kein Brief deponiert worden sei. Verständnislos schaute der kleine Kerl die Frau hinter dem Schreitisch an und drehte sich dann abrupt um. Mit seinen kleinen Beinen eilte er über den Schulhof zum Wagen seines Vaters. Auf dem Weg wunderte er sich, dass die hintere Tür noch nicht geöffnet war.
Er schaute durch das Fahrerfenster und erschrak. Ein hässlicher Anblick bot sich ihm. Das Gesicht seines Vaters war blutüberströmt. Auch der Mann auf dem Beifahrersitz war wohl nicht mehr am Leben. Vor Entsetzen schlug der Junge die Hände vors Gesicht und schrie. Dann ging er mit weichen Knien zurück in die Schule und sagte der Sekretärin mit tränenerstickter Stimme, dass Vater und Onkel tot seien. Sie lägen im Auto. Dann brach er zusammen.

Die Agentin saß auf der Fressgasse und ließ sich das Feinschmecker-Steak auf der Zunge zergehen. Zum Nachtisch genehmigte sie sich einen Espresso. Aufmerksam beobachtete sie ihre Umgebung. Ihre Tat war den Frankfurtern noch nicht zu Ohren gekommen. Niemand tuschelte oder debattierte über zwei Leichen. Als zwei Streifenpolizisten an ihr vorbeizogen, nahm sie es zur Kenntnis, ohne die geringste Spur von Aufregung zu verspüren. Sie schaute den Männern nach, die mit einem Lächeln auf den Lippen ihren Weg fortsetzten, um die Bevölkerung vor Straftätern zu schützen.
Ohne dass sie ihn bemerkte hätte, sprach ein Fremder sie an, ob der Stuhl neben ihr frei sei. Sie schaute ihn kalt an und sagte kurz: „Nein."
„Schade, ich hätte Sie gerne zu einem Gläschen Sekt eingeladen", antwortete er und ging zum nächsten Lokal, um mehr Glück mit einem Sitzplatz neben einer netten Bekanntschaft zu haben.
Aus den Augenwinkeln beobachtete sie, wie sich der Mann an einen Tisch vor dem Nachbarrestaurant - ohne Ansprechpartnerin - setzte und auch sie im Blickfeld behielt. Er bestellte einen Kaffee

und zog ein Zigarettenpäckchen aus der Jackentasche. Er zündete eine Zigarette an und legte die Packung so auf den Tisch, dass jedem, der seinen Tisch passierte, das Cover ins Auge sprang. Es war in grellbunten Farben gestaltet. Die Marke wurde offenbar von Individuallisten bevorzugt. Kurioserweise stand darauf: „Rauchen macht Spaß."

Das Stichwort, dass ihr Führungsoffizier Kontakt aufnehmen wollte, wie sie es beim Briefing in Israel erfahren hatte. Als Treffpunkt war die Alte Oper vorgesehen, und zwar der Haupteingang des altehrwürdigen Hauses, das in einer Bombennacht des zweiten Weltkrieges zerstört und in den siebziger Jahren wieder aufgebaut worden war. Nur einige hundert Meter von ihrem Lokal in der Fressgasse entfernt. Zwei Stunden später habe sie sich dort einzufinden.

Die Agentin rief den Kellner, um zu zahlen. Sie schaute auf die Uhr: Fünfzehn Uhr. Vor zwei Stunden hatte sie ihren Auftrag ausgeführt. Sie wollte nicht an die beiden Toten erinnert werden und blendete ihren verstörenden Anblick aus. Als ginge sie das nichts an. Wie man es sie im Training gelehrt hatte.

Nachdem sie ihre Rechnung beglichen hatte, schlenderte sie an den feinen, exorbitant teuren Läden der Goethestraße vorbei. Den einen oder anderen betrat sie, probierte elegante Sommerkleider aus und ließ sich über die aktuellen Modefarben beraten. Den Sommerhit „Piratenhose" lehnte sie strikt mit dem Hinweis ab: „Nein danke, als Teenager wuchs ich so schnell, dass ich seitdem Hochwasser hasse. Entschuldigung, ich meine damit zu kurze Hosen. Heutzutage trage ich nur noch lange."

Sie stimmte ihre Zeit so ab, dass sie sich bereits zehn Minuten vor der Zeit vor der Alten Oper einfand. In Israel hatte man ihr während des Briefings erläutert, dass die Spielstätte keine Oper im eigentlichen Sinne war, sondern eine Konzerthalle, in der berühmte Stars der „Classic" auftraten, um ihr klassisches Konzertrepertoire vorzutragen. In der eigentlichen Oper, achthundert Meter Luftlinie entfernt, träten die wahren großen Stars der Opernszene auf. Also keine Verwechslung bitte.

Die Agentin lehnte sich lässig an eine der Säulen des Haupteinganges. Sie suchte ihre Umgebung nach Auffälligkeiten ab, entdeckte aber keine Bewegung, die ihr gegolten hätte. Doch dann schlenderte ihr der Mann aus der Fressgasse mit der eigenwilligen Zigarettenpackung entgegen. Er musterte sie kurz und stellte sich neben sie. Wie ein Tourist bestaunte er das

Eingangsportal, den sprudelnden Brunnen auf dem Platz und die dahinterliegenden Arkaden.
„Sie haben den Auftrag absolut erfolgreich ausgeführt. Der Chef dankt Ihnen persönlich dafür. Dieser Terrorist wird nie wieder einen Juden töten. Dass der Junge seinen Vater tot gesehen hat, war zwar nicht einkalkuliert, aber nicht zu vermeiden. Auch viele israelische Kinder haben in den letzten Jahren ihren toten Vater gesehen.
Wenn Sie in Ihre Wohnung zurückkehren, werden Sie ein Kuvert vorfinden. Ihren nächsten Auftrag. Sie müssen nach Berlin. Dort treffen sich Gegner Israels zu einem Aktionsgespräch gegen unseren Staat. Wie diese Gespräche enden und welches Thema sie behandeln, brauche ich nicht zu erwähnen. Vier Personen nehmen an der Runde teil. Ihr Kopf ist, wie könnte es anders sein, ein Palästinenser, der, wie so viele andere, Israel ausradieren will. Sein Name steht in der Vita in dem Kuvert.
Nach Ihrem Berliner Auftrag kommen Sie erst einmal wieder nach Hause. Deutschland hat ja seine Vergangenheit, was uns Juden betrifft. Nachdem die Mauer gefallen ist, erhält die Neo-Nazi-Szene massiven Zulauf. Die Blöden sterben halt nicht aus; manche kapieren es sowieso nie. Wir beobachten die Szene intensiv. Neu in diesen Kreisen sind Leute, die Sex mit Knaben haben und das noch offen zugeben.
Wir wissen, dass eines dieser perversen Schweine eine fünfstellige Summe für einen jüdischen Jungen geboten hat, damit er mit ihm machen kann, was er will. Von Israel aus überprüfen wir das Dark-Net in Europa und im Rest der Welt und weisen unsere Freunde auf markante Angebote und Gesuche hin. Das haben wir auch im Fall dieses Typen, der einen jüdischen Jungen will, getan und dem deutschen Inlandsgeheimdienst einen Hinweis übermittelt. Auch wir suchen ihn, und wenn wir ihn lokalisiert haben, werden wir ihn eliminieren. Wenn es ein Deutscher ist, wird er vor Gericht gestellt, verurteilt, geht ins Gefängnis und kann dort seine abartigen Kenntnisse noch verfeinern. Wenn er wieder rauskommt, hat er so viel Wut im Bauch, dass er dann richtig gefährlich wird. Das wollen wir verhindern. Sie wissen, was ich damit andeute. Wir könnten aber der Sache ein schnelleres Ende bereiten und den Mitgefangenen einen Tipp geben, dass sich unter ihnen ein Kinderficker befindet. In seiner Haut möchte ich dann nicht stecken."
Die Agentin drehte sich zu ihm um und nickte.

„Viel Erfolg beim nächsten Auftrag“, wünschte er und ließ sie zurück. Sie wartete noch einige Minuten und verließ dann auch die Alte Oper. Da sie keine Eile hatte, ging sie zu Fuß zu ihrer Wohnung.

Dort fand sie den angekündigten Umschlag vor. Sie zog vier weiße, leere DIN-A4-Blätter heraus. Sie hielt sie unter die Schreibtischlampe, und die Schrift wurde sichtbar. Als sie sich die Anweisungen eingeprägt hatte, zündete sie das Papier im Aschenbecher an und spülte die Asche in der Toilette hinunter. Dann überlegte sie: Das Treffen fand in drei Tagen statt. Genügend Zeit, sich mit der Umgebung, in der die Feinde Israels zusammenkommen wollten, vertraut zu machen. Am nächsten Tag würde sie am Bahnhof einen Stadtplan von Berlin kaufen, um ihr Operationsgebiet einzugrenzen. Außerdem wollte sie sich im Internet kundig machen. Ohne Internetanschluss in ihrer Wohnung war sie gezwungen, ein Internet-Café für ihr Vorhaben aufzusuchen.

Die Agentin nahm am nächsten Tag den Zug nach Berlin. Nach einer dreistündigen Reise suchte sie das „Hermanns International Hotel“ auf. Das Zimmer hatte sie bereits telefonisch reservieren lassen. Es lag in der Nähe vom Bahnhof Zoo. Auf ihrem Zimmer packte sie die Reisetasche aus und schlug die „Frankfurter Rundschau“ auf, die sie noch in der Bahnhofsbuchhandlung in Frankfurt gekauft hatte. Die erste Seite berichtete über nationale und internationale Politik. Sie schlug Seite zwei auf. Auch da stand nichts von ihren zwei Morden. Auf der „Frankfurter Seite“ schließlich sprangen ihr dicke, fette Lettern ins Auge:

Mysteriöser Mord vor Schule in der Bleichstraße
Zwei Männer im Auto erschossen

Es handelte sich bei den Toten um Ausländer, die offenbar in Revierstreitigkeiten mit einer konkurrierenden Verbrechergang standen. Sie lächelte. Kein Wort von irgendjemandem, der auch nur das Geringste gesehen haben und sie identifizieren könnte.
Nichts.
Kein Hinweis aus der Bevölkerung, gar nichts.

Die Polizei tappte im Dunkeln, las sie noch. Dann schlug sie die Zeitung zu. Später wollte sie diese in einem öffentlichen Abfalleimer entsorgen.
Die Morde in der Bleichstraße standen in keiner Verbindung mit den ihrigen. Was gingen die sie überhaupt an? Nichts.
Sie hatte genügend Zeit, Berlin kennenzulernen und sich vorzubereiten. Um so wenig Aufmerksamkeit wie möglich zu erregen, hielt sie nur den absolut notwendigen Kontakt zum Hotelpersonal. Sie gab sich als Reisejournalistin aus Österreich aus, die einen Bericht über das neue Berlin schreiben wollte. Damit waren sämtliche Fragen der Bediensteten beantwortet, und man wünschte ihr viel Erfolg.

Ursula Büttner, Agentin mit deutschem Namen und israelischer Geheimdienstausbildung, verließ das Hotel, um sich die nähere Umgebung ihrer neuen Location anzuschauen. Auf ihrem Weg in Richtung Bahnhof Zoo kamen ihr die merkwürdigsten Gestalten entgegen. Junge Männer mit Irokesenfrisur und Schäferhundmischlingen an der Leine gingen mit einer Flasche Bier in der Hand vorbei, ohne ihr Beachtung zu schenken. Zwei Frauen mit kahlgeschorenem Schädel und qualmendem Joint zogen kichernd vorbei. Drei Männer in perfekt sitzenden Anzügen waren in ein Gespräch vertieft, und eine ältere Frau schlurfte auf einen Rollator gestützt den Gehsteig entlang. Je näher sie dem Bahnhof Zoo kam, desto dichter wurde die Menschenmenge. Wenige Meter vor dem Eingang wurde sie von einem schwarzgekleideten jungen Mann angerempelt.
„Hey, du geiles Luder, ich habe Lust dich zu ficken“, sagte er, ohne auch nur ein Wort der Entschuldigung für die Rempelei zu finden. Dann setzte er eine Flasche Bier an die Lippen und trank einen kräftigen Schluck.
Ursula blieb stehen und schaute sich ihn genauer an. Zwei weitere junge Männer gesellten sich zu ihm. Die drei umringten die Agentin und lachten grölend.
„Ja, Baby, komm, wir wollen dich ficken. Du schaust gut aus, und du brauchst es doch auch, oder?“, sagte einer provozierend.
Ursula musste grinsen. Alle drei waren knapp über zwanzig Jahre alt, erheblich betrunken und außerdem bekifft.
„He, schaut nur, unsere Fickblume hat gegrinst, die braucht wirklich einen Fick“; sagte der Rempler. „Ich habe doch gleich

erkannt, dass die Alte willig ist. Los, wir nehmen sie mit, und dann besorgen wir's ihr."
Obwohl die Kerle bedrohlich laut sprachen, gingen die Passanten scheinbar desinteressiert vorüber. Niemand wollte sich einmischen. Wer wollte schon von den drei schwarzgekleideten Glatzköpfen angegriffen und verprügelt werden?
„Los, mein Auto steht in der Nähe, und dann werden wir sie ordentlich durchficken. Gut schaut sie ja aus; hoffentlich ist sie auch so gut beim Blasen", sagte ein anderer und lachte wie irre.
„Wenn ich dir einen blase, du Schwanzlutscher, beiß ich dir dein Ding ab und werfe es einem Hund zum Fraß vor", erwiderte Ursula laut, damit es bei den dreien auch wirklich ankam.
„Hört, hört, die kleine Fotze hat auch etwas zu sagen. Das sind ja ganz neue Töne. Das hat noch keine gewagt. Normalerweise gehen alle Frauen immer gleich zum Ficken mit. Die will gar nicht! Aber ich will. Nein, wir drei wollen. Los, wir holen jetzt die Fotze und besorgen es ihr", sagte der Rädelsführer.
Er näherte sich ihr und wollte sie an der Brust packen. Sie trat einen Schritt zurück und vereitelte mit der linken Hand seinen Versuch. Zeige- und Mittelfinger der rechten Hand hatte sie ausgestreckt und stieß sie blitzschnell in seine Augen. Er schrie auf und rief seine Saufkumpanen zu Hilfe. Als ein zweiter auf die Agentin zuging, drehte sie sich um neunzig Grad, hob den rechten Fuß und trat ihm ins Gesicht. Ein Blutschwall schoss aus seinem Mund, und er begann, Zähne zu spucken. Der Tritt hatte ihn voll auf die Lippen getroffen und eine üble Fleischwunde hinterlassen.
„Was ist los, Männer, ihr wollt mich doch ficken. Habt ihr keinen Bock mehr? Ich mache gerade das Vorspiel mit euch. Ich will auch ein bisschen Spaß, nicht nur ihr. Habt ihr mich verstanden? He, du, was stehst du so dumm rum? Dir schaut doch schon die Blödheit aus den Augen. Komm her, mit dir würde ich es gerne treiben. Komm her, Kleiner, ich beiße nicht. Du bist doch stark, oder?"
Die ersten Passanten blieben stehen und bildeten einen Kreis um die vier. Das war etwas Neues: Eine einzige Frau verprügelte gleich mehrere Neo-Nazis.
„Ihr seid doch nicht etwa Neo-Nazis, oder?", fragte Ursula die drei. „Komm her, du Arschgesicht, du versoffener Bierbauch, und fick mich. Das wolltest du doch! Oder hast du dir vor Angst in die Hose geschissen?", wollte sie von dem Kerl wissen, an dem sie ihre Kampfkenntnisse noch nicht unter Beweis gestellt hatte.

„Komm schon, oder soll ich dich holen?“ Einige Zuschauer prusteten vor Lachen.
Urplötzlich nahm der junge Mann seinen gesamten Mut zusammen und stürmte auf Ursula los. Mit einem Schrei wollte er sich auf sie stürzen, aber die Agentin wich mit einer Körperdrehung aus und versetzte ihm einen Faustschlag gegen die Stirn. Dann trat sie ihm in die Eier. Der Angreifer brüllte laut auf und stürzte zu Boden, wo er sich vor Schmerzen wälzte und beide Hände vor den Schritt hielt.
„Und ihr wollt mich ficken! Wie wollt ihr das eigentlich machen? Ich verstehe euch nicht. Ihr kriegt doch sowieso keinen mehr hoch. Ich als Frau habe euch drei verprügelt, und ihr Wichser habt gedacht, ich mache mir aus Angst vor euch in die Hose. Hier, schaut euch euren Kumpel an, der hat in die Hose gepisst.“
Sie deutete auf den Mann, der wimmernd auf dem Boden lag. Auf seiner Hose hatte sich zwischen den Beinen ein großer nasser Fleck gebildet. Die Zuschauer johlten.
„Geht nach Hause! Das nächste Mal überlegt ihr euch genau, wen ihr auf einen Fick einladet. Ihr könnt nichts, gar nichts, außer Bier zu saufen. Ihr seid hässlich wie die Nacht, dumm wie Ziegenscheiße und zu blöd zum Ficken. So, ich mache jetzt Schluss mit der Vorstellung, und jeder bekommt zum Abschied noch einen Abschiedskuss. Mit dir fange ich an“, sagte die Agentin zuckersüß zu dem, der sie angerempelt hatte. „Komm her, oder ich hole dich! Wenn ich dich holen muss, ziehe ich dir die Eier lang. Los, wird’s schon?“
Die umherstehenden Passanten, zu denen sich immer mehr gesellten, sahen dem Schauspiel gebannt zu. Niemand wollte verpassen, was die Agentin vorhatte.
Mit hängenden Schultern schlich der Mann auf die Frau zu. Als er einen Meter vor ihr stand, trat sie ihm katapultartig gegen die Kniescheibe. Er schrie entsetzt, fiel rückwärts und hielt sich das Knie. Dann kam der nächste und erfuhr dieselbe Abreibung. Auch er schrie vor Schmerz und blieb liegen. Der dritte hielt noch immer die Hände schützend vor sein Geschlecht und jaulte wie ein Hund.
„So, Jungs, ich gehe jetzt. Ihr wolltet mich ficken, aber ihr seid zu blöd dazu. Das nächste Mal, wenn ich euch hier sehe, geht mir aus dem Weg, sonst reiße ich jedem von euch sein Ding samt Sack raus und hänge es ihm um die Ohren.“
Die Agentin drehte sich um.

Die Zuschauer applaudierten frenetisch und lachten die Neo-Nazis hämisch aus.

Ursulas Selbstverteidigung hatte ein Mann genüsslich verfolgt, der sich unter die Zuschauer gemischt hatte. Zwei Tage vorher war er in ihrem Hotel abgestiegen. Er war der für Deutschland verantwortliche Spionageresident des israelischen Geheimdienstes Mossad und besaß einen Diplomatenpass. Als Honorarkonsul hatte er seinen Dienstsitz in einer Villa im vornehmen Frankfurter Diplomatenviertel.
Der israelische Geheimdienst verfügte über nur einen Bruchteil Agenten anderer vergleichbar wichtiger Geheimdienste, die weltweit für ihn tätig waren, weil er sich auf die internationale jüdische Community verlassen konnte, die ihm Informationen lieferte.
Der Mann schüttelte den Kopf. Die Agentin konnte sich das öffentliche Interesse nicht leisten, das sie durch ihren Kampf erregt hatte. Schade, denn sie hatte einen grandiosen Auftritt hingelegt. Aber er sah ihren Auftrag in Berlin gefährdet. So sehr er zufrieden war, dass sie drei betrunkene, bekiffte, Testosteron-gesteuerte Krawallbrüder verprügelt hatte, so sehr wünschte er sich, dass sie dem Stress mit den drei Neo-Nazis aus dem Weg gegangen wäre. Aber gut, dachte er, es ist halt passiert. Man muss sich einem Kampf stellen und kann nicht immer davonrennen.
Die Agentin kannte den Mann nicht, der die Agenten und Informanten Israels in Deutschland führte. Er hingegen war genauestens über sie informiert. Seine Aufgabe bestand darin, seine Agentin in Berlin im Auge zu behalten und, wenn nötig, logistische Hilfestellung zu leisten. Im Hotel würde er ihr das Codewort nennen und ein, zwei Details durchgehen.
Während sich die Zuschauer noch immer über die auf dem Bahnhofsvorplatz liegenden Jammergestalten mokierten, hatte die Agentin längst das Gebäude betreten und einen Berliner Reiseführer gekauft. Nun steuerte sie ein Bistro an, bestellte ein herzhaft-pikantes Nudelgericht sowie einen Rotwein und begann in dem Touribuch zu lesen.
Ihr Führungsoffizier nahm drei Tische weiter Platz, zog ein deutsches Nachrichtenmagazin aus seiner ledernen Aktentasche und überflog die Artikel.

Am nächsten Morgen begab sich die Agentin in den Frühstücksraum des Hotels und bestellte ein Frühstück nach Art des Hauses, das ihr der Kellner umgehend servierte. Kaum hatte sie den ersten Bissen zum Mund geführt, betrat ein hochgewachsener, graumelierter, eleganter Herr mittleren Alters mit feinen Gesichtszügen den Speisesaal, schaute sich um und trat an ihren Tisch.
„Entschuldigen Sie, ich frühstücke ungern alleine. Darf ich mich zu Ihnen setzen? Ich bin von meiner Zugreise von München nach Berlin noch völlig aufgedreht."
Der Mann machte eine Pause. Das Codewort waren „München" und „Zugreise". So hatte es in ihrem Dossier gestanden, das sie in Frankfurt vorgefunden hatte.
„Aber gerne. Wer eine so weite Reise unternimmt, hat ein gutes Frühstück verdient." Für fremde Ohren ein völlig unverfängliches Gespräch, für die beiden aber extrem wichtig, auf den genauen Wortlaut zu achten. Wäre der Agentin ein Fehler bei ihrer Entgegnung unterlaufen, hätte sie unter Umständen eine Katastrophe ausgelöst.
Ursula Büttner hatte den Mann nur kurz gemustert, aber das genügte ihr, um zu wissen, mit wem sie es zu tun hatte. Sein Erscheinungsbild entsprach der Beschreibung ihres Dossiers. Der Kellner kam und fragte nach dem Wunsch des Hotelgastes. Er bestellte drei Spiegeleier, Orangensaft und Toastbrot. Als sich der Kellner entfernt hatte und beide nun allein in dem großen Speisesaal saßen, begann ihr Führungsoffizier das eigentliche Gespräch.
„Die Show gestern war mehr als gelungen, aber sehr auffällig und nicht gerade geeignet für eine Agentin, die vor einem neuen Auftrag steht. Ich hätte mir gewünscht, dass Sie sich mehr zurückhalten. Dass Sie diese drei Halunken verprügelt haben, ist eine reife Leistung, dazu noch als Frau. Die Sympathien der Zuschauer hatten Sie auf Ihrer Seite. In Zukunft bitte ich aber um mehr Diskretion. Ich wünsche, dass sich so etwas nicht wiederholt, auch wenn es Ihnen schwer fallen sollte."
Ursula Büttner hörte auf zu kauen und schaute ihn kalt an: „Damit kein Missverständnis entsteht: Wenn ich angerempelt werde und der Rüpel mich darüber hinaus noch anpöbelt, dass er mich ficken will, bekommt er meine Antwort zu spüren. Es ist mir egal, ob Ihnen das gefällt. Ich bin belästigt worden, nicht Sie. Und ich werde auch in Zukunft auf Übergriffigkeiten so reagieren. Wissen

Sie, wenn sich damals unsere Landsleute gegen die Scheiß-Nazis mit allen zur Verfügung stehenden Mittel zur Wehr gesetzt hätten, wären in den KZs nicht so viele von unseren Glaubensbrüdern - und nicht nur von denen - gemeuchelt worden."
Er schaute in die Augen seiner Agentin. Es fröstelte ihn. Ja, sie war genauso, wie sie beschrieben wurde: Eiskalt und unbarmherzig. Eine Killerin, nein, ein Roboter in Menschengestalt, wenn es um ihre Arbeit ging. In dem Bericht über sie stand, dass sie keinerlei Gefühlsregungen zeigen konnte, was vermutlich darauf zurückzuführen war, dass ihre Eltern bei einem Raketenangriff der Al-Fatah in Nablus ums Leben gekommen waren. Als die Rakete das Haus traf, befand sie sich in der Ausbildung zur Spezialagentin. Ihre Ausbilder hatten berichtet, dass sich ihre Psyche nach dem Tod ihrer Eltern vollkommen verändert hatte. Sie trainierte noch härter und verfeinerte ihre Kampftechnik. Zwei der Ausbilder waren überzeugt, dass die zukünftige Agentin unter Beobachtung stehen müsse, damit sie nicht „außer Kontrolle" gerate.
„Gut, wir wollen das Thema nicht vertiefen. Wir sitzen wegen einer anderen geschäftlichen Angelegenheit zusammen." Er zog aus der Innentasche seines Jacketts einen Schlüssel und überreichte ihn ihr. „Der gehört zu einem Schließfach im Bahnhof Zoo. Dort finden Sie weiteres. Wenn Sie das Geschäft abgeschlossen haben, gönnen Sie sich zu Hause einige Tage Ruhe und Erholung, die Sie sich redlich verdient haben."
Der Kellner brachte das gewünschte Frühstück für den Herrn, und beide aßen schweigend. Als die Teller leer waren und sie sich mit der Serviette den Mund abgeputzt hatten, stand Ursula auf und verließ den Speissaal. Der Führungsoffizier sah ihr skeptisch nach.

Im Bahnhof Zoo schloss sie das Fach auf. Das kleine Päckchen öffnete sie erst im Hotelzimmer. Es enthielt, was sie benötigte: Pistole mit Schalldämpfer und Munition. In wenigen Tagen würde sie die Waffe einsetzen. Sie rief sich noch einmal das Dossier in Erinnerung, das sie in Frankfurt verinnerlicht hatte.
Nach ihrem Einsatz würde sie zum Flughafen Tegel fahren, wo ihr ein Mann vor dem Lufthansa-Abfertigungsschalter ein Flugticket nebst deutschem Pass aushändigen würde. Als Erkennungszeichen würde der Unbekannte sie fragen, ob sie nach Malta fliege und wüsste, wo der Ticketschalter von Air Malta

sei. Der Flug würde sie nach Zypern bringen und weiter nach Tel-Aviv. Dort würde sie sich direkt ins Mossad-Hauptquartier zur Berichterstattung und Spesenabrechnung begeben. Wie unangenehm. Sie hasste Verwaltungskram.
Vor dem „Cut-off Day" musste sie noch Utensilien kaufen, um ihr Aussehen zu verändern, damit sie nach dem Auftrag unerkannt in der Menge untertauchen konnte. Das erledigte sie sofort und kaufte anschließend an einem Kiosk in der Potsdamer Straße die Berliner Zeitung, die sie auf einer Parkbank unweit ihres Einsatzortes aufschlug. Ab und zu schaute sie zu dem Objekt hinüber: Ein Internationales Reisebüro spezialisiert auf Orient-Reisen. Im Schaufenster bot es Flüge nach Kairo zu Billig-Preisen an, wo der Tourist in den Genuss der arabischen warmherzigen Gastfreundschaft kommen würde, wie die Werbung verhieß.
Im Büro hinter dem Geschäftsraum sollten sich die vier arabischen Vertreter treffen, die als Hardliner der Israelpolitik ihres Landes berühmtberüchtigt waren. Im Vorfeld war bekannt geworden, dass sie Attentate auf israelische Bürger auf dem Boden ihres Staates planten. Die Tagung der Herren fand in Berlin statt, weil die meisten der dort ansässigen Araber das Vorhaben befürworteten und die Konspirateure neutralen Boden ihrem Heimatland vorzogen. Sie fühlten sich in Deutschland sicherer als zu Hause, hatte in knappen Worten in dem Dossier gestanden. Außerdem schätzten sie Deutschland, weil es unter Hitler kurzen Prozess mit Juden gemacht hatte. Dass die große Mehrheit der Deutschen noch immer darunter litt, war ihnen egal.
Ursula Büttners Sinne waren geschult worden, auf jedes Detail zu achten, nichts außer acht zu lassen. Immer zwei Schritte weiter denken als der Gegner, hatte ihr der Ausbilder eingebleut.
Sie beobachtete die Umgebung. Das Reisebüro war von keinem Kunden aufgesucht worden. Interessant! Sie wollte sich gerade einem Artikel über die Berliner Drogenszene widmen, als sich ein Mann neben sie auf die Parkbank setzte. Er schlug ebenfalls die Berliner Zeitung auf und begann mit der Lektüre. Die Agentin beobachtete ihn aus dem Augenwinkel und versuchte abzuschätzen, ob er gefährlich sein könnte.
Sie war noch unentschlossen, als er nach zehn Minuten die Zeitung zusammenfaltete.
„Ich habe eine Bitte: Könnten wir unsere Zeitungen freundlicherweise tauschen? Würde Ihnen das etwas ausmachen? Ich habe mir aus Versehen die gestrige Ausgabe

gekauft. Vorhin am Kiosk habe ich gelesen, dass das Internationale Reisebüro morgen Reisen nach Mekka zum halben Preis anbietet. Auf Seite drei wäre in der heutigen Ausgabe der Berliner Zeitung eine Anzeige dazu geschaltet. Sie interessiert mich brennend."

Die Agentin wurde hellhörig. Den Mann kannte sie nicht. Die Betonung lag auf „Internationales Reisebüro". Jemand wollte Kontakt mit ihr aufnehmen.

„Ich habe nichts dagegen einzuwenden; die heutige Ausgabe habe ich bereits gelesen. Warum nicht? Dann weiß ich wenigstens, was vorgestern hier los war."

Sie tauschten die Zeitungen, und der Fremde stand auf. Im Gehen drehte er sich noch einmal um: „Wenn Sie nach Mekka fliegen wollen, schauen Sie sich das Sonderangebot auf Seite drei an."

Die Agentin schaute ihm nach. Dann richtete sie ihren Blick auf das Reisebüro. Immer noch kein Kunde. Das spricht Bände. Der Laden dient lediglich konspirativen Treffen. Denen werde ich ein Ende bereiten!

Sie schlug Seite drei der Zeitung des Vortages auf. Zwei Zahlen, mit Kugelschreiber geschrieben: Eine durchgestrichene Vier, daneben eine Fünf. Sie verstand. Morgen hatte sie es mit nicht vier Personen zu tun, sondern mit fünf. Das veränderte die Situation. Die Pistole in ihrem Hotelzimmer war auf vier Leute ausgerichtet. Nun musste sie gegen fünf antreten, die mit Sicherheit auch über entsprechende Kampferfahrung verfügten. Das war den Männern in Ursulas Hintergrund nicht koscher. Sie wollten auf Nummer sicher gehen.

Im unteren Teil der Zeitungsseite klebte unter drei Streifen Tesafilm ein Schließfachschlüssel. Sie löste ihn ab und steckte ihn ein. Sie holte tief Luft und ließ sie langsam entweichen. Dann gab sie sich einen Ruck und machte sich auf den Weg zum Bahnhof Zoo. Die Zeitung warf sie unterwegs in einen Abfalleimer.

Im Bahnhof wimmelte es von Polizisten. Die Ansammlung so vieler Beamter verwunderte sie, doch kurz darauf wurde ihr die Erklärung geliefert: Sie geleiteten eine Horde brüllender, betrunkener Fußballfans aus dem Bahnhof zum Fußballstadion. Sie waren der Garant, dass die Anhänger von Schalke 04 sicher zum Spiel und auch wieder zurück zu ihren Zügen kamen.

In einem Café bestellte sie sich einen Tee und einen „Amerikaner“ dazu. Sie stellte sich an einen Stehtisch und beobachtete das Treiben. Nach einer Stunde war der ganze Spuk vorbei. Die Fußballverrückten waren im Stadion, die Polizei hatte sich verzogen, und der Lärm in der Bahnhofshalle gelegt.
Ihr hätte gerade noch gefehlt, dass auch ein betrunkener Fußballfan sie zu einem Fick einlud, während sie das Schließfach öffnete, und die Polizei dazukam, um zu fragen, was da gerade abgehe. Dann hätte sie alles abblasen können.
Nach einem Blick auf die große Bahnhofsuhr ging sie zum Fach. Sie entnahm das Paket eines Versandhauses für Damenmoden. Nichts deutete auf seinen wahren Inhalt hin.
Als sie die Verpackung im Hotelzimmer gelöst hatte, schaute sie auf eine Maschinenpistole der Marke SIG-Sauer MCX. Die Pistole besaß den Vorteil, dass sie variierbar war. Für Ursula hatte man die handliche Version des Modells gewählt. Sie war mit einem kleinen Lauf versehen und somit nicht auffällig. Im Magazin steckten dreißig Schuss. Die müssten ausreichen, überlegte die Agentin zufrieden. Darüber hinaus hatte sie noch die andere Pistole, ebenfalls eine SIG-Sauer, falls es mit der Munition der Maschinenpistole eng werden sollte. Aber sechs Kugeln pro Teilnehmer der Konferenz hielt sie für ausreichend.

Ursula Büttner hatte sich an den Sekretär ihres Hotelzimmers gesetzt und ging in aller Ruhe den nächsten Tag durch. Dann schaltete sie den Fernseher ein und gönnte sich für den Rest des Tages die notwendige Entspannung. Später bestellte sie ein leichtes Abendessen aufs Zimmer, lauschte einem Kammerkonzert im Radio und ging früh zu Bett.

Punkt zehn begann im „Internationalen Reisebüro“ die Konferenz. Die vier Teilnehmer stammten allesamt aus dem arabischen Raum und lebten in Deutschland. Auch ihre Familien hatten sie in Deutschland sicher untergebracht. Einer war für die politischen Auslandsaktivitäten der Palästinensischen Bruderschaft zuständig, ein zweiter für die Finanzen der Bewegung, ein dritter für die militärischen Belange und der vierte plante die Anschläge gegen Israel. Nicht nur in Israel selbst, sondern weltweit. Sie vereinte der Hass gegen den jüdischen Staat, den sie am liebsten weggebombt hätten. Aber sie wussten auch, dass die Israelis kampferprobt und ausgesprochen tapfer waren. Und über

ergiebige finanzielle Quellen verfügten. Und über die schrecklichste der Abwehrwaffen: Die Atombombe. Das würde das Land zwar niemals zugeben, aber jedem führenden Politiker der Welt war diese Tatsache bekannt. Auch, dass sie zum Einsatz käme, wenn es für den jüdischen Staat eng würde.
Den Tagungsteilnehmern war bekannt, dass sie Israel in einem militärischen Konflikt niemals besiegen würden. Dafür waren sie zu schwach. Den meisten Arabern, die mit ganz anderen Problemen zu kämpfen hatten, war es auch egal. Das einzige, was sie tun konnten, war, Angst und Schrecken mit Raketen- und Bombenanschlägen zu verbreiten, um zum einen den Zuzug von Juden in ihr gelobtes Land zu unterbinden, und zum anderen diejenigen, die schon seit Jahren dort lebten, zum Wegzug zu drängen. Wie man am geschicktesten dabei vorgehen könne war Thema des Treffens. Man wollte wieder Unruhe in Israel stiften, denn es war schon viel zu lange viel zu ruhig.

Nach und nach waren die Männer eingetroffen und hatten sich in den hinteren Raum des Reisebüros begeben. Dort waren sie ungestört. Im vorderen Geschäftsraum hielt ein junger Mann den laufenden Betrieb aufrecht, sofern man überhaupt davon sprechen konnte. Nachdem er den Männern viertel nach zehn Gläser mit dampfendem Tee serviert hatte, schloss er die Tür zum Besprechungsraum, nahm auf seinem Bürostuhl Platz und konzentrierte sich auf das Tagesgeschäft.

Um halb elf Uhr betrat eine Frau mit Burka das Reisebüro. Sie war von Kopf bis Fuß schwarz gekleidet. Nicht das geringste bisschen Haut war zu sehen, nur ihre Augen hinter einem Schlitz. Die Frau grüßte den jungen Mann hinter dem Schreibtisch freundlich auf Arabisch und bat um Auskunft, ob er ihr einen schnellstmöglichen Flug nach Mekka vermitteln könne. Er solle aber preisgünstig sein, da sie wenig Geld habe. Sie müsse dringend ihren Vater besuchen, der im Sterben liege. Der Mann bekundete seine Anteilnahme, indem er sich vor ihr verneigte und die rechte Hand auf die linke Brustseite legte. Dann rief er ein Programm auf dem Bildschirm auf. Die Frau schaute sich währenddessen in dem kleinen Verkaufsraum um. Gemächlich ging sie zu den Ständern, in denen Prospekte über den arabischen Raum steckten. Einer über Mekka erregte ihr Interesse. Sie zog ihn heraus. In die Broschüre vertieft ging sie

mit Trippelschritten auf und ab. Hinter der Tür des Besprechungsraumes vernahm sie leises Murmeln. Dort also saßen sie. Der Mitarbeiter bemerkte nicht, dass sich die Kundin der Tür genähert hatte. Von einer Frau, die in eine Burka gehüllt war, ging nun wirklich keine Gefahr aus.
Den Prospekt über Mekka hatte sie mittlerweile studiert und schob ihn in die Manteltasche. Sie schaute auf den jungen Reiseticket-Verkäufer, der in das Programm auf dem Bildschirm vertieft war. Von ihm erwartete sie im Moment keine Gefahr. Die Agentin atmete ruhig. Ihr Puls schlug normal. Sie konnte ihr Vorhaben wie geplant durchziehen.
Mit der linken Hand drückte sie langsam die Klinke nach unten. Dann riss sie die Tür mit einem Ruck auf. Mit der rechten zog sie eine Maschinenpistole hervor und feuerte auf die Männer, die sich heftige Debatten lieferten. Sie starrten die schwarzgekleidete Unbekannte mit weit aufgerissenen Augen an, die gewagt hatte, ihre Unterredung zu stören. So etwas gehörte sich nicht für eine Frau! Was für eine Unverschämtheit! Einer sprang auf und wollte sie zurechtweisen, als er von mehreren Kugeln getroffen wurde. Er fiel quer über den Besprechungstisch. Blut schoss aus seinem Körper auf den Tisch.
Dann war nur noch kurz aufeinanderfolgendes, trockenes Ploppen zu vernehmen. Einer der Teilnehmer versuchte noch instinktiv, mit der Rechten sein Jackett zur Seite zu schieben, um seine Pistole zu ziehen und das Feuer zu erwidern. Bevor seine Hand die Waffe greifen konnte, brach er tödlich getroffen zusammen. Ein anderer wurde durch die Wucht der Geschosse mitsamt Stuhl nach hinten geschleudert und stürzte zu Boden, wo er blutüberströmt sein Leben aushauchte. Der vierte Teilnehmer bekam seinen eigenen Tod gar nicht mehr mit, so paralysiert war er von dem, was vor wenigen Sekunden über die Tafelrunde hereingebrochen war. Ihre Gesichter waren noch im Tod von Entsetzen gezeichnet. Der Tod kam für sie viel zu schnell und unvorhergesehen. Hätten sie damit gerechnet, dass ihrem Zusammentreffen ein solch abruptes Ende bereitet werden würde, hätten sie bessere Vorkehrungen zu ihrem Schutz getroffen.
Der junge Verkäufer hörte das trockene Ploppen in dem Raum hinter sich und sprang auf. Hastig zog er die oberste Schublade des Schreibtisches auf und entnahm ihr mit zitternder Hand eine Pistole. Als er den Kopf hob, sah er die Kundin, deren Vater im Sterben lag. Dann spürte er den kurzen Feuerstoß und den

Schmerz, diesen wahnsinnige Schmerz, der sich in seinem Körper ausbreitete. Er sah das Blut, das aus seinem Körper spritzte. Seine Augen folgten den roten Fontänen, die sich über den Boden ergossen. Und zu seinem grenzenlosen Erstaunen musste er für einige Millisekunden feststellen, dass er mit seinem irdischen Leben abgeschlossen hatte. Die Kugeln hatten auch ihm ein Ende bereitet.
Hätten die Männer in die Eisaugen hinter dem Sehschlitz der Frau blicken können, die ihnen nach dem Leben trachtete, hätten sie sich gefragt, warum sie es ohne jede menschliche Regung tat.
Die Killerin ging zurück in den Konferenzraum, um sich zu überzeugen, dass keiner überlebt hatte. Sie ging von einem zum anderen und überprüfte ihn auf Lebenszeichen. Der Mann, der vom Tisch aufgesprungen war, um sie zurechtzuweisen, dass es für eine arabische Frau unschicklich sei, eine Männerkonferenz zu stören, hatte noch einen winzigen Funken Leben in seinem Körper. Der fast Tote lag immer noch quer über dem Konferenztisch, und sein Atem ging stoßweise. Sie beugte sich über ihn und flüsterte ihm ins Ohr: „Ihr wollt uns töten? Wie wollt ihr das anstellen? Ihr kommt nicht einmal gegen eine einzelne Frau an. Ich bin eine und habe euch fast alle liquidiert. Du bist der letzte, dem ich das Licht ausblase. Es wäre das Paradies auf Erden, wenn wir Juden und Araber friedlich zusammenleben könnten. Aber ihr wollt nicht, und wir trauen euch nicht. Vielleicht geht mein Wunsch irgendwann in Erfüllung, aber bis dahin wird noch viel Wasser den Nil hinunterfließen. Und jetzt, mein Freund, schicke ich dich zu Allah."
Die Töterin trat zwei Schritte zurück und zielte auf seinen Hinterkopf. Dann drückte sie dreimal kurz hintereinander ab. Blut und Gehirnmasse spritzen an die Wand. Der Körper des Liquidierten wurde schlaff. Langsam glitt er vom Tisch und blieb auf dem Teppich liegen.
Seelenruhig, als ob es die natürlichste Sache der Welt wäre, verließ die sie den Tatort, nicht ohne sich vorher der Burka entledigt zu haben. Sie ließ sie achtlos zu Boden fallen, wo sie sich in kürzester Zeit mit dem Blut der Getöteten tränkte.
Maschinenpistole und Handfeuerwaffe verstaute sie in einer Tasche, die sie unter der Burka mitgeführt hatte, und verließ das „Internationale Reisebüro" mit einem Lächeln auf den Lippen. Wie eine Kundin, die gerade eine Reise gebucht hatte.

An der Eingangstür baumelte ein Schild, auf dem „Geöffnet“ stand. Sie drehte es um. „Geschlossen“ war nun für potentielle Kunden zu lesen.
Die Toten würden in den folgenden Stunden oder am nächsten Tag gefunden werden. Dann würde der Presserummel einsetzen. Ein gefundenes Fressen für die Journaille. Bis dahin würde sie längst in einem Flugzeug der deutschen Lufthansa mit Ziel Zypern sitzen und von dort nach Israel fliegen, das genau gegenüber dieser Insel lag.
Dreihundert Meter weiter bestieg die Agentin die U-Bahn der Berliner Verkehrsbetriebe. In ihrer Umhängetasche lagen die Waffen. Vier Stationen weiter verließ sie die Bahn und nahm eine Taxe zum Flughafen Tegel. Sie hatte sich eingeprägt, wo sich in der Halle der Lufthansa-Ticketschalter befand. Einige Meter vor dem Counterschalter setzte sie sich auf eine gepolsterte Bank. Passagiere zogen ihre Rollkoffer scheppernd hinter sich her. Andere suchten gehetzt auf den Anzeigetafeln ihren Flieger, der sie zu einem geschäftlichen Meeting oder in den langersehnten Karibik-Urlaub bringen sollte. Sie schaute dem Treiben nur gelangweilt zu. Als zwei mit Maschinenpistolen bewaffnete Polizisten an ihr vorbeizogen, drehte sie den Kopf in die andere Richtung. Kaum waren sie in der wuselnden Menge verschwunden, setzte sich ein älterer Herr wortlos neben sie. Doch dann wandte er sich an seine Nachbarin und fragte, ob sie nach Malta fliege und ob ihr bekannt sei, wo der Ticketschalter der Air Malta sei.
Ursula Büttner drehte sich zu ihm: „Nein, ich will nicht nach Malta fliegen; ich will nur nach Hause.“
Der Fremde reichte ihr ein Ticket und einen Pass mit den Worten: „Ich wünsche Ihnen einen guten Flug. Die Umhängetasche mitsamt Inhalt können Sie mir überlassen.“
Er nahm die Tasche, die sie neben sich abgelegt hatte, stand auf und ging in Richtung Ausgang. Kurz darauf wurde ihr Flug aufgerufen, und eine dreiviertel Stunde später befand sie sich in der Luft.

Die Rückkehr

Die Agentin saß dem Chef des israelischen Auslandsgeheimdienstes in seinem Büro gegenüber. Beide schauten sich schweigend an. Schließlich begann Zavi Schneider das Gespräch: „Du hast uns mit deinem Einsatz weitergeholfen. Wir wissen nicht, was die ausgeschalteten Personen gegen uns zu unternehmen planten. Wir danken dir für das, was du für Israel getan hast. Ich habe auf verschiedenen Kanälen verfolgt, ob und wie die deutschen Medien darüber berichten würden. Bis jetzt habe ich nichts gehört. Dort herrscht Funkstille." Zavi schaute sie lächelnd an. „Wir haben auch in Deutschland Freunde, die uns immer wieder helfen, bestimmte Probleme zu bereinigen." Er trank einen Schluck von dem starken schwarzen Kaffees, der verlockend duftete.

Zavi hatte mit ihr Deutsch gesprochen, seiner Muttersprache. Als junger Mann war er zu Beginn der siebziger Jahre von Deutschland nach Israel ausgewandert, gegen den Willen seiner Eltern. Sie waren Christen, aber in vergangene Nazi-Aktivitäten verstrickt. Später, sehr viel später, bekam Zavi Wind davon. Nun wollte er seinen Teil zur Wiedergutmachung beitragen und meldete sich zur israelischen Armee. Er trat zum jüdischen Glauben über und wechselte bald zum Auslandsgeheimdienst, wo ihm sein Englisch und Deutsch für seine Karriere von Nutzen waren.

Die Agentin nickte. „Wie geht es jetzt weiter?", wollte sie wissen und schaute ihn fragend an.
Zavi schwieg eine Weile, schließlich sagte er: „Ich habe mir viele Gedanken über dich gemacht und mir deine Vita angeschaut. In deiner Beurteilung steht, dass du mehr als eiskalt sein kannst. Die Frage wurde aufgeworfen, ob du überhaupt in der Lage bist, Gefühle zu zeigen. Ich glaube, ja. Aber nun frage ich dich: Belastet dich dein Berliner Auftrag psychisch? Möchtest du dich in eine Therapie begeben, damit du wieder unbeschwert durchs Leben gehen kannst? Oder gehst du darüber hinweg, als ob dich die Morde nichts angingen?"
„Zavi, die gehen mir am Arsch vorbei. Ich habe kein Mitleid mit den Kreaturen, die ich liquidiert habe. Sie haben auch keines mit

mir und meinem Volk. Sie würden uns am liebsten in den Nil treiben, damit wir ersaufen. Diese Typen sind uns gegenüber gefühllos, und ich ihnen gegenüber ebenso."
Der Geheimdienstchef hatte ihr schweigend zugehört und sie genau gemustert. Ihm gegenüber saß eine Frau, die ihr Geld genauso gut als Modell auf dem Laufsteg und für die Vogue hätte verdienen können. Stattdessen stand sie auf der Gehaltsliste des Mossad, einem der besten Geheimdienste der Welt.
„Ich habe über deine weitere Zukunft viel nachgedacht. Du hast als Lehrgangsteilnehmerin in der Fallschirmjägerbrigade 4 als beste abgeschnitten. Du bist dort unter anderem zur „Kanalratte" ausgebildet worden. Du hast bei der Punktezahl in der Bewertung weit vor den Männern gelegen. Du hast bei keiner Übung während deiner Ausbildung Skrupel noch Emotionen gezeigt. Das, meine liebe Ursula, hat mich nachdenklich gestimmt. Warum bist du so ... wie soll ich sagen ... kalt wie ein Eisschrank? Rührt es von dem Vorfall her, der in deiner Akte festgehalten ist?"
Zavi nahm eine Zigarette aus der HB-Packung vor ihm auf dem Tisch und zündete sie an. Diese Sorte ließ er sich immer aus Deutschland mitbringen.
Ursula Büttner holte tief Luft: „Ja, das ist der Grund. Damals habe ich Rache geschworen. Ich konnte an nichts anderes mehr denken, als mich zu revanchieren. Wenn einem so etwas widerfährt, verändert es ihn grundlegend. Seine Gefühlswelt erstarrt, er wird ein anderer Mensch. Ich habe meine Gefühle ausgeschaltet und wollte für meine Ausbildung nur lernen, lernen, lernen, um mein Wissen und meine Fertigkeiten später einsetzen zu können. Das ist mir auch gelungen. Vielleicht kann ich eines Tages anderen gegenüber wieder Emotionen zeigen, möglicherweise für einen Mann."
Zavi hatte ihr schweigend zugehört und dabei an seiner Zigarette gezogen.
„Ja, das glaube ich dir. Deinen Horror haben nur wenige erlebt. Dass du nicht verrückt geworden bist, grenzt an ein Wunder. Wir wollen nicht weiter in der alten Wunde herumbohren. Schließen wir das Kapitel.
Ich habe dem Brigadekommandeur deine Ankunft avisiert. Du sollst zukünftige Spezialisten derselben Ausbildung unterziehen, die du durchlaufen hast. Warum nicht? Ich gebe meine Kenntnisse auch gerne an Israelis weiter." Er zog ein letztes Mal an der Zigarette und drückte sie im Aschenbecher aus. „Um es

einmal so auszudrücken: Die Soldaten, die du drillen sollst, gehören einer ausländischen Eliteeinheit an und sollen zwei Monate in verschiedenen Bereichen trainiert werden, unter anderem in Wüstenkampf und militärischem Umgang mit Kanalsystemen."

„Ja, super, kein Problem für mich, den Jungs etwas beizubringen. Sind es Amerikaner? Oder Engländer?", fragte die Agentin.

Zavi blies die Backen auf.

„Weder noch. Nein, wirklich nicht", antwortete er schließlich und schüttelte den Kopf.

„Um welche Nation handelt es sich dann?" Eine Unmutsfalte legte sich auf ihre Stirn.

Der Geheimdienstchef presste die Lippen zusammen und schaute Ursula an, die gespannt auf eine Antwort wartete.

„Um deutsche Bundeswehrsoldaten. Dreißig Mann. Sie sollen unser Wissen in ihrer Heimat weitergeben. Hast du ein Problem mit diesen Kameraden?"

Ursula schwieg mit ausdrucksloser Miene. Dann platzte es aus ihr heraus: „Muss das sein? Ausgerechnet Deutsche? Haben die keine eigenen Ausbilder, die ihnen was beibringen können? Warum kommen die überhaupt hierher? Trainieren wir die, damit sie eines Tages unsere Glaubensbrüder wieder ins Konzentrationslager abführen? Was soll der Schwachsinn?"

„Ursula, es werden immer Fehler im Verlauf der Menschheitsgeschichte gemacht. Die darauffolgende Generation kann die Schuld, die ihre Eltern auf sich geladen haben, ausgleichen. Du weißt doch, wir verzeihen, aber wir vergessen nicht. In Deutschland ist eine neue Generation herangewachsen, die sich sehr kritisch mit der Vergangenheit auseinandergesetzt hat und es auch weiterhin tut. Ich denke, es dient der besseren Verständigung beider Völker, wenn hier deutsche Soldaten ausgebildet werden. Sie können von unserem Wissen profitieren, und ich glaube, dass dann keiner in seinem Heimatland, schlecht über uns Israelis und unser Land sprechen wird. Das ist mein Hintergedanke dabei. Wie dir sicherlich bekannt ist, bin ich als Christ von Deutschland nach Israel ausgewandert, weil ich persönlich etwas gutmachen wollte, was meine Vorfahren verbockt hatten. Wenn unsere beiden Völker miteinander reden statt Krieg zu führen, kommen wir weiter. Ich will das jetzt nicht weiterführen. Meine Frage: Wirst du dich der dreißig Kerle annehmen? Ja oder nein?"

Die Agentin schaute auf den Boden und gab schließlich nach: „Ja, weil du es bist, Zavi. Ich bilde sie zu Kanalratten aus. Aber ich sage dir eins: Wenn auch nur ein einziger nicht macht, was ich verlange, reiße ich ihm seinen deutschen Arsch auf. Bis zur Halskrause. Darauf kannst du Gift nehmen."
„Ich kann dich beruhigen, Ursula. Das sind Angehörige einer Eliteeinheit, die sehr gut ausgebildet sind. Ich habe mich über sie erkundigt. Also, lasse dich überraschen. Bedenke, dass sie zum ersten Mal auf israelischem Boden stehen, eine für alle Beteiligten ungewohnte Situation, aber ein Versuch der Annäherung. Vergiss nicht: Die Kameraden sollen von dir und uns lernen. Drei von ihnen sehen übrigens sehr germanisch aus, sie sind blond und ... sehr sympathisch. Ich habe ihre Lebensläufe übermittelt bekommen. Keiner von ihnen hat Nazi-Deutschland erlebt. Die Kameraden kennen nichts anderes als Demokratie. Im Grunde genommen handelt es sich um eine Multi-Kulti-Truppe, genau wie unsere Armee: Zwei sind gebürtige Franzosen, drei Italiener, zwei Polen, einer Armenier, zwei Amerikaner, einer Engländer und der Rest sind Kartoffeln."
Zavi lachte lauthals los und schlug mit der flachen Hand auf den Tisch.
„Im Prinzip eine deutsche Fremdenlegion, aber alle besitzen einen deutschen Pass. Sie sind in Deutschland geboren, oder ihre Eltern sind nach dem Krieg aus Deutschland ausgewandert und die Söhne wollten zurück in die Heimat ihrer Eltern. Ich bitte dich, mit ihnen Deutsch zu sprechen. Es sind keine weiblichen Soldaten darunter, Ursula. Du hast dreißig Männer vor dir, eine nicht zu unterschätzende Herausforderung, und wir setzen großes Vertrauen in dich. Der Auftrag, mit dem man dich betraut, kommt von oberster Stelle, direkt vom Verteidigungsminister. Man wird dich beobachten und dann beurteilen. Danach wird über deine weitere Verwendung entschieden.
Ich habe noch etwas, was ich unbedingt loswerden will. Ich bitte dich aufzustehen und Haltung einzunehmen."
Überrascht erhob sich die Agentin. Ihr Vorgesetzter nahm ein Schreiben in die Hand, das vor ihm auf dem Schreibtisch gelegen hatte, und begann zu lesen:

„Für die Verdienste um die Sicherheit des Staates Israel
und seiner Bürger

wird der weiblichen Major Ursula Büttner zum

Oberstleutnant

mit Wirkung vom 01.10.2012 ernannt.

gez. Menachim Olbrecht/Brigadegeneral

Herzlichen Glückwunsch, Frau Oberstleutnant!"
Zavi schüttelte ihr die Hand. Die Agentin sagte nur kurz und knapp „Danke" und nahm die Urkunde entgegen. Sie salutierte und nahm wieder Platz.
„Ich freue mich über deine Beförderung. Ab kommendem Montag kümmerst du dich dann um die deutschen Soldaten. Ich teile dem Kommandeur der Fallschirmjägerbrigade mit, dass du die Ausbildung für die nächsten zwei Monate übernimmst. Gibt es irgendwelche Einwände?"
„Nein, es bleibt bei dem, was wir besprochen haben. Ich sage dir aber nochmals ganz klar: Wenn die Leute mir nicht folgen, trete ich ihnen in den deutschen Arsch, dass es weh tut. Sollte ich Gehässigkeiten oder gar Judenwitze vernehmen, breche ich die Ausbildung sofort ab, und dann kann von mir aus weitermachen, wer Lust dazu hat. Wenn die Kerle nach zwei Monaten wieder im Flugzeug nach Hause sitzen, und ich sehne den Zeitpunkt jetzt schon herbei, sind sie das Beste, was es auf der Welt gibt. Sie können es dann mit jedem Gegner aufnehmen. Sollte ich merken, dass jemand keine Lust auf die Ausbildung hat, werde ich ihn mir vornehmen. Ich brauche dir nicht zu sagen, was das bedeutet."
„Ja, das weiß ich. Du reißt ihm die Eier mit der rechten Hand raus und hängst sie ihm über das linke Ohr. Dann fragst du den Armen, ob du ihm einen blasen sollst, richtig?", schmunzelte Zavi.
„Genau so werde ich es machen. Ich gebe dir mein Wort darauf."
„Sehr schön, meine Ursula, das hört sich sehr gut und auch vernünftig an. Da ist noch etwas Heikles, was ich dir sagen möchte. Ähem …"
„Was? Komm, sag schon, ich hasse Geheimnisse!" Sie blickte ihn herausfordernd an.
„Die dreißig Männer werden von einem jungen Major kommandiert."

„Ja und? Alt oder jung spielt für mich keine Rolle. Der wird genauso gedrillt wie die anderen. Sollte er nicht mitmachen, weißt du, was ich mit ihm vorhabe, Zavi."
„Klar, das hast du bereits angedroht. Aber ob du es glaubst oder nicht, was ich dir jetzt sage, stimmt wirklich. Er ist Deutscher jüdischen Glaubens und einer der jüngsten gehobenen Dienstgrade in der Bundeswehr. Er wird die Karriereleiter hochsteigen. Er ist Berufssoldat und steht für eine höhere Verwendung unter Beobachtung. Ich bin mir sicher, dass er in wenigen Jahren zum General befördert wird. Stell dir das einmal vor! Ein deutscher General jüdischen Glaubens! Das ist doch etwas, oder? Und zudem ist er blond! Ich habe sein Foto Frauen hier gezeigt. Die sind voll auf ihn abgefahren. Also, schau ihn dir genau an, denn du wirst ihn nach Beendigung der Ausbildung beurteilen müssen. Deine Einschätzung ist für seinen weiteren Weg wichtig.
So, ich habe dir alles gesagt. Du hast Urlaub bis Montag. Erhole dich gut!"
Zavi widmete sich den Akten auf seinem Tisch. Die Agentin kannte die Art, mit der sich Zavi von seinen Agenten verabschiedete. Sie erhob sich und verließ das Büro des Chefs des Auslandsgeheimdienstes des Staates Israel.

Die Agentin nutzte ihre freien Tage, um sich zu entspannen. In Tel Aviv schlenderte sie durch die Gassen, betrat das eine oder andere kleine Geschäft, plauderte mit dem Inhaber, feilschte mit ihm um eine Bluse oder ein Souvenir, setzte sich in ein Café und genoss ihre Freizeit.
Am Sonntagabend fuhr sie mit einem Wagen, den man ihr zur Verfügung gestellt hatte, zu einem Truppenübungsplatz zweihundert Kilometer von der israelischen Hauptstadt entfernt. Sie meldete sich beim Wachhabenden, nannte ihren Namen und wurde sofort auf das Kasernengelände eingelassen. Die Nacht verbrachte sie in einer Offiziersunterkunft, und am nächsten Morgen fuhr sie weitere hundert Kilometer Richtung Süden. Dort befand sich ein Militärstandort für die Ausbildung von Spezialeinheiten. Als sie an der Wache ihren Dienstgrad und Namen nannte, wurde sie von einem Wachsoldaten in eine der Militärbaracken begleitet. Dort erwartete sie bereits der dortige Kommandeur. Er begrüßte sie herzlich und mit einem Lächeln auf den Lippen.

„Frau Kollegin, schön dass du dich bereit erklärt haben, die Ausbildung der deutschen Soldaten zu übernehmen. Ich habe mir die Kerle einmal angeschaut. Die sehen wirklich so aus, als ob sie etwas drauf hätten. Alle sehr muskulös. Für dich kein Problem. Die diskutieren nicht, die führen Befehle aus. Das wissen wir ja von einer leidvollen Erfahrung.
Interessanterweise sind das nicht nur reinrassige Deutsche; die Truppe ist sehr gemischt. Mal gucken, was du aus denen herausholst. Wie ich sehe, bist du schon in Uniform. Wenn ich das richtig deute, willst du gleich loslegen, habe ich recht?“, fragte der Kommandeur.
„Genau! Von mir aus kann es losgehen. Die Männer sollen antreten, und dann machen wir erst einmal etwas Gymnastik, Lockerungsübungen.“
Als Ursula Büttner das sagte, grinste der Offizier: „Heute wird es ein sehr heißer Tag werden, Urs. Die Kameraden sind die Hitze noch nicht gewöhnt, also bring sie mir nicht um. Ich will, dass sie deine Ausbildung überleben, sonst mache ich dich für jeden Toten verantwortlich.“
Der Kommandeur konnte sich ein weiteres Grinsen nicht verkneifen und rief seinem Adjutanten auf Hebräisch zu, er solle die deutschen Bastarde antreten lassen.
Zehn Minuten später standen dreißig Kämpfer in drei Reihen zu je zehn Mann auf dem Kasernengelände und warteten auf ihren Ausbilder der kommenden zwei Monate. Dann kam er, und das war ihre erste Überraschung: Eine Frau.
Sie stellte sich vor die Angetretenen und sagte in einwandfreiem Deutsch: „Guten Tag Soldaten, ich bilde Sie aus. Wenn Sie einen Mann erwartet haben, muss ich Sie enttäuschen. Sie stehen während der ganzen Zeit unter meinem Kommando. Führen Sie meine Befehle nicht so aus, wie ich mir das vorstelle, trete ich Ihnen in den Arsch. Führen Sie meine Befehle jedoch zu meiner Zufriedenheit aus, haben Sie den Himmel auf Erden. Mein Dienstgrad ist Oberstleutnant, und Sie reden mich mit Frau Oberstleutnant an, nicht mit Herr Oberstleutnant. Verstanden?“
„Jawohl, Frau Oberstleutnant!“, erklang es einhellig aus dreißig deutschen Soldatenkehlen.
Als erste Maßnahme ziehen Sie Ihr Militär-T-Shirt aus. Ich will ab jetzt nur noch nackte Oberkörper sehen. Entdecke ich bei einem auch nur ein Gramm Fett am Körper, erhält er von mir eine

Sonderbehandlung, und ich verspreche Ihnen, dass er das Fettpolster innerhalb von vierundzwanzig Stunden verlieren wird. Wir beginnen mit Angriffs- und Verteidigungspraktiken. Aber zuvor schleppt jeder einen Baumstamm zehnmal von hier bis zum Ende der Kaserne und zurück. Der Baumstamm wiegt dreißig Kilogramm und wird von Ihnen im Laufschritt getragen. Sehe ich, dass einer in Gehschritt verfällt, mache ich ihm Beine. Das zunächst als kleine Lockerungsübung. So, und jetzt begutachte ich Ihre Körper."

Sie schritt durch die Reihen und inspizierte ihre Bauchmuskulatur, zum Schluss die des deutschen Majors. Als sie ihn berührte, durchzuckte es sie es wie ein elektrischer Schlag. Ihre Hand kontrollierte ihn länger als ihr lieb war. Doch ihre Miene blieb ungerührt, und der Offizier starrte geradeaus, als wäre sie nicht vorhanden. Auch den Major ließ ihre Berührung nicht kalt, aber er ließ sich nichts anmerken. Dann begann das Training.

Nach drei Stunden unter sengend heißer Sonne stöhnten die Soldaten über die Schinderei. Die Agentin ging neben ihnen her, und wenn einer drohte, sein Ziel nicht zu erreichen, schrie sie, er solle sich am Riemen reißen, mit Versagern arbeite sie nicht.

Als einer sie länger anblickte, ging sie auf ihn zu und sagte für alle anderen deutlich vernehmbar: „He, Sie, was glotzen Sie mich an? Sie wollen mich ficken, richtig? Sie stellen sich vor, dass Sie Ihren Schwanz in mich reinschieben und ich dabei lustvoll stöhne. Habe ich recht, Soldat? Klar habe ich recht. Sagen Sie es mir, los, ich will etwas hören!"

Der Angesprochene nahm Haltung an und erwiderte: „Frau Oberstleutnant, ich bin doch nicht blöd und denke daran, Sie zu ficken. Ich lasse mir meinen Schwanz doch nicht von Ihnen zwischen den Beinen guillotinieren, so dass ich mich beim Pissen setzen muss."

Die Antwort machte sie sprachlos. Sie musste wider Willen lächeln. Der Soldat verzog keine Miene und starrte geradeaus an ihr vorbei.

„Wie lautet Ihr Name?", fragte sie.

„Ich bin Major Hans Kleinschmitt und kommandiere die Gruppe, wenn Sie es nicht tun, Frau Oberstleutnant."

Keiner der Soldaten lachte über seine Antwort, aber heimlich amüsierten sie sich alle.

Nach der sogenannten leichten Gymnastikstunde begann die eigentliche Ausbildung. Tunnelkampf unter Tage und das dortige Verhalten wurden bis zum späten Abend exerziert. Die Soldaten waren völlig erschöpft. Obwohl sie Elitesoldaten waren, machten ihnen die ungewohnte Hitze und der anhaltende Stress, der von der Ausbilderin erzeugt wurde, erheblich zu schaffen.
Nach dem gemeinsamen Abendessen fielen die Soldaten todmüde ins Bett. Mitten in der Nacht wurden sie von Trillerpfeifen aus tiefstem Schlaf gerissen. Die Türen zu den Schlafräumen wurden aufgerissen, und Befehle in einer den Soldaten unbekannten Sprache erschollen. Dann ertönte auf Deutsch, dass die Ausbildungsgruppe sofort anzutreten habe. Keiner konnte sich erklären, warum sie nach wenigen Stunden schon wieder antreten mussten, doch sie folgten der Order. Ursula erklärte der versammelten Mannschaft, dass mit einem Raketenangriff aus dem Libanon gerechnet werde und alle in die dafür vorgesehenen Schutzräume einrücken müssten. Drei Minuten später warteten die Soldaten weitere Anweisungen in ihrem Schutzraum ab. Dort rief die Ausbilderin den deutschen Major zu sich.
„Verlassen Sie den Raum und schauen Sie sich um! Dann kommen Sie zurück und berichten mir, ob Sie etwas beobachtet haben, Herr Major."
Er tat wie befohlen. Seine Augen mussten sich erst an die Dunkelheit gewöhnen, doch dann nahm er im schwachen Mondschein wahr, dass sich etwas auf dem Kasernengelände bewegte. Er kehrte zurück.
„Ich habe linkerhand in zwanzig Metern Entfernung zwei Schatten gesehen. Sind die ordnungsgemäß?", fragte er Ursula.
„Dann gehen Sie noch einmal raus und fragen die Gestalten, was sie auf dem Gelände zu suchen haben. Ich bitte aber um Vorsicht. Es könnte sich um Terroristen handeln, die in das Kasernengelände eingedrungen sind, um uns zu töten. Nehmen Sie vier Ihrer Männer mit. Schauen Sie nach dem rechten, ohne Waffen."
Fünf Minuten später lagen zwei gefesselte Vermummte vor den Füßen der Ausbilderin und fluchten aus voller Kehle.
„Das haben Sie mit Ihren Soldaten gut gemacht, Herr Major. Lassen Sie die Männer liegen und gehen Sie wieder schlafen. Gute Nacht!"
Sie verließ den Schutzraum. Die Soldaten verstanden nicht, warum sie die beiden Gefesselten auf dem Boden liegen ließ.

Später erklärte sie dem jungen Major, dass es die Strafe dafür war, dass sich die zwei von deutschen Soldaten hatten erwischen lassen. So etwas darf einfach nicht vorkommen, ergänzte sie zu seiner Verwunderung.

Nach zwei Monaten hatten die Soldaten alles, aber auch wirklich alles gelernt, was sie brauchten, um im unterirdischen Tunnelkampf als Sieger hervorzugehen. Jeder hatte mehr als zehn Kilo Gewicht verloren, war aber dermaßen durchtrainiert, dass er seinen Körper voller Stolz zu Hause vorführen konnte; wem auch immer.
Die Gruppe wurde von dem Kasernenkommandeur und der Ausbilderin verabschiedet. Jeder erhielt als Erinnerung ein Abzeichen, das ihm an die Kampfuniform geheftet wurde. Als die Oberstleutnantin vor dem Major stand, schaute sie ihm lange in die Augen, sagte aber nur: „Ich werde Sie in Deutschland besuchen. Sie könnten mich unter anderem in ein Restaurant begleiten."
Dann ging sie zum nächsten, um ihm sein Abzeichen an die Uniform zu heften.
Der Major schaute ihr verblüfft nach. Noch nie war ihm eine so schöne und vor allem interessante Frau begegnet. Woher kannte sie jedoch seine Adresse? Dass sie ihm gerade tief in die Augen geblickt hatte und ihn in Deutschland besuchen wollte, hielt er für einen gelungenen Gag am späten Nachmittag.
In Deutschland sprachen die Männer noch lange über die Zeit in Israel, insbesondere über die schöne Frau, die statt als Modell über den Laufsteg zu schreiten sie hard-core trainiert hatte. Man hätte mal gerne mit ihr „danach" gefrühstückt …

Wochen später

An einem Samstagnachmittag läutete es an der Wohnungstür in der Wolfsgangstraße 76 a in Frankfurt. Der Mann, der es sich in seinem Fernsehsessel mit einem Bier gemütlich gemacht hatte und die Sportschau mit Spannung verfolgte, ärgerte sich über die Störung. Gerade ging es um den Sieg der Frankfurter Eintracht gegen Herta Berlin. Herr im Himmel, es steht auf der Kippe! Das kann ich doch nicht verpassen! Widerwillig stellte er die Flasche

auf dem antiken Mahagoni-Beistelltisch ab und ging zur Eingangstür.
Frankfurter spähen normalerweise durch den Türspion, wenn es klingelt, und öffnen nur, wenn sie den Besucher kennen. Nicht dieser Mann. Wenn ihn ein Wildfremder in seiner Wohnung überfallen wollte, hätte er schlechte Karten. Es würde für den Eindringling verheerend enden.
Der Mann war Major bei der Bundeswehr und Angehöriger einer Eliteeinheit für Spezialeinsätze. Vor zwei Monaten hatte er in Israel ein extrem hartes Trainingsprogramm absolviert. Danach war er nach Kabul, Afghanistan, geflogen, um eine kleinere Angelegenheit zu erledigen, die unter strengster Geheimhaltung stand. Und immer wieder hatte er das Bild der israelischen Ausbilderin vor Augen, die ihn in Frankfurt besuchen wollte. Allein der Gedanke daran beflügelte ihn immer wieder.
Major Hans Kleinschmitt öffnete die Tür und traute seinen Augen nicht. Vor ihm stand sie, die knochenharte Frau, die das allerletzte von seinen Männern abverlangt hatte. Sie stand vor ihm! Diesmal nicht in Uniform, sondern in einem Seidenmantel, der ihre Taille betonte und dessen Knöpfe sie nicht geschlossen hatte. Der enge Minirock gab den Blick auf ihre schönen Beine frei. Kleinschmitt schüttelte ungläubig den Kopf, zwinkerte mit den Augen und sagte laut vernehmlich: „Ich glaube, ich habe zu oft an eine Frau in Israel gedacht. Das kann nicht sein. Sind Sie es wirklich, oder träume ich?“
„Bitten Sie mich vielleicht erst einmal in Ihre Wohnung? Dann werde ich die Sachlage klären. Oder soll ich wieder gehen, Herr Major?“, fragte sie den verblüfften Mann mit einem entwaffnenden Lächeln.
„Bloß nicht gehen! Nein, treten Sie ein und … Sie sind herzlich willkommen!“
Die Agentin betrat die Wohnung.
„Ich kann es immer noch nicht glauben, dass Sie es wirklich sind, Frau Oberst. Darf ich Ihnen den Mantel abnehmen? Ich … ich … ich bin über Ihren Besuch so beglückt, dass mir die Worte fehlen. Das ist ja total verrückt!“
„Ich bin immer noch Oberstleutnant, Herr Major“, korrigierte sie ihn charmant und ging wie selbstverständlich durch die Zimmer. In einem betrachtete sie ein Jugendstil-Buffet, in einem anderen zog sie die Schuhe aus, um barfuß den chinesischen Seidenteppich unter den Fußsohlen zu spüren.

„Ihre Wohnung gefällt mir. Sie hat Stil. Und ist gemütlich, denn jedes Möbel erzählt mir seine eigene Geschichte. Wo ist die Dame des Hauses?“

Kleinschmitt schluckte: „Die Dame des Hauses ist im Himmel. Sie starb bei einem Verkehrsunfall. Ein Drogensüchtiger hatte sie im Rausch in einem gestohlenen Auto auf einem Zebrastreifen erfasst. Mit 110 Stundenkilometern! Er hat sie einfach liegen gelassen. Fahrerflucht. Hier in Frankfurt. Meine Frau ist langsam verblutet. Niemand hat ihr geholfen. Der Täter erhielt Bewährung. Alles war so grauenhaft, dass ich mir wünschte, er hätte mich an ihrer Stelle erwischt. Sie war der liebste Mensch, den man sich vorstellen kann. Ein Horror-Ende unserer glücklichen Jahre. Gott sei ihrer Seele gnädig!“

Die Agentin hatte ihm voller Anteilnahme zugehört. Ihre gewöhnlich harten Gesichtszüge waren weich geworden.

„Bitte, nehmen Sie Platz. Es macht mich nervös, wenn Sie stehen. Das sieht nach Aufbruch aus. Ich möchte nicht, dass Sie mich wieder verlassen.“

„Sind Ihre Haare naturblond oder gefärbt?“, fragte sie unvermittelt.

Kleinschmitt war irritiert: „Sie sind nicht gefärbt, ich bin nicht eitel. Ich bin von Natur aus blond. Wie kommen Sie denn auf die abwegige Idee, dass ich mein Haar färbe?“

„Wenn Ihre Haare gefärbt wären, hätte ich mich auf der Stelle verabschiedet. So aber bleibe ich.“

Die Obristin setzte sich in einen alten Ohrensessel, lehnte sich zurück und schlug betont langsam die Beine übereinander. Kleinschmitt konnte nicht anders als auf die langen, wohlgeformten Beine zu blicken. Plötzlich traten ihm Schweißperlen auf die Stirn. Seit dem Tod seiner Frau hatte er keinen Kontakt zum weiblichen Geschlecht gesucht. Jetzt saß ihm diese Frau mit ihrem langen, schwarzen Haar und diesem schönen, ebenmäßigen Gesicht gegenüber. Er wusste nicht, wie er mit alledem umgehen sollte. Was wollte sie von ihm? Und warum hatte sie ihn aufgesucht? Nur seinetwegen? Bestimmt nicht. Das konnte er sich nicht vorstellen.

„Wollen Sie mir nicht etwas zum Trinken anbieten? Ein deutsches Bier vielleicht? Jedenfalls schwärmt man bei uns in Israel davon, wie köstlich es schmeckt.“

„Ja, natürlich. Ich bitte um Entschuldigung, ich bin immer noch überrascht von Ihrem Besuch“, antwortete er fahrig. „Ich gehe in die Küche und bringe Ihnen eine Flasche Schlappeseppel aus

Aschaffenburg. Eines der besten Biere in Deutschland. Ich bin sofort zurück."
Als er mit Flasche und Glas das Wohnzimmer betreten wollte, wäre ihm beides fast aus der Hand gefallen. Sein Besuch erwartete ihn ohne jegliche Hülle.
„Wir wollen doch beide dasselbe, oder?"
„Ja, ja", stotterte der Major verdattert.
„Stell das Bier ab, Hans. Komm zu mir. Du kannst mich jetzt vierundzwanzig Stunden lang verwöhnen. Ich weiß zwar nicht, wie viele Frauen du schon gehabt hast, aber du bist der erste Mann, mit dem ich schlafen will. Du musst zärtlich zu mir sein, ich bin ... Jungfrau. Wenn du meiner Order nicht folgst, musst du wieder Baumstämme schleppen. Im Laufschritt."
Die Agentin kicherte wie ein Mädchen und ging auf Hans zu. Sie umarmte ihn und küsste zärtlich seinen Hals. Vorsichtig wand er sich aus der Umarmung, um Flasche und Glas sicher auf dem Wohnzimmertisch abzustellen. Dann erlebte er, was er noch nie vorher bei einer Frau genossen hatte: Leidenschaft gepaart mit Gefühl, Zärtlichkeit und Wildheit. Nach vier Stunden intensiven Liebesspiels bat er um eine Verschnaufpause.
Dass die Nachbarn, Ohrenzeugen ihrer wilden Innigkeit, laut an die Wände geklopft hatten, hatten sie nicht wahrgenommen.
Nach einer Zigarette und einigen Schlucken Bier ging es in die nächste Runde. Irgendwann in der Nacht bat er um eine Pause, da ihm die Kräfte schwanden, und beide schliefen, wohlig ermattet, bis in den späten Sonntagmorgen.

„Ich hätte niemals geglaubt, dass du nach Frankfurt kommst, um mich zu besuchen. Aber die Überraschung ist dir gelungen. Möchtest du in Deutschland leben? Kannst du auch hier arbeiten?"
Sie saßen im Hotel Morian in der Hochstraße und gönnten sich ein opulentes Frühstück. Die Agentin trank einen Schluck Kaffee.
„Ich weiß es noch nicht. Ich habe erst einmal Urlaub von der Armee genommen, um mit mir ins Reine zu kommen.
Die erste Berührung deines Körpers, damals in Israel, sandte wilde Schauer durch meine Nervenbahnen. Das hatte ich noch nie verspürt. In dem Moment wollte ich mit dir sofort und auf der Stelle schlafen. Aber ich musste mich im Zaum halten. Und ich wünschte mir, mit dir zusammenzuleben.

Du musst wissen, dass wir in Israel freier mit Sex als in Europa umgehen. Ich hätte bereits hunderte Männer haben können, aber ich wollte nicht. Ich habe auf den gewartet, der mich in seinen Bann zieht. Und der bist du.
Als ich dir am ersten Ausbildungstag entgegengeschleudert habe, dass du mich anglotzt, weil du mich ficken willst, hast du mir eine Antwort gegeben, die mich heute noch erheitert. Die saß. Kannst du dich erinnern, Hans?“
„Und ob! Aber du hast auf mich den Eindruck gemacht, dass du ohne Zögern jeden umbringst, wenn es dein Auftrag erfordert. Ich kenne keine Frau, die so brutal sein kann wie du. Und gleichzeitig so zärtlich und wild. Du bist unglaublich. Ich wäre glücklich, wenn du bei mir bliebest. Kannst du? Willst du?“
Hans schaute ihr verliebt in die Augen.
„Deshalb bin ich hier. Um bei dir zu sein. Ich bin übrigens das erste Mal in Frankfurt. Eine schöne Stadt, wie ich auf den Fotos im Netz gesehen habe. Magst du mir deine Stadt zeigen, wenn du Lust und Zeit hast?“
„Nichts lieber als das. Aber sag mir: Warum sprichst du als Israelin fehlerfreies Deutsch?“
„Ganz einfach, mein Geliebter: Meine Großeltern stammen aus Frankfurt. Mein Großvater war hier Bankier und ist vor den Nazis nach Israel ausgewandert. Er hat sich mit Hebräisch schwergetan, weil er im Grunde genommen immer Deutscher war und blieb. In erster Linie Frankfurter. Seinen Frankfodder Dialekt habe ich heute noch im Ohr. Meine Eltern haben in der Schule Hebräisch gelernt, aber zu Hause wurde deutsch gesprochen. Das hatte den Vorteil, dass nicht jeder mitbekam, was wir dachten, besonders wenn wir Gäste hatten. Und es kam mir in der Armee zugute, wenn der Feind unseren Funkverkehr anzapfte und mithörte. Ich habe dann mit anderen Kameraden, die auch deutsche Wurzeln hatten, ins Deutsche gewechselt. Bis der Feind das alles übersetzt hatte, war unsere Aktion längst abgeschlossen.“
Hans Kleinschmitt hatte ihr gebannt gelauscht. Als er sich umdrehte, um den Kellner für ein weiteres Glas Orangensaft herbeizuwinken, fiel ihm ein kleiner Junge auf, der sie beide intensiv musterte. Als er dem Kellner die Bestellung aufgegeben hatte, hatte der Junge immer noch seinen Blick auf sie geheftet. Auch seine Mutter ließ sie nicht aus den Augen. Hans fühlte sich unbehaglich und fragte Ursula, ob sie die beiden kenne. Sie schaute in die Richtung der beiden, dann lächelte sie und winkte

dem kleinen Mann zu. Der zögerte einen Moment, winkte aber dann ebenfalls lächelnd zurück. Er wandte sich seiner Mutter zu, und die Beobachtung war beendet. Anscheinend hatte der Junge das Interesse an ihnen verloren.
„Nein, natürlich kenne ich die beiden nicht. Ich bin zum ersten Mal in Frankfurt. Ich genieße, nach dieser wundervollen Nacht, mit dir zu frühstücken und zu plaudern. Und dieser traumhafte Sommertag! Lass‘ uns durch die Stadt schlendern, und du zeigst mir ihre Sehenswürdigkeiten. Einverstanden?“
Hans nickte.

Als der Abend dämmerte, kehrten die beiden in einem typischen Frankfurter Apfelweinlokal auf der Schweizer Straße ein und bestellten zwei lokale Klassiker: Grüne Soße mit gekochten Eiern und Kartoffeln, dazu einen Bembel Äppler. (Für Leser, die des Frankfurter Gebabbels nicht mächtig sind: Apfelwein in einem Steingutkrug)
„Wie lange möchtest du in Frankfurt bleiben?“
Hans nahm Ursulas Hand und streichelte sie zärtlich.
„Ich möchte dich nicht mehr verlassen. Ich bleibe. Lass es uns miteinander versuchen. Ich glaube, dass es gutgehen wird. Wir beide sind füreinander geschaffen. Ich habe mich von meinem Büro-Job in Tel-Aviv beurlauben lassen. Der Urlaub ist erst einmal bis auf weiteres genehmigt worden. Mein Vorgesetzter in der israelischen Armee hat gute Kontakte zur jüdischen Gemeinde in Frankfurt. Vielleicht kann ich dort arbeiten. So könnte ich meinen Teil zur Miete beisteuern. Oh, überfalle ich dich gerade damit? Bin ich dir zu vorschnell? Willst du überhaupt, dass ich bei dir einziehe? Oder ziehst du zwei getrennte Wohnungen vor?“
Strahlend nahm er ihr Angebot an: „Im Gegenteil, das ist mehr, als ich mir je erhofft hätte. Du machst mich überglücklich. Und in Deutschland weiß ich dich in Sicherheit. Keine Raketenangriffe, Selbstmordkommandos noch militärischen Überfälle.
Du musst allerdings bedenken, dass ich als Offizier nicht nur an andere Standorte in Deutschland versetzt werde, sondern auch an einem Auslandseinsatz teilnehmen muss. Wenn dich das nicht abschreckt, umarme mich!“
Sie schloss ihn in die Arme: „Damit werde ich leben müssen. Viel wichtiger ist mir deine Nähe, mein Liebster.“ Sie suchte seinen Mund für einen langen Kuss. Dann löste sie sich aus der Umarmung.

„Da ist aber etwas, was ich dir eröffnen muss. Ich habe einen Sohn. Das hatte ich dir bisher verschwiegen. Er hat blondes Haar wie du und ist unglaublich liebenswert. Steht er unserer Liebe im Wege?“ Ursula hatte auf einmal Herzklopfen.
„Nein, warum? Kinder gehören in diese Welt, um unsere Nachfolge anzutreten. Und blond ist er wie ich? Vielleicht ist er ja mein Sohn?“ Er lachte schalkhaft.
„Ich wollte nur deine Reaktion abwarten, Hans. Mein Sohn heißt Julian und ist sechs Jahre alt. Und gar nicht mein Sohn.“
Der Major schaute sie überrascht an: „Dein Sohn und doch nicht deiner?“
Ihre liebreizenden Gesichtszüge legten sich in bittere, harte Falten.
„Das ist eine längere Geschichte, Hans. Meine Familie lebte in einer kleinen Stadt, die im Angriffsbereich palästinensischer Raketen liegt. Eines Tages ertönte wieder Luftalarm. Er hätte viel früher ausgelöst werden müssen, aber das ändert jetzt auch nichts mehr. Wir rannten zum Luftschutzbunker, und da passierte es. Meine Eltern und meine Zwillingsschwester wurden von Metallteilen getroffen, mit denen die Rakete gespickt war. Sie waren sofort tot. Julian und ich waren vor ihnen losgelaufen. Das war unser Glück! Als ich sie vor Schmerzen schreien hörte, drehte ich mich um. Meine Eltern und meine Schwester lagen auf dem Boden. Tot. Sie waren von unzähligen Metallteilen durchbohrt worden. Ein grauenhafter Anblick!
Als Offizier, der im Einsatz gekämpft hatte, erkannte ich sofort, dass jede Rettung zu spät käme. Ich nahm meinen Neffen an die Hand, und wir liefen so schnell wie möglich in den Bunker. Erst dort entdeckten wir, dass auch wir bluteten. Der Luftalarm hielt eine Stunde an. Als wir den Bunker verließen, mussten wir an unseren Toten vorbei. Julian entdeckte seine Mutter auf dem Boden. Er schaute sie nur an, aber weinte nicht.
„Warum nicht?“, wollte Hans wissen.
„Ich vermute, dass er unter Schock stand. Dann kamen auch schon die Ersthelfer. Als sie feststellten, dass sie nichts mehr ausrichten konnten, schafften sie meine tote Familie weg. Julian und ich kehrten zu meinem Elternhaus zurück. Da, wo kurz vorher noch Leben geherrscht hatte, hatte jetzt der Tod Einzug gehalten. Als ich wieder halbwegs bei Sinnen war, versprach ich Julian, dass ich ihn nie allein lassen würde. Niemals! Ich würde immer für

ihn da sein. Und dann sagte ich ihm noch, dass ich für die Toten Rache schwören würde. Er nickte nur.

Der maßlose Schmerz, auf einen Schlag Großeltern und Mutter verloren zu haben, muss einen tiefen Riss in seiner Seele verursacht haben. Er konnte noch nicht einmal weinen, so tief hatte ihn das Massaker getroffen. Das einzige, was ich für ihn tun konnte, war, ihm meine ganze Liebe zu schenken, und er hat sie angenommen.

Im Laufe der Zeit verheilten unsere Wunden, zumindest die äußerlichen. Aber tief drinnen, in der Seele des Kindes, verheilten sie schlecht. Julian wurde zu meinem Leidwesen introvertiert. Ich musste wieder zur Armee. Julian konnte ich bei meinen Brüdern in Tel Aviv unterbringen. Ich habe ihn besucht, wann immer ich Zeit hatte, denn ich war nur wenige Kilometer entfernt stationiert."

Hans hatte ihr betroffen gelauscht. Die allgegenwärtigen Bedrohungen, die den Alltag seiner Liebsten prägten, waren ihm fremd. Sicher, als Bundeswehrsoldat war auch er Gefahren ausgesetzt, aber sie kamen ihm im Vergleich zu den ihrigen wie Pillepalle vor.

„Kurzum, ich habe mir geschworen: Wenn ich Israel verlasse, nehme ich Julian mit, wohin auch immer. Ich liebe ihn wie meinen leiblichen Sohn.

Und bei dir, Hans, habe ich zum ersten Mal gespürt, wie mein Körper vibriert, wenn du mich berührst. Selbst dann, wenn ich nur an dich denke. Ein Gefühl, das ich bisher nicht kannte. Ich möchte mit dir in Deutschland leben und eine Familie gründen. In deiner Akte, die ich in Israel gelesen hatte, stand, dass jüdisches Blut in deinen Adern fließt. Stimmt das?"

„Ja. Meine Großeltern wanderten noch vor der Nazizeit nach Mexiko aus. Nach dem Zweiten Weltkrieg kehrten sie nach Deutschland zurück. Mein Vater hat noch bis vor kurzem bei einer Frankfurter Privatbank als Handlungsbevollmächtigter gearbeitet, ist aber jetzt in Rente gegangen. Und meine Mutter ist in der jüdischen Gemeinde aktiv. Sie kümmert sich um die jüdische Kultur in Deutschland. Die beiden ärgern sich über die Vollidioten und Ewiggestrigen, die auch heute der Gemeinde drohen. Aber das ist eine Minderheit, die nicht weiß, wo sie politisch und sozial hingehört. Beide haben sich schwer damit getan, dass ich zur Bundeswehr gegangen bin. Aber zur israelischen Armee, nein, das wollte ich nicht. Mich verbindet nichts mit deinem Land. Hinzu kommt, dass ich ein wirklich grauenhaftes Hebräisch spreche. Ich

bin hier besser aufgehoben. Und ich muss ja nicht jedem auf die Nase binden, dass ich Deutscher mosaischen Glaubens bin. Wenn ich es erwähne, schauen mich die Leute an, als käme ich vom Mond. Es hat sich gezeigt, dass hier die unterschiedlichsten Religionen und Rassen zufrieden und friedlich miteinander leben können … mit Abstrichen, aber die gibt es auch anderswo. Nur darf man die Beobachtung der Gegner unseres Glaubens nicht vernachlässigen. So, jetzt haben wir auch darüber gesprochen.
Und noch einmal zu deinem Angebot, bei mir einzuziehen. Ich würde mich unsäglich freuen, wenn du es wahrmachen würdest. Ach, Quatsch, ganz einfach: Ich wäre glücklich.“
Hans blickte sie lächelnd an und stellte fest, dass die Frau, die in Israel dreißig Männer durch die Hölle geschickt hatte, wieder weiche Gesichtszüge bekam.
Meine Gefriertruhe taut auf, weil der Stromstecker gezogen wurde. Und ich bin derjenige, der ihn gezogen hat.
Ursula nickte und strich ihm mit dem Finger über den Mund: „Pscht, du wirst glücklich mit mir.“

Zwei Wochen lang hatten sie wie ein Ehepaar gelebt und waren sich immer näher gekommen. Dann verkündete sie ihm, dass sie nach Israel fliegen müsse, um sich vom Militär freistellen zu lassen und noch andere Punkte auf ihrer Liste abzuarbeiten. In ein, spätestens zwei Wochen wolle sie zurückkommen, aber nur mit Julian. Ob er bei seiner Meinung geblieben sei und weiterhin keine Einwände gegen den Einzug ihres Neffen in seine Wohnung erhebe?
Hans bestätigte ihr, dass der kleine Kerl herzlich willkommen sei.

Am nächsten Tag saß die Agentin im Flugzeug nach Zypern und fuhr mit der Fähre nach Israel. Ihr erster Weg führte sie zu Zavi, dem Chef des israelischen Auslandsgeheimdienstes. Sie legte ihm ihr Vorhaben dar. Er hörte ihr geduldig zu, ohne sie zu unterbrechen.
„Bist du dir sicher, dass du das wirklich willst? Nach Deutschland umsiedeln und diesen deutschen Major heiraten? Gibt es hier keine Männer für dich? Muss es unbedingt ein Deutscher sein? Vergiss nicht, was vor langer Zeit mit unserem Volk dort passiert ist.“
„Jajaja. Was ich mir in den Kopf gesetzt habe, führe ich auch aus. Das weiß niemand besser als du. Ich werde mich zum ersten Mal

in meinem Leben in Hausfrau mit Mutteraufgaben üben. Aber ich mache dir ein Angebot, und ich bin mir sicher, dass dir das entgegenkommt: Ich möchte in Deutschland den einen oder anderen Auftrag für dich ausführen. Und ich werde euch auf dem Laufenden halten, wenn es etwas Interessantes zu melden gibt. Du kannst jederzeit auf mich zurückgreifen."
Zavi schüttelte nur den Kopf.
„Ich kann es einfach nicht glauben, dass du wirklich dort leben willst, wo einst einer der größten Genozide stattgefunden hat. Ich habe Deutschland verlassen, weil ich es nicht ausgehalten habe, und du machst das Gegenteil. Das ist doch verrückt."
„Schau mal, Zavi, in Deutschland hat man sich weiterentwickelt. Das heutige Deutschland ist mit dem von damals nicht im geringsten vergleichbar. Ich mache das jetzt, und dabei bleibt es. Wir beide bleiben in Verbindung. Mein Angebot steht. Und wenn es einmal wieder so weit sein sollte, dass die Nazis nach oben kommen, werde ich jedem einzelnen in den Arsch treten."
Ursula Büttner lachte schelmisch.
„Gut", gab Zavi klein bei, „ich werde deine Entlassung aus dem Dienst in die Wege leiten. Ich stelle dir ein Zeugnis aus, auf Deutsch natürlich, dass du in Tel Aviv als Parfümerieverkäuferin gearbeitet hast. Es ist bestimmt nicht in deinem Sinne, wenn es eines vom Mossad wäre, in dem deine Tätigkeiten detailliert aufgelistet wären, oder?"
„Zavi, dein Vorschlag ist erste Sahne: Parfümerieverkäuferin. Harmloser geht es nicht.
Ich werde mir in Deutschland eine Stelle suchen, um eigenes Geld zu verdienen. Mein Freund ist Berufssoldat und wird nicht schlecht bezahlt, aber ich will ihm nicht auf der Tasche liegen. Kannst du dich bei der jüdischen Gemeinde in Frankfurt für mich einsetzen? Hattest du nicht erwähnt, dass der Leiter der Security-Abteilung in Ruhestand gegangen ist und die Stelle noch unbesetzt ist? Das wäre das Richtige für mich. Das Zeugnis als Verkäuferin brauche ich nur für den Fall, dass es mit der jüdischen Gemeinde nicht klappt."
„Liebe Ursula, du bist die beste Agentin, die ich jemals hatte. Ich setze mich mit unserer Frankfurter Gemeinde schnellstens in Verbindung. Und wenn du in Deutschland weitere Hilfe benötigst, egal aus welchem Grund, dann lass es mich wissen. Wenn immer es geht, werde ich dich unterstützen. Aber ich bin mir sicher, dass du irgendwann zurückkommst."

„Möglich ist alles im Leben. Ich probiere aber zunächst, außerhalb von Israel zu leben, mein lieber Zavi. Ich bin noch einige Tage hier, um den ganzen Papierkram zu erledigen, bevor ich zurückfliege.“
„Ja, tue das, aber überstürze nichts. Geh‘ in vierzehn Tagen zur jüdischen Gemeinde. Vielleicht liegt dann schon dein deutscher Arbeitsvertrag bereit?“ Zavi schmunzelte.
Beide verabschiedeten sich voneinander wie Vater und Tochter, herzlich und mit zwei Küssen auf die Wangen, und die Agentin Ursula Büttner war Geschichte.

Vierzehn Tage später landete sie in Frankfurt mit Julian im Gepäck, der sich gefreut hatte, in ein anderes Land zu reisen. Bereits beim Start in Tel Aviv hatte der kleine Junge aufgeatmet. Er ließ schmerzhafte Erinnerungen hinter sich.
Hans Kleinschmitt, Ursula Büttner und der kleine Julian lebten harmonisch miteinander und genossen das Familienleben.

Ursulas Neffe wurde in der Stadtteil-Hauptschule angemeldet, zu der ein integriertes Gymnasium gehörte. Da seine Mutter und seine Großeltern zu Hause mit ihm deutsch gesprochen hatten, war es für ihn ein leichtes, dem Unterrichtsstoff zu folgen. Er verfügte über eine rasche Auffassungsgabe. Er avancierte bald zum Klassenbesten und übersprang nach dem ersten Schuljahr eine Klasse. Auch dort erhielt er schnell beste Noten und ließ seine Mitschüler weit hinter sich.
Eines Tages ging in der Pause ein anderer Schüler auf Julian zu:
„Ich habe gehört, dass du der beste in deiner Klasse bist. Bist du so intelligent, oder sind die anderen nur doof?“
„Weiß ich nicht, frag sie doch selber. Warum willst du das wissen?“, fragte Julian lauernd. Ursula hatte ihm eingetrichtert, ja nicht zu sagen, woher er stamme. Das könne zu Irritationen bei den Mitschülern führen, hatte sie ihm erklärt.
„Dann sind wir auch in Deutschland nicht gerne gesehen?“, fragte Julian ernst.
„Julian, Idioten gibt es überall, sie sterben nie aus. Auch in Israel gibt es komische Leute“, beschwichtigte ihn Ursula.
„Spielst du Fußball?“ Der Schulkamerad schaute Julian frech ins Gesicht.
„Nicht so gerne, ich interessiere mich für einen anderen Sport.“
„Welchen denn?“

„Was geht dich das an? Ich frage dich ja auch nicht, was du treibst. Wer bist du überhaupt? Du kommst angelatscht und willst Sachen wissen, die ich nicht einmal meiner Mutter erzähle. Was soll der Quatsch?“
„Also, ich heiße Khalid, mein Freund, und im Allgemeinen beantwortet man meine Fragen, oder es gibt etwas auf die Schnauze. Ich bin älter als du, und wenn ich schlecht drauf bin, hast du ein Problem.“
„Glaube ich nicht, dass ich ein Problem mit dir habe. Und wenn, können wir es direkt hier lösen. Oder hast du Angst?“
Julian ließ sich nicht einschüchtern. Zu Hause hatte Ursula in jeder freien Minute Angriffs- und Verteidigungspraktiken mit ihm geübt. Manchmal beschlich sie ein Angstgefühl. Deshalb legte sie großen Wert darauf, dass sich Julian bei einem potentiellen Übergriff jederzeit zur Wehr setzen konnte.
Khalid setzte angesichts Julians Selbstbewusstseins ein Hyänengrinsen auf. Mittlerweile hatten sich Mitschüler um die beiden geschart. Sie schauten dem Wortwechsel gespannt zu und warteten nur darauf, dass es gleich zur Sache ginge.
„Pass mal auf!“, sagte Khalid forsch, „Hier habe ich das Sagen. Vor dir, du Bettnässer, habe ich keine Angst. Ich kann dich fertigmachen. Und wenn du auf dem Boden liegst, hätte ich große Lust, mit deinem Kopf Fußball zu spielen. Ist das klar?“
„Dann mach mich doch fertig und spiel mit meinem Kopf Fußball. Weißt du, du bist so blöd wie Kamelscheiße und stinkst schon bis hierher.“ Julian rümpfte die Nase. „Ich könnte schon kotzen, wenn ich dich nur rieche. Wenn du auch nur das geringste bisschen Mumm in den Knochen hast, dann greif mich an. Du musst den ersten Schritt tun, dann zeig ich dir, was ich drauf habe. Ich greife nicht zuerst an; das habe ich nicht nötig. Hast du verstanden, oder soll ich es dir noch einmal in einfacher Sprache erklären?“
Khalid lachte hämisch und blickte beifallheischend in die Runde.
„Kleiner, ich könnte kurzen Prozess mit dir machen. Jeder sieht doch, dass du Angst hast. Aber ich bin gnädig“, schob er gönnerhaft nach. „Morgen bringst du mir hundert Euro mit, und wir vergessen die Sache! Seid ihr damit einverstanden, meine Freunde?“, fragte Khalid seine Unterstützer, die einen Halbkreis um die Streithähne gebildet hatten. „Ich will keinen Knatsch mit einem Baby, das noch nass hinter den Ohren ist. Wir regeln das wie unter Männern.“
Khalids Mitschüler bestätigten ihn durch lautes Johlen.

„Morgen sind einhundert Mäuse bei mir abzuliefern, mein Freund, und wir vergessen den Streit. Wenn du die Knete nicht mitbringst, gibt's Ärger."
„Du bist auf dem Holzweg, es gibt kein Geld. Im Gegenteil, ich werde dir eine Tüte voller Schafscheiße mitbringen. Die kannst du mit deinen Freunden fressen, du Kameltreiber!", konterte Julian herausfordernd.
Wutentbrannt nahm Khalid Anlauf, um gegen Julians Knie zu treten. Julian reagierte sofort. Er drehte sich zur Seite, und der Angriff ging ins Leere. Unvermittelt hob Julian das rechte Bein und trat Khalid gegen den Kopf. Der verlor das Gleichgewicht und stürzte.
Khalids Mitschüler konnten nicht glauben, was sich vor ihren Augen abspielte. Ihr Gangboss war ausgeknockt worden! Diesem Khalid, vor dessen Terror sie Angst hatten und dem sie Geld zahlten, damit er sie nicht schikanierte, hatte jemand bewiesen, dass er nicht unbesiegbar war. Und zu allem Überfluss war der Sieger des Scharmützels jünger als ihr Boss.
Unfassbar!
Von weitem hatte der Lehrer, der die Pausenaufsicht innehatte, mitbekommen, was sich abgespielt hatte. Dass Khalid auf dem Boden lag und ein anderer in Zukunft das Kommando übernehmen würde, erfüllte ihn mit heimlicher Freude. Khalid hat ein großes Maul, dachte der Lehrer, und dass ihm das jetzt einmal gestopft wird, ist höchste Zeit. Das kann ich nur begrüßen.
Er ging auf die Gruppe zu. Seine Stimme ließ seine Autorität nicht verhehlen: „Sofort mit der Schlägerei aufhören! Wer hat den Streit angefangen?"
Keine Antwort.
„Gut, Schweigen im Walde. Dann ist wohl nichts vorgefallen. Khalid steh' auf und spiel nicht den toten Mann. Los, steh auf!"
Nur mühsam erhob sich der Angesprochene und rieb sich die Schläfe.
„Was war los?", wiederholte der Lehrer.
„Gar nichts, Herr Berger. Wir haben ein bisschen Karate geübt, und Julian hat mir etwas gezeigt, was ich noch nicht drauf habe. Alles in Ordnung. Komm, Julian, gib mir five, und wir sind die besten Freunde."
Die beiden Jungs klatschten sich ab, und dann kündigte ein schrilles Klingeln das Ende der Pause an.

Julian erzählte zu Hause von dem Vorfall. Seine Mutter, wie es in den amtlichen Papieren aus Israel stand, hörte ihm beunruhigt zu.
„Du hast ihm gegen den Kopf getreten, und er ist wie ein nasser Sack umgefallen?"
„Ja, der Typ wollte von mir hundert Euro dafür kassieren, dass er mich in Zukunft in Ruhe lässt. Der ist Araber. Das haben mir meine Freunde gesagt. Und er trägt den arabischen Namen Khalid."
„Was hast du auf seine Forderung geantwortet?"
„Dass ich ihm eine Tüte mit Kamelscheiße mitbringe. Die kann er fressen. Fand er nicht so lustig. Stattdessen ist er auf mich losgegangen, und ich habe ihn vertrimmt."
Seine Mutter prustete vor Lachen und nahm ihn in den Arm.
„Das hast du gut gemacht, Julian! Lass dir nichts gefallen. Wenn du angegriffen wirst, wehre dich. Ich werde in Zukunft noch härter mit dir trainieren. Du siehst, dass es dir nur von Nutzen ist."
Die Prügelei auf dem Schulhof und der arabische Vorname von Julians Gegner machten Ursula hellhörig.
Sehr hellhörig!
Eine bis dato unbekannte Unruhe ergriff von ihr Besitz. Hans und Julian gegenüber ließ sie sich nichts anmerken. Ihr fiel ihr Einsatz beim Holzhausenpark ein. Der kleine Junge, den sie in das Schulgebäude zurückgeschickt hatte. Und dann das Morian-Hotel, wo sie mit Hans nach ihrer ersten Liebesnacht gefrühstückt hatte und der Junge und seine Mutter sie unverwandt angesehen hatten. Sie musste sich Klarheit verschaffen, ob es zwischen der heutigen Prügelei und dem damaligen Vorfall einen Zusammenhang gab.
Sie rief sich zur Beruhigung ins Gedächtnis, dass Julian und der arabische Junge nicht jene Schule besuchten, vor der sie die zwei Männer in dem schwarzen Mercedes liquidiert hatte. Die Schulen lagen hunderte Meter auseinander. Nein, das Großmaul, dem Julian gezeigt hatte, was eine Harke ist, war gewiss nicht der Kleine, den sie damals ins Sekretariat geschickt hatte. Trotzdem blieb ein Gefühl des Unbehagens zurück.

Einige Tage, nachdem sie in Frankfurt mit Julian gelandet war, hatte sie sich bei der jüdischen Gemeinde vorgestellt. Der Verwaltungschef dieser einflussreichen Frankfurter Institution wusste von Zavi Schneider, dass sich eine Ursula Büttner für die Stelle des Security-Chefs bewerben würde. Er könne sich

vorstellen, so Zavi Schneider, dass sie eine hervorragende Besetzung sei. Immerhin habe sie als Oberstleutnant und Ausbilderin einer Spezialeinheit beste Beurteilungen erhalten.
Das Gespräch mit Werner Landauer dauerte keine halbe Stunde, und Ursula hatte den Job in der Tasche. Von nun an war sie für die örtliche jüdische Gemeinde zuständig und hatte Beraterfunktion für die angrenzenden jüdischen Gemeinden. Und sie musste den Kontakt zu den Frankfurter Polizeiabteilungen pflegen.
Man traf sich einmal im Monat zu einer Besprechung im Polizeipräsidium an der Miquelallee. Bei ihrer ersten Besprechung wurde sie Frankfurter Polizisten in hohen Positionen vorgestellt, die sich darauf freuten, mit einer Frau zusammenzuarbeiten, darüber hinaus einer, die nicht vom hessischen Staat bezahlt wurde. Bei den darauffolgenden Besprechungen wurde es schon brisanter. Ursula erfuhr, dass viele Ausländer, insbesondere aus dem arabischen Raum, mit Juden nichts am Hut hatten. Viel mehr noch, sie waren auf alles von Hass erfüllt, was jüdisch war, was ihnen bereits mit der Muttermilch verabreicht wurde.
Bei einer der Besprechungen ließ ein Polizeirat mit dem Namen Mittag verlauten, dass er gelegentlich an einem Fall arbeite, der länger zurückläge und sich in Frankfurt ereignet habe. Der Fall würde ihn nach wie vor beschäftigen und sei bemerkenswert.
„Und was ist das für ein schwieriger Fall, den Sie gerade erwähnt haben?“, fragte Ursula interessiert.
„Er ist ausgesprochen dubios. Zwei Männer, augenscheinlich aus dem arabischen Raum, wurden getötet. Besser gesagt, hingerichtet. Der Mörder war meiner Einschätzung nach eiskalt. Eine Anwohnerin hatte gesehen, dass eine Frau einen Jungen, der in einen Mercedes einsteigen wollte, in die Schule zurückschickte.“
Ursula hatte konzentriert zugehört.
„Und was passierte dann?“, hakte sie nach.
„Die Frau ging zu dem Mercedes und erschoss Fahrer und Beifahrer. Anschließend spazierte sie seelenruhig die Fürstenbergerstraße hinunter und verschwand. Ziemlich abgebrüht, finden Sie nicht auch?“, fragte der Polizeirat neugierig
„In der Tat. Die Morde müssen viel Staub in den Medien aufgewirbelt haben, oder?“
„Das hätten sie, wenn es gewünscht gewesen wäre. Wir mussten aber die Tat unter der Decke halten. Anweisung von höchster

Stelle. Es durfte nichts nach außen dringen. Die Presse weiß bis heute nichts von dem Vorfall. Schon eigenartig ..."
„In Israel sind wir mit solchen Hinrichtungen vertraut. Die verschiedenen Führer des Palästinensischen Volkes sind sich nicht grün, und dann fallen Schüsse. Meinungsverschiedenheiten halt. Gibt es eine Akte über das Verbrechen? Vielleicht ist die Angelegenheit auch für die israelische Seite von Bedeutung. Möglicherweise könnte ich mit meinen Beziehungen dazu beitragen, dass die Morde aufgeklärt werden. Nach Absprache mit Ihnen selbstverständlich."
Ursula schaute den Polizeirat mit Unschuldsmiene an.
Der Mann atmete tief durch: „Also, die Ermordeten hatten vor Jahren einen Asylantrag in Deutschland gestellt, der positiv beschieden wurde. Sie holten ihre Familien nach. Jeder gründete eine eigene Export-Import-GmbH und schickte seine Kinder auf deutsche Schulen mit bestem Ruf. Dass sie im Untergrund für die Al-Fatah tätig waren, wussten die wenigsten. Der eine hieß Mohammad Yaroli. Ungewöhnlicher Name, aber wie auch immer. Der andere Mohammed Sayet. Sie waren miteinander verwandt und agierten in Frankfurt für die Palästinenser. Und traten aggressiv gegen Israel auf. Dass der Mossad auf die beiden ein Auge geworfen hatte, versteht sich von selbst. Der wusste genau, was die planten, und hätte mit ihnen kurzen Prozess gemacht. Wir als Polizeibehörde mussten jedenfalls den Mund halten. Die zwei Leichen wurden von Unbekannt abgeholt und sind bis zum heutigen Tage verschwunden. Ebenso ist der fette Angeber-Mercedes unauffindbar, in dem die Toten lagen.
Jetzt, so Anweisung von oben, soll ich den Fall bearbeiten. Ich soll zusehen, dass ich den Fall doch noch aufkläre. Was für ein Schwachsinn! Mir ist schleierhaft, was man sich an höheren Stellen hier im Haus bei so einer Anweisung denkt. Am besten, ich lasse die Akte im Archiv verschwinden."
Der Polizeirat fingerte aufgebracht in seiner Hosentasche herum, zog ein Päckchen Zigaretten heraus und fragte Ursula, ob sie mit ihm eine rauchen gehen wolle. Sie schüttelte den Kopf: „Nein danke, Rauchen habe ich mir nie angewöhnt. Gott sei Dank! Stehen noch Punkte auf der Tagesordnung, die für die jüdische Gemeinde von Belang sein könnten, oder darf ich mich verabschieden, Herr Kriminalrat?"

„Nein, Sie können beruhigt nach Hause gehen. Sobald etwas Wichtiges vorliegt, kommen wir umgehend auf Sie zu. Ich wünsche Ihnen einen geruhsamen Abend.“
Ursula erwiderte lächelnd den Gruß. Sie hatte schon die Hand auf die Türklinke gelegt, als der Kriminalrat nachschob: „Noch etwas. Die Augenzeugin hat lange gezögert, sich bei der Polizei zu melden. Sie hatte Angst, dass auch sie ermordet wird, wenn sie bei uns eine Aussage macht. Eine Frau, die zwei Menschen erschießt! Eine Personenbeschreibung konnte sie allerdings nur vage abgeben. Die hat uns nicht weitergeholfen. Die Körpergröße, die sie uns angab, könnte auf Sie zutreffen. Aber das ist nur ein Vergleich. Sie haben mit Sicherheit nichts mit dem Fall zu tun.“
„Nein, Herr Kriminalrat. Ich bin zum ersten Mal in Deutschland und war all die Jahre vorher bei der israelischen Armee als Ausbilderin tätig. Was Ihnen garantiert bekannt ist“, antwortete Ursula Büttner mit zuckersüßem Lächeln.
Sie verließ das Besprechungszimmer und rempelte – gedankenversunken - Hauptkommissar Krähe an. Er schaute sie mürrisch an und erwartete eine Entschuldigung. Sie ließ ihn stehen, als ob nichts passiert wäre, und ging von dannen. Er sah ihr mit offenem Mund hinterher, bevor er das Büro von Polizeirat Mittag betrat.

Als sie zu Hause bei ihrer kleinen Familie eintraf, zog sie sich zurück. Vor ihren Augen lief noch einmal der Film ab, deren Hauptakteurin sie gewesen war. Bevor sie die zwei Araber erschoss, hatte sie den Jungen in das Schulsekretariat zurückgeschickt und lediglich zwei, drei Sätze mit ihm gewechselt. Dass er sie in Erinnerung behalten hatte, konnte sie sich gut vorstellen. Aber sie hatte eine blonde Perücke sowie braune Kontaktlinsen getragen und sich leichenblass geschminkt. Unwahrscheinlich, dass er sie wiedererkennen konnte. Höchstens ihre Stimme. Genau, der Schock über seinen blutüberströmten Vater hatte ihm ihre Stimme eingeprägt Das war eine Schwachstelle.
Sie schüttelte den Kopf, als ihr der Gedanke durch den Kopf ging, dass sich im Leben wohl alles rächte. Es gab für sie zwei Möglichkeiten: Sie konnte den Jungen liquidieren oder die Prügelei auf dem Schulhof als Kräftemessen unter Kindern werten, die sich gegenseitig Respekt verschaffen wollten. Sie würde die Geschichte mit dem kleinen Araber im Auge behalten

und die weitere Entwicklung beobachten müssen. Schon aus Sicherheitsgründen. Wieder befiel sie diese Unruhe, ein Gefühl, das ihr bis zu der Schulhofaffäre fremd gewesen war.
Sie beruhigte sich damit, dass sie das überbewertete und Dinge in eine irrwitzige Verbindung brachte, die nichts miteinander zu tun hatten. Khalid war nichts anderes als ein arabischer Junge, der in Frankfurt genauso aufwuchs, wie viele hunderte andere Kinder seiner Herkunft. Der Kleine, den sie damals zum Sekretariat zurückgeschickt hatte, und der Lausebengel, der von Julian Geld gefordert hatte, waren mit grenzenloser Sicherheit nicht dieselben. Wozu sich also Gedanken über Dinge machen, die in keinem Zusammenhang stehen?
Die Ex-Agentin verbannte die Gedanken, die sie nervös machten, aus ihrem Gehirn.

Der alternative Glaube

Das Priesterseminar

Die angehenden Priester wurden auf einem Seminar mit dem Namen „Der alternative Glaube" auf ihren Beruf im Dienste der katholischen Gemeinschaft vorbereitet. Ihre Ansichten über den gelebten Glauben gingen weit auseinander, aber letztendlich war die katholische Kirche eine weltweite, große Gemeinschaft, der man sich verbunden fühlte und gerne dienen wollte, sei es auch nur zum eigenen Nutzen.
Zum Leidwesen der Kirchenoberen war im Laufe der Jahre die Zahl der Anwärter für einen Beruf, der sexuelle Entsagung verlangte, drastisch gesunken. Immer wieder erhitzte das Zölibat in den Seminarstunden die Gemüter. Manch einer der frischgeweihten Priester, die ihr Studium an einer katholischen Hochschule erfolgreich abgeschlossen hatten, gab nach kurzer Zeit seinen Beruf wieder auf, weil er festgestellt hatte, dass er weder auf Sex verzichten wollte noch konnte.
Viele wollten eine Familie gründen, was zu den Leitsätzen der Kirche im Widerspruch stand.
Man war selbstverständlich gewillt, die Männer in ihre zukünftige Ehe zu entlassen, ja man wünschte ihnen sogar Gottes Segen für eine glückliche Zeit zu zweit.

Andere waren homosexuell und lebten ihre Veranlagung unterschiedlich aus. Ein kleiner Teil von ihnen bevorzugte Knaben statt gleichaltriger Männer. Das erforderte Vorsichtsmaßnahmen. Wurde nämlich publik, dass man Knaben liebte, wurde man mit Schimpf und Schande belegt und in ein entlegenes Dorf versetzt, wo nur alte und gebrechliche Gläubige lebten. Zur Unterstützung bei den täglichen Belangen stand einem eine Haushälterin zur Seite. Nein, auf keinen Fall eine junge, sondern eine im fortgeschrittenen Alter, und meistens sehr resolut, wie einige Priester berichteten, die aus ebendiesem Grund versetzt worden waren.

Wollte man seiner Knabenliebe frönen, musste man sich einem der Netzwerke anschließen, die lieferten, was man begehrte. Das kostete viel Geld, aber als Priester verdiente man gar nicht so schlecht, zumindest in Deutschland. Man zahlte an die Organisationen einen Batzen Geld, blieb grundsätzlich anonym und konnte sich seine sexuellen Wünsche erfüllen lassen. In der Bibel stand auch nicht, dass die Liebe zu einem Knaben verboten war. Es war lediglich ein Satz zu finden, der besagte, dass ein Mann sich nicht zu einem Knaben legen solle wie zu einer Frau. Ein Knabe war keine Frau, und wie zu einer Frau wollte man sich auch nicht zu ihm legen.

Hatte man Befriedigung erlangt und die Tränen des Knaben getrocknet, kniete man sich vor das Fenster eines Beichtstuhls und bat um Vergebung seiner Sünden. Falls man diesen Schritt überhaupt wagte und das Vergehen kundtun wollte. Es gab aber auch Beichtväter, bei denen dieser Schritt leichtfiel, denn sie standen auf Männer, was ebenfalls geheim gehalten wurde. Manch einer wollte detailliert wissen, was man getrieben hatte, weil es ihn erregte und er Praktiken in Erfahrung bringen konnte, die er selbst noch nicht ausprobiert hatte. So ergänzte man sich durch Beichte und Vergebung.

Man war in einem Kreis gelandet, der sich gegenseitig schützte und größtes Interesse hatte, nichts von den sexuellen Vorlieben nach außen dringen zu lassen. Der Pädophile schützte den Päderasten, und dieser den Homosexuellen.

Sollte es doch einmal eine undichte Stelle geben, bekannte man sich nicht öffentlich schuldig, nein, man regelte das intern. Die Kirche schwieg die Angelegenheit tot und ließ Gras über die Sache wachsen, bis es keinen mehr interessierte. So konnte man ungestört weitermachen, bis der nächste Skandal die Öffentlichkeit erschütterte und die ganze Leier von vorne losging. Was interessierte die allein seligmachende katholische Kirche die Meinung ihrer Gläubigen? Die war noch nie gefragt gewesen, in all den Jahrhunderten nicht. Sie hatten damals wie heute ihren Hirten zu folgen, und es zählte nur, was die ihren Schafen predigten. Und die hatten zu gehorchen. So war es, und so sollte es auch bleiben.

Fünf junge Priester standen in der Pause des Seminars, das in Frankfurt am Main stattfand, abseits der anderen und tuschelten miteinander. Jeder wusste von den Neigungen des anderen, denn man hatte in den vergangenen Tagen schnell herausgefunden, wer in welche Richtung tendierte, und einen eingeschworenen Kreis gebildet. Sie tauschten untereinander Informationen aus, was an sexuellen Dienstleistungen auf dem Markt angeboten wurde.
„Ich habe hier einige Bilder von zuckersüßen Jungs. Zwei sind noch unberührt. Einer ist blond und der andere hat schönes schwarzes Haar“, sagte Armin. Er war Ansprechpartner, wenn es um ausgefallene Gelüste seiner Mitbrüder ging, und bekannt für seine Verbindungen zu einer Organisation, die Knaben lieferten. Sicher, es war nicht ganz billig, einen Knaben für eine Nacht zu kaufen, aber letztendlich kam man auf seine Kosten.
Wem die Miete eines Jungen für eine Nacht zu teuer war, dem gab Armin die Adresse eines Privatpuffs in der Frankfurter Innenstadt mit dem Hinweis, dass es widerlich für einen katholischen Priester sei, mit einer Person zu verkehren, die unrein sei. „Einfach nur ekelhaft! Und dazu diese Brüste und dieser Schlitz, der viele Männer um den Verstand bringt! Das ist wissenschaftlich bewiesen“, ächzte Armin.
Man habe sich für den Beruf des Priesters entschieden und damit dem Zölibat unterworfen, das man nicht brechen wolle, schon gar nicht mit einer Frau. Als Priester gehöre man einer elitären, intellektuellen Schicht an, in der Weiber nichts zu suchen hätten, beschwor er sie ein ums andere Mal.
Wurde schließlich der gewünschte Knabe geliefert und der Kunde hatte seinen Spaß mit ihm, wurde er am nächsten Morgen wieder abgeholt und offenbar an einen Ort zurückgebracht, wo er unter Beobachtung stand. Es galt als eisernes Gesetz, dass die Organisation niemals auch nur ein Wort von dem, was mit den

Knaben passiert war, nach außen dringen lassen würde. Und bisher hatte die Organisation ihr Versprechen eingehalten, mit welchen Mitteln auch immer. Als Mann der Kirche wollte man es auch nicht wissen.

Ab und zu fanden Hausdurchsuchungen bei Privatpersonen statt, die nichts mit der Kirche zu tun hatten. Auf ihren Computern wurden Fotos nackter Knaben und kleiner Mädchen in den unterschiedlichsten Posen entdeckt. Jedoch waren bisher bei keinem Kleriker solche Aufnahmen sichergestellt worden. Das sprach für die Verschwiegenheit der Organisation. Keiner der Priester hatte auch jemals die Frage gestellt, was nach einer solchen Nacht mit den Knaben passierte. Schließlich zahlte der Nutznießer für den exklusiven Service, ließ sich befriedigen, und der Rest war ihm egal.
Gott wird es schon richten. Außerdem flösse ein Teil des Geldes an die Familien der Knaben zurück, wie Armin gesagt hatte. Somit tat man den Familien etwas Gutes, was nicht von der Hand zu weisen war. Man war mit sich im Reinen.
Armin ließ die Bilder die Runde machen und beobachtete dabei die Gesichter seiner Glaubensbrüder. Bei Bruder Lucius bemerkte er ein Glitzern in den Augen, das Zeichen, dass er seinen Geschmack getroffen hatte.
„Was kostet der blonde Knabe, wenn ich ihn für ein Wochenende in einer abgelegenen Ferienwohnung auf dem Land buche?"
Armin schaute Lucius an und überlegte kurz.
„Du musst ihn mit Essen und Kleidung gut versorgen. Und ich bekomme von dir tausend Euro. Darunter geht nichts, gar nichts; er ist noch unberührt. Du musst ihm alles mit der nötigen Vorsicht beibringen, und du darfst ihn nicht verletzten. Kommt heraus, dass du ihm Schmerzen zugefügt hast, musst du eine Strafe von fünftausend Euro zahlen. Ich muss das noch einmal erwähnen: Sex mit Knaben ja, aber ohne Gewalt. Wer gegenüber den Kindern gewalttätig wird, bekommt nichts mehr geliefert. Das ist das Aus für ihn. Der Bruder kann sich dann auf dem Straßenstrich bedienen, der gefährlicher ist als alles andere.
Wie ihr wisst, sind die Knaben nicht HIV-infiziert. Somit seid ihr auf der sicheren Seite. Ein Vertreter der Organisation hat mir einmal erzählt, dass auch erwachsene Frauen sich derer Dienste bedienen und sich Knaben liefern lassen, weil sie eben Angst vor ansteckenden Krankheiten haben, die sie sich bei erwachsenen

Männern holen können. Das muss man sich einmal bildlich vorstellen: Eine Frau geht mit einem Achtjährigen ins Bett! Mir fehlen die Worte. Das ist hochgradig verwerflich, um nicht zu sagen eine Schweinerei. Hier bewahrheitet sich wieder die alte Weisheit, dass im Weib und in seinem Leib der Teufel steckt und sie immer und immer wieder den Knaben und den Mann zur Sünde verleitet. Habt ihr für ein solches Verhalten der Weiber auch nur das geringste Verständnis, liebe Brüder?"
Bruder Armin blickte in die Runde, und alle schüttelten den Kopf.
„Bruder Lucius, willst du den blonden Knaben für das kommende Wochenende buchen oder nicht? Wenn du lange zögerst, wird er vergeben sein. Also", fragte er seinen Glaubensbruder mit durchdringendem Blick.
„Ja, ja, ich will ihn. Unbedingt." Bruder Lucius wischte sich Schweißperlen von der Stirn.
„Glückwunsch, Bruder!", gratulierten ihm die anderen und schauten ihn anerkennend an.
„Die eintausend Euro sind spätestens in zwei Tagen zu zahlen. Du kannst die Buchung nicht mehr rückgängig machen. Gebucht ist gebucht. Vergiss nicht, dass der Knabe unerfahren ist. Du musst ihn vorsichtig einreiten und darfst ihm nicht wehtun", schärfte ihm Armin noch einmal ein.
Lucius nickte und wischte sich abermals den Schweiß von der Stirn.
Der Pausengong ertönte, und die jungen Priester kehrten in den Seminarraum zurück, um Bruder Armins Vortrag zu dem Thema „Sexualität in der Ehe: Wie geht ein Mann damit um, wenn sich ihm seine Frau verweigert" anzuhören. Er stellte darin Thesen auf, die für aufgeklärte Bürger völlig abstrus geklungen hätten, jedoch von seinen Zuhörern ernstgenommen wurden und zum Schluss eine lebhafte Diskussion über das Für und Wider auslösten.

Treffpunkt Michelstadt

Wie verabredet wurde der Knabe zwei Tage später geliefert. Als Treffpunkt hatte man einen Ort in einiger Entfernung von der Großstadt Frankfurt ausgewählt: Michelstadt. Das kleine beschauliche Städtchen mit seinen vielen Fachwerkhäusern bot sich geradezu an. Der Tag wurde nicht von Hektik gezeichnet wie in Frankfurt, nein, hier wurde alles gemütlich erledigt. Die vielen

Touristen, die Tag für Tag in die Stadt strömten, besonders zur Weihnachtszeit, schlenderten durch die Gässchen und atmeten die Vergangenheit genüsslich ein.

„Michelstadt, die Stadt zum Wohlfühlen! Sehen und genießen!", so der Slogan der Busunternehmer.

Bruder Lucius fuhr mit seinem alten Fiat, der jedesmal, wenn er eine Kurve nahm, erbärmlich quietschte, die Marktstraße in Michelstadt entlang. Bruder Armin hatte ihm die Adresse aufgeschrieben, an der er den Knaben abholen konnte. Und musste, wenn er seine tausend Euro nicht in den Sand gesetzt haben wollte. Ein Zurück von dem mündlichen Vertrag gab es nicht. Er bog in die dritte Straße links ab und parkte vor einem abgelegenen Haus. Obwohl die Nacht schon hereingebrochen war, konnte er erkennen, dass es heruntergekommen war. Die Fensterläden waren geschlossen, aber durch einen kleinen Spalt schien Licht nach draußen.
Er hatte seine auffällige Soutane abgelegt und in den Spind seiner Stube im Seminargebäude über seine schwarzen Lederschuhe gehängt. Stattdessen trug er Jeans, Kapuzenjacke und abgetretene Turnschuhe. Wie jeder Durchschnittsbürger.
Er stieg die moosbewachsenen Stufen empor und klopfte wie vereinbart dreimal. Die Tür öffnete sich, und vor ihm stand ein furchterregender Gannoventyp. Groß, über und über tätowiert, schlecht rasierte Halbglatze und mit dem Körper eines Mannes, der früher sein Geld als Preisboxer verdient hatte.
„Armin schickt mich. Er hat gesagt, dass Sie etwas für mich hätten", eröffnete er das Gespräch.
Der Riese im Türrahmen erwiderte kalt: „Komm rein."
Als Lucius eingetreten war, verriegelte er die Tür zweifach.
„Du bist wegen dem blonden Bengel da?"
Lucius nickte.
„Er schläft. Ich habe ihm etwas gegeben, damit er Ruhe hält. Trag ihn in dein Auto. Er gehört dir. Du hast ihn gemietet. Von heute Freitagabend bis Sonntag. Danach bringst du ihn zurück. Lebend. Ist das klar? Wenn ihm etwas passiert, ich meine, du verletzt ihn so sehr, dass er es nicht überlebt, musst du ein Zwangsgeld von zehntausend Euro zahlen. Dasselbe gilt, wenn er bei dir abhaut und nicht wieder aufzufinden ist. Verstanden?"
„Ich bin nicht blöd."

„Dann sind wir uns einig. Und: Kein Sterbenswörtchen über das, was du hier gesehen noch was du mit dem Jungen angestellt hast. Merk dir das. Unsere Organisation hat einen langen Arm. Bis in höchste Kirchenkreise. Wer auf uns zurückgreift, hat zu schweigen. Sonst hat er ein Problem. Nicht nur mit uns, sondern auch mit denen in Rom. Wir sind ausschließlich im Dienste der katholischen Kirche tätig. Wir versorgen die Priester mit Frischfleisch. Mit Knaben, nicht mit Frauen. Wir halten uns streng an das Zölibat, damit kein Priester seinen Treueschwur der Enthaltsamkeit brechen muss."
Der Mann grinste, und Lucius sah in ein Gesicht, das sich zu einer Fratze verzogen hatte.
„Was hast du mit ihm vor?", wollte der Mann von dem Priester wissen.
„Was geht dich das an? Ich frage dich auch nicht, was du mit deinen Frauen machst. Oder bist du scharf darauf, es mir zu erzählen?"
Lucius schaute ihn lauernd an, doch das Muskelpaket ignorierte die Frage.
„Ich will jedenfalls Spaß mit ihm haben. Seit Monaten habe ich Druck. Ich muss mal wieder das Ventil öffnen. Ich nehme ihn jetzt mit, denn die Zeit läuft. Wo ist er?"
„Im Schlafzimmer."
Der Riese ging voran. Hinter dem Wohnzimmer öffnete er eine Tür und knipste den Lichtschalter an. Das Zimmer wurde schwach erhellt.
„Hier." Er deutete mit dem Finger auf einen blonden Jungen im Tiefschlaf. Neben ihm lag ein weiteres Kind, das ebenfalls schlief. Irritiert schaute Lucius auf die beiden: „Ich hatte nur einen bestellt, nicht zwei."
„Du bekommst auch nur einen, und zwar den blonden. Der andere ist für jemand anderes reserviert. Auch von der Kirche. Ein hohes Tier aus der Gegend. Er liebt Jungs mit schwarzen Haaren, also das krasse Gegenteil von dem, auf was du stehst. Würde die Kirche das Zölibat abschaffen, wären wir arbeitslos. Ich hoffe, dass das nicht eintritt."
Der Mann setzte wieder sein Fratzengrinsen auf. Lucius bemerkte erst jetzt die Narbe, die sich vom rechten Ohr bis zum Kinn zog. Sie betonte sein Ganovenaussehen.

„Für welches hohe Tier ist denn der schwarzhaarige Knabe bestimmt, der hier so selig schläft?“, wollte er aus einem Impuls heraus von dem Mann wissen, der an der Seite des Bettes stand.
„Das geht dich nichts an. Hör mit irgendwelchen Fragen auf! Das macht mich misstrauisch, du schwarzer Hund! Stell nie wieder so eine Frage, sonst hast du ein Problem mit mir.“
Lucius erwiderte beschwichtigend: „Schon gut, ich will dir nicht auf die Nerven gehen. Ich trage meinen Jungen zum Auto, und am Sonntag bringe ich ihn zurück, in Ordnung?“
Der Mann nickte, schlug die Bettdecke zurück, und Lucius beugte sich über den Jungen, hob ihn hoch und legte ihn über seine Schulter.
„Hat er auch einen Namen?“
„Du kannst ihn Paul nennen. Auf diesen Namen hört er, aber du kannst ihm auch einen anderen Namen geben, egal. Ich überlasse es dir, wie du ihn nennst.“
Sie verließen das Schlafzimmer, und der Priester trug das schlafende Kind zum Auto, wo er es auf den Rücksitz legte und den kleinen Körper in eine Wolldecke hüllte. Dann fuhr er los.

Nach einer knappen Stunde hatte Lucius ein einsames Bauerngehöft erreicht, das in der Nähe von Nidda in der Wetterau lag. Er fuhr in die Scheune, stieg aus und verschloss das große Tor, damit er vor neugierigen Blicken geschützt war. Dann öffnete er die hintere Wagentür, umschloss den immer noch schlafenden Knaben mit beiden Armen und wollte ihn hinaustragen. Als er sich umdrehte, standen vor ihm zwei Männer.
„Da bist du endlich mit unserer wertvollen Fracht! Komm rein, wir haben alles vorbereitet. Wir sind gespannt, wie sich der heutige Abend entwickelt.“
Die Männer traten näher, um das Kind zu betrachten, und nickten anerkennend.
„Ja, ein wirklich hübscher Junge! Und dieses blonde Haar! Ein absoluter Volltreffer! Dass der vielen gefällt, kann man verstehen. Auch wir haben eine Menge mit ihm vor.“
„Genauso ist es“, sagte Lucius und nickte.
Paul schlief lange. Währenddessen saß immer einer der drei Männer an seinem Bett und hatte ihn unter Beobachtung.
Irgendwann sagte Lucius zu seinen beiden Glaubensbrüdern: „Sie haben das Kind unter Drogen gesetzt, damit es schläft und so wenig wie möglich mitbekommt. Ich schätze den Knaben auf zehn

Jahre. Vor zwei Stunden habe ich ihn fotografiert und das Bild an unsere Freunde weitergeleitet, damit festgestellt werden kann, ob er vermisst wird. Ich habe auf meine Anfrage mehrere Rückmeldungen erhalten, auch vom Bundeskriminalamt. Bisher Fehlanzeige. Merkwürdig, dass ihn seine Eltern nicht als vermisst gemeldet haben."

„Lieber Bruder Lucius: Wir vom Geheimdienst des Vatikans ‚Auge Gottes' wissen doch, wie so etwas läuft. Das Kind wird den Eltern von einer Organisation für ein paar Dollar abgekauft und eine Zeitlang als Sexsklave missbraucht. Sollten die Eltern irgendwann von ihrem schlechten Gewissen geplagt werden und das Kind zurückfordern, kommt es auch zurück. Meistens jedenfalls. Sollte bei einer der sexuellen Dienstleistungen etwas schieflaufen und das Kind kehrt nicht zurück, erhalten die Eltern noch eine kleine Aufwandsentschädigung.

Drohen die Eltern, zur Polizei zu gehen, kommt einer von der Organisation, und der regelt das auf seine Weise. Dann gibt es etwas auf die Fresse, und ein paar Dollar lassen die Schmerzen vergessen.

Halten sie immer noch nicht den Mund, wird kurzer Prozess gemacht. Ihr wisst, wie der endet.

Damit der Killer kein schlechtes Gewissen hat, geht er zur Beichte und erzählt, wie es anfing und wie es geendet hat. Der Beichtvater, der den Killer von seinen Sünden losspricht, ist selber Päderast und weiß, wie man an Knaben kommt. Und er weiß, dass die Organisation über dieses dreckige Geschäft Stillschweigen bewahrt. Einige unserer Brüder wollen, dass sich diese Verquickung nie ändert: Sex und Schweigen. So läuft das seit vielen Jahren.

Dass sie damit den christlichen Glauben schädigen, brauche ich nicht zu erwähnen. Die Lust an Knaben geht bis in die höchsten Kreise des Vatikans, und die Kirche setzt alles daran, diese Fälle unter Kontrolle zu halten. Würde herauskommen, wie die Kinder gequält werden, käme es zu einer zweiten kirchlichen Revolte, nach Martin Luther. Wenn das Petrus wüsste! Er würde sich im Grabe umdrehen.

Unsere Aufgabe besteht in der Rettung der Kinder. Wir haben sie in Sicherheit zu bringen, um sie dem Zugriff der jeweiligen Organisation zu entziehen. Die Priester, die sich auf Sex mit Knaben einlassen, gilt es, aus ihrem Amt zu entfernen und dahin zu versetzen, wo sie kein Unheil mehr anrichten können."

Bruder Lucius, für den diese Thematik neu war, hörte aufmerksam zu. In der Vergangenheit hatte er die christliche Welt bereist und schwierige Aufträge für den Vatikans erledigt. Mal musste er sich um die Geldflüsse des Vatikans kümmern, die von der Mafia genutzt wurden, ein andermal um hohe Kirchenführer, die mit Diktatoren gemeinsame Sache machten. Auch war er schon in eine Untersuchungskommission berufen worden, die den Selbstmord eines Leibwachen-Offiziers des Vatikans aufklären sollte.

Sein Ansprechpartner war immer sein direkter Vorgesetzter im Auge Gottes, Kardinal Schneider. Ihm, und nur ihm, durfte er berichten, keinem anderen. Er war zugleich sein Beichtvater, der ihm die Sünden vergab und ihn zur Reue aufforderte. Das mit der Reue hatte er allerdings nicht in seinem Sprachgebrauch. Schneiders Rolle im Geheimdienst des Vatikans bestand darin, die katholische Kirche vor Schaden zu bewahren. Ihm war die Sparte Zölibat und alles, was damit zusammenhing, zugeordnet.

Nun waren ihm Widerwärtigkeiten zugetragen worden, deren Ursache erforscht werden musste. Er überlegte lange, wen er damit beauftragen könnte. Er ließ sich Unterlagen von diversen Mitarbeitern des Geheimdienstes bringen und durchforstete sie tagelang. Die Wahl fiel auf Bruder Lucius, den er bereits mit anderen heiklen Aufgaben betraut hatte.

Er schien ihm der geeignete Mann zu sein, denn er war nie durch sexuelle Ausschweifungen aufgefallen. Offenbar hielt er sich an sein Gelöbnis, oder er führte ein Doppelleben. Hinzu kam seine Rücksichtslosigkeit, wenn es darum ging, Schaden von der katholischen Kirche fernzuhalten, was dem Kardinal sehr gelegen kam. Der Priester hatte immer lautlos und effektiv gearbeitet. Als Beichtvater konnte er ihm auch seine Sünden vergeben.

Der Kardinal seinerseits legte die Beichte bei seinem Vorgesetzten ab, dem Papst, und äußerte sich nur über das, was seiner Meinung nach von Gewicht war. So wurde der Papst selektiv über das aktuelle Weltgeschehen informiert.

Bei seiner letzten Beichte schilderte der Kardinal, wie Priester gegen das Zölibat verstießen und dabei nicht auf Frauen oder erwachsene Männer zurückgriffen, sondern auf junge Mädchen und Knaben. Die Thematik war von der Presse hochgekocht worden, und die Reputation der Kirche hatte erheblich gelitten. Ganz zu schweigen von den finanziellen Forderungen der Missbrauchsopfer. Der Papst hörte geduldig zu und bat Kardinal

Schneider, gegen den Wildwuchs vorzugehen. Er wüsste wie immer nichts davon, und sollte sich die internationale Presse wieder auf dieses Thema stürzen, würde er diese sexuelle Spielart einmal mehr öffentlich verdammen.
Der Kardinal fragte den Papst, ob er das Zölibat nicht aufheben wolle. Damit könnte man den Missbrauchssumpf trockenlegen. Der Papst schwieg lange und sagte schließlich: „Wenn ich dieses Thema publik mache, stehen Sie in kürzester Zeit an meinem Totenbett. Nach der reinen Lehre ist die Frau eine Sünderin. Mit diesem Makel würde man die katholische Kirche millionenfach mit Sünden überziehen. Da macht keiner hier im Hause mit. Auch nicht in den katholischen Gemeinden, weltweit. Das ist systemimmanent. Uns bleibt nur, die Organisationen auszutrocknen, die mit Kindern als Sexspielzeug handeln. Und die Priester, die sich solcher Verfehlungen schuldig machen, müssen kategorisch versetzt werden. Aus dem Kirchendienst können wir sie nicht entlassen, sonst bleiben bald in vielen Gemeinden die Priesterämter unbesetzt. Es ist eine Tragödie für unseren Glauben, dass er von Mitbrüdern in den Dreck gezogen wird. Diese schwarzen Schafe löcken wider den Stachel Gottes.
Ich vertraue Ihnen ein Geheimnis an: Ich traue im Vatikan niemandem“, seufzte der Papst. „Ich fühle mich manchmal bedroht und habe Angst. Ja, ich habe Angst, Herr Kardinal, Angst um mein Leben. Aber ich glaube, dass es mir mit Gotteshilfe gelungen ist, bisher jedem Anschlag aus dem Wege zu gehen.
Die Geschichte mit Johannes Paul dem Ersten ist bis zum heutigen Tage nicht aufgeklärt worden, das wissen wir beide als Insider. Offiziell ist er an einem Herzinfarkt gestorben, aber inoffiziell war es ein afrikanisches Berührungsgift. Es wird durch Händedruck übertragen, gelangt so in den Körper und verengt die Blutzufuhr, so dass es schließlich zum Infarkt kommt. Glauben Sie mir, ich versuche so wenig wie möglich anderen die Hand zu geben. Es reicht mir, wenn der Papstring geküsst wird.
Also, kommen Sie an die Hintermänner heran. Wie Sie vorgehen, überlasse ich Ihnen. Ich wünsche Ihnen viel Erfolg bei dieser Aufgabe.“
Damit war die Besprechung beendet.
Der Kardinal suchte das Büro des Leiters der Vatikanverwaltung auf und informierte ihn über das Gespräch, das er mit dem ehrwürdigen Vater geführt hatte. Anschließend setzte er sich an die Aufgabe, mit der ihn der Papst betraut hatte. Er hatte von

einer geheimen Quelle erfahren, dass man sich in einem Priesterseminar in Deutschland offen darüber austauschte, wie man sich Kinder für seine Gelüste mieten konnte, von diesen Machenschaften aber nur selten etwas nach außen drang. Dort wollte er mithilfe seines Agenten, Bruder Lucius, den Hebel ansetzen.

Lucius gelang es im Laufe des Seminars, das Vertrauen Bruder Armins zu gewinnen. Dieser hatte offenbar, was zuletzt auch bestätigt wurde, Zugang zu den Kinderhändlern. Nachdem er vorgab, auf kleine blonde Jungs zu stehen, vermittelte ihm Armin den Kontakt zu dem Jungen, der gerade im Begriff war aufzuwachen.

Das Kind räkelte sich, rieb sich die Augen und erblickte Bruder Lucius.
„Wo ich bin?“, fragte er in holprigem Deutsch und richtete den schmächtigen Oberkörper auf.
„Du bist in Sicherheit“, sagte Lucius. „Du brauchst keine Angst mehr zu haben. Hier sind noch zwei weitere Männer. Auch vor denen brauchst du keine Angst zu haben.“
Der blonde Junge verkroch sich zitternd unter der Bettdecke.
„Keine Angst, keiner von uns wird dir wehtun. Verstehst, du was ich sage? Und welche Sprache sprichst du?“, fragte der Agent des Vatikans.
Langsam zog der Junge die Bettdecke vom Kopf.
„Ich verstehe deutsch, ich spreche deutsch, aber ich Rumäne. Ihr mir wehtun, alle? Ihr wollt Sachen mit mir tun. Ich nicht will. Tut weh.“
„Nein“, sagte Lucius, „das wollen wir nicht. Keiner hier will dir Schmerzen zufügen. Wir wollen dich in Sicherheit bringen, und wir wollen uns mit dir unterhalten. Verstehst du meine Worte?“
Der Kleine nickte.
„Du hast doch bestimmt Hunger?“
Heftiges Kopfnicken.
„Komm in die Küche. Ich mache dir etwas zu essen. Du brauchst wirklich keine Angst zu haben“, sagte Bruder Lucius in einem tröstenden Ton und verließ das Schlafzimmer. Die Tür ließ er offenstehen, damit der Junge ihm folgen konnte, sobald er Vertrauen zu ihm gefasst hatte. Seine Kollegen hatten sich derweil in das Wohnzimmer zurückgezogen.

Lucius hatte bereits zwei Eier in die Pfanne geschlagen, eine Brotscheibe mit Butter bestrichen, eine Tasse mit heißem Kakao auf den Küchentisch gestellt und einen Pfirsich danebengelegt, als der Junge zögerlich die Küche betrat. Wortlos setzte er sich an den Tisch, griff nach der Gabel und begann zu essen. Als er fertig war, schaute er Lucius erwartungsvoll an.
„Ich möchte dir ein paar Fragen stellen, und es wäre sehr wichtig für uns, wenn du sie beantworten könntest. Möchtest du Fragen beantworten?“, fragte er behutsam.
Der Junge zeigte keine Reaktion.
„Hast du verstanden, was ich meine?“
Nicken.
„Kannst du dich daran erinnern, wo du zuletzt geschlafen hast?“
Der Junge nickte wieder.
„Das war doch bestimmt bei einem Mann?“
Kopfschütteln.
„Du hast bei keinem Mann geschlafen“, stellte der Priester fest. „Wo hast du dann geschlafen?“
„Bei Frau.“
„Bei einer Frau?“ Lucius war fassungslos.
Der Junge nickte: „Ja, bei Frau. Sehr lieb zu mir. Hat mich gestreichelt und geküsst. Und Essen gegeben. Musste mich zu ihr in Bett legen. Mich ausziehen. Hat mich wieder gestreichelt. Hat gesagt, was ich machen soll. Ich habe das bei Frau gemacht. Frau hat komisch gestöhnt. Davor immer nur Männer. Ich musste immer machen, was sie wollten. Waren alle von Kirche. Man hat gesagt, das jetzt letztes Mal, dass ich zu Mann gehe, und danach Ende. Ich dann wieder nach Hause gehen.“
„Danach Ende, haben sie gesagt. Weißt du noch, wer dir das gesagt hat?“
„Zwei Männer. Kenne ich nicht. Immer andere Männer holten mich ab. Gaben mir Trinken. Dann ich bin eingeschlafen und woanders aufgewacht.“
„Hast du schon einmal den Namen Armin gehört?“
Der Junge schüttelte den Kopf.
„Wie heißt du?“
„Peter oder Ralf. Weiß nicht mehr genau, wie ich heiße. Bin bei vielen Männern aufgewacht. Jeder mich nannte anders.“
Interessant, dachte Lucius. Der Mann, von dem ich den Jungen übernommen habe, hat mir erklärt, dass er Paul hieße. Hier wird eine besondere Verschleierungstaktik verfolgt, damit keiner hinter

den wahren Namen kommt und keine Rückschlüsse auf die Herkunft des Kindes gezogen werden können. Wir müssen zu dem Mann fahren, bei dem ich das Kind abgeholt habe; der wird uns nähere Auskunft geben müssen. Mit Sicherheit ist der kleine Kerl schon lange Zeit hinter vorgehaltener Hand weitergereicht worden. Bruder Lucius kochte innerlich über diese Erkenntnis, bewahrte aber sein verständnisvolles Lächeln, um den Kleinen nicht zu verschrecken.
„Ich habe dich abgeholt, während du geschlafen hast. Kannst du dich an den Mann erinnern, bei dem du geschlafen hast?"
„Kleiner Mann. Er mir nichts gemacht. Er mir nur Essen und Trinken gegeben. Bis heute ich war bei anderem Mann. War groß und kräftig. Hat mich geschlagen, weil ich nichts wollte essen und trinken", antwortete Paul.
Aha, dachte Lucius, er wird von immer anderen Leuten bewacht, damit er sich im Ernstfall an niemanden erinnern kann, den er mit seiner Aussage belasten würde. Es scheint sich um eine größere Organisation zu handeln.
Die beiden anderen Agenten des Vatikans traten unerwartet in die Küche. Paul erschrak. Er wurde aschfahl und begann, sich am ganzen Körper zu kratzen. Angesichts der Übersprunghandlung wurde Lucius bewusst, dass es Jahre dauern würde, bis seine kleine Kinderseele wieder zu sich selbst gefunden hatte.
„Du brauchst keine Angst mehr zu haben. Es ist so, wie ich es dir gesagt habe. Keiner hier wird dir wehtun. Nie wieder wird dir jemand wehtun. Du hast genug gelitten. Kannst du dich erinnern, wie deine Eltern heißen?"
Der Junge schüttelte den Kopf.
„Ich will auch nicht hin. Eltern nicht lieb. Haben mich geschlagen. Weiß nicht, wo Eltern wohnen. Gehe nicht dorthin! Will nicht zu Eltern!"
„Wir werden dich auch nicht zu deinen Eltern zurückbringen. Du wirst in Zukunft dort leben, wo du sicher bist. Wir geben dich zu Pflegeeltern. Sie werden sich um dich kümmern, und ich verspreche dir, dass es dir dort gut gehen wird. Richtig gut, mein kleiner Freund."
Bruder Lucius schaute den blonden Jungen liebevoll an und stellte zufrieden fest, dass er sich nicht mehr kratzte und sich wieder beruhigt hatte.

Zwei Stunden später wurde das Kind einer Pflegefamilie übergeben, die sich um die Formalitäten kümmerte, damit es bei ihm in Deutschland bleiben konnte.
Das Paar hatte sich sehnlichst ein eigenes Kind gewünscht, doch die Frau wurde trotz aller Bemühungen nicht schwanger. Sie versuchte es mit Yoga, veganer Ernährung, Vollkornkost, Baumumarmungen und Meditation. Vergeblich. Selbst künstliche Befruchtung half nicht. Zweimal hatte sie die Prozedur über sich ergehen lassen. Jedes Mal waren ihr vier ihrer vom Samen ihres Gatten in der Petrischale befruchteten Eier eingesetzt worden. Ihr Leib schwoll immer dermaßen an, dass sie nur unter Schmerzen den Bus im schnellen Lauf erreichen konnte, der, wie so oft, verfrüht an der Haltestelle hielt – oder erst eine Stunde später. Ihr Mann konnte ihr Leiden nicht mehr mit ansehen, und schlug ein Pflegekind vor. Sie erbat sich Bedenkzeit. Nach einem Monat willigte sie ein. Beide gingen zum Kinder- und Jugendamt und meldeten ihren Wunsch an. Obwohl beide die Vierzig schon überschritten hatten, wurde er wohlwollend beschieden. Und so konnten sie Paul mit all ihrer Fürsorge heranwachsen lassen und ihm die Liebe schenken, die ihr leibliches Kind erfahren hätte. Sie hielten noch viele Jahre die Verbindung mit dem Amt aufrecht, um sich immer wieder psychologischen Rat und Unterstützung für das schwer traumatisierte Kind zu holen. Dank ihrer Liebe fasste Paul wieder Vertrauen in die Menschen.
Mit zwanzig verliebte er sich im Physik-Studium in eine schüchterne Kommilitonin. Sie war zierlich, flachbrüstig, blass und hatte eine Zahnlücke. Aber ihr Lächeln war so ehrlich und warm, dass er ihr nach zwei Wochen einen Heiratsantrag machte. Sie nahm ihn ohne zu zaudern an. Seine Pflegeeltern waren überglücklich, ihn in guten Händen zu wissen. Wenn Paul doch noch hin und wieder aus einem Albtraum hochschreckte, strich seine Frau ihm beruhigend über die Stirn und flüsterte: „Ich bin doch da. Schlafe ruhig weiter. Ich mache alle fertig, die dir wehtun wollen.“

Weitere zwei Stunden später fuhr ein mit drei Mann besetzter Jeep an dem alten, ehrwürdigen Michelstädter Rathaus vorbei, bog in eine Seitenstraße und hielt vor dem abgelegenen Haus.
Lucius klingelte, und es dauerte ewig, bis sich die Tür öffnete. Vor ihm stand wieder das Boxergesicht, von dem er den kleinen Paul übernommen hatte.

„Was gibt es? Habt ihr Schweine Gangbang mit dem Jungen gemacht, und jetzt wollt ihr noch zwei Knaben dazukaufen, ihr Päderasten?“, herrschte er die drei ungehalten an.
„Nein, wir wollen uns mit dir unterhalten. Lass uns in dein gastfreundliches Haus. Ist das dir zu dieser Stunde etwa nicht kommod?“ Lucius schob das Muskelpaket in den Flur.
„Nicht anfassen, sonst passiert was!“
„Gar nichts passiert. Geh rein, sonst machen wir dich noch auf der Schwelle kalt.“
Lucius hielt ihm eine Pistole ins Gesicht.
„Ein Gottesmann tötet nicht“, blaffte er höhnisch und ging rückwärts den Flur entlang, die unerbetenen Besucher im Auge behaltend.
„Täusche dich nicht, was wir alles können. Uns werden die Sünden vergeben, dir nicht. Du wirst nicht umhin kommen, uns über eure widerwärtigen Geschäfte aufzuklären.“
Die Agenten hatten die Eingangstür verriegelt und drängten ihn ins Wohnzimmer.
„Setz dich!“, befahl Lucius. Sein Ton duldete keine Widerrede. „Wir haben viel Zeit für ein Interview mit dir mitgebracht. Wir stellen die Fragen, du antwortest.“ Dann fügte er zynisch hinzu: „Und bitte, bitte, keine Ausflüchte. Das könnte uns leidtun. Falls du wirklich eine nicht beantworten können solltest, sage es klipp und klar. Nur als Hinweis. Wir wissen viel über eure Pädophilen-Maffia. Um festzustellen, ob du dich in Lügen ergehst, werden wir Fangfragen stellen. Wenn wir erkennen, dass du uns anlügst, müssen wir leider, leider andere Saiten aufziehen.“
Lucius drehte sich um die eigene Achse, guckte kurz auf seine Brüder und holte blitzartig mit der geballten Faust auf das Sternum des Mannes aus. Der hatte nicht mit dem Angriff gerechnet. Der Schlag traf mit voller Wucht das Brustbein. Er sackte zusammen und schnappte nach Luft. Zusammengekrümmt lag er auf dem Fußboden und röchelte.
„Eine kleine Warnung, bevor dir in den Sinn kommt, uns anzulügen. Ist das so in Ordnung für dich?“, fragte Lucius scheinheilig.
Der Mann versuchte aufzustehen; es gelang ihm nicht. Lucius‘ Begleiter griffen ihm unter die Arme, hoben ihn hoch und durchsuchten ihn nach Waffen. Sie stellten fest, dass er nicht bewaffnet war, und setzten ihn auf einen Stuhl. Der Mann atmete immer noch schwer und blickte die Eindringlinge hasserfüllt an.

„Zunächst einmal wollen wir deinen Name wissen."
Der Mann betastete vorsichtig sein Brustbein, sagte aber nichts.
„Ich wiederhole mich nur ungern", setzte Lucius erneut an. „Wie lautet dein Name?"
„George", antwortete der Mann auf dem Stuhl.
„Und dein Nachname? Komm, mach es uns nicht so schwer. Du musst schon ein bisschen flüssiger antworten, sonst verliere ich die Geduld, und das wird für dich unangenehm. Also, ich höre." Lucius war die Höflichkeit in Person.
„Mein Name ist George Popolov. Ich bin Rumäne und arbeite für eine Organisation, die sich auf hochwertige, diskrete Dienstleistungen spezialisiert hat."
„Das ist uns bekannt. Du hast vergessen zu erwähnen, dass die Dienstleistungen von Kindern erbracht werden, die ihr an Pädophile verhökert. Wer sind die Drahtzieher deiner Organisation?"
„Wenn ich euch das sage, ist es aus mit mir. Dann werde ich kaltgemacht. Ich darf ziemlich alles mit den Kindern und dem Pack geiler Männer machen, was ich will, aber ich darf nicht verraten, wer hinter der Organisation steht. Das ist lebensgefährlich für mich. Ich kann es euch nicht sagen, glaubt es mir."
„Mir und meinen Brüdern ist egal, was aus dir wird, wenn wir diese Bruchbude verlassen haben. Ob dich deine Organisation am Leben lässt oder wir dich killen, ist mir gleichgültig. Du hast dich jedenfalls mit so vielen Sünden besudelt, dass auf dich im Jenseits tausend Fegefeuer warten, und die sind verdammt heiß."
Der Mann auf dem Stuhl war in sich zusammengesunken.
„Noch einmal: Wer steckt hinter der Perfidie, Kinder als Sexsklaven an hochrangige Persönlichkeiten in aller Welt zu vermieten?"
Der Mann schwieg.
„Warum sagst du nichts? Noch einmal, wir wollen wissen, wer hinter alledem steht. Hast du eventuell selber die Organisation ins Leben gerufen, um mit Kindern Geld zu verdienen und ein Leben in Luxus zu führen?"
Der Mann schüttelte den Kopf.
„George, mir reißt gleich der Geduldsfaden. Du musst uns behilflich sein, damit wir weiterkommen. Ich wette mit dir, dass du uns gleich alles haarklein erzählen wirst."

Lucius zog seine Pistole aus der Manteltasche, schraubte einen Schalldämpfer auf, zielte auf Georges Kniescheibe und drückte ab. Ein kurzes Ploppen, und dann erfolgte auch schon der Schrei. Einer von Lucius Kampfgefährten stürzte sich mit einem Sofakissen auf den Mann und hielt es ihm vor den Mund, um weitere Schreie zu unterdrücken.
„George, du bildest dir hoffentlich nicht ein, dass wir aus reiner Langeweile hier sind. Wir wollen Fakten hören, nichts weiter. Wenn du redest, bleibt dir einiges erspart. Schau ‘mal, auch die katholische Kirche muss sich vor Feinden schützen, und wir, das Auge Gottes, bilden die Speerspitze in dem Kampf. Du und deine Hintermänner setzt alles daran, sie in Verruf zu bringen. Aus Geldgier beliefert ihr die Priester mit Frischfleisch und erpresst sie anschließend noch. Dass ihr unschuldigen Kinderseelen zerstört, kratzt euch nicht im Mindesten. Findest du das richtig?“
Der Mann wimmerte in das Kissen hinein. Lucius bedeutete seinem Kollegen, das Kissen vom Mund zu nehmen.
„Wolltest du etwas sagen, was für uns von Interesse ist?“
Der Mann nickte.
„Sehr schön.“, sagte Lucius. „Fang an!“
George schluckte und presste eine Hand auf das Knie.
„Wer im Einzelnen dahinter steht, kann ich nicht sagen. Jedenfalls, …“, George atmete heftiger, „jedenfalls wurde ich in Rumänien angesprochen, ob ich nicht eine Menge Geld verdienen wolle. Klar war ich nicht abgeneigt. Den Mann, der mir das Angebot unterbreitete, hatte ich in einer Bar in Bukarest kennengelernt. Sollte ich mich für diese Organisation entscheiden, fügte er hinzu, gäbe es kein Aussteigen mehr. Als er das sagte, wollte ich schon nicht mehr mitmachen, denn mit Rauschgift wollte ich nichts zu tun haben. Das sagte ich ihm auch. Der Mann schüttelte den Kopf. Mit Drogen habe sein Angebot nichts zu tun. Er musterte mich eine Zeitlang skeptisch und erklärte schließlich, dass es mit Dienstleistungen für die Kirche zu tun hätte. Das hörte sich doch schon ganz anders an. Dass es sich um sexuelle Dienstleistungen handelte, verschwieg er. Dann zählte er mir tausend Dollar auf den Tisch und beobachtete meine Reaktion. Enorm viel Geld für jemanden, der von zweihundert Euro im Monat leben musste. Ich könne so viel Geld jeden Monat verdienen und noch mehr, wenn ich den Mund hielte und immer tue, was man von mir verlange. Immerhin sei ich groß und kräftig. Stimmt ja auch, im Allgemeinen jedenfalls.“

George atmete schwer und hielt sich weiterhin die Hand auf das verletzte Knie.
„Wie hieß der Mann? Wie sah er aus, und was für ein Landsmann ist er?“
„Er nannte sich Luca, und seine Haut war gebräunt, als hielte er sich viel in der Sonne auf. Er sprach mit mir erst rumänisch, dann deutsch, dann italienisch, aber ich bezweifle, dass er aus einem dieser Länder stammt. Rumäne ist er nicht, das habe ich an seinem Akzent gehört. Die anderen zwei Sprachen beherrsche ich mehr und weniger fließend, aber kann nicht beurteilen, ob ich einen Muttersprachler vor mir habe. Er, auf jeden Fall, wollte meine Sprachkenntnisse testen. Und die ganze Zeit hatte ich das Gefühl, dass uns zwei Bodybuilder-Typen am Tresen beobachteten, obwohl sie in ein Brettspiel vertieft zu sein vorgaben.“
George stöhnte. Plötzlich trat einer von Lucius‘ Begleitern mit einer Spritze hinter ihn. Er stach sie ihm in Schulter und erklärte: „Eine kleine Schmerzlinderung, damit wir fortfahren können.“
„Es ist mir schleierhaft, warum die Leute ausgerechnet mich anheuern wollten.“ George holte tief Luft; die Morphiumspritze tat ihre Wirkung.
„Wer ist dein Bezugspunkt in der Organisation?“, wollte Lucius wissen.
„Ein Deutscher namens Rick und der Dunkelhäutige. Die gaben mir die Anweisungen. Die haben mir auch die Kinder gebracht, die von anderen Männern abgeholt wurden. Von denen war eine nicht unerhebliche Anzahl von der Kirche. Die Hohlköpfe haben ihr silbernes Kreuz nicht einmal abgenommen, wenn sie bei mir klingelten.“
„Hast du den Kindern ein Schlafmittel verabreicht, bevor sich die ‚Freier‘ mit ihnen vergnügten?“ Lucius ließ nicht locker.
„Barbiturate, allerdings in so geringen Mengen, dass sie nicht ins Jenseits abdrifteten. Das wäre witzlos; damit hätte ich meine Existenzgrundlage vernichtet. Das muss nicht sein.“
„Wenn ich dir zuhöre, wird mir kotzübel. Wann kommen dieser angeblich deutsche Rick und der andere? Wie laufen eure Treffen ab?“
„Einer von beiden rief mich immer auf Handy an und kündigte an, dass er zu Besuch kommen und einen Kuchen mitbringen würde. Kuchen war das Geheimwort dafür, dass er ein Mädchen bei mir abliefern würde. Wenn er Hörnchen sagte, hatte er einen Jungen

dabei. So war unser Gespräch unverfänglich für den Fall, dass es abgehört werden sollte. Man weiß ja nie."
Lucius lächelte diabolisch: „Keine schlechte Tarnung für eure Geschäftsidee. Da hat einer klug ausgetüftelt, wie man am geschicktesten vorgeht. Wann kommen die beiden wieder, oder zumindest einer von ihnen?"
„Rick kommt morgen und holt den blonden Jungen ab, da für ihn eine Vorbestellung vorliegt."
„Wer will ihn dieses Mal missbrauchen. Ist dir das bekannt?"
„Nein, ich darf keine Fragen stellen. Tue ich es trotzdem, wird mir das Geld gestrichen. Darauf habe ich keine Lust. Das kann man wohl verstehen, oder?"
George sah Lucius und seine Begleiter provokant an. Sie reagierten mit stoischer Ignoranz.
„Wenn es dir untersagt ist, deinen Auftraggebern Fragen zu stellen, werden wir es tun. Du rufst jetzt den Deutschen an, oder noch besser, den Typen mit der dunklen Hauttönung."
„Ich kann nur Rick anrufen. Der andere kam nur sporadisch und unangemeldet, um nach dem Rechten zu sehen. So kam es mir jedenfalls vor."
„Gut, dann rufst du Rick an und bittest ihn hierher. Wenn er nach dem Grund fragt, erklärst du ihm, dass es ein Problem mit dem blonden Jungen gäbe. Der kleine Kerl würde halbtot hier im Bett liegen, und du hättest keine Ahnung, was der Pfaffe, der ihn gemietet hatte, mit ihm angestellt hat. Verstanden?"
George nickte.
Einer von Lucius Begleitern reichte ein Handy, das er auf Mithören eingestellt hatte, und George wählte eine Nummer. Es dauerte einen Moment, bis der Anruf angenommen wurde.
„Hallo", ertönte eine weibliche Stimme.
Lucius und seine Begleiter schauten sich an. Sie hatten nicht damit gerechnet, dass sich eine Frau melden würde.
„Ich bin es, George. Rick muss kommen. Er muss mir helfen."
Die Frau am anderen Ende antwortete nicht, nur ihr Atem war zu hören.
„Er muss heute noch kommen", drängte George.
„Ich werde es ihm sagen, wenn er hier auftaucht. Ist es wirklich dringend?"
„Sonst würde ich nicht anrufen."
Die Frau legte auf.
„Und wie geht es weiter?", fragte George.

„Wir warten, bis Rick eintrifft, und wenn es eine Woche dauert. Aber bis dahin bist du an Blutverlust gestorben.“ Lucius warf einen verächtlichen Blick auf die Schusswunde.
Zwei Stunden später klingelte es. Einer von Lucius‘ Begleitern öffnete, und der Besucher starrte in eine Waffe.
„Treten Sie näher!“, sagte der Priester. „Verhalten Sie sich still, dann kommen Sie vermutlich auch wieder heil hier raus.“
Der Besucher trat in den Flur, und Lucius‘ Kollege verriegelte hinter ihm die Tür. Auf der Schwelle zum Wohnzimmer zuckte der Fremde zusammen. Vor ihm saß George auf einem Stuhl und blutete aus einer Wunde am Knie.
„Kommen Sie nur herein, wir haben einige Fragen an Sie.“ Lucius wies auf einen leeren Stuhl, auf den sich der Besucher setzen sollte.
„Sie sind also Rick.“
Er erhielt keine Antwort.
„Sind Sie zufälligerweise schwerhörig, oder wollen Sie willentlich meine Frage nicht beantworten?“
Lucius drehte sich um neunzig Grad und trat nach dem Gesicht des Besuchers. Dieser wehrte den Tritt ab, so dass Lucius das Gleichgewicht verlor und den Fremden verblüfft anschaute. Einer der Begleiter von Lucius hatte den Fremdling im Auge behalten, sprang nach dem missglückten Tritt hinter ihn und schlug ihm in die Nieren. Mit einem Aufschrei stürzte er zu Boden und krümmte sich vor Schmerzen.
„Los, stehen Sie auf, und wehe, Sie beantworten meine Fragen nicht. Dann kille ich Sie vor Georges Augen.“
Mühsam rappelte sich der Mann auf und massierte sich mit beiden Händen den Rücken.
„Wir sind nicht hier, um einen Besuch unter Freunden zu absolvieren. Wir wollen einiges wissen, und Sie beantworten meine Fragen. Wenn Sie mit uns nicht zusammenarbeiten wollen - oder können -, dann war‘s das für Sie. Klar?“, fragte Lucius gereizt und starrte Rick aus kalten Augen an.
Der Mann sagte nichts.
„Sie verstehen doch deutsch, wie uns George berichtet hat. Oder lügt er?“ Er deutete auf George, der mit blassem Gesicht auf seinem Stuhl saß und eine Hand auf seine Wunde presste.
„Ich frage Sie: Was ist das für eine Organisation, für die Sie beide arbeiten? Wo hat sie ihren Sitz? Wer steht dahinter?“

Lucius hatte ein stahlbadkaltes Pokerface aufgesetzt, doch der Mann zeigte nicht eine Spur von Nervosität.
Lucius zog die Pistole mit Schalldämpfer aus der Jackentasche und zielte auf sein Gesicht. Dann senkte er sie plötzlich und drückte ab.
Das leise Ploppen und der Aufschrei über die Wunde im Knie des Mannes ertönten gleichzeitig.
„Ich glaube, Sie verstehen jetzt, was ich meine." Lucius steckte die Waffe ein.
Durch die Wucht der Kugel war der Mann nach hinten gedrückt worden und auf das billige Linoleum gestürzt.
„Stehen Sie auf! Wer steht hinter Ihnen? Wie ist eurer Laden aufgebaut?", fragte der Agent im Priestergewand.
„Sie legen sich mit jemandem an, der mächtiger als Sie ist", antwortete der vor Schmerzen stoßweiße atmende Mann. Lucius' Begleiter packten ihn unter den Armen, zogen ihn hoch und setzten ihn auf den leeren Stuhl.
Blut floss aus der Wunde.
„Ich lege mich notfalls mit dem Satan an, wenn es sein muss. Aber was meinen Sie mit ‚mächtiger als Sie'?"
„Unsere Organisation genießt Protektion. Von Politikern und Kirche. Wissen Sie nicht, dass sich beide ergänzen und bei brisanten Themen miteinander abstimmen? Ein Beispiel: Wenn im Nahen Osten Unruhen ausbrechen und Israel, außer mit militärischen Mitteln, nicht weiterkommt, wird der Vatikan zu Hilfe gerufen. Der entsendet einen Sonderbotschafter, der mit weitreichenden Vollmachten ausgestattet ist. Der Mann vermittelt zwischen dem Staat Israel und den Palästinensern, damit sich die Wogen glätten. Ist Ihnen noch nie aufgefallen, dass dann innerhalb kürzester Zeit wieder Ruhe in der Region einkehrt?
Sie hält an, bis ein Wirrkopf die Nerven verliert und sich profilieren will, weil ihm sonst die Anhänger weglaufen oder sein Weltbild aus den Fugen geraten ist. Dann werden wieder die Zähne gefletscht, und man prügelt aufeinander ein. Abermals wird ein Vermittler vom Vatikan angerufen, und das Spiel beginnt von neuem. Seit Jahren dreht sich das Rad immer weiter so.
Darüber hinaus ist der Vatikan noch in anderen Ländern aktiv. Zum Dank, dass der Vatikan Gutes für das palästinensische Volk getan hat, ist man bereit, sich gegenüber dem Vermittler oder Mitgliedern seines Stabes erkenntlich zu zeigen. Mit einer Einladung in ein 5-Sterne-Restaurant lockt man heute keinen

mehr hinter dem Ofen hervor Es geht auch nicht um Geld, denn die Personen, die mit diesen Missionen betraut werden, sind nach außen hin streng gläubig und unterliegen dem Zölibat."
Der Mann atmete schwer. Aus der Wunde floss immer noch Blut. Lucius gab einem seiner Gefolgsleute mit den Augen einen Wink, und dieser verband die Wunde.
„Sie waren beim Zölibat stehen geblieben. Sprechen Sie weiter."
„Ja, ... genau, die Männer unterliegen dem Zölibat und können sich auf keinen Fall Weiber leisten, die ihr Maul aufsperren und herumtratschen. Oder sie und die Kirche erpressen. Das läuft anders: Die Männer bekommen einen Knaben ins Bett gelegt, was nach der Bibel nicht verboten ist. Die Bibel hat versäumt, klar zu definieren, dass Sex mit Knaben und Männern verboten ist. So jedenfalls legen es einige Kirchenfürsten aus, und danach leben sie auch. Wenn sie sich schon dem Zölibat unterwerfen und sich daran halten müssen, wollen sie wenigstens auf andere Art und Weise ihren Spaß haben. Glauben Sie etwa, dass ein junger Priester seine Ejakulation unter Kontrolle halten kann? Nee, nee. Solange kann der gar nicht eiskalt duschen, um die Erektion zu unterdrücken. Außerdem ist das ungesund für die Prostata. Das ist der Stoff aus dem Prostatakrebs gemacht ist."
Lucius folgte den Worten mit undurchdringlicher Miene.
„Sie müssen wissen, dass es im arabischen Raum nicht verboten ist, sich Männern zuzuwenden. Wie immer man das auch verstehen mag", sagte Rick. Seinem Gesicht war anzusehen, dass er von Schmerz gepeinigt wurde.
„Mit anderen Worten", resümierte Lucius, „gibt es eine mächtige Organisation, die ihren Ursprung im arabisch-israelischen Raum hat. Ist das richtig?"
Rick nickte und schaute auf das Blut, das durch den Verband sickerte.
„Einige auf der palästinensischen Seite kamen auf den Geschmack und bauten die Organisation weiter aus. Damit sind sie weltweit gut gefahren.
Ob noch heute Politiker mitmischen, weiß ich nicht, und ob sie jemals ihre Finger im Spiel hatten, entzieht sich meiner Kenntnis. Ich weiß das nur vom Hörensagen. Es sind halt viele Gerüchte in Umlauf.
Mittlerweile ist das Geschäft mit den Knaben ein Selbstläufer. Es hat sich herumgesprochen, dass wir diskret arbeiten und auf uns Verlass ist. Wenn irgendwo in der Welt etwas darüber am Köcheln

ist, fliegt einer aus unserer Organisation hin und klärt die Geschichte, bevor das Fass überläuft.
Im Vatikan gibt es viele hochrangige Mandatsträger, die öffentlich jeden Furz verdammen, aber sich im Geheimen von ihren Moralpredigten distanzieren und das Gegenteil von dem leben, was sie gerade noch von der Kanzel verdammt haben. Wie gesagt, wenn schon ein unreines Weib nicht in mein Bett darf, dann halt ein reiner Knabe. Ein bisschen Vergnügen will man ja schließlich auch haben." Ricks Stimme war zynisch geworden.
„Wo ist der Sitz der Organisation? Das interessiert mich brennend."
Rick schwieg.
Lucius zog die Pistole hervor.
„Ein Knie ist bereits kaputt. Wenn Sie nicht reden, ist das zweite auch hinüber."
Er zielte auf Ricks zweites Knie.
„Also, … es gibt Verteilerstationen", begann er zögerlich. „Deutschland ist in drei Bezirke eingeteilt. Es handelt sich um vornehmlich katholische Regionen. In München, Mainz und Köln sitzt je Mitglied unserer Organisation und bewegt die Geschäfte. Er weiß immer, wenn bei einem, der sich dem Zölibat unterworfen hat, die Geilheit ausbricht. Natürlich sind nicht alle Priester schwul oder stehen auf Kinder, aber es sind doch einige. Und diese „einige" werden von meiner Organisation bedient. Ein anderer Wettbewerber hat keine Chance, in das Geschäft zu kommen.
Die Kinder werden ein paar Wochen lang herumgereicht. Wenn die Herren ihrer überdrüssig sind und sie für weitere Dienstleistungen ablehnen, werden sie nach Hause zurückgebracht. So läuft das in der Regel ab. Kommt es zu Komplikationen, das heißt, ein Kind plärrt, dass es alles Mutter und Vater erzählt, reden wir begütigend auf die Rotznase ein."
Lucius verzog das Gesicht zu einer hässlichen Grimasse.
„Hat das Kind danach immer noch nicht verstanden, worum es geht, und will trotzdem alles ausplaudern, … tja, dann müssen wir halt reagieren."
Bei dem Wort „reagieren" neigte Lucius den Kopf und sah Rick aus schmalen Augenschlitzen an.
„Was meinen Sie mit ‚reagieren'?"
„Ja, wir müssen dann wirklich etwas unternehmen, damit es für immer den Mund hält. Aber ich versichere Ihnen, dass die meisten Kinder bestens verstehen, wie wir das meinen."

„Und die, die es nicht verstehen, was passiert mit denen?“ fragte der Agent des Vatikans mit unverhohlener Wut.
„Ja, das ist stellenweise sehr traurig. Wir haben einen Mann in der Organisation, der darauf spezialisiert ist. Der holt das Kind ab. Ich habe gehört, dass er in Rumänien Leichenbestatter ist, und dass die Kinder, die nicht richtig zugehört haben oder widerspenstig waren, mit anderen Toten beerdigt werden. So ist das für alle eine saubere Sache. Die Eltern des Kindes, das sozusagen verschollen ist, erhalten eine Aufwandsentschädigung, und jeder ist zufrieden. Der Priester weiß von nichts; er braucht keinen Mord zu beichten. Ich habe mir die Hände nicht schmutzig gemacht, mein Vorgesetzter auch nicht und so weiter. Jeder ist aus der Nummer gut herausgekommen. Und, was soll ich sagen? Kinder können immer wieder gemacht werden.“
Lucius konnte nicht glauben, was ihm leichthin vorgetragen worden war.
„Ich gehe davon aus, dass die Organisation im arabischen Raum ihren Ursprung hat und auch heute noch aktiv ist. Sie verliert ihre Daseinsberechtigung erst, wenn sich Israel und Palästina wie auch immer einigen. Und das kann dauern, oder sind Sie anderer Meinung?“, wollte Rick wissen.
Lucius ging nicht auf die Frage ein, da er dem Gespräch keine politische Richtung geben wollte.
„Nennen Sie mir die drei Adressen, unter denen ich Ihre … wie sagten Sie? Vorgesetzten? Also, wo ich die antreffen kann.“
„Sie sind vielleicht witzig! Woher soll ich wissen, wo die wohnen? Und ob die dort überhaupt wohnen. Man hat mir lediglich gesagt, wer für welches Gebiet zuständig ist. Glauben Sie etwa, dass ich deren Wohnanschrift kenne? Das können Sie vergessen.“
„Nein, das tue ich nicht. Wenn Sie nicht wissen, wo diese Leute beheimatet sind und ihre Geschäfte betreiben, gibt es andere Wege, miteinander in Kommunikation zu treten, richtig?“
Der Gefragte antwortete nicht.
„Hören Sie, ich sage das nicht zweimal. Antworten Sie, oder ich greife zu anderen Mitteln.“
Lucius zog aus seiner Tasche eine Einwegspritze und ein Fläschchen hervor. Er entfernte den Plastikschutz der Nadel, steckte sie in die kleine Flasche und zog Flüssigkeit in die Spritze.
„Möglicherweise haben Sie beide es schon gerochen. Ich habe Petroleum in die Spritze gezogen, und wenn Sie“, Lucius deutete auf Rick, „wenn Sie nicht sagen, wo wir Ihre Strippenzieher

finden, jage ich Ihnen das Petroleum in die Adern. Sie werden vor Schmerzen schreien, bis Sie tot vom Stuhl fallen."
Angesichts der Spritze wurde es Rick mulmig.
„Also … ich habe eine Telefonnummer", stotterte er. „Die rufe ich an, wenn Bedarf besteht ... genauer gesagt, ich habe drei Nummern, also … von jedem, der ein Gebiet betreut. Telefoniert wird nur mit Handy. SMS'e werden nicht verschickt, die können abgefischt werden. Ähem, … es gibt noch einen in der Organisation, der für ganz spezielle Dienstleistungen zuständig ist."
„Was heißt das?"
„Für Männer, die pervers sind."
„Ich dachte, es ist pervers genug, sich mit Kindern zu vergnügen." Verachtung klang aus Lucius' Stimme. „Und dann wird noch eins draufgesetzt. Habe ich das richtig verstanden?"
„Ja, so ist es. Einer bei uns ist für die Abartigen zuständig. Von dem habe ich aber keine Handynummer. Wenn Perverses gewünscht wird, rufe ich eine von den drei Telefonnummern an und sage, dass sich Tante Luise einen ‚ganz speziellen Kuchen zum Geburtstag' wünscht. Damit wird verbrämt, dass sich ein Abartiger seine Wünsche erfüllen will. Die Mitteilung hört sich unverfänglich an. So soll es auch sein; die einfachsten Dinge sind die besten. Die Organisation tut alles, damit diejenigen, die über uns Nachforschungen anstellen, in die Irre geleitet werden."
Rick stöhne laut. Die Wunde in seinem Knie musste höllisch schmerzen. Er presste jetzt beide Hände darauf, um die Blutung zu unterbinden.
„Das mit den Perversen müssen Sie mir genauer erklären." Der Agent vom Auge Gottes begutachtete die Spritze in seiner Hand.
„Das läuft so ab", röchelte Rick. „Wenn ich eine Anfrage erhalte - und ich hatte schon einige -, die darauf hinausläuft, dass einer von unserer Klientel etwas Außergewöhnliches erleben will, versuche ich, von ihm in Erfahrung zu bringen, wo die Reise langgehen soll. Einige drucksen herum und rücken nicht mit der Sprache raus. Andere wiederum zögern nicht lange und legen ihre sexuellen Wünsche sofort offen.
Einer ist mir noch in guter Erinnerung. Er rief mich aus dem Ausland mit englischem Akzent an. Ich bin mir sicher, er täuschte den Akzent vor. Jedenfalls bot er eine Million Dollar. Wenn jemand bereit ist, soviel Geld zu hinzulegen, muss er sehr schräg sein."

„Das ist tatsächlich ein hoher Preis“, stellte Lucius erstaunt fest. „Da will man schon etwas außerhalb der geläufigen Kinderfickerei geboten bekommen. Haben Sie den Auftrag angenommen? Und was stellte sich der Kerl vor?“
„Wir haben uns für ein Treffen in Frankfurt am Main verabredet, kurioserweise im Dom. Der Anrufer gab mir Tag und Uhrzeit vor. Im Dom gäbe es einen Beichtstuhl, und ich solle mich auf das hölzerne Bänkchen für reuige Büßer setzen. Ich bin pünktlich erschienen und habe zu meiner Überraschung festgestellt, dass ein Ansturm von Touristen das Dominnere besichtigte. Sehr mutig, mit mir in einem Beichtstuhl Verhandlungen über perverse Wünsche zu führen, dachte ich mir. Schließlich sind wir doch Christen, oder?“, fragte Rick.
Lucius antwortete nur: „Fahren Sie mit Ihrem Bericht fort.“
„Ich habe mich auf die Büßerseite gesetzt. Der Mann erwartete mich bereits im Inneren, das den Beichtvätern vorbehalten ist. Obwohl es dunkel war, konnte ich erkennen, dass er Araber war. Damit hatte sich die Ehrfurcht vor der christlichen Stätte erledigt. Da kann man gut und gerne perverse Wünsche äußern.
Zuerst fragte er mich, ob wir ein Treffen vereinbart hätten, und ich antwortete, dass wir uns für diesen Tag für diese Uhrzeit verabredet hätten. Daraufhin trug er mir seinen Wunsch vor: Einen blonden Knaben, nicht älter als acht Jahre. Die Nationalität sei ihm eigentlich egal, aber wenn er Israeli sei, würde er sogar zwei Millionen Dollar locker machen. Das größte Geschenk für ihn sei, einmal einen jüdischen, blonden Knaben in den Armen zu halten. Ich holte tief Luft. Dann ließ ich mir den Preis bestätigen. Der Araber sagte: ‚Ja, zwei Millionen. Bis wann kann ich mit Ihrem Bescheid rechnen?‘ Ich vertröstete ihn mit der Ausrede, dass ich erst seinen Wunsch mit meinem Vorgesetzten besprechen müsste und mich dann schleunigst bei ihm melden würde.
Das war eine Nummer zu groß für mich. Zwei Millionen Dollar für ein Kind! Was für ein Wahnsinn! Außerdem ist das unmöglich. Die Israelis haben alle schwarzes Haar, und wenn einer mal blond war, ist er von den Nazis ausgerottet worden, weil die Mutter Blutschande mit einem Arier getrieben hatte. Oder der Vater mit einer Schickse. Kennen Sie einen einzigen blonden Juden?“
„Wie ging es weiter?“ Lucius führte ungerührt das Verhör fort.
„Ich rief den Mann an, der für mich am nächsten ist, also Mainz. Wir trafen uns, und ich berichtete ihm von dem bizarren Zwiegespräch im Beichtstuhl. Als ich den Klienten beschrieb und

das Wort Araber erwähnte, sagte er abrupt, dass er die Vermittlung übernähme, ich aber meine Provision erhielte. Falls ich jemals wieder mit ihm zu tun hätte, solle ich ihn mit Samthandschuhen anfassen. Eigenartige Reaktion. Aber egal, denn mir ging es um die Provision. Ich wartete erst einmal ab, denn ich schenkte ihm nicht so recht Glauben. Doch eines Tages rief er an, um sich mit mir in einem Mainzer Straßencafé zu treffen. Dort überreichte er mir ein Kuvert, das ich, ohne einen Blick hineinzuwerfen, einsteckte. Erst zu Hause öffnete ich es. Mir gingen fast die Augen über: Zwanzigtausend Dollar. So viel Geld hatte ich für eine Vermittlung noch nie erhalten!“

„Wissen Sie, was mit dem Kind passiert ist?“

Rick senkte den Blick: „Da ist etwas schief gelaufen. Das Kind ist wohl bei der Leihgabe gestorben. Ich vermute es zumindest.“

„Bei der Leihgabe gestorben?“ Lucius rang um Fassung.

„Ja, es kann passieren, dass im Eifer des Gefechts die Gäule mit dem Kunden durchgehen. Leider kommt es ab und zu vor. Der Kunde hat sich bei einem so jungen, unschuldigen Kind nicht mehr unter Kontrolle, und es kommt zur Penetration. Später tut es ihm leid, und er bittet uns um Hilfe, damit wir den Schaden beheben, den er angerichtet hat.“

Lucius hörte ungläubig, was der Mann gerade von sich gab.

„Das ist … ich weiß gar nicht, wie ich das nennen soll … mir fehlen die Worte …“ Der Agent vom Auge Gottes hatte die Contenance verloren. Er musste sich überwinden, zu seinem kühlen Modus zurückzukehren.

„Und wenn ein Kunde, oder wie Sie sagen, ein Klient, Ihnen erklärt, dass etwas schief gegangen ist, was unternehmen Sie dann?“

„Ich kümmere mich um das verstorbene Kind und lasse es beerdigen, wie sich das gehört. Das Kind geht nach Rumänien und wird dort auf einem christlichen Friedhof ...“

„… im Sarg mit einer wildfremden Person beerdigt“, beendete Lucius wutschnaubend den Satz.

„So ist es. Entweder ich hole das Kind ab oder ein anderer von der Organisation. Der Klient muss einen Nachschlag zahlen, weil das Kind tot ist. Der gesamte Nachschlag wird anstandslos an die Eltern weitergeleitet. Wir wollen daran nichts verdienen. Der Geldbetrag soll die Familie für den Verlust des Kindes trösten.“

„Toll, wenn man so anständig ist wie Sie und Ihre Organisation.“ Lucius sog tief Luft in seine Lungen.

Rick setzte sich über Lucius' Sarkasmus hinweg, ohne eine Miene zu verziehen: „Übrigens hat man später in der Organisation gemunkelt, dass mein Vorgesetzter den Auftraggeber verarscht habe. Angeblich hatte er ihm statt eines jüdischen einen ukrainischen blonden Knaben verkauft."

„Rufen Sie Ihren sogenannten Vorgesetzten in Mainz an", Lucius fixierte Rick, „und erklären ihm, dass Sie einen hohen kirchlichen Würdenträger an der Angel hätten. Der möchte aber nicht mit Ihnen verhandeln, sondern eine Ebene höher. Er sei bereit, für einen Zehnjährigen fünftausend Euro zu zahlen. Sie vermuten jedoch, dass noch mehr rauszuholen sei: Schweigegeld. Der Lustmolch würde sich mit Sicherheit erkenntlich zeigen, wenn alle ihren Mund hielten. Fügen Sie hinzu, dass er eine Empfehlung von allerhöchster Stelle bekommen habe, sich an ihn, Ihren Vorgesetzten, zu wenden, wenn etwas Besonderes gewünscht würde."

„Nein, da mache ich nicht mit", widersetzte sich Rick. „Mein Vorgesetzter wird riechen, dass etwas faul ist. Es wäre das erste Mal, dass er sich mit einem kirchlichen Würdenträger treffen soll, um dessen sexuelle Neigungen zu bedienen. Nein, das ist eine schlechte Idee. Außerdem erfährt er, dass ihn jemand aus der Kirche kennt, und das will er um jeden Preis vermeiden. Er will verdammt noch einmal unerkannt bleiben. Ich rufe nicht an. Rufen Sie an!"

„Sie verkennen den Ernst der Lage", sagte der Agent vom Auge Gottes gelassen. „Sie glauben, dass das hier nur ein kleines Frage-Antwort-Spiel ist, und wenn ich Sie um etwas bitte, kneifen Sie die Arschbacken zusammen und flüchten sich ins Abseits. So nicht."

Lucius zog die Pistole hervor, zielte auf Georges Kopf und drückte ab. Mit Entsetzen sah Rick, wie Blut gemischt mit Liquor hervorschoss und auf den Boden spritzte. Die Wucht des Projektils hatte Georges Kopf in zwei Teile gespalten. Als Rick sah, wie sein lebloser Mitarbeiter vom Stuhl kippte, fing er an zu zittern und übergab sich.

„Sie sehen, das ist kein Spiel, das ist nackter Realismus! Sie machen ab sofort, was ich Ihnen sage. Dann haben Sie möglicherweise eine Chance, lediglich mit einer Fleischwunde im Knie davonzukommen. Sollten Sie nicht mitarbeiten, ergeht es Ihnen wie George. Machen Sie sich keine Gedanken über mein Seelenheil. Ich gehe, wenn wir den Vorgang abgeschlossen

haben, zu meinem Beichtvater. Ihm werde ich alles beichten und ihn um Vergebung meiner Sünden bitten. Was glauben Sie, was er daraufhin tun wird, Rick?“
Rick reagierte nicht. Er starrte Lucius mit offenem Mund an, weil er nicht begreifen konnte, was gerade passiert war.
„Mein Beichtvater vergibt mir die Sünden, ich bete zwei Rosenkränze und die Angelegenheit ist vergessen. Oder glauben Sie, dass mein Beichtvater zur Polizei geht und mich anzeigt? Vergessen Sie’s, da steht das Beichtgeheimnis vor. Also, wollen Sie mit mir zusammenarbeiten?“
„Habe keine andere Wahl“, erwiderte Rick geistesabwesend.
„Eigentlich schade, dass Sie sich dazu bereit erklären. Ich hätte allzu gerne auch Ihnen eine Kugel ins Gehirn gejagt. Sie und Ihresgleichen haben zuviel Unheil angerichtet. Aber gut, ich stehe zu meinem Wort und lasse Sie vorerst am Leben. Rufen Sie in Mainz an, damit Ihr Vorgesetzter hier auftaucht. Sagen Sie, dass es mehr als dringend sei.“
„Sie lassen mich am Leben, wenn ich anrufe?“, flehte Rick.
„Rufen Sie an und machen Sie, was ich Ihnen gesagt habe“, entgegnete Lucius schroff, ohne auf die Frage einzugehen.
Rick konnte die Augen nicht von dem übel zugerichteten George abwenden.
„Rufen Sie an, oder wollen Sie dem Typen auf dem Boden Gesellschaft leisten?“
Lucius hielt die Pistole mit zusammengepressten Lippen an Ricks Schläfe.
Langsam griff dieser in die Hosentasche, förderte ein Handy hervor und wählte.
„Stellen Sie den Lautsprecher auf Mithören. Ich will wissen, was Ihr Mann in Mainz zu sagen hat“, befahl Lucius.
Rick drückte die Lautsprechertaste, und das Rufzeichen erklang. Eine kalte Stimme meldete sich: „Was gibt’s?“
„Lang, wir haben ein Problem.“
„Und?“
„Ein Hochrangiger bei den schwarzen Raben hat einen besonderen Wunsch, aber mit mir will er nicht verhandeln. Nur mit dir. Weil du ihm von einem anderen Typen empfohlen worden bist. Der Deal ist bereits sehr lukrativ, und man könnte noch mehr rausschlagen. Du musst nach Michelstadt kommen, um das Ding perfekt zu machen.“
Rick machte eine kleine Pause.

„Wann kannst du kommen? Am besten sofort. Was hältst du davon, Lang?“
„Ist der Deal wirklich interessant?“, wollte der Gesprächspartner wissen.
„Klar! Wenn du nicht kommst, geht uns das Geschäft durch die Lappen. Setz dich sofort ins Auto. Du benötigst nur zwei Stunden. Ich rufe in der Zwischenzeit den Mann zurück und bitte ihn auch hierher, und dann ist alles unter Dach und Fach. O.k.?“
„O.k.! Du bist in Georges Haus?“, vergewisserte sich Lang.
„Ja. Du weißt, wo es steht.“
„Ich komme“, erwiderte der Mann kurzangebunden und trennte die Verbindung.
„Gute Gesprächsführung“, konstatierte Lucius und bedeutete seinen Mitbrüdern, den toten George verschwinden zu lassen und die Blutspuren wegzuwaschen. Lang sollte beim Betreten des Wohnzimmers keinen Verdacht schöpfen.
„Wir warten drei Stunden. Ist Lang bis dahin nicht aufgetaucht, erschieße ich Sie und lasse Sie liegen, bis Ihr Verwesungsgestank den Nachbarn in die Nase steigt. Oder Ihre Leiche vertrocknet, ohne dass jemand etwas riecht. Falls Lang auftauchen und mir zufriedenstellend antworten sollte, überlege ich mir, wie ich weiter mit Ihnen verfahre. Was war Georges Aufgabe?“
„Mädchen für alles. Er hütete die Kinder, die wir im Ausland kauften und ich ihm ins Haus brachte. Verstarb ein Kind bei der Dienstleistung, kümmerte er sich um die Beerdigung. Soweit mir bekannt ist, war er gut zu den Kindern. Er kochte für sie, achtete auf Sauberkeit und Hygiene und ließ sie ausreichend schlafen. Wenn ihre Zeit vorbei war, kehrten sie zu ihren Eltern zurück.“
„Sie hatten erwähnt, dass in der Organisation jemand für Perverse zuständig ist.“
„Das stimmt. Wollte einer aus dieser Personengruppe beliefert werden, musste ich den Mann in Mainz anrufen.“
„Welche Anfragen liefen bei Ihnen auf?“, wollte Lucius wissen.
„Einmal ist ein achtjähriges Mädchen einem alten Sack von Pfaffen ausgebüxt und lief auf die Straße. Es weinte so heftig, dass es das Auto übersah. Es erfasste die Kleine und schleuderte sie hoch. Sie schlug mit dem Kopf auf dem Boden auf und war sofort tot. Ich kann nur sagen: Der Pfarrer hatte großes Glück. Wir von der Organisation ebenfalls. Wenn ich mir vorstelle, dass das kleine Ding nicht ums Leben gekommen wäre und die Polizei den

Pfaffen befragt hätte, was es bei ihm zu suchen hatte, weiß ich nicht, was er geantwortet hätte. So ist es noch einmal für alle gut ausgegangen", sagte Rick und schaute auf das blutende Knie.
Lucius hatte seinen Ausführungen zugehört, ohne ihn zu unterbrechen, nur seine Lippen hatten sich zu einem dünnen Strich zusammengezogen. Als Rick geendet hatte, schaute er ihn scharf an: „Wir haben keine drei Stunden mehr bis zum Ultimatum. Bis dahin will ich alles über Ihre Organisation von Ihnen erfahren. Nun zu den arabischen Wurzeln der Organisation: Haben Sie jemals einen Vertreter der obersten Führungsebene getroffen?"
„Ein einziges Mal. Das war der Araber im Beichtstuhl, der sich nach einem blonden, jüdischen Knaben sehnte. Dass er zur Führungsriege gehört, habe ich später erst erfahren."
Lucius warf einen Blick auf seine Armbanduhr: „Ihre Zeit läuft ab. Nennen Sie mir die Namen der Kirchenvertreter, die von Ihnen beliefert wurden. Mit kleinen Jungen und auch Mädchen?"
„Namen nenne ich nicht. Die Ware bestand ausschließlich aus Knaben von sieben bis zehn Jahren. Wer das Alter von zehn Jahren erreicht hat, ist zu alt für die Spielchen, die die Pfaffen mit ihnen treiben. Es wäre undenkbar für einen Kardinal, mit einem Mädchen zu poussieren, das mit neun Jahren während des Spiels seine Periode bekommt. Er würde ihn seinem Glauben nur bestärkt, dass Frauen unrein sind. Da hält man sich viel lieber einen kleinen Jungen, bei dem so etwas nicht passiert. Es gibt ja unsere Organisation, damit man sich als Führungspersönlichkeit der katholischen Kirche an uns wendet."
„Wie lief ein Auftrag ab, wenn einer von denen Bock auf einen kleinen Jungen hatte? Rief er Sie an, und Sie haben sich wieder an Ihren sogenannten Vorgesetzten gewandt? Hatte er die Kinder auf Lager vorrätig? Wusste er, wie viele Kinder im Monat gefragt waren?", fragte Lucius.
„Wenn mich ein Pfaffe anrief und sagte, dass er sich mit mir treffen wollte, wusste ich sofort, dass bei ihm die Triebe brannten. Es kam aber nur selten vor, dass mich einer direkt ansprach. Wir hatten im Laufe der Zeit ein Netzwerk aufgebaut. Damit meine ich, dass wir Pfarrer aus der katholischen Gemeinschaft als Mittelsmänner rekrutiert hatten. Die meldeten sich, wenn ein Mitbruder von seinem Kinder-Fick-Bedürfnis befallen wurde. Nach Möglichkeit haben wir den Wunsch erfüllt. Der vermittelnde Pfaffe

erhielt eine Provision von uns. Umsonst ist der Tod, und der kostet das Leben. Das brauche ich Ihnen nicht zu sagen.
Die Kinder wurden meist von dem vermittelnden Priester abgeholt und zurückgebracht. Somit blieb mir - bis auf wenige Treffen mit hochrangigen Würdenträgern - die weitere Verwendung der Kinder verborgen, was auch immer mit ihnen angestellt wurde. Die Kaste will sich rein halten. Da dringt so gut wie nichts nach außen; die Brüder schotten sich ab.
Den Kindern sagten die Typen, dass sie in den Himmel kämen, weil sie so lieb gewesen seien. Würden sie aber jemandem verraten, was man mit ihnen gemacht habe, würden sie in der Hölle beim Teufel landen. So wurde den Kleinen Angst und Schrecken eingejagt, und sie hielten auch den Mund, in der Regel jedenfalls. Selbst wenn ich sie danach fragte, gaben sie keine Antwort, allerdings schluchzten viele erbärmlich."
Der Agent vom Auge Gottes hatte Ricks Äußerungen schmallippig zugehört und gelegentlich den Kopf geschüttelt. Er stellte seine Befragung ein und konzentrierte sich auf Langs Erscheinen.

Nach drei Stunden läutete es an der Tür. Die drei Priesterkollegen schauten sich an, und Lucius bedeutete den anderen beiden, dass er selber an die Tür gehe. Zu Rick gewandt legte er den Zeigefinger auf die Lippen, damit der sich still verhalte. Die zwei anderen Agenten zogen ihre Pistolen und verbargen sich hinter zwei Türbalken. Mit der linken Hand öffnete Lucius die Tür, die rechte umklammerte die Pistole in seiner Jackentasche.
„Guten Abend!"
Lucius blickte in das überraschte Gesicht einer Frau. Auch er musste sich fassen. Mit einer Frau hatte er nicht gerechnet. Er musterte sie argwöhnisch und stellte fest, dass sie für eine Frau ungewöhnlich groß war. Sie trug lange, schwarze Haare und Kleidung von dezenter Eleganz. Aus ihrem schön geschnittenen Gesicht funkelten ihn braune Augen zornig an. Ihre Figur zeugte von regelmäßigem Sport.
„Treten Sie ein."
Die Frau zögerte einen Moment, bevor sie sich entschloss, seiner Aufforderung nachzukommen.
„Gehen Sie nach hinten. Rick erwartet Sie schon."
Im Wohnzimmer fiel ihr Blick zuerst auf zwei Männer mit gezogenen Waffen, dann auf ihren Mitarbeiter, der mit einem verbundenen Knie auf einem Stuhl saß.

„Was geht hier vor?“, frage sie sehr bestimmt und schaute die Männer herausfordernd an. „Wo ist George?“
Lucius sagte mit kalter Stimme: “Wir stellen hier die Fragen, nicht Sie, um das klarzustellen. Sie sind Lang?“
Die Frau nickte.
„Rick, warum haben Sie uns nicht gesagt, dass Lang eine Frau ist?“
„Sie haben mich nicht nach dem Geschlecht gefragt, sonst hätte ich es gesagt.“
Lucius nickte nachdenklich, dann nahm er Frau Lang in den Fokus.
„Wir sind vom Auge Gottes, dem Geheimdienst des Vatikans, und wir sind weltweit präsent. Unsere Aufgabe ist es, allem nachzugehen, was die katholische Kirche in schlechtem Licht erscheinen lässt. Und das ist in der letzten Zeit allzu häufig vorgekommen. Die Berichterstattung hat unsere Gläubigen so empört, dass sie sich von unserer Gemeinschaft abwenden, und das ist in aller Form zu verurteilen.“ Lucius dachte, dass der Name bestens auf die Person vor ihm zutraf. Sie war schlicht und ergreifend lang. „Sie wollen bestimmt wissen, was die Kirchenaustritte mit Ihnen zu tun haben.“
„Nein, das interessiert mich nicht im geringsten. Ich weiß auch nicht, warum Rick verwundet auf einem Stuhl sitzt und ich aus irgendeinem Scheißgrund herbestellt wurde. Das ist eine absolute Unverschämtheit, was mir hier geboten wird. Ich verlange Aufklärung“, schnaubte Lang Bruder Lucius wütend an.
„Das hat mit Ihrem Geschäftsgebaren zu tun. Ich habe einige Fragen an Sie und erwarte, dass Sie sie beantworten.“
„Ich beantworte keine Fragen! Da können Sie sich auf den Kopf stellen und mit dem Schwanz wackeln. Von mir erfahren Sie nichts.“
„Da wäre ich mir nicht so sicher.“ Lucius zog unvermittelt die Pistole mit Schalldämpfer hervor und drückte ab. Die Frau schrie, als die Kugel oberhalb des Knies eindrang. Mit der Hand versuchte sie vergeblich, die Blutung zu stoppen.
„Sind Sie jetzt gesprächsbereit?“, fragte Lucius jovial und zog die Augenbrauen hoch.
Sie antwortete nicht.
„Wenn Sie nicht reden wollen, können Sie von mir aus verbluten.“

Lucius schaute die Frau herablassend an, die an einem Balken der niedrigen Wohnzimmerdecke Halt suchte und dann mit schmerzverzerrtem Gesicht auf Ricks Stuhl zuhumpelte. Sie verlor das Gleichgewicht und stürzte. Ein weiterer Schrei folgte, als sie auf dem Boden mit dem verletzten Knie aufschlug. Tränen liefen über ihr Gesicht. Sie hatte mit allem gerechnet, nur nicht damit, dass ihr ein Fremder eine Kugel in das Bein jagte.
„Wenn Sie es sich anders überlegt haben, teilen Sie es mit. Ich bin jederzeit gesprächsbereit. Wir verbinden dann Ihre Wunde, geben Ihnen ein Schmerzmittel und sehen, wie es weitergeht."
Die Frau atmete stoßweise und schaute hasserfüllt zu ihm hoch.
„Also, was ist?"
Lucius zielte mit der Waffe auf die am Boden liegende Frau.
Sie nickte: „Wir können reden. Möglicherweise können wir einiges klarstellen."
Lucius gab seinen Brüdern einen Wink, sich um das Knie zu kümmern. Nachdem sie es desinfiziert und verbunden hatten, setzten sie Frau Lang auf einen Stuhl. Schweißperlen standen auf ihrer Stirn.
Plötzlich näherte sich ein Bruder vom Auge Gottes mit einer Spritze in der Hand. Er legte seine linke auf ihre Schulter, mit der rechten stieß er sie in ihr Fleisch. Langsam drückte er den Inhalt hinein. Die schmerzstillende Wirkung des Morphiums folgte kurz darauf. Lucius hatte mit ausdruckslosem Gesicht zugesehen. Als Langs Atmung sich beruhigte, fuhr er fort.
„Wer steckt hinter Ihrer Organisation?"
„Keine Ahnung, wer der Kopf hinter alledem ist. Ich kenne den Kerl nicht, und ich habe ihn nie gesehen."
„Wie kommen Sie an die Kinder?" Lucius bohrte weiter.
„Ich erhalte einen Anruf und werde gefragt, ob ich Human Resources benötige. Dann bejahe oder verneine ich. Wer mich anruft, entzieht sich meiner Kenntnis. Auf meinem Handy kann ich nicht sehen, wer der Anrufer ist. Ich kann nur manchmal erkennen, ob der Anruf aus dem Ausland oder dem Inland kommt."
„In welcher Sprache unterhalten Sie sich? Auf Deutsch oder Englisch? Hat er einen Akzent?"
„Der Mann spricht deutsch, mit Akzent. Er könnte aus dem arabischen Raum stammen, aber ich kann das nicht richtig beurteilen", antwortete Lang und betrachtete ihren Verband.
„Werden Ihnen die Kinder gebracht?"

„Ich muss sie abholen. Ich muss mich selbst darum kümmern, damit das Geschäft nicht ins Stocken gerät. Wir verdienen schließlich Geld damit“, sagte Lang.
„Das ist hochinteressant. Wo holen Sie die Kinder ab?“
Lang zögerte.
„Sie können es uns ruhig sagen. Wir kriegen sowieso heraus, woher die Kinder stammen“, sagte Lucius und zielte mit der Pistole auf ihr anderes Knie.
„Wenn ich ihm mitteile, wie viele Knaben demnächst zurückgegeben werden, erkläre ich ihm auch, wieviel Frischfleisch ich wieder benötige. Irgendwann bekomme ich dann einen Anruf, und mir wird gesagt, dass ich die Bestellung abholen kann.“
„Wo?“ Der Agent vom Auge Gottes ließ nicht locker.
„Ich fahre in Richtung Bodensee. Hinter Pfullendorf liegt der Illmensee, ein kleiner See für Freizeitsportler und Hobby-Angler. Nicht weit davon steht in einem kleinen Waldstück ein heruntergekommenes Schlösschen, das unbewohnt wirkt. Von außen sieht es verfallen aus, aber drinnen wird der Nachschub bereitgehalten. Kinder deren Auftrag erledigt ist, werden von unseren Mitarbeitern dort hingebracht und nach ein, zwei Tagen ihren Familien wieder zugeführt. Andere Mitarbeiter holen dort den Nachschub für die Schwarzröcke und die anderen Kinderficker ab.“
„Die Kinder bleiben sich doch bestimmt nicht alleine überlassen, oder?“, hakte Lucius nach.
„Nein, ein Mann und eine Frau sind rund um die Uhr für sie da. Sie kochen für sie, spielen mit ihnen und halten sie bei Laune. Das ist bis ins letzte Detail durchorganisiert.“
„Wenn ich Sie so reden höre, ist ein junger Mensch, der für jegliche sexuelle Spielart - auch der perversesten - bereitgehalten wird, nichts anderes als Handelsware für Sie, mit der Sie Geld verdienen. Haben Sie keine Skrupel?“ Das eiskalte Gewinnstreben der Frau hatte Lucius in Rage gebracht.
„Nein. Als kleines Mädchen wurde ich von unserem katholischen Pfarrer missbraucht. Ja, der hochangesehene Herr Pfarrer fickte mich. Er gab sich mir gegenüber, als wäre er mein großer Bruder. Er streichelte mich, nahm mich in den Arm und strich mir über das Haar. Eines Tages küsste er mich auf die Wange, dann auf den Mund und fragte, ob ich das schön fände. Ich bejahte lachend. Darauf hatte er nur gewartet. Beim nächsten Mal wiederholte er seine Liebkosungen, nur zudringlicher, und ich sagte ihm, dass

ich das genauso schön fände wie beim letzten Mal. Er strahlte über das ganze Gesicht. Dann zog er mich Stück für Stück aus. Warum, verstand ich in meinem Alter noch nicht. Der Pfarrer meinte nur, ich solle keine Angst haben, er wolle meine nackte Haut streicheln. Das sei besser als mit Strickjacke, Kleidchen und Schlüpfer. Bisher hätte es mir doch auch gefallen, oder?
Ich sagte wieder ja. In meiner kindlichen Naivität wusste ich nicht, worauf seine Annäherungsversuche hinausliefen. Als ich splitternackt vor ihm in der Sakristei stand, berührte er mich am ganzen Körper. Und fragte immer wieder, ob ich das schön fände. Klar, antwortete ich. Er beschwor mich, mit keinem Menschen darüber zu sprechen, auch nicht mit meinen Eltern, sonst käme die Polizei, würde ihn verhaften und ins Gefängnis werfen. Das wolle ich doch nicht, oder? Natürlich wollte ich das nicht. Seine Berührungen waren mir ja auch nicht unangenehm.
Eines Tages ist es passiert. Nachdem er mich lange und ausgiebig gestreichelt hatte, entjungferte er mich. Ja, es hat wehgetan. Als neunjähriges Kind war ich noch gar nicht bereit dafür. Viel zu jung. Dennoch ging das noch zwei Jahre so weiter. Mit elf Jahren bekam ich meine Periode, und alles war vorbei. Er sagte, dass ich jetzt eine junge Frau sei und nicht mehr rein wie ein unschuldiges Kind. Er ließ von mir ab und wandte sich einem anderen Kind zu.
Als er die Finger von mir ließ, drohte er, ich müsse alles für mich behalten, sonst käme ich in die Hölle, wo ich bis zum jüngsten Tag schmoren würde. Vor diesem Schreckensszenario fürchtete ich mich und hielt den Mund.
Ein Jahr später ist er beim Überqueren einer Straße von einem Auto erfasst worden und starb drei Tage später im Krankenhaus. Das war Gottes Wille!
Warum sollen andere Kinder nicht dasselbe erleiden, was mir widerfuhr? Ich habe keine Hemmungen, meinem Broterwerb nachzugehen."
„Interessanter Blickwinkel, den Sie da äußern", meldete sich Lucius zu Wort. „Sie bringen Gott ins Spiel, haben aber so viel auf dem Kerbholz, dass das Abbeten von hundert Rosenkränzen nicht reicht, damit Ihnen Ihre Sünden vergeben werden. Mich interessiert jetzt, wie Sie zum Kinderhandel gekommen sind."
„Wo ich herkomme", sagte Lang, „ist Arbeit rar. Da kann man nur den ganzen Tag herumsitzen und dummes Zeug von morgens bis abends erzählen. Die Verwandten im Ausland - die meisten

arbeiten in Deutschland als Pflegekraft, Erntehelfer oder haben dort eine Änderungsschneiderei eröffnet - schicken uns ab und zu Geld, damit wir etwas zum Leben haben. Irgendwann kam einer auf mich zu und bot mir zweitausend D-Mark an. Monatlich! Oder gab es schon den Euro? Ich weiß es nicht mehr.
Ich sollte mit Kindern nach Deutschland und Belgien reisen. Ich erklärte ihm, dass ich weder Führerschein noch Auto besäße. Der Typ lachte nur. Ich soll mir keine Gedanken machen. Er würde dafür sorgen, dass ich in kürzester Zeit über beides verfügen würde. So war es auch. Mir wurden auf Kosten der Organisation Fahrschule und Wagen bezahlt."
„Und dann?" Lucius' Neugier auf ihre weitere Biographie war schon längst geweckt, aber er verharrte in seiner distanzierten Pose.
„Man sagte mir, ich solle mit vier Kindern nach Deutschland fahren, sie an unterschiedlichen Adressen abliefern und nach einer gewissen Zeit wieder abholen. Die Adressen notierte er auf einem Zettel, den ich nach meinem Auftrag zurückgeben musste. Man verbot mir strikt, Notizen über die Orte und Häuser zu machen, wo ich die Kinder übergab. Eine Adresse war die hiesige in Michelstadt. Die musste ich immer wieder ansteuern. Offenkundig ein zentraler Knotenpunkt. Die Stadt ist klein, verschlafen und die Kriminalitätsrate verschwindend gering. Also alles ruhig. Und Ruhe braucht die Organisation. Sie vermeidet Medien-Rummel; der stört das Geschäft. Rick hat die Aufträge von hier aus weitergeführt. Richtig, Rick?"
Der Gefragte nickte.
„Jeder in der Organisation bekommt nur Teilaufgaben zugewiesen, die er alleine ausführt. Keine zweite Person darf dabei involviert sein. Von zweien ist einer zu viel. Das Risiko geht die Organisation nicht ein."
„Mit anderen Worten schottet sich die Organisation ab, indem jeder immer gerade so viel erfährt, wie es nötig ist, damit der Laden läuft. Trifft das zu?" Lucius wartete auf eine Bestätigung.
Lang nickte.
Lucius schaute Lang und Rick grimmig an. In seinen Augen waren sie nichts anderes als Menschenhändler, die skrupellos ihrem Gewerbe nachgingen. Dass Glaubensbrüder auf ihre sexuellen Dienstleistungen zurückgriffen, erfüllte ihn mit grenzenloser Wut.
„Hat schon einmal ein Kunde ein Kind gekauft und bei sich behalten? Für seine Zwecke natürlich."

„Ja, das kommt vor. Das kostet aber eine schöne Stange Geld, denn in dem Fall müssen Papiere erstellt werden, aus denen hervorgeht, dass die Mutter von dem Mann, der das Kind adoptieren möchte, in ihrem Heimatland geschwängert wurde. Dass der Vater seinen Sohn zu sich nach Hause holen möchte, versteht jeder Beamte im ehemaligen Ostblock. Die sind sehr kooperativ. Man legt ihnen Geld hin, die Papiere wechseln den Besitzer, und der Deal ist perfekt. Nicht ganz billig, aber für Geld ist alles machbar."
„Ist Ihnen ein konkreter Fall bekannt, bei dem ein Kind für Geld gegen Papiere verkauft wurde?"
„Ja, ich habe das einmal - rein zufällig - bei einer Frau, Anfang vierzig, mitbekommen. Sie war eine belgische Witwe und überaus vermögend. Ich habe in Erinnerung, dass sie mehrere Juwelierläden führte. Die Frau legte größten Wert darauf, dass der Knabe gut aussah, intelligent war und keine Krankheiten in seiner Familie vorgekommen waren, keine üblen zumindest. Ich gehe davon aus, dass sie ihn nicht missbrauchte, sondern sich einen standesgemäßen Erben wünschte. Wenn dem so ist, hat das Kind das große Los gezogen. Das ist aber die Seltenheit", konzedierte Lang.
„Tja", sagte Lucius, „mit unseren Ermittlungen sind wir ein Stück weitergekommen. Wir wissen jetzt, wo der Umschlagplatz für Kinder ist. Hier befinden sich die Relaisstation und, wie wir nun wissen, die drei Statthalter.
Etwas anderes. Der Chef des Unternehmens, von dem Sie annehmen, dass er Araber ist, ist doch bestimmt im Besitz sämtlicher Adressen, die beliefert werden. Richtig?"
„Ja. Ich musste meinem Kontaktmann in Rumänien immer Rechenschaft darüber ablegen, wer ein Kind geordert hatte und wo er wohnte. Auch seine Telefonnummer wollte er wissen. Garantiert hat er die Daten an den weitergeleitet, den wir alle für einen Araber halten."
„Was passiert, wenn ich die kriminelle Struktur zerstöre, die meinen Glaubensbrüdern einen Service bietet, der gegen jegliches Gebot der Menschlichkeit verstößt? Hier wird nicht nur Kirchen-, sondern auch weltliches Recht gebrochen."
„Dann kehrt erst einmal Ruhe auf dem Markt ein. Die Herren Pfarrer müssen sich anderweitig versorgen. Oder sie halten sich gegenseitig den Arsch hin. Und es gibt Ministranten, von denen der eine oder andere nicht abgeneigt ist, Zärtlichkeiten von

seinem Pfarrer zu empfangen. Wenn wir aufhören", seufzte Lang, „treten jedoch später andere an unsere Stelle. Ob sie allerdings so diskret sind wie wir, bezweifle ich."
„Sie sind wirklich überzeugt", fragte Lucius, „dass dann erst einmal Ruhe auf dem Markt einkehrt?"
Lang und Rick nickten gleichzeitig.
Der Agent des Vatikans presste die Lippen aufeinander.
„Ich habe nun eine Frage an Sie, nein, zwei", begann Lang. „Was haben Sie gemacht, bevor Sie Menschen die Beine zertrümmerten und mit Fragen überhäuften?"
„Ich war unter anderem als Söldner in Lateinamerika unterwegs und habe Soldaten ausgebildet. Irgendwann kam ich zu der Erkenntnis, dass ich genügend Menschen getötet hatte, um auf immer und ewig in der Hölle zu rösten. Ich nahm eine Auszeit und zog mich in ein kleines Kloster zurück. Dort lebte ich asketisch, unterwarf mich den Schweigezeiten und bestellte den Klostergarten. In der Abgeschiedenheit hatte ich viel Zeit nachzudenken und beschloss, den Rest meines Lebens als Mönch in dem Kloster zu verbringen.
Der Vatikan brachte jedoch in Erfahrung, über welche Fähigkeiten ich verfüge, und beorderte mich nach Rom. Insbesondere meine Geheimdienst-Erfahrung ist dem Vatikan von Nutzen. Seitdem bin ich Spartenleiter beim Auge Gottes und löse mit meinen Brüdern diffizile Fälle, wie zum Beispiel den, in den Sie verstrickt sind. Wie lautet Ihre zweite Frage?"
Lucius durchschritt das Wohnzimmer und blieb vor dem Fenster stehen. Er ließ seinen Blick sinnierend über die Landschaft schweifen.
„Wie geht es mit uns weiter?", fragte Lang.
Statt zu antworten drehte er sich in Zeitlupe um und zog die Hand aus der Tasche. Als sie in die Pistolenmündung sah, riss sie den Mund zu einem Schrei auf. Bevor sie auch nur einen Laut von sich geben konnte, wurde sie von drei Schüssen in den Kopf getroffen. Blut und Gehirnmasse verteilten sich im Raum. Lucius' unerbittlicher Blick fiel auf Rick. Er sprang von seinem Sitz auf und winselte: „Nein! Bitte nicht! Ich weiß, dass ich Fehler gemacht habe, aber ich schwöre Ihnen, dass … "
Er beendete den Satz nicht. Weitere Kugeln trafen auch seinen Kopf. Durch die Wucht der Geschosse wurde er nach hinten geschleudert und fiel mit dem Rücken zuerst zu Boden. Sein Blut floss in Strömen und vermischte sich mit dem von Frau Lang.

„Der Herr sei eurer Seele gnädig und verzeihe euch alle eure Sünden. Amen.“ Lucius bekreuzigte sich.
„Liebe Brüder, es ist jedes Mal eine Riesensauerei, wenn Menschen getötet werden. Blut und Gehirnmasse! Widerlich. Ich hasse zu töten, aber bei diesen geldgeilen Aasgeiern ist es unumgänglich. Die Bastarde, die ich hingerichtet habe, haben so viele Seelen zerstört und dabei noch ordentlich Geld gescheffelt, dass sie es nicht verdienen, noch einen einzigen Tag ihren Geschäften nachzugehen. Möge ihnen Gott verzeihen und sie in den Himmel aufnehmen.
Ich habe meine Befragungen abgeschlossen, wie ihr seht“, wandte er sich an seine Begleiter. „Ist noch etwas zu tun?“
Sie schüttelten den Kopf, und die drei verließen das Haus.
An der frischen Luft sagte er leise: „Die Toten wird man finden, keine Frage. Spätestens dann, wenn das ganze Haus nach ihnen stinkt.“
„Das wird dauern. Bis dahin wird sich keiner auch nur einen Deut an uns erinnern, falls uns überhaupt jemand gesehen haben sollte.“
„Wir fahren zum Illmensee“, lautete Lucius Order.

Vier Stunden später rumpelten sie in Lucius‘ altersschwachem Fiat über einen schmalen Waldweg auf das scheinbar verlassene Schlösschen zu. Es war dunkel geworden. Sie fuhren mit Standlicht, um kein Aufsehen zu erregen. Links von ihnen verlief eine Bundesstraße, auf der reger Autoverkehr herrschte. Zwischen Waldweg und Bundesstraße gluckerte ein Bach. Der holprige Weg war von Bäumen und Sträuchern überwuchert, Unkraut und Gräser hatten sich ausgebreitet. Die überbordende Vegetation zeugte davon, dass nur selten Autos auf ihm rollten. Darüber hinaus diente sie als hervorragender Sichtschutz gegen neugierige Blicke. Offenbar lag das in der Absicht des Schlossherrn. Nur keine Aufmerksamkeit.
Der Weg rief Lucius einen Film in Erinnerung. Fuhren sie geradewegs auf Draculas Schloss in Transsylvanien zu? Eine für einsame Wanderer unheimliche Gegend. Nicht die geeignete Umgebung für furchtsame Naturelle, zu denen die Agenten garantiert nicht zählten.
Plötzlich zeichnete sich die schemenhafte Silhouette des Gebäudes gegen den Nachthimmel ab. Es war von wild wuchernden Pflanzen umschlungen. Sie hielten es in ihrem Griff

und würden es freiwillig nicht hergeben. Lucius stellte das Fahrzeug unter einer dichten Baumgruppe ab und erklärte seinen Begleitern, dass sie den Rest des Weges zu Fuß zurücklegen würden. Besser, sich im Freien zu bewegen, als in einem Fahrzeug gefangen zu sein.
Kurz darauf gingen drei Männer mit gezogenen Waffen auf das Gebäude zu. Lucius sah den Stacheldraht nicht, mit dem es abgeschirmt war, und verhedderte sich. Leise fluchend zog er die Jeans aus den schmerzhaften Widerhaken. Als er den Kopf wieder hob, fiel ihm ein Märchen aus seiner Kindheit über ein verwunschenes Schloss ein, in dem das Böse sein Unwesen trieb. In seiner Phantasie hatte er es sich so vorgestellt, wie das halb verfallene Anwesen vor ihm aussah. Steine lagen umher, die aus dem Mauerwerk gebrochen waren. Das Dach war noch intakt, soweit er erkennen konnte, aber im obersten Geschoss schienen sämtliche Fenster zersplittert zu sein. Als ob der Satan dort zur Untermiete wohnte.
Neben dem Eingang entdeckte er einen Lichtschein. Er zog die Augenbrauen hoch. Dass sich in dem Bau tatsächlich jemand aufhielt, hatte er nicht erwartet. Lang hatte nicht gelogen.
Seine Brüder standen neben ihm. Bisher hatten sie keinen Ton gesagt, aber er spürte ihre Wärme. Sie standen unter derselben Anspannung wie er selbst, denn sie atmeten heftig. Mit der Hand bedeutete er, sich Seite an Seite dem Gebäude zu nähern. Langsam und geräuschlos bewegten sie sich vorwärts.
Plötzlich sprang etwas vor Lucius‘ Füßen hoch und suchte entsetzt das Weite. Fast wäre er über dieses Etwas gestolpert. Für den Bruchteil einer Sekunde wollte er schießen.
Verfalle jetzt nur nicht in Hektik! Ein Schuss erregt Argwohn im Haus. Wahrscheinlich habe ich eine Wildkatze aufgeschreckt. Oder einen Fuchs. Wo bleibt meine gewohnte Gelassenheit? Tief durchatmen und weitergehen.
Dann standen sie vor einem Torbogen aus Holz, wie Lucius ihn von amerikanischen Ranches kannte. Obwohl er einsturzgefährdet aussah, wollte Lucius ihn als erster durchqueren. Plötzlich befand er sich mitten in Millionen von Fäden, die Spinnen im Laufe ihres Lebens gesponnen hatten. Lucius fasste es nicht. Kurz entschlossen zog er sein Feuerzeug aus der Tasche, entzündete wütend die Flamme, die er mit seiner linken Hand abdeckte, und setzte die Spinnweben in Brand. Es

roch übel, aber sie brannten schnell ab. Gestank machte sich breit.
Die drei ließen diese natürliche Barriere hinter sich und gingen auf leisen Sohlen weiter. Dann hatten sie das Eingangsportal erreicht. Lucius ging zu dem Fenster, aus dem das Licht geschienen hatte. Es war verlöscht.
Verärgert, dass er hinter der Scheibe nichts erkennen konnte, deutete er auf das Portal daneben und signalisierte seinen Partnern, Abstand zu halten. Behutsam drückte er die Klinke hinunter, aber es war abgeschlossen. Er ging zu seinen Brüdern zurück und erklärte im Flüsterton, dass er das Gebäude umrunden wolle, um nach einer anderen Möglichkeit zu suchen, in das ehemalige Lustschloss zu gelangen.
Seine Entdeckungstour verlief ergebnislos, und er kam zu der Erkenntnis, dass das Anwesen wider Erwarten verwaist war. Seine Wahrnehmung hatte ihm einen Streich gespielt. Also ein unnötiger Ausflug nach Transsylvanien.
Er wollte gerade seinen Brüdern die Zwecklosigkeit ihres Unterfangens überbringen, als er noch einmal einen Blick auf das oberste Stockwerk warf. Im matten Lichtschein der aufgezogenen Mondsichel konnte er jetzt besser erkennen, wie verfallen es war. Das war die Chance einzudringen. Er musste Langs Aussage auf den Grund gehen. Andererseits kamen ihm Zweifel, ob es klug war, das bei Nacht zu tun. Wenn sich doch Personen darin aufhielten, denen die Räumlichkeiten vertraut waren, hatten diese bei Dunkelheit einen strategisch unschlagbaren Vorteil.
Lucius entschied, das Morgengrauen abzuwarten, und informierte seine Mitbrüder von seinem Entschluss. Jeder sollte bis dahin einen Teil des Gebäudekomplexes unter Kontrolle halten, damit niemand flüchten konnte.
Die Nacht war kalt, und die aus dem Bach aufsteigende Feuchtigkeit drang in ihre Kleider. Mit Liegestützen und Kniebeugen kämpften sie gegen Unterkühlung und Müdigkeit an. Nur ihren knurrenden Mägen konnten sie nichts entgegensetzen. Aber sie waren hartgesottene Kämpfer, die derlei Unbilden schon oft die Stirn geboten hatten.

Bis die Helligkeit Oberhand gewann, hatte sich rund um das Haus nichts getan. Auch im Inneren nicht der geringste Lichtschimmer noch das leiseste Geräusch.

Ich habe mir gestern Abend eingebildet, Licht neben dem Eingang zu sehen. Spiegelung der untergehenden Sonne in der Fensterscheibe? Oder schlichtweg optische Täuschung? Vielleicht brauche ich eine Brille und sollte zum Augenarzt gehen. Ach, ich werde alt, gestand sich Lucius ein, aber ich kämpfe weiter.
Seinen Brüdern sagte er, dass er das Gebäude noch einmal umrunden wolle. Aber im fahlen Grau des angebrochenen, nebelverhangenen Tages konnte er auch dieses Mal nur das marode, oberste Stockwerk als möglichen Zugang erkennen.
„Dann versuchen wir es noch einmal mit der Eingangstür“, entschied er. In der Morgendämmerung sah er, dass sie aus massiver Eiche gefertigt war. Welch‘ krasser Gegensatz zu dem verfallenen Gebäude. War Eichenholz so robust, dass es Jahrhunderte unbeschadet überstand? Er erinnerte sich an seinen Besuch der Wartburg und die Maserung der uralten Eichenbalken im Speisesaal. Sie stammten aus dem vorletzten Jahrtausend. Dieser Eingang war nicht von Regen und Sturm verwittert, er war frisch lackiert. Also hatte jemand hinter dieser schweren Tür etwas zu verbergen. Hatte Lang doch die Wahrheit gesagt? Dieser Ort ein Umschlagplatz für Kinder?

Lucius zog kurzentschlossen die Pistole, ging drei Schritte zurück und feuerte auf das Schloss. Er horchte auf Geräusche, aber da es blieb still, schob er die Tür auf. Mit einem Handwink gab er seinen Begleitern das Zeichen, ihm zu folgen. Mit gezückten Waffen betraten sie das ehemalige Lustschlösschen.
Die Empfangshalle war weitläufig. Barocke Wand- und Deckengemälde mit halbnackten Heroen und Grazien zeugten von früheren Lustbarkeiten in diesen Gemäuern. Und: Die Halle zeigte keinerlei Spuren von Verfall. Lucius stellte überrascht fest, dass sie vor wenigen Minuten erst gereinigt worden war. Feuchte Stellen auf dem Parkett deuteten darauf hin, und es roch nach scharfem Putzmittel. Rechts verlief ein langgezogener Flur mit Türen zu beiden Seiten. Lucius drückte die erstbeste Klinke, stieß mit dem Fuß die Tür auf und zielte mit der Pistole in den Raum. Auf dem Boden lagen Spielsachen und Wolldecken.
Lucius war perplex. Lang hat die Wahrheit gesprochen. Hier werden tatsächlich Kinder gehalten. Ihr verdammten Schweinepriester! Wir kriegen euch. Wir legen euch das Handwerk!

Die zwei Agenten taten es ihrem Vorgesetzten nach und durchsuchten Zimmer für Zimmer.
„Das ist ein Umschlagplatz dieser Dreckskerle. Wir haben Bauklötze, Kinderbücher, Buntstifte, leere Keksdosen, Decken und Trinkflaschen gefunden!“ Sein Mitbruder schrie es laut heraus.
„Habt ihr außerdem Belastbares gefunden?“, fragte Lucius.
Die beiden verneinten.
„Ich begutachte das Obergeschoß; ihr durchsucht den restlichen unteren Teil des Gebäudes“, gab er die Anweisung. „Scheinbar ist keiner mehr hier. Aber der Eingangsbereich wurde erst vor wenigen Minuten geputzt. Seid auf der Hut.“
Er nahm die Treppenstufen. Oben waren die Zimmer wie im Erdgeschoss angeordnet. Lucius wollte die erste Tür öffnen, aber sie war verschlossen. Er zögerte nicht lange und feuerte auf das Schloss. Dann öffnete er vorsichtig die Tür. Vor ihm standen zwei Knaben, die sich umarmt hielten und am ganzen Körper zitterten. Lucius war schockiert. Er ging langsam auf sie zu und versuchte, sie zu beschwichtigen: „Keine Angst. Ich tue euch nichts.“ Die Kinder schauten ihn aus großen Augen an, verstanden ihn aber nicht, weil sie offensichtlich Deutsch nicht verstanden.
Plötzlich hörte er Schüsse und Schreie im Untergeschoss. Eine Frau flehte auf Rumänisch in Todesangst den Herrn im Himmel an.
„Da läuft einer! Der Typ haut ab“, rief einer seiner Begleiter. Dann fielen wieder Schüsse. In den Lärm mischte sich der verängstigte Schrei der Kinder.
Lucius sprang zum Fenster. Ein Mann rannte mit einer Pistole aus dem Gebäude. Er drehte sich um und schoss in Richtung des Eingangsportals. Er musste ein treffsicherer Schütze sein, denn er nahm sich Zeit zum Zielen, bevor er abdrückte.
„Passt auf, der Typ zielt auf euch! Der hat eine Ausbildung“, schrie Lucius.
Weitere Schüsse folgten. Lucius sah in das Gesicht des Mannes. Schwarzes Haar, Oberlippenbart, dunkle Augen und olivenfarbener Teint ließen vermuten, dass er Araber war.
Dann trat lähmende Stille ein. Waren seine Brüder getroffen worden? Er öffnete das Fenster und feuerte auf den Mann, der sein Werk mit zynischem Lächeln betrachtete. Der Schuss saß, denn er griff sich an den linken Arm. Blut färbte sein Hemd ein.

Plötzlich rannte ein zweiter Mann aus dem Haus, und beide verschwanden im Dickicht. Eine Verfolgungsjagd hielt Lucius für hoffnungslos. Aber er hatte das Gesicht des Mannes gesehen, der für das Treiben in dem Anwesen offenbar verantwortlich war. Er drehte sich um. Die beiden Kinder hielten sich immer noch zitternd im Arm.

„Ich muss euch alleine lassen", sagte er, „aber ich komme wieder. Ihr braucht keine Angst mehr zu haben. Ich muss nach unten, um nachzuschauen, was passiert ist."

Lucius sprang die Treppe hinab: Seine Begleiter lagen leblos auf dem Boden. Einige Meter weiter stand eine Frau und weinte. Als sie Lucius sah, hob sie die Hände in die Höhe. Er ging zu Jack, seinem Begleiter und Mitarbeiter vom Auge Gottes. Er lag auf dem Rücken. Blut floss aus seiner linken Brustseite. Der Schuss hatte ihn direkt ins Herz getroffen. Jack atmete nicht mehr. Sein anderer Geheimdienst-Mitarbeiter, Paul, lag ebenfalls auf dem Rücken und war durch einen Kopfschuss getötet worden.

„Scheiße!", stöhnte Lucius. „Entschuldige, Heiliger Vater im Himmel, dass ich fluche. Ich habe zwei Brüder verloren. Ihre Mörder werde ich finden und töten, so wahr mir Gott helfe und zur Seite steht. Tust du das?" Er blickte hoch. Putz rieselte von einem Deckengemälde auf seine Schulter.

Lucius drehte sich zu der Frau: "Sprechen Sie deutsch? Italienisch? Oder Englisch?"

„Ein bisschen deutsch", antwortete sie verängstigt.

„Oben habe ich zwei Kinder entdeckt. Wie viele Kinder sind noch hier?", fragte er vehement.

„Hier unten noch vier."

„Wer sind die zwei Männer, die abgehauen sind?"

„Einer Chef, andere mein Mann. Letzte, der rausgelaufen ist, mein Mann. Er nix geschossen, du verstehen?"

„Ja."

Auf seinem Handy wählte er eine Nummer, und kurz darauf meldete sich der andere Teilnehmer.

„Ich habe ein großes Problem. Ich benötige mehrköpfige Unterstützung. Ihr müsst sofort kommen. Zwei Frauen müssen auch dabei sein. Das Ganze ist eine heikle Angelegenheit. Ich erwarte absolute Diskretion. Die Operation läuft von höchster Stelle aus; es darf nichts publik werden."

Er beschrieb die Lage des Schlosses und legte auf.

„Sind außer Ihnen und den Kindern noch andere hier?“, wollte er von der Frau wissen, die immer noch die Hände hochhielt.
„Nehmen Sie die Hände runter, Sie sind ja nicht bewaffnet. Also, was ist? Sind noch andere Personen im Haus?“
Die Frau schüttelte den Kopf: „Nein, nur Kinder und ich. Keiner mehr.“
„Was machen Sie hier?“
„Ich passe auf Kinder auf. Koche für sie. Spiele mit ihnen. Kinder kommen und gehen. Werden abgeholt und gebracht. Geht immer hin und her. Warum so, ich nix wissen. Chef hat gesagt, dass Kinder sich in Deutschland erholen und mein Mann und ich aufpassen sollen.
Chef hat sehr gut gezahlt. In Rumänien nix Arbeit, kein Geld, schlechte Wohnung. Hier wohnen im Wald. Besser als zu Hause, und noch Geld bekommen. Wir nix schlagen Kinder, aber wenn Kinder wieder zurückgebracht, dann die ganz anders. Kinder haben geweint und manche nix gegessen. Dann kam Mann und hat Kinder wieder mit nach Hause genommen. Hat gesagt, dass Urlaub zu Ende für Kinder. Wir glauben. Jetzt Chaos hier, ich nix verstehe. Sie von Polizei?“
Lucius antwortete nicht.
„Wie heißt der Chef?“, fragte er die Frau, die sich zusehends beruhigte.
„Ali, hat er gesagt. Mehr ich nix weiß.“
„Aus welchem Land stammt der Mann? Ist er Araber?“
„Weiß nix, vielleicht richtig.“
„Wie hat er Sie bezahlt?“
„Hat mir und Mann immer Geld gegeben, auf Hand.“
„Also schwarz“, sagte Lucius mehr zu sich selbst.
„Nix verstehen.“
„Schon gut. In Kürze kommen meine Kollegen. Die werden Sie mitnehmen und Ihnen Fragen stellen. Die müssen Sie beantworten. Für Sie ist hier Schluss, Sie werden hier nicht mehr gebraucht. Die Kollegen entscheiden, was weiterhin mit Ihnen passiert.“
„Weiß nix“, jammerte die Frau und brach wieder in Tränen aus.

Lucius saß vier Wochen später in seinem Büro. Es lag in einem dreigeschossigen Gebäude aus den Siebzigern, das auf dem Gebiet Roms stand. Er las seinen Abschlussbericht über Michelstadt und Illmensee. Dem Bericht hatte er die Aktennotizen

über die Gespräche mit der im Schloss aufgegriffenen Frau beigefügt, die sein Stellvertreter und Glaubensbruder geführt hatte. Die verängstigten, teils malträtierten Kinder aus dem ehemaligen Lustschloss waren an Pflegefamilien weitergeleitet worden, die sich rührend um sie kümmerten, wie in einem weiteren als Anlage beigefügten Bericht vermerkt war.
Seine zwei Brüder wurden auf dem Friedhof einer Franziskaner-Abtei in kleinem Rahmen beigesetzt. Die deutschen Behörden wurden über ihren Tod und vor allem, wie sie zu Tode gekommen waren, nicht informiert. Die Angelegenheit war Sache des Vatikans. Den Verwandten der getöteten Agenten hatte man lapidar mitgeteilt, dass sie unerwartet an Herzinfarkt verstorben waren, was ein Arzt auf dem Totenschein der beiden per Unterschrift bestätigte.
Lucius teilte die Meinung, dass es sich um eine Angelegenheit der Kirche handelte und den deutschen Staat somit nicht im geringsten betraf. Was aus der Frau geworden war, die sich um die Kinder gekümmert haben wollte, wie sie weinerlich in schlechtem Deutsch beteuert hatte, blieb in dem Bericht unerwähnt. Möglicherweise hatten seine Brüder sie ziehen lassen. Vielleicht hatten sie ihr auch den Weg zum Herrn gezeigt.
Wen interessierte es schon?
Der Killer seiner Agentenkollegen, dem er ins Gesicht geschaut hatte, war untergetaucht. Lucius hatte in die Wege geleitet, dass das Schloss am Illmensee in unregelmäßigen Abständen unauffällig kontrolliert wurde. Bislang ohne Resultat.
Er las ein weiteres Mal sorgfältig seinen Bericht und griff zu seinem Handy, das über eine abhörsichere Vorrichtung verfügte. Er wählte die Nummer seines Vorgesetzten, Kardinal Schneider, und bat um einen Termin. Zu seiner Überraschung verlangte Schneider sein sofortiges Vorsprechen. Lucius wunderte sich, nicht nur schnell vorgelassen zu werden, sondern vor allem über den rüden Ton, in dem Schneider ihn zu sich zitierte.
Nach einer halben Stunde Fußweges passierte er die Schweizer Garde, die den Vatikan - und angeblich auch die Bewohner des Stadtstaates - beschützte.
Die Armee des Vatikans hatte vor Jahren im Mittelpunkt eines Skandals gestanden. Lucius hatte die Untersuchungen geleitet und war von dem Resultat überrascht. Es wurde dem Papst und Kardinal Schneider mitgeteilt und verschwand anschließend für immer in der Stahltresorkammer des Vatikans. Man war sich

einig, dass das Ergebnis als Top-Secret nur wenigen auserkorenen Personen zugänglich gemacht werden durfte.
Lucius war erbost, dass der Vatikan aus den hanebüchenen Vorkommnissen keine Konsequenzen gezogen hatte. Diesmal nicht, dachte er auf dem Weg zu seinem Vorgesetzten. Diesen Vertuschungen muss ein Ende gesetzt werden.
Er klopfte an die Bürotür des Kardinals. Ein Assistent in Zivil, nicht in Ordenstracht, öffnete. Er lächelte süßlich und bat Lucius einzutreten. Lucius setzte sich und überreichte Schneider seine Zusammenfassung sexuellen Kindesmissbrauchs durch die katholische Kirche in Deutschland. Als der Kardinal sie durchgelesen hatte, hob er müde den Kopf und sagte heiser: „Ihr Bericht schockiert mich! Ich hätte niemals für möglich gehalten, dass eine Organisation Kinder raubt und unseren Pfarrern zur Lustbefriedigung vermietet. Das ist starker Tobak, mein lieber Bruder“, entrüstete er sich. „Ich hatte es geahnt. Hinter vorgehaltener Hand wurde immer mal das eine oder andere über diesen oder jenen Pfarrer getratscht. Aber dass es ein solches Ausmaß angenommen hat, hätte ich mir nicht träumen lassen. Und das ist nur Deutschland.
Die nächste Misere steht uns bereits ins Haus. In Irland droht eine Revolution: Die Frauen demonstrieren für die Abschaffung des gesetzlichen Abtreibungsverbotes. Seit Tagen gehen sie auf die Straße. Die irischen Pfarrer sind ratlos. Sie wissen nicht, wie sie auf die Protestbewegung reagieren sollen. Hinzukommt, dass auch in Irland gegen Glaubensbrüder wegen Kindesmissbrauchs ermittelt wird. Wo lebe ich eigentlich?“, fragte der Kardinal jämmerlich.
„Unter der Hand ist bekannt, dass manch Kardinal und Bischof seinen Lieblingsassistenten gerne in seiner Nähe hat. Gut, wenn dem so ist, nehme ich das hin. Ich selber bin vor Jahren in ein Kloster gegangen, weil ich der katholischen Gemeinschaft dienen wollte. Ja, Sie hören richtig, DIENEN.“ Lucius hatte sich echauffiert. „Aber mir kam niemals in den Sinn, jemandem meinen Arsch hinzuhalten, damit er sich daran bedienen kann. Wenn ich Sex brauche, lebe ich nicht ein Leben vorgetäuschter Enthaltsamkeit. Dann gibt es andere Wege, der Kirche zu dienen. Diese Skandale verunglimpfen unsere Glauben. Nicht zu vergessen die Nonnen, die von Priestern vergewaltigt werden und mit schwangerem Bauch Schimpf und Schande ertragen müssen. Wir werden lächerlich gemacht, Gläubige kehren uns den Rücken

zu, treten aus der Kirche aus und zum Islam über. Ich habe seine Heiligkeit schon mehrfach gebeten, das unheilbringende Zölibat aufzuheben. Jedes Mal bin ich auf Granit gestoßen. Er will einfach nicht, es sei elementarer Bestandteil unserer Glaubenslehre. Ich erinnerte ihn daran, wie die Päpste im Mittelalter damit umgingen. Ihnen standen die feinsten und elegantesten Huren zur Verfügung. In nur dem Papst und seinen Vasallen vorbehaltenen Freudenhäusern. Mein Fazit lautete, dass es sündiger sei, Kinder als Sexsklaven zu missbrauchen als dass ein Pfarrer verheiratet sei. Seine Heiligkeit brach alle diese Besprechungen ohne Stellungnahme ab, weil er angeblich Besuch erwartete."
„Ich sage Ihnen, Lucius, wenn das so weitergeht, und das wird es, springen noch mehr Gläubige ab. Wann wird diese Plage endlich ausgemerzt? Dieses Teufelswerk, das der Leibhaftige angezettelt hat! Ich werde den Bericht seiner Heiligkeit übergeben und bin auf seine Meinung gespannt."
„Teilen Sie mir seine Meinung mit?"
„Sie glauben doch nicht im ernst, dass ich Ihnen seine Stellungnahme weiterleiten darf?"
Kardinal Schneider schaute Lucius lauernd an.
Der Kardinal war einen Meter neunzig groß, hatte breite Schultern, und man sah ihm an, dass er etwas für seine Figur tat. Wenn er in den heißen Sommermonaten mit einem Adlatus an den Restaurants in der Nähe des Vatikans vorbeispazierte, zog er die Blicke der Frauen auf sich. Seine staatliche Größe, sein volles pechschwarzes Haar und sein mithilfe eines Personal Trainers gestählter Körper weckten bei der Weiblichkeit Begehrlichkeiten. Gerne ließ er sich auf einen Flirt mit einer Verehrerin ein. Er bestärkte ihn in seiner Eitelkeit. Aber wenn es darum ging, ob man zu ihr oder zu ihm gehe, eröffnete er mit einem Lächeln auf den Lippen, dass er Kardinal sei. Er genoss, die Katze aus dem Sack zu lassen. Die Erkenntnis, dass ihre Verführungskunst an einem Bollwerk des katholischen Glaubens, der Enthaltsamkeit, gescheitert war, ließ die Gesichtszüge der Gesprächspartnerin regelmäßig entgleisen. Mit allem hatten die Frauen gerechnet, nur nicht damit, einen leibhaftigen Kardinal zu einem Schäferstündchen überreden zu wollen.
„Da fällt mir ein, lieber Lucius, in Südamerika gibt es ähnliche Probleme wie die, die Sie mir gerade dargelegt haben. Wie ist es um Ihre Spanischkenntnissen bestellt?"

„Ganz brauchbar, würde ich sagen. Ich werde dort gut zurechtkommen. Wie sieht es mit Mitarbeitern in Südamerika aus?“, wollte er vom Leiter des Vatikan-Geheimdienstes wissen.
„Natürlich erhalten Sie Unterstützung. Sie bekommen zwei Spanier mit auf die Reise. Die beiden sind zuverlässig. Als ersten Einsatzort habe ich Argentinien ausgewählt; dort liegt einiges im Argen. Sie berichten wie immer nur an mich und an sonst keinen, egal, was Ihnen andere erzählen. Bei mir können und sollten Sie beichten. Wollen wir das gleich in Angriff nehmen? Dann können Sie unbelastet nach Südamerika reisen.“
Lucius nickte.
„Dann knien Sie nieder und beichten mir Ihre Sünden, damit sie Ihnen Gott vergebe.“
Lucius erhob sich und der Kardinal ebenfalls. Lucius kniete vor ihm nieder, und der Kardinal fragte ihn, welche Sünden er begangen habe. Er erzählte alles, was er für sündig hielt. Der Kardinal erteilte ihm Absolution, erlegte ihm auf, einige Rosenkränze zu beten, und seine besudelte Seele war wieder rein wie die eines Kindes.

Drei Jahre später in Deutschland

Ursula Büttner, ihr Sohn Julian und Major Hans Kleinschmitt lebten glücklich in Frankfurt in der Wolfsgangstraße 76 a. Julian war wissbegierig und wurde als hervorragender Schüler oft von seinen Lehrern gelobt. In seiner Freizeit spielte er - wie so viele Jugendliche - Fußball, wenn er nicht gerade vor dem Bildschirm saß und mit seiner Verwandtschaft in Israel korrespondierte oder Nachrichten auf seinem Handy verschickte. Mit Khalid, den er damals verprügelt hatte, hatte er sich ein wenig angefreundet. Es war aber eher eine Freundschaft auf Distanz. Als ihn Khalid einmal fragte, wo er geboren sei, antwortete er, dass er im Taunus in einem kleinen Dorf zur Welt gekommen sei. Aber er gab sich damit nicht zufrieden, sondern bohrte weiter. Julian berichtete seiner Mutter von den wiederholten Fragen. Irgendwie fände er sie komisch. Ursula schärfte ihm daraufhin ein, Wehrheim im Taunus als Geburtsort anzugeben. Auch Ursula kam das Interesse an so einer Belanglosigkeit merkwürdig vor. Was bezweckte der sogenannte Freund damit? Was hatte ihn das überhaupt zu interessieren?

Sie vermutete, dass hinter ihm andere steckten, die das wissen wollten.
Welchen Zweck verfolgten die Hintermänner?
Und dass es die gab, dessen war sich Ursula ziemlich sicher. Ein Junge von Khalids Kaliber hatte andere Interessen, als sich in unregelmäßigen Abständen nach Julians Geburtsort zu erkundigen.
Schließlich wurde es ihr zu dumm. An einem Tag, als sie als Security-Chefin der jüdischen Gemeinde Dienst hatte, rief sie von ihrem abhörsicheren Telefonapparat ihren ehemaligen Chef Zavi Schneider an. Sie schilderte ihm den Sachverhalt und bat ihn um Zusendung einer Geburtsurkunde, die bewiese, dass Julian in Wehrheim im Taunus geboren wurde. Zavi musste lachen, als er ihren Wunsch vernahm, und versprach ihr, das Dokument mit der Diplomatenpost zu schicken. Vier Tage später hielt sie es erleichtert in den Händen. Sie gab es Julian mit den Worten, dass er die Urkunde jederzeit seinem Freund Khalid vorzeigen könne. Das tat er auch. Sein Freund las aufmerksam das Papier, zog sein Handy aus der Jeans und fotografierte es.
„Schön“, sagte er „dass wir das endlich geklärt haben. Ich hatte immer gedacht, dass du ein blonder Jude bist. Weißt du, Julian, ich kann riechen, ob jemand Jude ist, aber du bist keiner. Ich bin froh, denn das entspannt unser Verhältnis.“
Julian schaute seinen Freund verständnislos an: „Warum hast du meine Geburtsurkunde fotografiert? Was ist so wichtig daran?“
„Mein Freund, du glaubst gar nicht, wie oft ich schon gefragt wurde, ob du nicht vielleicht doch Jude bist. Ich habe dich immer verteidigt und gesagt: ‚Der Julian, Mann, das ist mein Freund.‘ Jeder, der mich kennt, weiß, dass ich mit Juden nichts am Hut habe. Jetzt kann ich den Leuten klipp und klar sagen: ‚Hier, schau einmal, ich habe Julians Geburtsurkunde fotografiert. Der ist ein hundertprozentiger Deutscher. Jetzt wisst ihr es alle, und damit ist das Thema erledigt.“
Khalid legte freundschaftlich den Arm um Julians Schulter, und beide steuerten die nächste Eisdiele auf der Eschersheimer Landstraße an.

Ende Oktober hatten Ursula und der Bundeswehroffizier Hans Kleinschmitt geheiratet. Die Trauung fand in kleinem Kreis statt. Von Ursulas Verwandten war keiner nach Deutschland angereist, um der Zeremonie beizuwohnen. Sie wollten nicht. Deutschland wäre nicht ihr Land, argumentierten sie. Man wünsche aber dem Brautpaar alles erdenklich Gute und Gottes Segen. Von Hans' Seite kamen die Eltern und einige Verwandte jüdischen Glaubens. Man hatte vereinbart, dass die Trauung ohne großes Tamtam über die Bühne gehen sollte. So war es auch. Nachdem Eheschließung in der Synagoge im Frankfurter Westend vollzogen worden war, ging das Brautpaar mit den Gästen in ein jüdisches Restaurant, wo koscheres Essen aufgetischt wurde.

Vier Monate später wurde Kleinschmitt nach Afghanistans Hauptstadt Kabul abkommandiert. Er sollte dort zukünftige Soldaten der afghanischen Armee ausbilden. Weitere vier Monate später, Major Kleinschmitt hatte gerade einen ersten Ausbildungsabschnitt beendet und wollte seinen Rekruten lobende Worte aussprechen, löste sich aus deren Reihen einer, richtete die Maschinenpistole auf ihn und erschoss ihn mit mehreren Kugeln. Die anderen verfolgten entsetzt das Attentat, doch ein afghanischer Ausbilder, der auch als Dolmetscher fungierte, erschoss geistesgegenwärtig den Durchgedrehten.

Ein Militärgeistlicher der Bundeswehr und der Brigadekommandeur, dem Major Hans Kleinschmitt unterstellt gewesen war, überbrachten Ursula Büttner die Todesnachricht. Sie sagte nichts, nur ihre Augen gefroren zu Eis. Dem Pfarrer lief eine Gänsehaut über den Rücken. Der Kommandeur war sichtlich betroffen von der Ermordung seines Offiziers, den er sehr geschätzt hatte, wie er sich ihr gegenüber äußerte. Man würde alles daran setzen, den Fall vor Ort aufzuklären. Selbstverständlich würde den Hinterbliebenen finanziell unter die Arme gegriffen werden, und auch sonst würde man ihnen zu helfen.
Als die Männer die Wohnung verlassen hatten, weinte sie zum ersten Mal nach vielen Jahren wieder. Sie war geschockt, den Mann verloren zu haben, den sie geliebt hatte. Wilde Gedanken gingen ihr durch den Kopf. Sie redete sich ein, dass sein Tod die Rache dafür war, dass sie andere Menschen getötet hatte. Deshalb sei ihr nicht vergönnt, glücklich zu sein. Auch sie hatte Familien ins Elend gestürzt. Auch im gegnerischen Lager weinten Frauen um ihre Männer und Kinder um ihre Väter.
Aber es war etwas anderes als der sinnlose Mord an ihrem geliebten Hans in Afghanistan. Ihr Staat wurde immer noch

bedroht. Den wollten andere vernichten. Indem sie sich für ihren Staat mit der Waffe einsetzte, rettete sie ihren Glaubensbrüdern das Überleben.
Sie setzte sich auf einen Stuhl und wartete reglos auf Julians Rückkehr von seinem Training bei der Eintracht Frankfurt. Wie konnte sie ihm beibringen, dass der Mensch, den auch er geliebt und sogar bewundert hatte, tot war? Dass er nicht mehr heimkam? Dass er auf dem neuen jüdischen Friedhof in der Eckenheimer Landstraße für immer seine Ruhestätte finden würde?
Ich habe meinen Hans geliebt, und ich werde ihn niemals vergessen. Warum wird einem immer genommen, was man liebt?
Ursula fing an zu beten.

Eine Stunde später brachte sie Julian so schonend wie möglich bei, dass Hans von einem Rekruten seiner Ausbildungsgruppe erschossen worden war. Er wechselte die Gesichtsfarbe von rosig auf wachsbleich und stürzte sich in ihre Arme. Dann weinte er bitterlich. Sie strich ihm tröstend über das Haar. Auch ihre Augen wurden wieder feucht. Als beide keine Tränen mehr hatten, legten sie sich erschöpft in ihre Betten. Doch kaum hatte sie das Licht ausgeschaltet, klopfte Julian an der Tür und fragte, ob er bei ihr schlafen dürfe. Ursula verstand ihn allzu gut und bat ihn herein. Als sie von seinem Zähneknirschen aufwachte, ahnte sie, was er im Traum zu verarbeiten versuchte. Plötzlich drehte er sich zu ihr und klammerte sich so fest an sie, dass sie sich wunderte, welche Kraft ihr Sohn bereits hatte.
Am Morgen sagte er, dass er nicht zur Schule gehen könne. Er fühle sich unwohl und habe Magenschmerzen. Ursula verstand. In seinen jungen Jahren hatte er genügend traumatische Erfahrungen gemacht. Sie hoffte inbrünstig, dass er keine bleibenden Schäden davontragen würde.
Nachdem einige Wochen später sich die Dinge halbwegs beruhigt hatten, nahm das Leben seinen fast normalen Lauf. Julian ging zur Schule, und Ursula leitete wieder die Sicherheitsabteilung der Jüdischen Gemeinde.

Khalid hatte festgestellt, dass in Julian eine Veränderung vorgegangen war. Der sonst so lustige und lebhafte Julian war wie ausgewechselt. Auf Khalids Fragen antwortete er nur kurz angebunden. Auf die Frage, was mit ihm los sei, hüllte er sich in

Schweigen. Er wolle in Ruhe gelassen werden. Khalid respektierte seine Antwort und wartete darauf, dass sich Julians Verhalten zum Positiven ändern würde. Bestimmt würde er ihm eines Tages den Grund erzählen. Wäre er ein Mädchen, hätte er gefragt, ob er zum ersten Mal seine Periode bekommen habe. Aber unter Männern konnte er ihm die Frage nicht stellen, ohne ihn zu beleidigen. Das wollte er nicht. Schließlich war man befreundet. Jedenfalls behauptete er das gegenüber seinen Freunden.

Es war Anfang Dezember. Die ersten frostigen Tage hatten eingesetzt. Am Ende der Fürstenbergerstraße, gegenüber dem Holzhausenpark, läutete es im dritten Stockwerk eines Hauses, das noch aus Kaiser Wilhelms Zeiten stammte. Verwundert, dass sich in den Abendstunden noch jemand zu ihr verirrte, nahm die Dame den Hörer des Haustelefons ab: „Hallo, wer ist denn da?“
„Entschuldigen Sie, dass wir zu später Stunde stören. Wir sind von der Palästinensischen Bruderschaft in Deutschland und möchten Sie sprechen. Bitte lassen Sie uns herein, Schwester, es dauert nicht lange.“
Warum wollen meine Brüder mich sprechen? Ich kenne sie zwar nicht, aber es wird einen triftigen Grund haben. Ich bin gespannt.
Sie drückte auf den Türöffner.
Die zwei Männer machten einen höflichen und zuvorkommenden Eindruck. Sie bat sie ins Wohnzimmer.
„Schwester Aische, wir wollen nicht lange stören, aber wir benötigen Ihre Hilfe“, begann der Ältere das Gespräch.
„Wie kann ich Ihnen behilflich sein?“
„Vor einigen Jahren wurden vor ihrem Haus zwei Männer erschossen. Sie waren unsere Genossen und stammten aus Palästina - wie Ihr verstorbener Ehemann. Auch unsere Heimat ist Palästina. Über gewisse Kanäle haben wir erfahren, dass Sie die Frau gefilmt haben, die unsere Genossen ermordet hat.“
„Wer hat Ihnen erzählt, dass ich die Frau gefilmt habe, die vor meinem Fenster Fahrer und Beifahrer in einem Auto abgeknallt hat?“ Sie schaute den Wortführer mit Befremden an.
„Wer das war, ist uninteressant. Was zählt, ist, dass wir es wissen. Und den Film würden wir uns nun gerne ansehen. Er ist von großer Bedeutung für uns. Sie gehören doch auch zu unserem Volk und wollen, dass es sich wehrt, wenn es von den Juden bedroht wird, oder?“, fragte der zweite Mann.

„Ja, ja, ... natürlich liegt es auch in meinem Interesse, dass so etwas verfolgt wird ....“
„Dann geben Sie uns das Handy, auf dem zu sehen ist, wie die Killerin heimtückisch unsere Brüder ermordet“, schnitt er ihr das Wort ab. Er sah Aische lauernd an und streckte die Hand nach dem Handy aus, das neben einem Glas dampfenden Pfefferminztees auf dem Wohnzimmertisch lag.
„Sie wollen wissen, wie wir an die Information gekommen sind? Nichts leichter als das. Die Palästinenser in Deutschland haben Freunde, von denen sie unterstützt werden. Sie haben den Film drei Personen gezeigt und sich gewundert, dass von den Morden nichts in der Presse erschien. Ja, es kommt leider häufiger vor, dass die Israelis in diesem Land töten und die Fälle der Öffentlichkeit nicht bekannt gemacht werden dürfen. Das hängt mit Deutschlands Vergangenheit zusammen, Schwester. Sie wissen, was ich meine. Kann man auch verstehen. Aber wir lassen nicht zu, dass Palästinenser Freiwild für die Juden sind.
Zurück zu dem Film. Er hat in bestimmten Kreisen seine Runde gemacht. Auch wir wurden darüber informiert und gehen nun der Sache nach. Natürlich haben wir denjenigen gesagt, die uns das zugetragen haben, dass der Film ein Fake sei. Eine nachgestellte Szene, um den glorreichen Mossad noch weiter nach oben zu hieven. Aber der Film ist Realität. Wir wissen es, weil wir die toten Brüder zu Grabe getragen haben. Sie wurden im Frankfurter Stadtwald gefunden. Füchse oder Wildschweine hatten sie ausgegraben und ihr Fleisch gefressen. Die Frankfurter Polizei verständigte die Familien der Toten über deren Ableben und den Ort, wo sie gefunden wurden. Bei der Obduktion wurde festgestellt, dass sie erschossen wurden. Kann ich jetzt den Film sehen? Unsere Zeit drängt“, sagte der Wortführer. „Wir müssen so schnell wie möglich die Mörderin finden.“
Aische nahm das Handy vom Wohnzimmertisch und suchte den Film. Dann überreichte sie es ihm.
Er folgte dem Film mit ausdrucksloser Miene. Auch der zweite Mann schaute auf das Display und schüttelte gelegentlich ungläubig den Kopf. Als der Film durchgelaufen war, überspielte der Wortführer den Film auf sein eigenes Handy. Dann kontrollierte er, ob die Übertragung funktioniert hatte, und gab Aisches Handy zurück.
„Wir danken Ihnen, Schwester. Ihr Film ist großartig. Wir werden mit der biometrischen Gesichtserkennung die Killerin finden und

sie zur Rechenschaft ziehen. In ihrer Haut möchte ich nicht stecken. Und bitte, löschen Sie den Film. Zu Ihrer eigenen Sicherheit. Er geht Fremde nichts an. Wir danken Ihnen für die Unterstützung und entschuldigen uns nochmals für die Störung."
Die Männer erhoben sich und ließen eine ratlose Frau an einem kalten Winterabend zurück.

Der Film der Palästinenserin zeigte eine Frau, die zwei Männer kaltblütig erschoss. Drei Männer schauten ihn in der diplomatischen Vertretung Palästinas in Brüssel an. Selbst sie, die keine Skrupel kannten, wenn es um die Sache ihres Volkes ging, waren, wenn auch nicht geschockt, doch überrascht. Mohammed, der Leiter der kleinen Gruppe, war für die Sicherheit der diplomatischen Vertretung in Belgien zuständig. In Moskau vom russischen Geheimdienst ausgebildet waren ihm die Techniken beim Ausschalten politischer Gegner bestens vertraut, aber der Film verschlug ihm erst einmal die Sprache. Dann räusperte er sich und sagte nicht ohne Anerkennung: „Eine Frau, die zwei unserer Genossen so tötet, ist der Hammer! So etwas habe ich noch nicht gesehen. Die Agentin hat keine Seele, sie hat keinen einzigen Funken Gefühl in ihrem Körper. Mit der möchte ich nicht einmal ins Bett, auch wenn sie phantastisch aussieht. Bei der würde mir der Schwanz einfrieren. Unglaublich! Eines muss man den Israelis lassen, ihre Agenten sind nicht nur gut, nein, sie sind hervorragend ausgebildet. Ich möchte nicht wissen, auf wen die Frau schon alles angesetzt wurde und wen sie auf dem Gewissen hat. Diese Frau ist eine Maschine!"
„Ich hätte nicht erwartet, dass die Killerin gefilmt wurde. Die rechnet selber nicht damit. Falls sie das je erfahren sollte, hat die Person mit dem Handy keine Überlebenschance. Da gehe ich jede Wette ein", sagte der Mann neben Mohammed.
„Mit Sicherheit! Das kann uns auch egal sein, denn wir haben jetzt eine Aufnahme, auf der die Killerin mehrere Male zu sehen ist. Besser geht es nicht. Was für ein Glück für uns! Das muss natürlich streng geheim bleiben. Wer hat eigentlich das Filmchen gedreht?", fragte Mohammed und schaute den Mann neben sich an.
„Man hat mir mitgeteilt, dass eine Frau durch ihr Fenster zufälligerweise die Killerin filmte. Sie fiel ihr auf, weil sie an mehreren Tagen hintereinander zu unterschiedlichen Uhrzeiten im Park gegenüber saß und irgendetwas beobachtete. Was sie im

Visier hatte, wissen wir jetzt. Unsere Genossen im Auto. Die Frau, die das beobachtete, heißt Aische Abbas. Sie ist eine türkische Genossin und war mit einem Landsmann von uns verheiratet. Später nahm sie die palästinensische Staatsangehörigkeit an.
Vor langer Zeit gehörte ihr Mann zum Begleitkommando unseres verstorbenen Genossen Tafara. Er wurde bei einem Schusswechsel von einer Kugel in den Bauch getroffen. Man brachte ihn in ein deutsches Krankenhaus, wo er erfolgreich behandelt wurde. Dort arbeitete er später als Arzt.
Medizin hatte er in Paris studiert. Er war für Tafaras Gesundheit zuständig. Die Kugel, die er abbekam, war für Tafara bestimmt gewesen, nicht für ihn. Ein Irrläufer. Die Krankenschwester, die ihn pflegte, war Aische und wurde später seine Frau. Er ließ sich in Frankfurt am Main nieder, betrieb keine Politik mehr und kümmerte sich nur noch um alte und gebrechliche Menschen. Von seinem hohen Gehalt spendete er - immer zu Jahresbeginn – einen hohen Betrag für die Palästinensische Sache. Bis er an Lungenkrebs starb. Tja, er hatte wie ein Schlot geraucht.
Seine Frau beerbte ihn und blieb auch nach seinem Tod in Frankfurt. Die Ehe verlief kinderlos, aber sie waren glücklich miteinander.
Mehr Informationen habe ich nicht erhalten“, beendete der Genosse seinen Vortrag.
Sein Vorgesetzter Mohammed nickte ihm zu: „Das sind doch interessante Informationen! Schade, dass wir Palästinenser nur im Ausland glücklich sein können.
Wir werden sehen, wie es weitergeht. Ich habe bei alledem kein gutes Gefühl. Wirklich nicht. Wir müssen an die Killerin rankommen. Die ist hochgefährlich. Ich will, dass sie zur Rechenschaft gezogen wird. Wenn sie in Israel lebt, ist es witzlos. Wenn sie jedoch in einem anderen Land lebt, stehen unsere Chancen nicht schlecht. Das war es für heute“, schloss Mohammed die Sitzung und zündete eine Zigarette an.

Einen Tag später schaute sich in der israelischen Botschaft Belgiens der Diplomat, der für Geheimdienstaktivitäten zuständig war, den Film an, den vor ihm schon drei andere Männer in Belgien gesehen hatten. Dann griff er zu einer Zigarette, zündete sie an und inhalierte langsam den Rauch.
Er ließ ihn noch zweimal ablaufen. Auf dem Blatt, das dem Film beigefügt war, stand der Name der Frau, die ihn aufgenommen

hatte. Sie hatte türkische Wurzeln, war lange Jahre mit einem Palästinenser verheiratet gewesen und wohnte in Frankfurt. Die Frau, die Oberst Zak Levi auf dem Mitschnitt sah, kam ihm bekannt vor. Dass er in die Hände der verdammten Palästinenser geraten war, bedeutete Gefahr für die israelische Agentin. Nach der Satzung und den Vorschriften des Mossad durfte sie nicht mehr ins Ausland reisen. Die Gefahr war zu groß, dass sie aufgespürt und vom Gegner liquidiert würde. Er musste Zavi Schneider dringendst in Kenntnis setzen. Es sind diese verdammten Zufälle, die das Leben unserer Agenten gefährden, fluchte er.
Er wählte eine Telefon-Nummer in Israel. Zavi Schneider meldete sich. Seine Stimme klang, als ob er täglich eine Flasche Whisky tränke und vierzig Zigaretten rauchte.
„Hallo Zavi, hier ist Zak. Es könnte ein Problem geben, nicht sofort, aber in absehbarer Zeit. Ich sende dir einen Film, den du dir anschauen musst. Es geht um eine Geschichte in Deutschland. Ich packe ihn in die Diplomatenpost, und einer meiner Mitarbeiter ist morgen bei dir im Büro. Wenn du ihn angesehen hast, weißt du, worum es geht. Ruf' mich danach bitte an."
Zak wartete keine Antwort ab; er legte auf. Er zog den USB-Stick mit dem Film aus dem Laptop, steckte ihn in einen Briefumschlag, versiegelte ihn, adressierte ihn an Zavi Schneider und überreichte ihn einem Mitarbeiter mit dem Auftrag, umgehend nach Israel zu fliegen.

Am folgenden Tag übergab der Mitarbeiter aus Brüssel Zavi Schneider das Kuvert.
Bereits die erste Filmsequenz bestürzte ihn. Zwar hatte seine Agentin ihr Aussehen mit gekonnter Schminktechnik und Perücke verändert, aber das nützte ihr herzlich wenig. Er wusste, dass die Gegenseite über eine Anlage zur biometrischen Gesichtserkennung verfügte - wie auch der Mossad. Natürlich „Made in Germany". Der deutsche Geheimdienst hatte die Vorrichtung dem Mossad aus Dankbarkeit für Freundschaftsdienste geschenkt. Die Palästinenser mussten sie bezahlen. Zwar wollten die Amerikaner ihnen die Apparatur schenken, aber die Palästinenser lehnten das kostenlose Angebot ab, weil es ein amerikanisches Produkt war. „Made in Germany"

zogen wie vor. Sie vertrauten der deutschen Technik, mit der sie immer gut gefahren waren.
Zavi Schneider erkannte, dass sich seine ehemalige Agentin in höchster Gefahr befand, zumal sie noch in Frankfurt wohnte. Er überlegte, wie er sie aus der Gefahrenzone herausholen könnte. Vor nicht allzu langer Zeit hatte er mit ihr telefoniert und erfahren, dass ihr Mann bei einem Terroranschlag in Kabul getötet worden war. Ihrer Stimme hörte er an, dass der Tod des deutschen Bundeswehroffiziers sie zutiefst getroffen hatte. Er fühlte mit ihr. Er hatte ihr den Job bei der jüdischen Gemeinde als Sicherheitschefin besorgt, und selbstverständlich war es seine Pflicht, weiterhin dafür zu sorgen, dass ihr nichts passierte. Aber da war noch der kleine Junge, der sich in Deutschland wohlfühlte. Ob er für dessen Sicherheit etwas tun konnte? Nach Möglichkeit ja, aber ob in Vollendung, bezweifelte er. Seine Agentin konnte sich zur Wehr setzen. Sie drückte die Waffe ohne den Hauch eines Skrupels ab. Aber der Junge, den sie liebte wie ihren eigenen Sohn, bereitete ihm Sorgen. Er atmete tief ein. Er musste Ursula nach Israel bitten. Am besten an einem Wochenende. Mit ihrem Ziehsohn. Der durfte in Frankfurt nicht alleine bleiben; das war in der jetzigen Situation zu riskant.
Er, der mächtige Mossadchef, empfand mehr für die Agentin, als ihm lieb war. Wäre er jünger gewesen und noch in der vollen Kraft seiner jungen Jahre, hätte er ihr den Hof gemacht und sie geheiratet. Ja, das hätte er gemacht, gestand er sich ein. Schließlich ordnete er seine Gedanken und kehrte in die Realität zurück, die so unglaublich grausam sein konnte.
Er griff zum Telefon und rief in Deutschland an.
„Ich weiß, Zavi“, sagte Aron Mannheimer, „es ist wie verhext. Dem überwiegenden Teil der Deutschen sind wir sympathisch. Die wenigsten hegen eine unüberwindliche Abneigung gegen uns und unsere Religion. Was mir Kopfzerbrechen macht, sind die Araber, die in den letzten Jahren Hass gegen uns schüren, vor allem die Palästinenser und ihre Unterstützer. Wenn die gegen Israel demonstrieren, wird sofort zu Gegendemonstrationen aufgerufen, die zum Glück meist friedlich verlaufen. Aber mein Gefühl sagt mir, dass dieses Krebsgeschwür sich weiter ausbreitet. Irgendwann sitzen wir wieder auf gepackten Koffern und wollen ins Heilige Land. Wenn du mich anrufst und bittest, dass eine frühere Mitarbeiterin dich in Tel Aviv besuchen soll, habe ich als ihr Vorgesetzter größtes Verständnis. Die Genehmigung erteile

ich auf der Stelle. Aber dein Wunsch macht mich stutzig. Sag mir bitte, ob sich etwas gegen uns Frankfurter Juden zusammenbraut. Du verstehst mich, da werden wir sofort hellhörig."
„Nein, mein Lieber, es geht nicht um die jüdische Gemeinde in Frankfurt. Die Geschichte liegt in der Vergangenheit. Da sind bestimmte Dinge aufeinandergetroffen, die nicht zusammenpassen, und ich muss zusehen, dass es nicht zu einer Katastrophe kommt."
„Oje", seufzte Mannheimer, „das klingt nicht gut. Aber du informierst mich sofort, wenn unserer Gemeinde Gefahr droht?"
„Selbstredend, mein Freund", beruhigte ihn Zavi. „Außerdem würde ich alles in die Wege leiten, damit euch nichts geschieht. Bei mir liegt ein entsprechender Plan in der Schublade. Also, es besteht kein Grund zur Sorge, aber ich muss Ursula am Wochenende hier haben, mit ihrem Sohn. Bitte sie in dein Büro und erklär ihr das, o.k.?"
„Ja, ich werde es ihr sagen, und sie wird dann über Zypern zu dir fliegen."
Mannheimer legte auf. Er drehte sich in seinem Bürostuhl und schaute aus dem Fenster. Er war Verwaltungsleiter der jüdischen Gemeinde in Frankfurt und sorgte dafür, dass die Juden in Deutschland ihre Steuern bezahlten und auch Steuern an die jüdische Gemeinde gezahlt wurden. Davon floss ein großer Teil nach Israel, um die Bevölkerung zu unterstützen. Diese Gelder und zusätzliche Spenden garantierten das Überleben des jüdischen Staates im Heiligen Land.
„Hoffentlich hat Zavi recht", dachte Aron und bestellte Ursula Büttner in sein Büro.
Er eröffnete ihr, dass sie am Wochenende unbedingt nach Israel fliegen müsse, weil Schneider sie dringend unter vier Augen sprechen wolle. Es sei sehr wichtig.
Ursula hörte zu, ohne eine Miene zu verziehen. Als er hinzufügte, dass sie ihren Sohn auf jeden Fall mitnehmen müsse, bildete sich eine Falte auf ihrer Stirn. Doch sie versprach ihrem Vorgesetzten, mit ihm nach Israel zu fliegen.

Drei Tage später landeten Ursula und Julian für einen Kurztrip in Israel. Ihren Sohn hatte sie bei Verwandten untergebracht, während sie Zavi Schneider aufsuchte. Julian freute sich riesig, seine Angehörigen wiederzusehen. Sein blondes Haar trug er jetzt viel länger, als zu der Zeit, als er noch in Israel gelebt hatte.

Die Mädchen waren von seinem hübschen Gesicht und seiner Fröhlichkeit angetan und blickten ihn mit betörendem Augenaufschlag an.
Ein blonder Israeli, sagten die Erwachsenen, ist so selten wie ein Araber mit Schlitzaugen.
Während er die Aufmerksamkeit der Girlies und Erwachsenen genoss und sich des Lebens in Israel freute, saß Ursula im Gebäude des Mossad.

„Meine liebe Ursula“, begann Zavi, „ich habe Unterlagen erhalten, aus denen hervorgeht, dass man über die Geschichte in Frankfurt Nachforschungen anstellt. Leider nicht die deutsche Polizei. Unsere Gegner. Ein Nachrichtendienst der Palästinenser. Die haben ja davon mehr als genug, um ihr eigenes Volk unter Kontrolle zu halten.
Als du damals den Auftrag ausgeführt hast, bist du beobachtet worden. Von einer Frau, die, und das ist die verdammte Scheiße, Palästinenserin ist. Sie hat dich gefilmt. Du bist ihr aufgefallen, weil du wiederholt deinen Einsatzort im Holzhausenpark beobachtet hattest.
Natürlich konntest du die Frau nicht vom Park aus sehen. Du wärst der erste Mensch, der an einem hellen Tag in ein dunkles Zimmer schauen kann.
Ja, das ist nicht schön, aber wer konnte auch ahnen, dass du auffällst. Irgendwie hatte die Frau geahnt, dass etwas vor sich geht, und jetzt hat die Gegenseite Filmaufnahmen von dir. Du bist leider wirklich gut getroffen. Schau bitte auf die Leinwand vorne, da bist du gleich zu sehen.“
Er drückte auf Knöpfe auf seinem Schreibtisch, und der Film lief an. Nachdem er geendet hatte, schaute er Ursula sorgenvoll an.
„Ich denke weiter, Ursula. Wir verfügen über die biometrische Gesichtserkennung. Mit der kann man feststellen, wer sich hinter der fotografierten Person verbirgt. Ich bin überzeugt, dass ein palästinensischer Geheimdienst, welcher Art auch immer, schnell in Erfahrung bringt, dass du diejenige im Film bist.“
„Und wie soll die Gegenseite das herausfinden?“
„Ursula, ich weiß, dass im Frankfurter Flughafen viele Araber arbeiten. Sie kommen aus allen Teilen der arabischen und islamischen Welt. Mit großer Sicherheit gibt es dort Zuträger, die Informationen an Geheimdienste in der ganzen Welt weiterleiten. Der Flughafen wird videoüberwacht, und ich bin der festen

Überzeugung, dass die Aufzeichnungen von Flughafenbesuchern ausgetauscht werden.
Man ist sich in unseren Kreisen immer für eine kleine Gefälligkeit gut und hilft sich gegenseitig aus. Wir machen das genauso. Auch ich habe auf der anderen Seite einen Ansprechpartner.
Als wir Tafaras Amtssitz mit einer Eliteeinheit stürmten, trennte uns nur noch eine Eichentür von ihm. Ich konnte ihn telefonieren hören. Er sprach mit dem amerikanischen Präsidenten und dann mit dem deutschen Bundeskanzler. Plötzlich erhielt ich einen Anruf, der uns zurückkommandierte.
Verstehst du? Wir wurden zurückgepfiffen! Nur einen Schritt weiter, und Tafara wäre Geschichte. So ist Politik, eine Hand wäscht die andere.
Um es kurz zu machen, die Abgleichung biometrischer Daten geht schnell vonstatten. In maximal zwei Stunden haben sie die Person auf dem Film, also dich, mit den Daten der Flughafenbesucher verglichen. Du bist, sagt der Computer, die gesuchte Person. Volltreffer. Dann wird anhand der Videokameras dein Weg in den Hallen verfolgt. Die stellen fest, dass du dein Ticket am Abfertigungsschalter von Cyprius Air vorgelegt hast und nach Larnaka geflogen bist. Dort bist du in eine El-Al-Maschine umgestiegen. Für die Gegenseite ist damit alles klar. Meine Kollegen von der anderen Fraktion wissen, dass du israelische Agentin bist. Und das ist nicht gut, besonders dann nicht, wenn du in Deutschland lebst. Ich brauche nicht zu erwähnen, dass dort gewisse Gruppierungen noch immer eine Abneigung gegen Juden hegen. Mit dem Zuzug aus dem arabischen Raum hat sich die Situation noch verschlechtert.“
„Zavi, ja, du hast Recht. Aber verstehe auch meine Seite. Ich habe mir in Deutschland ein neues Leben aufgebaut. Ich bin Witwe, womit ich nie gerechnet hätte. Dass mein Mann, deutscher Jude, Bundeswehroffizier obendrein, in einem fernen Land vor seinen Rekruten ermordet wurde, hat mich tief getroffen. Nachdem er aus meinem Leben gerissen wurde, soll ich jetzt dran sein, so scheint es jedenfalls. Ich bin gefilmt worden. O.k., das kann während eines Einsatzes passieren. Möglich, dass mich diese Leute auf Computerbildern erkennen und sich rächen wollen.
Zavi, glaubst du etwa, dass ich Angst habe? Nein. Wenn die etwas von mir wollen, sollen sie nur kommen. Aber ich sage dir, das werden sie nicht. Sie haben Angst vor mir. Wenn sie es

jedoch wagen sollten, meinem Julian auch nur ein Härchen zu krümmen, passiert ein Unglück, und das meine ich im ernst. Die überleben das nicht. Ich werde jeden einzelnen massakrieren."
„Liebe Ursula, bitte bleibe sachlich und denke logisch. Diejenigen, die wegen dir Nachforschungen anstellen, sind auch nicht dumm. Garantiert sind sie gut ausgebildet. Sie unterstützen aus dem Ausland ihr Heimatland genauso wie unsere über die Erde verstreuten Brüder und Schwestern Israel. Wir beide können die Politik nicht beeinflussen, wir können nur Greueltaten an unserem Volk verhindern. Das will die Gegenseite genauso, nur mit dem Unterschied, dass sie uns alle vernichten wollen.
Wir glauben an eine Sache und sind überzeugt, dass unser Land das einzige ist, in dem Juden keine Angst zu haben brauchen. Das wird auch in Zukunft so sein. Deshalb meine Bitte: Komm' nach Hause zu uns, zu deiner Familie. Hier bist du sicher, und du weißt, dass ich damit Recht habe."
„Nein, ich lasse mich nicht von denen vertreiben, die uns auch aus Israel verjagen wollen. Auf keinen Fall. Ich bleibe in Deutschland, mit Julian. Ich werde uns zu verteidigen wissen. Wenn, ich betone WENN, es nicht so läuft in Deutschland, wie ich es mir vorstelle, komme ich zurück."
„Wie soll ich das verstehen, Ursula?"
„Ich werde abwarten, ob ich Auffälligkeiten bemerke, die darauf schließen lassen, dass wir beobachtet werden."
Ursula schaute Zavi aus ihren eiskalten Augen an. Er hielt ihrem Blick stand. Ja, sie konnte hart sein. Er war schon früh zu der Erkenntnis gekommen, dass seine Agentin einem Mann den Hodensack abschneiden, ihm um die eigenen Ohren hängen und ihn dabei noch fragen konnte, wie er das fände. Wenn diese Frau außer Kontrolle geriet, wollte er nicht Zielperson ihres Auftrags sein. Sie war gnadenlos.
Zavi bedauerte, dass sie nach wenigen Monaten Witwe geworden war. Er hatte sich mit ihr gefreut, als er erfuhr, dass sie heiratete, und war der Überzeugung, dass nun Ruhe in ihr Leben einkehren würde. Es war das Gegenteil.
„Auf einen Nenner gebracht, du bleibst mit deinem Jungen in Deutschland?"
„Ja! Ich warte die weitere Entwicklung ab. Aber da ist etwas, bei dem du mir helfen musst. In Julians Schule gibt es einen Khalid, der sich trotz einer Prügelei mit Julian, die Khalid mit Gelderpressung provoziert hatte und bei der er eine

niederschmetternde Niederlage einstecken musste, an Julian … ich würde sagen angeschleimt hat.
Aus welchem Grund? Er war derjenige, der anzweifelte, dass Julian Deutscher ist. Deshalb hatte ich dich gebeten, mir eine Geburtsurkunde für Julian anzufertigen, aus der hervorgeht, dass er in Deutschland geboren ist. Die hat er Khalid vorgelegt, und der gab sich damit zufrieden. Nichtsdestotrotz hat sein sogenannter Freund die Urkunde mit dem Handy fotografiert. Warum? Das beunruhigt mich.
Die beiden spielen zusammen Fußball. Für meinen Geschmack – hoffentlich liege ich aber mit meiner Meinung daneben - versucht der Junge, sich bei uns einzuschmeicheln. Er ist übrigens Araber. Einmal habe ich beim Training zugeschaut und die beiden fotografiert. Warte mal, … ich habe es doch nicht gelöscht? … Da, jetzt habe ich es gefunden."
Sie reichte Zavi ihr Handy.
„Eindeutig Araber. Leitest du das Foto auf mein Handy weiter? Die Nummer hast du ja noch. Bitte gleich, dann ist es erledigt, und ich werde sehen, was ich tun kann."
Dreißig Sekunden später meldete ein Piepston, dass es bei ihm eingegangen war.
„Julian und ich fliegen heute Abend zurück. Danke, dass du dir Sorgen um uns machst. Wenn ich deine Hilfe benötige, melde ich mich.
Du kannst dir vorstellen, dass ich zur Furie werde, wenn Julian bedroht wird. Die Leichen werden sich zu Bergen türmen, das verspreche ich dir. Entweder komme ich dann tot oder lebendig zurück in meine Heimat."
Zavi hatte Verständnis für Ursulas Gefühlsausbruch. Besonnen fragte er: „Kannst du an eine Speichelprobe von Khalid gelangen? Oder ein Haar? Ein Taschentuch, in das er sich geschnäuzt hat? Wenn nicht du, dann dein Sohn? Das würde mir weiterhelfen. Vielleicht findet unser Labor bei der Analyse einen verwandtschaftlichen Bezug mit einer Zielperson heraus. Unsere Datenbank ist immens.
Überleg es dir. Wenn es euch gelingt, sein Genmaterial zu beschaffen, schicke es mir wie üblich mit der Diplomatenpost. Der einzig sichere Weg."
Zavi schaute wie gewohnt, wenn er eine Unterredung für beendet hielt, auf seine Unterlagen und begann, in ihnen zu blättern.

Drei Stunden später flogen Ursula und Julian über Zypern zurück nach Frankfurt.
„Wir haben Verwandte in München besucht. Deine Cousine Elisabeth hat ihren fünften Geburtstag gefeiert. Sie ist blond, wie du, und ganz nett, aber trägt ätzend rosafarbene Prinzessinnenkleidchen. München ist eine tolle Stadt mit ihrer Liebfrauenkirche als Wahrzeichen. Die Männer in ihren Lederhosen sind urig. Und dort trinkt jeder Bier, naja, die meisten Männer jedenfalls."
So instruierte sie Julian für den Fall, dass ein Schulkamerad ihn fragte, was er am Wochenende getrieben habe.
„Julian, dein Freund Khalid ist aalglatt und schmeißt sich an dich ran. Aus welchem Grund? Ich weiß, dass du nicht erpicht auf eine allzu enge Freundschaft mit ihm bist. Könntest du dir vorstellen, dass er mit seiner Masche einen Zweck verfolgt?"
„Vielleicht ist er schwul und steht auf mich? Schließlich sehe ich gut aus, oder? Die Mädels in Israel waren hingerissen von mir. Die wollten Freundschaftsarmbänder mit mir tauschen und meine Handy-Nummer haben."
Julian lächelte in Erinnerung an seine Verehrerinnen.
„Lass den Quatsch, Julian! Natürlich siehst du gut aus. Aber zieh' meine Besorgnis nicht ins Lächerliche! Ich habe dir schon mehr als einmal erklärt, dass wir vorsichtig sein müssen. Ja, wir können uns in Deutschland frei bewegen. Aber auch hier werden wir Juden immer wieder angefeindet. Beschreibe mir noch einmal, wie Khalid reagiert hat, als du ihm deine Geburtsurkunde gezeigt hast."
„Er hat gesagt, dass sie beweist, dass ich Deutscher bin und kein Jude. Ich verstehe ihn nicht. Was hat er gegen Juden und nichts gegen Deutsche, Türken, Franzosen oder Japaner? In unserer Schule sind sie alle vertreten. Komische Welt! Ich liefere ihm den Beweis, dass ich nicht zu einem bestimmten Volk gehöre, und schon ist alles zwischen uns in Ordnung. Was wäre passiert, wenn ich ihm gesagt hätte: ‚Klar, Mann, ich bin Jude, hasse die Deutschen und würde die ganzen Araber am liebsten auf den Mond schießen.' Was hätte er wohl geantwortet? ‚Ich bringe dich um, ich erschieße dich.' Ich weiß es nicht. Das hätte unsere lockere Freundschaft gekippt und eine Mobbinglawine gegen mich ins Rollen gebracht. Und das nur, weil ich ein Mensch bin wie er und in Frieden leben will. Ich verstehe das nicht, und in zehn Jahren auch nicht."

Ursula hatte ihm schweigend zugehört. Sie schaute ihn von der Seite an. Ihr Neffe, der als ihr Sohn galt, sah mit seinem blonden Haar und den feingeschnittenen Gesichtszügen wirklich gut aus. In zehn Jahren müsste sie die jungen Frauen vor der Haustür abwimmeln, die unter einem Vorwand Julian zu sehen wünschten. Ja, mein Sohn sieht wirklich gut aus, und wenn ihm irgendeiner auch nur das geringste Leid zufügt, fasse ich das als persönliche Kriegserklärung auf. Und dann Gnade seiner Seele!
Beide schwiegen. Erst als das Flugzeug den deutschen Lufthoheitsraum erreichte, raffte sich Ursula zu einer Frage auf, die sie sich sorgfältig zurechtgelegt hatte.
„Julian, ich mache das ungern, aber ich habe eine Bitte. Du hast doch bestimmt schon davon gehört, dass man Menschen auf Grund ihrer DNA zuordnen kann?“
Er nickte.
„Könntest du mir von Khalid etwas besorgen? Einen Strohhalm, an dem er gesaugt hat, oder ein benutztes Tempo? Vielleicht auch einen Blutstropfen, der nach einer Rauferei auf deinem Hemd eingetrocknet ist?“
„Warum so kompliziert, Uschi? Er mümmelt wie verrückt Kaugummi. Wo er steht und geht. Wenn er einen ausspuckt, hebe ich ihn auf und schenke ihn dir. In einem zerknatschten Kaugummi befinden sich mehr Erbinformationen als in einem kleinen Blutstropfen, oder?“
Julian schaute sie schräg von der Seite an.
„Du bist ein gerissenes Kerlchen. Nicht auf den Kopf gefallen. Du kannst ihn mir besorgen?“
„Klar! Zu Hause gebe ich dir seinen Kaugummi.“
Ursula war bass erstaunt: „Wieso hast du denn einen Kaugummi von ihm zu Hause?“
„Ich habe gesehen, wie er mir heimlich einen auf die Innenseite meines Schreibmäppchens geklebt hat, um mich zu ärgern. Ich denke, dass der für eine erste Untersuchung genügen sollte, oder?“ Er lachte schelmisch.
Die Ex-Agentin musste grinsen und zog ihn an sich. Sie strich ihm über die Haare und schnupperte an seinem Ohr. Julian kicherte, als er ihren Atem spürte. Dann legte sie ihren Arm schützend um seine Schultern und stellte fest, dass sie für sein Alter schon recht muskulös waren.

Zu Hause gab er seiner Mutter das Schreibmäppchen. Sie löste den Kaugummi vorsichtig ab und schob ihn in ein kleines Fläschchen. Auf einen Zettel notierte sie mit Filzstift ihren eigenen Namen und den des Kaugummikauers: Khalid Emren. Den Nachnamen hatte sie bei Julian erfragt. Sie verstaute alles in einem luftgepolsterten DIN-A5-Umschlag und sandte ihn am nächsten Tag mit der Diplomatenpost nach Tel Aviv.
In Erwartung des Ergebnisses ging sie ihrem Dienst nach. Sie hatte gerade eine Aktennotiz in ihrem Büro der jüdischen Gemeinde verfasst, als ihr die Frau in den Sinn kam, die den Film gedreht hatte.
Mit ihr muss ich Kontakt aufnehmen. Was ist der schnellste Weg? Dass die Frau mich ohne meine damalige Maskerade wiedererkennt, ist ausgeschlossen. Aber wie kann ich sie dazu bringen, mich in ihre Wohnung einzulassen? „Guten Abend, ich bin die Killerin, die Sie gefilmt haben, und möchte mit Ihnen reden. So von Frau zu Frau. Über die Machos, die uns das Leben schwermachen, uns unterdrücken. Die uns sexuell belästigen und dann noch behaupten, wir hätten es nicht anders gewollt. Die beiden habe ich abgeknallt, weil sie mich erst stundenlang vergewaltigt und dann einen falschen Zeugen bestochen haben, der in dem Prozess von einvernehmlichem Sex zu dritt geschwafelt hat. Na, und was glauben Sie, wem der Richter Glauben schenkte?“
Schlecht. Die Frau ist Palästinenserin. Wie sie es mit der Emanzipation hält, steht fifty-fifty. Und überhaupt ist das eine Schnapsidee!
Ursula fielen die Lieferwagen von DPD, UPS und GLS ein, für deren Pakete oft kein Empfänger zu Hause angetroffen wurde. Auch ihre eigenen Nachbarn erklärten sich immer wieder bereit, Sendungen für andere entgegenzunehmen.
Ja, das ist es. Ein Päckchen mit fiktivem Namen beschriften, an der Haustür der Palästinenserin klingeln und erklären, dass die Nachbarin nicht zu Hause sei. Ob sie es freundlicherweise in Verwahrung nähme? Und schon war sie in der Wohnung.
Aber wenn sie ihr den Zutritt verwehrte? Dann müsste sie zu Mitteln greifen, die nicht prickelnd waren, aber wirkungsvoll. Ob sie die Frau töten würde, hing ganz von deren Kooperationsbereitschaft ab. Würde sie sich weigern, müsste Ursula radikal vorgehen. Eine Waffe würde sie für ihr Vorhaben

nicht benötigen. Sie hatte in ihrer Ausbildung das Töten auch ohne Waffe perfektioniert.
Gegen eine Frau zu kämpfen, widerstrebte ihr im Grunde ihres Herzens. Frauen waren zwar in vielen Situationen verbal und emotional härter, aber körperlich letztendlich schwächer als Männer.
Sie war hin und hergerissen. Aber je länger sie darüber nachdachte, desto klarer wurde ihr, dass nicht nur ihr Leben sondern auch das ihres Sohnes in Gefahr war. Sie musste handeln, ob sie wollte oder nicht. Sie musste.
Ursula überlegte kurz, was sie benötigte, um als Paketbote überzeugend aufzutreten. Nur die Jacke mit dem Logo einer Zustellerfirma und ein Päckchen als Argument.

Zwei Tage später rief ein völlig aufgelöster Paketbote die Polizei an und erklärte in gebrochenem Deutsch, dass er überfallen worden sei. Auf die Frage, was gestohlen worden sei, antwortete er, seine Dienstjacke, sonst nichts. Er wäre in einem Hausflur zusammengeschlagen worden, hätte seitdem heftige Kopfschmerzen und könne sich an nichts Weiteres erinnern. Ob Geld geraubt worden sei, insistierte der Polizist.
„Nein, nix, kein Geld, und Pakete sind auch noch alle da. Verstehe ich nix. Und was ich mache jetzt?“
„Wir kommen und kümmern uns um Sie.“

Ursula hatte in einem Bürohaus in der Eschersheimer Landstraße mitbekommen, dass die Paketzusteller freitags regelmäßig später kamen. Das lag wohl an dem gestiegenen Paketvolumen. Dreimal hintereinander hatte sie den Mann mit der GLS-Jacke gesehen, wie er Pakete in das Hochhaus trug. Beim vierten Mal wechselte seine Jacke in einer für ihn schmerzhaften Weise den Besitzer.
Während ihrer Arbeit für die jüdische Gemeinde hatte sie sich mit einer Frau angefreundet, die zwar Christin war, aber ihren Sohn in die Schule der jüdischen Gemeinde schickte. Julian und Rolf, so hieß sein neuer Freund, gingen oft gemeinsam zum Fußballtraining. An manchen Wochenenden übernachtete Julian bei Rolf. Ein solches Wochenende wollte Ursula nutzen, um die Frau in der Fürstenbergerstraße aufzusuchen. Natürlich verkleidet. Falls sie die Frau nach dem Gespräch am Leben ließe, war es nicht ausgeschlossen, dass diese sich danach an die Polizei wandte.

Eine Woche später übernachtete Julian wieder bei seinem Freund. Nachdem er von Rolf und dessen Mutter mit dem Auto abgeholt worden war, ließ Ursula eine halbe Stunde verstreichen. Sie wollte verhindern, dass er sie in Verkleidung antraf, falls er zu Hause etwas vergessen haben sollte.
Dann stellte sie sich vor den Badezimmerspiegel und veränderte mit Schminke ihr Gesicht dermaßen, dass selbst Julian sie nicht erkannt hätte. Als sie mit dem Resultat zufrieden war, setzte sie eine blonde Perücke auf, zog ein Stirnband bis über die Augenbrauen und schlüpfte in schwarze Bluse, schwarze Hose und schwarze Turnschuhe. Dieser Winterabend war empfindlich kalt, und sie zog gleich die GLS-Jacke an, die sie sich ohne Diskussion mit dem Träger angeeignet hatte.
Eine Pistole wollte sie nicht mitnehmen, aber zur Sicherheit holte sie ein Butterflymesser aus einem Versteck im Wohnzimmer und verstaute es in der Innenseite der Zustellerjacke. Das Fake-Päckchen klemmte sie unter den Arm und verließ die Wohnung. Um ihre Nervosität zu bekämpfen, fuhr sie mit dem Wagen mehrere Runden durch die Innenstadt, bevor sie ihn am Anfang des Oeder Weges abstellte. Den restlichen Weg bis zu dem Eckhaus in der Fürstenbergerstraße legte sie zu Fuß zurück. Bewegung und frostige Luft taten ihr Übriges, so dass sich ihr Blutdruck normalisierte.
Auf der Klingeltafel suchte sie einen arabisch klingenden Namen. Fünf Parteien klangen deutsch: A. + G. Meier, Weißgerber, Paula + Egbert Meininger, Schultheiß/Grönemeyer. Auf dem sechsten Namensschild stand „Arif, Aische Abbas". Die Ex-Agentin drückte den Knopf. Nach einem zweiten Klingeln meldete sich eine weibliche Stimme: „Ja, bitte? Wer ist da?"
„Entschuldigung, der GLS-Paketdienst. Ich habe ein kleines Päckchen für die Familie Giebel zwei Häuser weiter, aber da macht keiner auf. Auch nicht in Ihrem Nachbarhaus. Wären Sie so freundlich, das Päckchen anzunehmen?"
„Ja, das kann ich machen. Kommen Sie in den dritten Stock."
Ein Summen erklang, Ursula drückte gegen die Tür und war im Hausflur. Mit ruhigen Schritten stieg sie die Treppe hoch. Dort erwartete sie die Frau, die ihr die Tür geöffnet hatte.
„Guten Abend! Das ist sehr nett von Ihnen. Ich habe alle Klingeln gedrückt, aber Sie sind die einzige, die zu Hause ist. Uff, das ist das letzte Päckchen für heute. Ich bin völlig platt vom vielen

Treppensteigen. Die meisten Häuser haben keinen Fahrstuhl. Darf ich einen Moment reinkommen?"
Die Frau nickte, ging einen Schritt zur Seite, und Ursula war in der Wohnung.
„Ich werde den Giebels eine Benachrichtigung in den Briefkasten werfen, dass sie das Päckchen bei Ihnen abholen können. Hier."
Als die ältere Frau den Arm ausstreckte, um es entgegenzunehmen, ließ Ursula es fallen, ergriff die Hand und riss die Frau an sich. Ursulas Linke legte sich um deren Hals und drückte leicht zu. Mit dem Fuß stieß sie die Wohnungstür zu und bedeutete der Frau, still zu sein, indem sie den rechten Zeigefinger vor ihre Lippen hielt.
„Keine Angst, ich will Sie weder überfallen und noch ausrauben. Ich will etwas anderes. Können Sie es sich denken?"
Die Frau wurde kalkweiß und rang nach Luft. Sie schüttelte den Kopf.
„Wir gehen ins Wohnzimmer."
Ursula löste ihre Hand vom Hals und ließ sie vorangehen. Im Wohnzimmer erkannte sie sofort den optimalen Blick, den die Fenster auf den Holzhausenpark boten.
„Setzen Sie sich. Sie sind Arif, Aische Abbas?", fragte Ursula.
Die Frau nickte.
„Ich werde Sie Arif nennen, das klingt mir vertrauter. Also, Sie haben vor einiger Zeit Filmaufnahmen von einem Verbrechen gemacht, ist das richtig?"
„Ja", antwortete die Frau, deren Gesicht allmählich wieder Farbe annahm.
„Sie haben die Aufnahmen auf Ihrem Handy. Ich will die Aufnahmen sehen. Wo ist Ihr Handy?"
Ursula streckte fordernd die Hand aus.
„Da."
Frau Arif deutete mit der Hand auf den Wohnzimmertisch. Ursula ging zu dem niedrigen Tisch, um es an sich zu nehmen, wobei sie die Frau im Auge behielt.
„Sie haben die Männer umgebracht", konstatierte Frau Arif mit Schrecken.
Die Ex-Agentin reagierte nicht auf die Erkenntnis.
„Die Aufnahmen sind in die Hände eines arabischen Geheimdienstes geraten. Dessen Agenten haben Sie besucht. Ich habe die Aufnahmen gesehen. Warum haben Sie denen den Film gegeben? Hätten Sie nicht leugnen können, gefilmt zu haben? So

bringen Sie nur weitere Menschen in Lebensgefahr. Sich selbst auch."

„Warum soll ich mich meinen Landsleuten verschließen, wenn sie einen Mord aufklären? Die deutsche Polizei hat bis zum heutigen Tage nichts unternommen. Selbst in der Presse stand keine einzige Zeile. Die Polizei ist immer bemüht, Kapitalverbrechen aufzuklären, warum nicht in diesem Fall?", fragte Frau Arif angriffslustig.

„Unser Gespräch nimmt eine Wendung, auf die ich keine Lust habe. Es gibt Dinge im Leben, die keiner will, aber sie sind notwendig. Dazu zählt diese Aktion. Schauen Sie, der israelische Geheimdienst kommt fast allem auf die Spur, was die Sicherheit des Landes gefährdet. Die zwei, die liquidiert wurden, bedrohten mein Land. Deshalb musste die Notbremse gezogen werden. Glauben Sie mir, Töten macht keinen Spaß. Aber wir Israelis wollen nicht ausradiert werden. Sollen eines Tages nur noch Relikte an unser Volk erinnern, weil es von der Bildfläche verschwunden ist? Also wehren wir uns mit allem, was uns zur Verfügung steht. Den Film, den Sie gedreht haben, hat man mir in Israel bereits gezeigt. Weshalb ich hier bin: Waren die Agenten ein zweites Mal bei Ihnen? Davon hängen meine weiteren Entscheidungen ab."

Ursula beobachtete Mimik und Gestik der Frau, ob sie darauf hindeuteten, dass sie log. Teil ihrer Agentenausbildung war ein Training gewesen, mit dem sie positive und negative Signale innerhalb kürzester Zeit zu erkennen und deuten lernte. Die Frau zögerte und rang mit sich, ob sie die Wahrheit sagen sollte. Das Zögern ließ Ursula darauf schließen, dass sie ihr jetzt eine Lüge auftischen würde.

„Ja, es waren wieder zwei Männer bei mir. Sie haben mich informiert, dass sie ein neuartiges Verfahren angewandt hätten, um die Identität der Frau auf den Aufnahmen festzustellen. Auch ihr Name sei ihnen bekannt, den sie jedoch für einen Decknamen halten würden, weil sie für den israelischen Geheimdienst arbeite."

„Haben die Männer den Namen der Agentin erwähnt?", fragte Ursula.

„Nein. Sie empfahlen mir nur, vorsichtig zu sein, denn mit Sicherheit würde eines Tages jemand von denen kommen, um sich mit mir zu unterhalten. Und die Männer hatten Recht: Sie sind jetzt hier.

Nur sind die Leute von der Palästinensischen Bruderschaft auch nicht gerade dumm. Die sind Ihnen auf den Fersen. Es ist schon dreist, bei mir aufzutauchen und mich über Ihr Tötungskommando zu befragen."
Frau Arif warf die Arme hoch und atmete heftig, so sehr setzte ihr die momentane Situation zu.
„Schön", sagte Ursula, „Sie sind wenigstens ehrlich. Haben Sie die Männer, die Sie das zweite Mal aufgesucht haben, fotografiert?"
„Das weiß ich nicht mehr. Vielleicht ..., möglicherweise auch nicht", stotterte Frau Arif. „Ich kann es ihnen nicht sagen; ich bin zu aufgeregt, um Ihre Frage zu beantworten."
Ursula drückte auf dem Handy einige Tasten, bis sich diverse Dateien auf dem Display zeigten. Diejenigen, die sie für wichtig erachtete, auch die, auf der sie selber festgehalten war, überspielte sie auf ihr eigenes Handy.
Dann löschte sie den gesamten Speicher auf Frau Arifs Handy und sagte: „Ich nehme es mit."
In dem Moment überzog ein leichtes Grinsen Frau Arifs Gesicht. Aha, mit dem Handy stimmt etwas nicht, dachte Ursula und nahm die Batterie heraus. Dann steckte sie es in ihre Zustellerjacke und schaute Frau Arif an: „Frau Arif, es tut mir leid, das tun zu müssen, was ich eigentlich nicht wollte. Aber es ist zu gefährlich für mich, Sie am Leben zu lassen. Möchten Sie noch etwas sagen?"
Die Frau schüttelte nur den Kopf.
Die Ex-Agentin riss sie aus ihrem Sessel hoch, legte ihr die linke Hand um den Hals und brach ihr mit einer ruckartigen Bewegung der rechten das Genick. Als der tote Körper in sich zusammensackte, ließ sie ihn auf das Polster zurückgleiten. Die Frau sah aus, als ob sie friedlich schliefe.
Ursula verließ die Wohnung und ging durch den Holzhausenpark. Mit ihrer GLS-Jacke musste sie jeder für einen späten Zusteller halten, der krampfhaft das letzte Päckchen seiner Tagestour loswerden wollte und einen hilfsbereiten Nachbarn suchte.

Ab und zu drehte sie sich nach potentiellen Verfolgern um. Auf der Mainzer Landstraße nahe der Alten Oper Frankfurt warf sie Aisches Handy in einen Abfalleimer und kehrte zu ihrem Wagen im Oeder Weg zurück.

Zu Hause schaute sich die Ex-Agentin in aller Ruhe den Film an, den sie auf ihr Handy überspielt hatte. Ein Action-Triller mit ihr als Hauptperson, die zwei Menschen liquidiert und in aller Seelenruhe den Tatort verlässt. Sie verbrachte länger als eine Stunde damit, herauszufinden, ob sie wiederzuerkennen war. Aber sie konnte keine Ähnlichkeit feststellen. Beruhigt goss sich Ursula ein Glas Rotwein ein und sinnierte, ob sie vor zwei Stunden in Aisches Wohnung die richtige Entscheidung getroffen hatte.

Zwei Tage später wurden von der Frankfurter Fußweg-Reinigung die über die gesamte Stadt verteilten Abfallbehälter geleert. Ein Reinigungsmann wurde stutzig, als der Müll auf der Ladefläche seines Autos landete und ein Mobiltelefon zuoberst lag. Ihm waren schon die aberwitzigsten Objekte bei der Eimerleerung zu Gesicht gekommen: Ein spitzenbesetzter BH, eine Pistole, ein Sparbuch, eine Zahnspange, sogar ein verrostetes Beil, aber ein Handy, das hatte er noch nicht in dem ganzen Müll zu sehen bekommen. Neugierig steckte er es kurzerhand ein. Zu Hause wollte er sich ihm eingehender widmen. Er war gespannt, was sich auf den Dateien befand.
In seiner Freizeit beschäftigte er sich mit IT-Geräten, programmierte sie um und gestaltete sie nach seinen Wünschen. Dass er bei der Müllabfuhr arbeitete, erklärte er allen, die ihn ob seiner Fähigkeiten bewunderten, bewahre ihn davor, in der Klappsmühle zu landen. Die Arbeit an der frischen Luft und die gutgelaunten Kollegen böten den Ausgleich zu seiner Kopfarbeit.
Nach Dienstende machte sich der Müllmann an seinem Schreibtisch über das Handy her. Nicht lang, und er hatte es aktiviert. Verwundert, dass keine Dateien gespeichert waren, begab er sich auf die technische Suche. Bald hatte er die meisten wiederhergestellt und begann, sie sich anzusehen. Die Mehrzahl war langweilig. Nachrichten, die in einer ihm fremden Sprache hin- und hergesandt worden waren. Schließlich landete er bei einem Film, der seine Nerven unter Spannung setzte. Eine Frau ging forschen Schrittes auf ein Auto zu, riss die Fahrertür auf und schoss auf den Fahrer. Blut floss. Dann schoss sie auf den Beifahrer.
Der Müllmann glaubte zunächst, dass der Streifen von einem Kriminalfilm stammte. Doch die Umgebung kam ihm vertraut war. Ja, dort hatte er auch schon Eimer geleert. Ihm stockte der Atem. Vor Erregung sprang er auf. Das war nicht der Trailer eines

Kinofilms, das war brutale Wirklichkeit. Der Mann spulte zurück. Warum war in der Presse bisher nichts über die Tat berichtet worden?
Das Handy wurde ihm plötzlich zu heiß, es brannte förmlich in seiner Hand. Er musste das Ding loswerden. Wie? Wo? Erst einmal ein Bier! Als er sich ein zweites genehmigt hatte, löste sich die Anspannung. Ich gebe das brisante Gerät persönlich im Frankfurter Polizeipräsidium ab. Dort ist es am besten aufgehoben.

Als Hauptkommissar Krähe sein Büro betrat, las er auf seinem Bildschirm die Mail seines Chefs, dass er sich umgehend bei ihm melden solle. Dringende Besprechung.
„Herr Kollege, ich habe hier ein IPhone. Oder Smartphone? Keine Ahnung, wie man die Dinger nennt", räusperte sich sein Vorgesetzter.
Krähe nickte: „Jaja, dieser moderne Schnickschnack ist heutzutage weit verbreitet. Alle laufen mit gesenktem Kopf herum und glotzen drauf. Sie achten weder auf Autos, Fahrräder, Rollstuhlfahrer noch Hundescheiße. Das geht auf die Halswirbelsäule. Die kriegen alle einen Bandscheibenvorfall. Nur eine Frage der Zeit. Was ist Besonderes an dem Ding, das Sie in den Händen halten?"
„Es wurde gestern von einem Mann bei uns abgegeben, der bei der Müllabfuhr arbeitet und ausgesprochen IT-affin ist. Als Kollege Meinert es entgegennahm, hat er ihm gezeigt, dass damit ein Mord gefilmt wurde. Ich betone Mord. An zwei Männern. Uns ist von dem Verbrechen nichts bekannt. Wie kann das sein? Haben Sie eine Erklärung dafür?"
„Herr Mittag, warum soll ausgerechnet ich wissen, weshalb wir nichts über den Vorgang wissen? Ich erhalte Informationen generell später als Sie. Welch' Frage!"
Kriminalrat Mittag war Krähes Vorgesetzter, und sie waren sich nicht sonderlich sympathisch. Da Krähe aus reiner Leidenschaft als Kommissar arbeitete, das Gehalt aber nicht benötigte, weil er finanziell unabhängig war, konnte er sich leisten, Mittag gegenüber eine eigene Meinung zu vertreten.
„Hier", der Vorgesetzte reichte Krähe das Smartphone „schauen Sie mal, was da drauf ist. Unsere Techniker haben die Datei isoliert. Sie brauchen nur auf Start zu drücken und können sich

die ganze Schweinerei ansehen. Nicht zu fassen! Wenn das alles echt ist, dann …“
Krähe schaute den Film mehrfach an, bis er überzeugt war, dass es sich nicht um ein Fake handelte. Die Darstellung war zu überzeugend.
„Tja, was soll ich dazu sagen. Zwei Menschen wurden ermordet. Da wir nichts von dem Verbrechen gehört haben, müssen wir Grundlagenforschung betreiben. Möglicherweise wissen die Kollegen vom Staatsschutz mehr. Ich werde mich darum kümmern, wenn Sie mir den Auftrag erteilen.“
„Ja, Herr Krähe“, der Kriminalrat nickte, „tun Sie das. Und dann berichten Sie mir, was da passiert ist. Einfach unglaublich! Zwei friedliche Bürger werden ermordet, und wir leben im Tal der Ahnungslosen! Ich werde den Kollegen von der S eine E-Mail senden und Sie ankündigen.“
Krähe erhob sich und begab sich zur Abteilung S. Sie war im zweiten Stock des Frankfurter Polizeipräsidiums untergebracht, zumindest ihr Hauptquartier. Ableger waren über ganz Hessen verstreut und mit unscheinbaren Firmennamen getarnt. Schließlich wollte man das Volk auf diskrete Weise schützen.

Krähe betätigte die Klingel am Eingang der S. In alle anderen Büros des PolPräs konnte man einfach hineinspazieren. Nur bei den Abteilungen Staatsschutz und Dark-Net musste man läuten und seinen Namen nennen, nachdem man sich vorher per E-Mail ordnungsgemäß angemeldet hatte. Erst dann wurde geöffnet.
Krähe suchte Gernot Lanz auf, seines Zeichens Leiter der Abteilung S.
„Herr Kollege“, hob Krähe an „ich platze bei Ihnen rein, weil ich mir vor wenigen Minuten einen Film auf einem Smartphone angesehen habe, der mich nachdenklich stimmt. Offensichtlich handelt es sich um einen Doppelmord. Wenn ich mich nicht täusche, wurde er vor dem Holzhausenpark verübt. Ungewöhnlich an der Tat ist, dass sie uns unbekannt ist. Bei den Opfern handelt es sich um Ausländer. Ich halte sie für Türken oder Araber. Verfügen Sie über weitergehende Erkenntnisse?“
Krähe schaute Lanz an. Er sah wie ein Penner aus. Lange, ungepflegte Haare und ein pechschwarzer Bart verliehen ihm das Aussehen von Frank Zappa. Dazu ein zartgliedriger Körper, der ihn zerbrechlich wirken ließ. Krähe wusste, dass das alles Tarnung war. Lanz war knallhart im Umgang mit Personen, die

das Wohl des Staates gefährdeten, und seine Mitarbeiter waren es nicht weniger. Was Lanz in Ausübung seines Amtes erlebt hatte, war genug Stoff, um hundert Kriminalromane zu füllen.
Lanz legte die Stirn in Falten: „Lieber Herr Kollege Krähe, Sie fragen mich, ob mir ein Doppelmord in Frankfurt bekannt sei? Das kann ja wohl nicht sein. Eigentlich müssten Sie und Ihre Abteilung, insbesondere der Herr Kriminalrat Mittag, etwas davon wissen. Warum kommt ihr immer zu mir gerannt, wenn ihr nicht weiterkommt? Aus unerforschlichen Gründen haltet ihr mich für allwissend. Ich bin vom Staatsschutz, nicht von der Mordkommission. Ihr müsst mal eure Hausaufgaben machen, dann wird's auch was mit der Aufklärung."
„Ja, aus ebendiesem Grund habe ich Sie aufgesucht. Damit wir unsere Hausaufgaben machen können. Sie haben doch immer Kenntnis von Vorfällen, die unter der Decke gehalten werden. Ich könnte mir vorstellen, dass die zwei Morde politisch motiviert sind. Was meinen Sie, Herr Kollege?"
Lanz drehte bedächtig eine Seite der vor ihm liegenden Akte um, was seine gesamte Aufmerksamkeit zu beanspruchen schien. Dann beschied er Krähe dezidiert: „Ich lasse mich nicht zu einer Aussage nötigen. Erst recht nicht in dieser Sache. Mehr kann ich dazu nicht sagen. Und jetzt entschuldigen Sie mich bitte, ich habe zu tun."
Krähe ließ sich die Worte durch den Kopf gehen: „Erst recht nicht in dieser Sache." Also wusste er etwas, durfte es aber nicht weitergeben. Aussagen über eine Gefährdung des Staates durften grundsätzlich nur vom Polizeipräsidenten gemacht werden. Es war zwecklos. Der Polizeipräsident würde so etwas nie wagen.
Krähe erhob sich und verließ das Büro. Lanz griff zum Telefon und rief Zypern an: „Dimitri, ich hatte gerade ein Gespräch mit einem Kollegen, der mich wegen der Sache in der Fürstenbergerstraße aufgesucht hat. Da ist ein Film mit eindeutigen Szenen aufgetaucht. Das wollte ich dir nur kurz mitteilen. Komische Situation. Nimm es mal zur Kenntnis."
„Ich danke dir, Gernot", sagte Dimitri. „Wenn du wieder Redebedarf hast, melde dich."

Mist, fluchte Krähe, der weiß etwas, ist aber nicht bereit, sein Wissen mit mir zu teilen! Also wieder die Ochsentour! Ich muss beginnen, wo alles angefangen hat. Scheiße, noch mal!

Krähes Traum

Der Hauptkommissar war endlich eingeschlafen. Tausend Dinge waren ihm durch den Kopf gegangen und hatten ihn grübeln lassen. Er drehte sich von einer Seite auf die andere. Er träumte und begann alsbald zu schwitzen. Der Gestank des eigenen Schweißes raubte ihm die Schwerelosigkeit der Entspannung im Schlaf. Er atmete schwer.

Eine nackte Person lief durch einen Wald. Die Hände fehlten. Ein Rinnsal Schweiß tropfte ihm von der Stirn. Er rieb die salzige Feuchtigkeit aus den Augen. Die nackte Frau lief auf ihn zu und streckte ihre blutverschmierten Armstümpfe nach ihm aus. Die Hände waren amputiert! Sie ruderte mit dem verbliebenen Rest ihrer Arme hin und her. Blutspritzer trafen sein Gesicht. Voller Ekel wischte er sie weg. Die Frau wollte ihm etwas mitteilen. Aber was? Er wandte seinen Blick ab. Nur raus aus diesem Albtraum.

Da war ein kleiner Junge. Er klammerte sich schutzsuchend an den Oberschenkel der Nackten. Der Junge weinte und zeigte mit dem Finger auf Krähe. Die Lippen der Frau formten Worten, die er nicht verstand. Sein Puls beschleunigte sich. Plötzlich trat Blut aus ihrer Stirn. Ein Loch bildete sich auf ihrer Stirn. Es wurde größer und größer. Sie fiel rücksüber und saß auf einer Parkbank. Der Junge lief schluchzend davon.

Er erwachte. Schlaftrunken setzte er sich auf und schaute sich um. Kein Wald, keine Nackte, kein Blut. Wirklich nicht? Nein, nur sein einsames Schlafzimmer. Gott sei Dank, ich habe nur geträumt.

Er verließ das pitschnasse Bett und goss sich in der Küche ein Glas Milch ein. Von der Küchenrolle riss er Blätter ab und wischte neuen Schweiß von der Stirn. Auch die feuchten Haare tupfte er ab.

Morgen wasche ich sie. Wird höchste Zeit. Was habe ich geträumt? Ich erinnere mich nur noch an Fragmente. Aber es war der reinste Horror. Blutige Armstümpfe und … .

Das Telefon klingelte. Er schaute auf die Küchenuhr: Drei Uhr. Wer zum Teufel will jetzt etwas von mir?

Er hob den Hörer ab: „Hallo?“

„Entschuldigung“, sagte eine Stimme, „ich habe mich verwählt.“ Dann wurde aufgelegt.

Krähe hielt den Telefonhörer verdattert in der Hand. Wer ruft mich um diese nachtschlafende Zeit an? Hat er sich wirklich verwählt? Oder will er wissen, ob niemand zu Hause ist, um einzubrechen? Oder träume ich noch?

Der Kommissar ging nicht mehr zurück ins Bett, um den unterbrochenen Schlaf fortzusetzen. Der Anruf hatte ihm seine Nachtruhe geraubt. Er stellte sich unter die Dusche, drehte die Mischbatterie heiß auf und duschte ausgiebig. Sein Körper dampfte, als er sich abtrocknete, und das Badezimmerfenster beschlug von der feuchten Hitze. Dann machte er Liegestützen, Rumpfbeugen und Seitenstütze, und zum Schluss Dehnungsübungen. Sein allmorgendliches Yoga ließ er an diesem Morgen ausfallen. Ihm fehlte die Muße. Zwar war es gerade mal fünf Uhr, aber es zog ihn ins Polizeipräsidium. Ihm ging der ans Kreuz genagelte Junge nicht aus dem Kopf. Genauso wenig wie seine Mutter. Atemberaubend schön mit Augen aus Eis, wenn sie wütend war. Die Frau hatte ihn in ihren Bann geschlagen.
Er versuchte dahinterzukommen, warum man einen Minderjährigen an ein Kreuz nagelt, aber seine Gedanken verliefen im Sand.
Ich muss noch einmal das Protokoll meiner Kollegen lesen, die die Verhöre geführt haben.
Warum in einer Kirche? Was wollte der Täter damit zum Ausdruck bringen?
Und warum ausgerechnet in dieser Kirche?
Für jeden strenggläubigen Katholik ein Sakrileg. Nur Jesus hatte am Kreuz zu hängen. Niemand anderes. Erst recht nicht ein unbekleideter Knabe. Der reinste Frevel!
Selbst Petrus, erster Papst der Christen, hielt es für unangemessen, aufrecht an den Balken zu hängen, als er gekreuzigt wurde. Aus Demut vor Jesus ließ er sich mit dem Kopf nach unten an das Kreuz nageln.
Aber dieser Junge hing in der Kirche wie der Erlöser der Menschheit!
Das ist ein Symbol!
Verdammt noch mal, wofür?
Steckt eine esoterische Sekte dahinter?
Teufelsanbeter?
Oder dient der arme Junge nur als Ablenkungsmanöver?

Im Präsidium studierte er höchst konzentriert den Bericht seiner Kollegen: Eine morgendliche Kirchgängerin hatte als erstes den toten Jungen entdeckt. Statt der Jesusfigur aus Porzellan hing sein nackter Körper am Kreuz. Ein Tuch verdeckte sein Geschlechtsteil. Die Frau informierte umgehend Küster Greiner, der in die Kirche eilte und ihren Hilferuf bestätigte. Der Küster bat daraufhin Pfarrer Peter, sich vor Ort ein Bild zu machen. Dieser rief das nächstgelegene Polizeirevier an. Die Kollegen kamen ohne Verzug, riegelten den Tatort ab und verständigten den Kriminaldauerdienst. Spuren konnten aufgenommen werden, waren zum Zeitpunkt der Berichtsabfassung jedoch noch nicht ausgewertet. Des Weiteren wurde auf das Gutachten der Pathologie verwiesen, aus dem hervorginge, dass an dem Jungen sexuelle Handlungen vorgenommen worden waren.

Krähe hielt inne.
Undurchsichtiger Fall. Keinerlei Anhaltspunkte für die Täter. Spuren, die noch ausgewertet werden müssen! Wie lange das alles wieder dauern wird! Es ist zum Kotzen!
Er nippte an seinem Morgenkaffee.

In der Lunge des Knaben waren Drogen nachgewiesen worden, las er weiter. Es war nicht eindeutig festzustellen, ob er zu ihrem Konsum gezwungen worden war. Da man kein einziges Kleidungsstück von ihm gefunden hatte, ging man davon aus, dass er an anderer Stelle getötet und danach erst in die Kirche von Klein-Kreickheim transportiert und an das Kreuz gebunden worden war. Die Ermittlungsbeamten würden die Bevölkerung um sachdienliche Hinweise zur Klärung des Falles bitten müssen, um in dem schwierigen Fall weiterzukommen. Aber sobald es sich bei einem Opfer um ein Kind handele, sei die Bevölkerung sofort zur Kooperation bereit. Viele vertrackte Fälle seien dank der Mithilfe aufmerksamer Mitmenschen aufgeklärt worden.

Glücklicherweise, dachte Krähe. Der Fall wird immer interessanter; ich bin auf den Ausgang gespannt.

Es war kurz vor neun Uhr morgens, als Krähe in der Fürstenbergerstraße klingelte. Im Haus wohnten sechs Mietparteien. Nacheinander klingelte er sich durch die Namen. Erst der sechste Versuch fruchtete. Alle anderen waren wohl auf

der Arbeit, einkaufen oder gingen anderen Beschäftigungen außer Hauses nach. Die weibliche Stimme aus der Sprechanlage wollte wissen, wer er sei und was sein Anliegen sei. Krähe hub an, dass er von der Polizei sei, als sie ihm schon ins Wort fiel.
„Das trifft sich gut! Kommen Sie hoch. Ich wohne im vierten Stock. Hier stimmt etwas nicht."
Krähe runzelte die Stirn. Der Türsummer erklang, und Krähe erklomm die vielen Stufen zum Dachgeschoß. In der Eingangstür stand eine ausladende Frau. Ihr blondes Haar war straff nach hinten gekämmt und zu einem Knoten gebunden, nur eine Strähne hatte sich gelöst und fiel ihr in die glänzende Stirn. Ein Träger ihrer fleckigen Jeans-Latzhose war über die Schulter gerutscht; die Hände steckten in Gummihandschuhen. Sie stellte den Wischmopp beiseite, zog den rechten Handschuh aus und strich die Strähne aus ihrem pausbäckigen Gesicht, bevor sie ihm die Hand hinstreckte.
„Entschuldigen Sie, ich habe gerade meinen Putztag. Treten Sie ein und stolpern Sie nicht über den Eimer, Herr ... wie sagten Sie?"
„Oh, ich hatte noch gar nicht die Gelegenheit, mich vorstellen zu können. Hauptkommissar Krähe von der Frankfurter Polizei. Ich ermittele in einer Angelegenheit, die etwas zurückliegt."
Die Frau trat zur Seite und ließ ihn ein: „In welcher Angelegenheit denn?"
„Das darf ich Ihnen aus ermittlungstaktischen Gründen nicht sagen. Nur eines, wir sind im Besitz von Filmunterlagen, die nicht darauf hindeuten, dass es sich um eine Fälschung handelt. Wir gehen davon aus, dass was gefilmt wurde, sich vor diesem Haus ereignete."
„Sie meinen die Frau, die zwei Männer erschossen hat?"
Krähe glaubte, nicht richtig gehört zu haben: „Sie wissen von dem Vorfall? Warum haben Sie ihn nicht der Polizei gemeldet?"
„Woher soll ich wissen, ob man mir eine echte oder eine nachgestellte Szene präsentiert? Heute geistert so viel durch das Internet, dass das keiner mehr unterscheiden kann."
„Wer hat Ihnen den Film gezeigt, in dem zwei Männer ermordet werden, wie Sie sagen?"
„Die Nachbarin unter mir. Sie habe eine Zeitlang eine Frau im Park beobachtet, weil die ein auffälliges Verhalten an den Tag gelegt habe. Die führt etwas im Schilde, habe sie sich gedacht. Und sie habe richtig gelegen. Wenige Tage später habe sie

ebendiese Frau gefilmt, während sie zwei Männer erschoss. Den Film hat sie mir später vorgeführt. Ich wollte nicht glauben, was ich sah. Die hat nicht alle am Sträußchen, dachte ich mir. Die hat etwas von YouTube runtergeladen und will sich jetzt mit einem Schauermärchen brüsten.

Wissen Sie, Herr Kommissar, wir sind eine gute Hausgemeinschaft. Wir helfen uns gegenseitig. Ist einer krank, kaufen wir anderen für ihn ein und holen seine Medikamente von der Apotheke ab. Auch die Päckchen nehmen wir entgegen, wenn der Nachbar nicht daheim ist.

Aische, die den Film gedreht hat, und ich sind gute Freundinnen. Wir kochen zusammen. Einmal bayerische Knödel mit Hirschgulasch und Rotkraut, das nächste Mal Falafel, Hammelspieße mit Minze und Portulak in Joghurt mit viel Knoblauch als Vorspeise vorneweg. Türkisch-palästinensisches Essen. Kein Wunder, sie stammt aus der Türkei und hat einen Palästinenser geheiratet.

Aber warum mir Ihr Besuch willkommen ist: Ich mache mir Sorgen. Ich habe Aische schon seit einiger Zeit nicht mehr gesehen. Wenn Sie, Herr Kommissar, heute nicht vorbeigekommen wären, hätte ich Ihre Kollegen angerufen, damit sie nach dem Rechten sehen. Es riecht komisch aus ihrer Wohnung. Normalerweise nach Knoblauch, was mir immer das Wasser im Mund zusammenlaufen lässt, aber dieser Geruch ist nicht nur eigenartig, er ist regelrecht widerwärtig.

Bitte, bitte, schauen Sie nach! Leider hat Aische mir keinen Zweitschlüssel gegeben, aber Sie können die Tür bestimmt öffnen. Lassen Sie uns hinuntergehen. Schnell!“

Die Frau ergriff Krähes Hand und zog ihn hinter sich her in den dritten Stock. An der Tür schnupperte der Kommissar und wusste Bescheid.

„Wir betreten die Wohnung nicht. Ich rufe meine Kollegen an. Die werden die Tür öffnen und nach dem rechten sehen. Lassen Sie uns wieder nach oben gehen, und Sie erzählen mir mehr über Ihre Freundin.“

Als beide die Wohnung von Frau Weißgerber betreten hatten, wie die besorgte Bayerin hieß, rief er den Kriminal-Dauerdienst an und bat die Kollegen um Spurensicherung. Alles weise auf ein Tötungsdelikt hin. In der Etage unter der Wohnung von Frau Weißgerber, wo er auf die Kollegen warte.

Drei Stunden später saß Krähe in seinem Büro im Polizeipräsidium und las den Bericht der Spurensicherung.

„Nachdem die Wohnungstür im 3. OG von der SpuSi geöffnet worden war, wurde diese von den Kollegen unter Wahrung aller Vorsichtsmaßnahmen betreten. Im ersten Moment wies nichts darauf hin, dass ein Verbrechen stattgefunden hatte. Weder im Flur noch im Schlafzimmer waren Spuren von Kampf oder sonstiger Gewalteinwirkung zu sehen. Im Wohnzimmer saß eine weibliche Person, Alter unbestimmt, in einem Sessel, die zu schlafen schien. Bei näherem Betrachten wurde festgestellt, dass der Verwesungsprozess schon eingetreten war. Auch hier deutete nichts auf einen Kampf oder andersartige Gewalteinwirkung hin. Sämtliche verwertbaren Spuren wurden von uns gesichert und werden ausgewertet.
Es wurde ein Abtransport in die Pathologie veranlasst, um nähere Erkenntnisse zu gewinnen.

Gezeichnet: Peter Langwald, Hauptkommissar, Leiter der Spurensicherung“

Krähe musste also den Befund der Gerichtsmedizin abwarten, der Aufschluss über die Todesursache der Frau gab. Offenbar herrschte in der Pathologie an diesem Tag nicht viel Betrieb, denn vier Stunden später ging bereits das Ergebnis per Mail ein. Krähe wunderte sich über die Schnelligkeit und begann zu lesen. Neben dem üblichen Latein, mit dem wie üblich solche Berichte gespickt waren, kam er zu dem Punkt, der ihn an meisten interessierte.

„Durch Bruch des Halswirbels, auch als Genick bezeichnet, trat unverzüglich der Tod ein. Der Bruch wurde willkürlich herbeigeführt, vermutlich durch Einwirken einer dritten, bisher unbekannten Person. Die Leiche befindet sich seit circa drei Tagen im Verwesungsprozess.
Weitere Spuren von Gewalteinwirkung sind nicht festzustellen. Die Tote ist somit zur Bestattung für die Angehörigen freigegeben.

Gezeichnet: Prof. Dr. Dr. Mainzer“

„Tod durch Genickbruch“, murmelte Krähe. „Wer bringt schon eine alte Frau um und nimmt aus der Wohnung nichts mit? Äußerst dubios, aber ich werde dahinterkommen.“
Er druckte den Bericht aus und legte ihn in seinen Ablagekorb. Zu einem späteren Zeitpunkt wollte er ihn noch einmal lesen und der Akte „Fürstenbergerstraße“ hinzufügen.
Er erhob sich, um die Mitarbeiterkantine aufzusuchen, als sein Diensttelefon läutete. Kriminalrat Mittag meldete sich: „Herr Krähe, ich habe mir gerade die Akte „Fürstenbergerstraße“ angeschaut und den Film, den der Müllmann auf dem Handy rekonstruiert hat. Sie waren doch heute in dieser Straße, wie ich Ihrer Mail entnommen habe. Kommen Sie doch bitte zu mir und bringen mit, was eventuell noch in die Akte gehört. Kaffee gibt’s bei mir, frisch aufgebrüht. Einverstanden?“
Mittag wartete erst gar nicht die Antwort ab und legte auf. Krähe griff in das Ablagekörbchen und ging mit dem Gutachten, das er erst vor wenigen Minuten gelesen hatte, in Mittags Büro.
Die beiden Kripobeamten gingen den Fall in allen Einzelheiten durch und kamen zu dem Ergebnis, dass die zwei Morde in der Fürstenbergerstraße eindeutig politisch motiviert waren. Dass noch eine weitere Person ums Leben gekommen war, die die Morde gefilmt hatte, bestärkte sie in ihrer Annahme. Mittag schlug vor, die weibliche Person, die auf dem Film zu sehen war, einer biometrischen Analyse zu unterziehen. Er vermutete, dass der Staat Israel in die Angelegenheit verwickelt war, da die Männer aus dem arabischen Raum stammten.
„Nur so ein Bauchgefühl“, rechtfertigte sich der Kriminalrat.
„Wie wollen Sie vorgehen?“, fragte Krähe.
„Viele wissen nicht, dass das Bundeskriminalamt eine riesige Sammlung von Gesichtern gespeichert hat, die auf Flughäfen aufgenommen wurden. Passagiere, die ins Ausland fliegen, vor allem in den arabischen Raum, in die Türkei, nach Russland und Tschetschenien. Die Datei wurde angelegt, um junge Leute herauszufischen, die sich dem Islamischen Staat anschlossen und als sogenannte Gotteskrieger kämpften. Die IS-Sympathisanten, besser: hirnlose, sadistische Dumpfbacken, die vor ihrem „Gotteskrieg“ Drogen genommen, als Dealer an der Konstabler Wache das Geld für ihren eigenen Drogenkonsum verdient und Mädchen um die Ecke in einer zugigen Passage kostenlos Joints rauchen gelassen hatten, damit sie dieselben später umso mehr zur Kasse bitten konnten, wenn sie wieder

Stoff brauchten. Diese Kriminellen, die Frauen verachten, weil sie selber kleine Würstchen sind ...“
Mittag hatte sich in Rage geredet.
„Ich verheddere mich. Was wollte ich sagen? Ach ja! Die IS-Kämpfer, die nach Deutschland zurückkehrten, wurden einem biometrischen Erkennungsprozess unterworfen. So konnten wir Gesichtsfotos und Daten, die uns befreundete Geheimdienste übermittelten, mit Personen, gegen die uns etwas vorlag, miteinander vergleichen. Das alles geht in Sekunden über die Bühne. Das System arbeitet extrem zuverlässig. Wenn wir die Person auf dem Mord-Film dem biometrischen Prozess unterziehen, kommen wir der Täterin näher.
Wissen Sie Herr Krähe, Sie sind bestimmt ein guter Ermittler, aber die Morde an der alten Frau und den Arabern erfordern Professionalität. Laut Bericht gibt es keine weiteren Spuren. Ich habe aber den Ehrgeiz, den Fall aufzuklären. Ich kann‘s ums Verrecken nicht ertragen, wenn andere Länder bei uns ihren Krieg austragen. Das sollen sie in ihrer Heimat machen, aber auf keinen Fall in Deutschland. Ziehen wir da an einem Strang?“
Krähe stimmte ihm unverhohlen zu.
„Da fällt mir ein: Der Junge am Kreuz. Seine Mutter arbeitet bei der jüdischen Gemeinde. Gibt es neue Erkenntnisse?“
„Nicht, dass ich wüsste, Herr Kriminalrat. Da stockt alles. Verdammt, ich komme nicht weiter!“
Der Vorgesetzte von Kriminalhauptkommissar Krähe holte tief Luft und blähte die Wangen auf: „Gut, Sie machen in der Sache weiter. Setzen Sie nach! Hinterfragen Sie die Dinge! Auch, was Ihnen absolut unverdächtig erscheint. Sammeln Sie Daten und Fakten, und ich werde Sie, soweit es in meiner Macht steht, unterstützen. Jemand will auf dem Laufenden gehalten werden und macht uns Druck. Wer das ist, wissen Sie selber.“

Ursula wollte gerade ihren anstrengenden Tag als Sicherheitsbeauftragte beenden, als der Verwaltungsleiter ihr Büro betrat und ihr kommentarlos einen Brief aus Israel in die Hand drückte. Sie schaute auf den Absender.
Teilte man ihr mit, dass die DNA-Spuren in Khalids Kaugummi bewiesen, dass er mit den zwei auf Befehl des Mossad beseitigten Männern verwandt war? Sie waren dem Mossad nicht nur namentlich bekannt, sondern er war auch in Besitz ihres genetischen Fingerabdrucks.

Mit fliegenden Händen riss sie das Kuvert auf und überflog das Schreiben in Windeseile: Die DNA weise eine Verbindung zu beiden in der Fürstenbergerstraße Getöteten auf. Möglicherweise sei Khalid Sohn des einen und Neffe des anderen.
Das hatte sie befürchtet. Sie atmete tief durch. Welchen Plan verfolgte Khalid, wenn dem so war? Das war die zentrale Frage, die ihr die Luft abschnürte. Es gehörte eine gehörige Portion Kaltschnäuzigkeit dazu, sich Julian anzubiedern und einen auf liebenswürdigen Jungen zu machen.
Da fiel es ihr wie Schuppen von den Augen: Der arabische Junge in dem Hotel, in dem sie mit ihrem verstorbenen Mann nach ihrer ersten Liebesnacht gefrühstückt hatte! Er hatte sie nicht ohne Grund angestarrt. Dieser Junge war Khalid! Er hatte die Frau nicht aus dem Gedächtnis gestrichen, die ihn zum Schulsekretariat zurückgeschickt hatte, damit sie seinen Vater und Onkel ungestört killen konnte. Damals war sie verkleidet gewesen, nur schwerlich wiederzuerkennen, aber sie hatte mit dem Jungen ein, zwei Sätze gewechselt. Er hatte sich an ihre Stimme erinnert! Ja, Khalid war der Junge von damals.
Ursula atmete tief durch. Ihre Gesichtszüge verhärteten sich. Der Junge hatte es also geschafft, sich an ihren Sohn heranzumachen und den Freund zu mimen. Mit dem einzigen Ziel, ihn und seine Familie auszukundschaften.
Meine Vermutung wird sich bewahrheiten.
Wann hört dieses verdammte Töten auf?
Sie steckte das Schreiben in das aufgerissene Kuvert zurück.
Wie soll ich vorgehen, und vor allem: Was kann ich bewerkstelligen?
Ich muss Julian unbedingt nach Khalids Adresse fragen. Für alle Eventualitäten. Ich hoffe inständig, dass ich sie nie benötigen werde.
Warten wir ab, wie die Geschichte weitergeht, versuchte sie sich zu beruhigen und fuhr sich mit der Hand fahrig durchs Haar.
Aber diese Geschichte wird weitergehen. Warum sonst hätte Khalid Julians Nähe suchen sollen? Aus Rache! Ganz offensichtlich! Für sein Alter ist der Junge ganz schön durchtrieben. Aber da steckt jemand anderes dahinter. Auf so eine Idee kommt der Junge nicht von alleine.
Alles hat einen Anfang und ein Ende; wie wird das Ende aussehen?

Und ich gehe nicht zurück nach Israel. Julian auch nicht. Wir bleiben zusammen in Frankfurt, weil wir hier leben wollen, in Frieden. Wo wir herkommen, ist es uns nicht vergönnt.
Sie zog die Augenbrauen hoch und verließ gedankenversunken das Haus der jüdischen Gemeinde. Sie hatte es sich zu eigen gemacht, den Weg von der Arbeitsstätte zur Wohnung zu Fuß zurückzulegen. Von der Westend- bis zur Wolfsgangstraße brauchte sie eine halbe Stunde.
Ein Mann in einem Auto, das in der Straße hinter den verspiegelten Zwillingstürmen der Deutschen Bank parkte, fotografierte sie. Unentwegt drückte er den Finger auf den Auslöser der Kamera. Schwarzes Haar, dichter Oberlippenbart, bräunlich-gelber Teint.
Nachdem seine Genossen die Witwe des Mitgliedes der Palästinensischen Bruderschaft besucht und ihren Film kopiert hatten, waren sämtliche zielführende Kontakte aktiviert worden.
Abu ibn Warim schoss Fotos von einer Frau, gegen die er einen Verdacht hegte. Er war Sicherheitschef der Bruderschaft in Deutschland. Nach den Morden an den Genossen in Frankfurt und Berlin war man in seiner Heimat außer sich vor Wut, dass so etwas in Deutschland passieren konnte. Hinzu kam, dass davon nicht das geringste in der deutschen Presse erschienen war. Das deutete darauf hin, dass Israel den Finger am Abzug hatte. Von der Tat in Berlin existierten keine Fotos, aber von der in Frankfurt.
Abu, so wurde er von seinen Genossen genannt, hatte an der TU-Darmstadt Mathematik und Elektrotechnik studiert. Die Ausbildung kam ihm zugute, als er sich in Frankreich bei einer Firma bewarb, in der er zum technischen Leiter für Computerautomation emporstieg. Als er der Meinung war, genug für seinen Arbeitgeber geleistet zu haben, stieg er aus dem Angestelltenverhältnis aus und machte sich in Frankfurt mit einer Firma für fortschrittliche Elektrotechnik erfolgreich selbständig.
Seine Firma wies eine ausgezeichnete Auftragslage aus. Sie beschäftigte sich mit der zweiten Generation des genetischen Fingerabdrucks, der sehr unterschiedlich ausfallen konnte. Er hatte sich ausgiebig mit der Gesichtserkennung als biometrische Authentifizierungsmethode beschäftigt und eine Reihe von Fehlschlägen hinnehmen müssen. Doch dann führten seine Analysen zum Erfolg.
Nach den Morden in Frankfurt hatte er sämtliche Freunde und Sympathisanten, die auf deutschen Flughäfen arbeiteten - und

das waren mehr als eine Handvoll -, um Videoaufzeichnungen aller Passagiere an den Abfertigungsschaltern der darauffolgenden fünf Tagen gebeten.
Es galt, mehrere Tausende zu durchforsten, denn seiner Bitte hatten die Genossen ausnahmslos entsprochen. Aber die Mühe machte er sich allzu gern. Unter den Aufzeichnungen interessierten ihn insbesondere Passagiere, die einen Flug nach Zypern gebucht hatten. Er wusste, dass der Mossad seine Agenten über Zypern in die Heimat zurückholte, per Schiff oder Flugzeug.
In Straßburg lagerten in dem Tresor einer Wohnung, von der nur ihm und seinem Stellvertreter die Adresse bekannt war, die Videoaufnahmen der Besucher aller deutschen Flughäfen. Als er seinen Stellvertreter davon informierte, winkte der nur müde ab, weil es eine jahrelange Arbeit erfordere, die gesuchte Person herauszufiltern. Abu wies den Einwand energisch ab. Wenn er das Gesicht des Killers von Frankfurt und Berlin auf einem Film habe, könne er die Gesichter übereinanderlegen, und sein Computerprogramm würde sofort erkennen, ob es ein und dieselbe Person sei. Wie beim Fingerabdruck, der bei jedem Menschen einzigartig sei, so sei es auch mit dem Gesicht. Sein Stellvertreter zollte ihm, seinem Vorgesetzten, durch Kopfnicken Respekt.

Nach den Morden hatte Abu ibn Warim die Witwe seines Genossen aufgesucht und war auf einen völlig aufgelösten Jungen getroffen, den ihm die Mutter als Khalid vorstellte. Sie erklärte Abu schluchzend: „Die Frau, die meinen Mann und meinen Schwager auf dem Gewissen hat, hatte Khalid in die Schule zurückgeschickt. So vermied sie, dass er die Morde bezeugen kann. Aber die Mörderin hat mit meinem Jungen gesprochen; er hat bis heute ihre Stimme im Ohr. Er wird sie nie vergessen.“
Eines Tages dann rief die Witwe Abu aufgeregt an. Ihr Junge habe die Mörderin in einem Hotel an der Stimme wiedererkannt. Er sei sich hundert Prozent sicher.
Abu legte sich einen Plan zurecht, doch vorher wollte er von Khalid wissen, ob er sicher sei, dass es sich um die Frau vor seiner Schule handele. Der Junge beteuerte nachdrücklich: „Ich täusche mich nicht. Ich bin doch nicht hirnamputiert.“

Abu nickte wohlwollend. Dann redete er dem Jungen ins Gewissen, er müsse ihre Unterhaltung, von Mann zu Mann, für immer für sich behalten. Für immer, betonte er. Im Namen seines toten Vaters dürfe er mit keinem anderen Menschen darüber sprechen, auch nicht mit seiner Mutter. Sie sei eine Frau, und Frauen seien geschwätzig. Deshalb müsse alles, was er ihm jetzt anvertraue, geheim bleiben.
Er fragte Khalid, in welchem Hotel er auf die Frau getroffen sei.
„Das Hotel Morian in der Hochstraße in Frankfurt."
„Kannst du dich noch daran erinnern, wann das war? Und ob die Frau mit Bargeld oder Kreditkarte gezahlt hat?"
„Schon lange her. Die Frau und der Mann, der mit ihr am Tisch saß, haben beide mit Kreditkarte bezahlt."
Nach dem Gespräch fuhr Abu in das Hotel Morian und setzte sich an die Bar. Er glaubte, seinen Augen nicht zu trauen: Ein alter Freund aus Syrien stand hinter dem Tresen und begrüßte ihn freudestrahlend. Sie umarmten sich, und nachdem sie die üblichen Höflichkeitsfloskeln ausgetauscht hatten, rückte Abu mit seinem Ansinnen heraus und erzählte Khalids Geschichte. Sein Freund sagte ihm auf den Kopf zu, dass er die Adressen der Frau und des Mannes schnell liefern können würde.
Abu nickte erleichtert. Er hatte es sich schwieriger vorgestellt, aber Allah war auf seiner Seite; dafür wollte er ihm im Gebet danken.
Der Freund konnte sich bestens an die Frau erinnern. Lange schwarze Haare, großer Busen, der sensationell geformt war und gut in der Hand liegen würde, und eine umwerfende Mannequinfigur. Und dann die blaue Augen und das wunderschöne Gesicht! Welch' ästhetischer Genuss! So eine Frau gäbe es nur einmal, schwärmte er für das Weibsbild, wie Abu die mordende Verführerin mittlerweile nannte.

Zwei Tage später war Abu im Besitz der Adresse der beiden Besucher, die sich an einem Sonntag im Hotel Morian einen vergnüglichen Brunch gegönnt hatten. Interessanterweise hatten sie ihre Rechnungen getrennt gezahlt, ließ sein syrischer Freund einfließen. Abu kommentierte das lakonisch: „Komische Leute! Ich als Araber hätte die Frau eingeladen. Bei mir zahlt keine Frau."
Ab diesem Tag wurde die Frau aus der Wolfsgangstraße überwacht. Die Palästinensische Bruderschaft, kurz P.B., fand schnell heraus, dass sie mit einem Bundeswehroffizier und einem

Jungen unter einem Dach lebte. Abu fragte sich in der arabischen Gemeinde durch und erfuhr nicht nur von der kleinen Familie der Zielperson, sondern auch, dass sie für die jüdische Gemeinde arbeitete. In welcher Position war unbekannt.
Man hatte die Ex-Agentin im Auge, ließ sie aber an der langen Leine laufen, da man nun wusste, wer sie war und wo sie wohnte. Abu seinerseits fand heraus, welche Schule ihr Sohn besuchte. Welch ein Zufall! Das Meister-Gymnasium in der Berliner Straße, auf das auch Khalid ging. Für diese Feststellung dankte er Allah von ganzem Herzen und betete dafür, dass er die richtigen Schritte unternehmen möge.
Abu traf sich wieder mit Khalid und bat ihn, sich mit Julian anzufreunden. Auch wenn es ihm schwerfiele, wäre es für das weitere Vorgehen sehr wichtig. Später würde er ihm weitere Instruktionen geben.
Khalid kam dem Wunsch nach. Obwohl es ihm zuwider war, sich mit einem Juden abzugeben, machte er gute Miene zum bösen Spiel und gab sich gegenüber Julian als Freund aus.
Einige Zeit später wurde Abu ibn Warim vom palästinensischen Freundeskreis in Frankfurt zugetragen, dass eine verwitwete Genossin, deren Mann ein aktiver Genosse gewesen war, einen Mord an zwei Männern gefilmt hatte. Er wurde hellhörig und schickte zwei Genossen zu ihr in die Fürstenbergerstraße. Sie kehrten mit dem Film zurück. Er konnte sein Glück nicht fassen: Das Gesicht der Frau war frontal zu sehen. Das war genau das, was er sich erhofft hatte. Mit grenzenloser Sicherheit war die Frau, die den Finger am Abzug hatte, verkleidet, aber das nützte ihr herzlich wenig. Er würde ihr Gesicht zu Hause in Straßburg über sein biometrisches Authentifizierungsprogramm laufen lassen. Es würde zwar eine Zeitlang dauern, bis er unter all den Gesichtern, die auf Speicherplatten in seinem Tresor lagerten, das Gesicht auf dem Film herausgefiltert hatte, aber er würde es finden. Und dann würde er abrechnen.
Er wollte nichts dem Zufall überlassen. In Deutschland hatte er gelernt, gründlich zu arbeiten, und so ging er auch weiter vor. Er beschatte Ursula und ihren Sohn, wenn sie mit ihm die Freizeit genoss, und ließ sie auf ihrem Arbeitsweg beobachten. Ihren Begleiter hatte er schon lange Zeit nicht mehr gesehen.
Unter unglaublichem Zeitaufwand fand er heraus, dass Ursula die Attentäterin der zwei Morde in Frankfurt war. Ebenso konnte er ihren Weg vom Berliner Flughafen Tegel bis nach Zypern

zurückverfolgen. Auch von dort hatten ihm Genossen Videos der Passagiere zukommen lassen. Es gab kein Zweifel, er hatte die Person gefunden.
Eines wunderte ihn allerdings: Wieso blieb diese Agentin nicht im sicheren Israel, sondern lebte nach alldem, was sie angerichtet hatte, in Deutschland? Das war bodenloser Leichtsinn. Er rieb sich den Schnurrbart. Vielleicht wollte sie nicht mehr töten und suchte in Deutschland einen Ruheplatz. Warum eigentlich nicht? Irgendwann würde auch er sich einen zurückgezogenen Alterssitz irgendwo auf der Welt suchen. Sofern er überhaupt das Alter erreichen würde. Möglicherweise stand er als nächster auf der Abschussliste des Mossad. Wenn das einer weiß, dann nur Allah. Und der, war seine Überzeugung, würde ihm noch einige Zeit lassen.
Um jeglichen Irrtum auszuschließen, hatte Abu selber Fotos von Ursula geschossen und sie x-mal über sein biometrisches Computerprogramm laufen lassen. Immer wurde ihm angezeigt, dass die Gesichter identisch waren.
Nun konnte er sich auf den nächsten Schritt konzentrieren.

Zavi ging in seinem Büro im dritten Stock des israelischen Auslandsgeheimdienstes unruhig auf und ab. Eine seiner besten Agentinnen war stur wie ein Esel und lebte genau dort, wo für sie die allergrößte Gefahr bestand, vom Gegner liquidiert zu werden. Beim letzten Treffen hatte er sie gebeten, nach Israel zurückzukehren, denn hier wäre sie sicher. Außerdem lebe hier der Rest ihrer Familie.
Ursula hatte sich nicht überzeugen lassen. Seine Argumente waren an ihr abgeprallt. Sie wollte unbedingt in Frankfurt am Main mit ihrem Jungen leben.
Er hatte sie auf die Gefahr aufmerksam gemacht, die dort auf sie lauerte.
Es war ihr egal. Sie hatte sich für Deutschland entschieden, und bei dieser Entscheidung blieb sie.
Was ihn zutiefst beunruhigte, war der Hinweis eines Agenten, der in der obersten Führungsriege der Palästinensischen Bruderschaft angesiedelt war. Er hatte ihm über einen Mittelsmann zukommen lassen, dass in Deutschland etwas gegen einen Israeli liefe. Ob gegen einen Mann oder eine Frau und wo genau, war der Warnung nicht zu entnehmen. Zavi schloss aus, dass es sich um einen Rabbiner handelte. Es war noch nie

vorgekommen, dass der Vorbeter einer Synagoge gezielt von den Moslems getötet worden war. Umgekehrt war es genauso. Man respektierte die Religion des anderen. Glaubensvertreter waren tabu.
Nachdem er diesen Personenkreis ausgeschlossen hatte, konnten es diverse andere Menschen jüdischen Glaubens sein. Davon lebten in Deutschland mittlerweile genug. Leider, dachte er. Es wäre besser, wenn sie stattdessen in Israel wohnten.
Er engte den Kreis der potentiellen Opfer immer weiter ein und kam schließlich zu der Erkenntnis, dass es der Gegner nur auf seine Agentin, Ursula Büttner, abgesehen haben konnte. Nein, keine andere Person kam für diese extreme Gefahrenlage in Betracht.
Zavi war alarmiert. Er musste sie umgehend informieren. Sie musste, verdammt noch mal, zurückkommen. Hier ist ihre Heimat, hier ist sie sicher, was will sie in dem verschissenen Frankfurt?
Was will sie dort?
Sie hatte gesagt, dass sie in Frieden und Freiheit leben wolle. Das kann sie auch hier. Sie muss zurück mit ihrem Sohn!
Da fiel ihm noch etwas ein. Von einem Mitarbeiter, der das Dark-Net in Europa überwachte, hatte er die Information erhalten, dass ein perverses Schwein einen blonden jüdischen Knaben suchte. Für gemeinsame schöne Stunden, wie der Unbekannte elegant formuliert hatte. Er bot zehntausend Dollar. Es war ihm egal, ob er aus Israel, Deutschland oder einem anderen Land stammte, nur blond und jüdisch musste er sein.
Mein Gott, beides traf auf Ursulas Jungen zu!
Wenn sich da nicht ein Unglück zusammenbraut! Hoffentlich passt da nichts zusammen, und ich rede mir nur etwas ein. Er setzte sich wieder hinter seinen Schreibtisch. Auf dem Faxgerät lief eine verschlüsselte Nachricht ein. Drei Seiten lang.

Es war spät in Israel. Der halbe Staat war in dieser Samstagnacht ausgegangen und feierte in Restaurants und Bars. Zavi blieb in seinem Büro und hielt Wache, wie all‘ die letzten Jahre. Wo sollte er auch hin? Sein Zuhause lag in einer extrem gesicherten Wohnanlage, die nur von bestimmten Personen betreten werden durfte. Nach dem qualvollen Krebstod seiner Frau vor einigen Jahren widmete er seine ganze Aufmerksamkeit dem Beruf.
Was sollte er allein zu Hause?

Seine vier Kinder waren erwachsen und in alle Welt verstreut. Eine Tochter lebte mit ihrer Familie in der Schweiz, ein Sohn arbeitete in Amerika als erfolgreicher Börsenmakler, der andere betrieb in Deutschland mehrere gutbesuchte Thai-Restaurants, und die zweite Tochter schlug sich als bekanntes Fotomodell in der britischen Regenbogenpresse durch.
Zu Ursula Büttner hatte er ein Vater-Tochter-Verhältnis, wie er sich lange Zeit eingeredet hatte. Irgendwann hörte er tief in sich hinein und kam zu der Einsicht, dass er sich in sie verliebt hatte. Doch die Erkenntnis war ihm unangenehm. Er wies den Gedanken weit von sich und wandte sich im Geiste wieder der Vaterrolle zu.
Eine Tochter von ihrem Format, ja, die hätte er gerne zu seinen Kindern gezählt. Ja, er hatte einen Narren an ihr gefressen, weil er von ihrem Können überzeugt war. Bildschön und eiskalt war sie. Diese Mischung faszinierte ihn. Und jetzt befand sie sich womöglich in höchster Gefahr.

Er griff in den Eingangskorb und las das Fax:

„Lieber Zavi,

hier im Vatikan ist ein Guerillakrieg ausgebrochen. Es gibt zwei Fraktionen:

Die eine plädiert für die Abschaffung des Zölibats. Männliche Amtsträger sollen heiraten dürfen. Als Begründung führt sie an, dass die Homosexualität reduziert würde. Nicht bei allen, aber bei vielen. Die Maßnahme würde zu einer Beruhigung der Gläubigen beitragen.

Die zweite Fraktion diskutiert darüber, ob Geistliche, die sexuelle Übergriffe auf Kinder verübt haben, ihres Amtes enthoben werden sollen. Intern kam zur Sprache, dass in diesem Fall ein Drittel aller Kirchen weltweit mangels Priestern geschlossen werden müsste. Um die Reihen aufzufüllen, die wegen Homosexualität ausgedünnt würden, sollten auch Frauen von der Kanzel predigen dürfen.

Lieber Zavi, auf der letzten Seite findest du die Originalabschrift von einem Meeting der ersten Fraktion, damit du weißt, was hier los ist.

Es ist verwunderlich, dass sich die überwältigende Mehrheit der Amts- und Würdenträger dafür ausgesprochen hat, das Zölibat beizubehalten. Als Argument wird angeführt, dass es schon seit Jahrhunderten Brauch der katholischen Kirche sei. Man hätte aus der Vergangenheit gelernt, wohin es führt, wenn ein Mann eine Frau zu sich ins Bett nimmt, besonders wenn er Mandatsträger der Kirche ist. Solche Verbindungen würden nur zu Zwist, Zwietracht, Neid und Untreue führen, obendrein sei die Frau unrein. Das kleinere Übel, das es in Zukunft zu bewältigen gelte, sei der Missbrauch von Kleinkindern durch Vertreter unserer Kirche. Man gehe davon aus, dass er, wie in der Vergangenheit, auch in Zukunft unter der Decke gehalten werden könne.

Zavi, wie verlogen sind die? „Das kleinere Übel“! Welch eine Schönfärberei! Die Verstöße, die wegen sexuellem Fehlverhaltens ans Tageslicht gefördert werden, betragen nur einen Bruchteil von dem, was sich tatsächlich hinter den Mauern unseres Glaubens abspielt. Und was für ein Frauenbild halten die hoch? Das nachfolgende Zitat spiegelt die scheinheilige Einstellung wider:
„Wir können unsere Brüder, und um die geht es, nicht im Regen stehen lassen. Wir müssen sie schützen, denn letztendlich sind wir alle unserem Glauben verbunden. Selbst wenn wieder ein Missbrauch von der Presse angeprangert wird, ist das keine Katastrophe; es müssen erst einmal Beweise vorgelegt werden. Wie oft sind unsere Brüder unter falschen Verdacht geraten, weil schamlose Gesellen nur darauf bedacht waren, mit falschen Behauptungen Geld zu erpressen.
Wir Amts- und Würdenträger sind der einhelligen Meinung, dass an den seit alters her bestehenden Vorschriften, die unser tägliches Leben im Glauben regeln, nicht gerüttelt werden darf. Jede neu gewählte Heiligkeit auf dem Thron Christi hat die Aufgabe, sich um die Religion zu kümmern, aber nicht um die Lebensführung seiner beruflichen Diener.“

Das ist der stärkste Tobak, den ich je gelesen habe. Auf der nächsten Seite ist das Manifest der Bischöfe und Kardinäle abgedruckt, die eine Revolution planen. Wenn dieses Schriftstück in die Hände des Papstes gelangt, ist der Teufel los.

Beschlussfassung der Progressiven Amtsträger
der katholischen Kirche

Punkt Eins:
Wir, die progressiven Amtsträger der katholischen Kirche, haben uns zum Ziel gesetzt, die Ehelosigkeit kirchlicher Würdenträger, männlichen und weiblichen Geschlechts, abzuschaffen, damit die katholische Amtskirche für die Gläubigen ein liberales Antlitz erhält und den Missbrauchsskandalen durch Eheschließungen die Stirn geboten wird. Dieser radikale Einschnitt ist vonnöten, da das seelische Gleichgewicht der Kinder durch dieses Fehlverhalten nachhaltig gestört wird, und oft lebenslange Depressionen und sogar Selbstmord die Folge sind.
Es ist eine Lüge, dass nur vereinzelter Missbrauch stattfindet. Das Gegenteil trifft zu und wirft ein extrem schlechtes Licht auf unsere Gemeinschaft, was zu Kirchenaustritten und Konversion zum Islam oder anderen konkurrierenden Glaubensgemeinschaften führt.

Punkt Zwei:
Glaubensbrüder, die sich des Missbrauchs schuldig gemacht haben, sind ausnahmslos und ohne Ansehen der Person aus dem Priesteramt zu entfernen und lebenslang davon auszuschließen. Nur gelingt es uns, die Gläubigen zurückgewinnen.

Punkt Drei:
Sollte der höchste kirchliche Würdenträger von unserem Manifest nicht überzeugt werden können, ist er, so schwierig es auch sein mag, seines Amtes zu entheben.

Wir müssen an die Zukunft unseres Glaubens denken, der in der Vergangenheit schweren Schaden genommen hat. Die Wunden, die ihm zugefügt wurden, sind nicht verheilt. Wenn die Kirchenaustritte unvermindert anhalten, werden sie die Kirche in ein nachhaltiges finanzielles Desaster stürzen.

Die Unterzeichner der Progressiven Amtsträger“

Zavi starrte auf die Seite und konnte nicht glauben, was er gerade gelesen hatte. Keine der drei Fax-Seiten trug eine Unterschrift. Er wusste warum; es wollte sich kein Vertreter der Fraktionen verraten.

„Und Zavi, noch etwas: Bruder Lucius ist dir ja noch aus früheren Zeiten bekannt. Du hattest ihn unter anderem als Militärberater nach Südamerika entsandt. Er ist später einem Orden beigetreten und wurde mit der Aufklärung sexuellen Missbrauchs durch katholische Priester beauftragt.
Kürzlich wurde er erneut nach Südamerika gesandt, weil er durch seine Nachforschungen in Deutschland zuviel Staub aufgewirbelt hatte. Man hat ihn sozusagen von der vordersten Front abgezogen, damit sich diese beruhigt. Da haben einige der hohen Herren in der Kirche mit Sicherheit aufgeatmet.
Im Moment arbeitet er in Argentinien als - soweit mir bekannt ist - verdeckter Ermittler in pädophilen Angelegenheiten. Das ist allerdings ein raffinierter Plan, denn sein Vorgesetzter im Vatikan, Kardinal Schneider, hält schützend seine Hand über diejenigen, die zur extremkonservativen, schwulen Fraktion gehören und an alten und überkommenen Konventionen festhalten. Jedes Mal, wenn Lucius gegen einen in der Hierarchie des Vatikans oben Angesiedelten ermittelt und seinem Vorgesetzten, also Kardinal Schneider, Bericht über seine Ermittlungsfortschritte erstattet, wird der Verdächtige von Schneider gewarnt und verschwindet in der Versenkung. Er lebt dann in einem Kloster, bis Gras über sein Fehlverhalten gewachsen ist.
Der Kardinal ist auch derjenige, der entscheidet, welcher Bericht weitergegeben wird. Er hat viele Freunde - besser: Mitläufer -, weil er über ihr Leben mehr weiß als sie selber. Sich diesen Hirten zum Feind zu machen ist nicht ratsam; die Karriere im Vatikan wäre augenblicklich beendet.
Schneider ist der Mann fürs Grobe, und man munkelt, dass er noch weiter nach oben steigt. Er ist eiskalt. Sein Großvater war übrigens Obergruppenführer in der deutschen Waffen-SS. Er selber ist kein Freund der Israelis. Den Virus der Aversion gegen Juden hat er wahrscheinlich geerbt.

Mehr gibt es im Moment nicht zu berichten, aber das ist ja schon eine ganze Menge.

Viele Grüße ***“

Das klingt nicht gut, dachte Zavi. Die ganze Welt ist ein Irrenhaus geworden. Ich verstehe das alles nicht, aber das muss ich auch nicht. Den Bericht aus Rom werde ich morgen dem Referenten des Ministerpräsidenten mitgeben, der wird ihn auf ein Minimum kürzen. Das war es dann aber auch schon.
Dass Lucius, der alte Söldner, mit der Aufklärung von sexuellen Übergriffen in der katholischen Kirche beauftragt worden war, war für Zavi neu. Ja, er wusste dass Lucius in ein Kloster gegangen war, weil er das Töten leid war. Dass sich aber so schnell jemand vom Saulus zum Paulus wandelt, verstand selbst Zavi nicht. Immerhin war es gut zu wissen, dass ihm eine wichtige Aufgabe übertragen worden war.

Seine Ex-Agentin kam ihm wieder in den Sinn. Alles sprach dafür, dass es nicht mehr lange dauern dürfte, bis die Frankfurter Luft gefährlich dünn für sie würde.
Zavi zündete sich eine Zigarette an, tat einen tiefen Zug und hustete keuchend. Es dauerte, bis der Hustenanfall vorüberging. Bei seinem letzten Arztbesuch hatte er erfahren, dass auf seiner Lunge etwas säße, was da nicht hingehöre. Es müsse raus, um sein Leben zu verlängern.
„Oder um es dramatisch zu verkürzen, wenn ich den Lungenkrebs einer Operation unterziehe, er Sauerstoff bekommt und automatisch meine Lebenserwartung herabsetzt“, ergänzte Zavi ironisch.
„Du musst nicht alles glauben, was in den Zeitungen steht“, widersprach sein Freund Menachim. Er war Oberstarzt in der israelischen Armee und anerkannter Lungenfacharzt. „Eine Operation würde dir gut tun, und deine Lunge würde es dir danken.“
„Nein, Menachim, ich mache nichts mehr. Meine Frau ist tot, die Kinder sind in alle Welt verstreut, nur ich bin als einziger von meiner Familie noch hier und will im Alter keinem zur Last fallen. Ich lasse alles, wie es ist. An meine Lunge kommst du nicht ran. Ich arbeite noch, solange es geht, und dann suche ich mir ein lauschiges Plätzchen und schaue der Sonne ein letztes Mal beim Untergehen zu. Wieviel Zeit bleibt mir noch?“
Er schaute seinen Freund erwartungsvoll an.

„Schwer zu sagen, bei dem einen dauert es länger, bei dem anderen ist der Zeitraum kürzer, den er noch zu leben hat. Die Röntgenbilder deiner Lunge lassen mich annehmen, dass du noch gute drei Monate hast, möglicherweise auch ein paar Wochen mehr. Aber im Großen und Ganzen war es das dann, mein lieber Freund Zavi."
Er vermied den Augenkontakt und schaute an seinem langjährigen Freund vorbei auf ein Gemälde an der Wand. Er wusste, dass ihm weniger Zeit vergönnt war, bis Gevatter Tod ihn zu sich rufen würde. Vielleicht konnte er ihn mit seiner Notlüge jedoch ein wenig über den vernichtenden Befund hinwegtrösten.
„Tja, mein Lieber, wenn das deine endgültige Entscheidung ist, muss ich sie wohl oder übel akzeptieren. Ich gebe dir ein Morphium-Pflaster. Das klebst du auf die Brust gegen Schmerzen, wenn sie dich zu sehr peinigen. Wenn du meine Hilfe benötigst, bin ich jederzeit bei dir. Ich betreue dich bis zum letzten Atemzug."
Zavi nickte: „Das ist gut zu wissen. Ich habe bereits alles geregelt. Die Adresse meines Notars habe ich dir schon vor einiger Zeit gegeben. Dort ist mein Testament hinterlegt. Sollten dazu Fragen aufkommen, die ich nicht mehr beantworten kann, bitte ich dich, das an meiner statt zu tun."
„Zavi, ich leide – noch - nicht an Alzheimer, ich weiß, was du alles geregelt hast."
Dann war Zavi nach Hause gefahren und hatte sich zum ersten Mal seit langer Zeit betrunken.

Er drückte die Zigarette aus, die er nur halb geraucht hatte, weil er sich an die Suchanzeige im Dark-Net erinnerte. Blonder jüdischer Junge für gemeinsame schöne Stunden. Und dafür war der Perverse bereit, viele Scheine hinzublättern.
Welchen Zweck verfolgte der Unbekannte mit seiner Suchaktion?
Wen wollte er damit locken?
Hatte es etwas mit Religion zu tun?
War der Unbekannte ein Fanatiker, der Juden hasste, weil sie Jesus ans Kreuz nageln ließen?
War er Araber, der in seinen Kreisen prahlen wollte, Sex mit einem israelischen Jungen zu haben, und sich dafür von Gleichgesinnten feiern lassen wollte?
Aaah, was für eine widerliche Idee! Ihm stellten sich die Nackenhaare auf.

Wollte ein hohes Tier im Vatikan etwas Neues probieren, weil ihn die bisherigen Spielvarianten mit Knaben langweilten?
Alles war rätselhaft.
Die Welt war so unglaublich abartig und pervers geworden, dass er alles nur noch zum Kotzen fand. Er war froh, sie in absehbarer Zeit zu verlassen.

Zavi lehnte sich im Stuhl zurück. Er musste Lucius, der jetzt für den Geheimdienst des Vatikans tätig war, persönlich treffen. Am besten auf Malta. Oder auf Zypern. Egal. Er musste sich unbedingt Klarheit darüber verschaffen, was gegen Israel lief, wie es ihm nebulös mitgeteilt worden war. Auch die Suche nach einem blonden, jüdischen Jungen beunruhigte ihn.
Er rief den Residenten des israelischen Geheimdienstes in Argentinien an und trug ihm den Wunsch vor, sich mit Lucius auf Zypern oder Malta zu treffen. Der Resident, John Mannheimer, war mit Zavi seit ihrer gemeinsamen Militärzeit in Israel befreundet. Beide hatten in früheren Zeiten an Geheimdienstoperationen teilgenommen. Mannheimer kannte Bruder Lucius aus der Zeit in Nicaragua. Damals hatten sie dort die Contras mit Waffen und Munition versorgt.
Mannheimer versprach, seine Beziehungen zur katholischen Kirche in Argentinien spielen zu lassen und dass er Lucius binnen vierundzwanzig Stunden gegenüberstehen und ihm Zavis Wunsch vortragen würde. Dieser bedankte sich und legte auf.

Julian fehlt!

Julian war nicht nach Hause gekommen, und es war bereits später Abend. Ursula tigerte durch ihre Wohnung. Es war noch nie vorgekommen, dass er nicht heimkehrte, ohne sie vorher zu informieren, bei welchem Freund er nächtigte.
Sie pflegten ein überaus vertrauensvolles Verhältnis. Julian betrachtete sie als Ersatzmutter, und sie ihn als Sohn. Sie ließ ihm alle Liebe angedeihen, die ihm auch eine leibliche Mutter geschenkt hätte. Bei Problemen in der Schule oder mit einem Klassenkameraden fragte er sie um Rat. Brauchte er mütterlichen Trost, nahm sie ihn in die Arme.
Sie hatten auch über die Drogen gesprochen, die einige seiner Mitschüler konsumierten. Julian lehnte es ab, eine Zigarette auch

nur anzufassen, geschweige denn, zu kiffen oder härteres Zeug einzuwerfen. Bei einem Besuch des Frankfurter Bahnhofsviertels mit einem von Ursulas Arbeitskollegen hatte er die Crack- und Heroinjunkies auf den Gehsteigen herumtorkeln gesehen. Ihm wurde übel angesichts der Jammergestalten. Er verstand nicht, warum sie sich so kaputt machten.

Dass er mit Freunden auf einer Rauschgiftparty abhing, schied als Erklärung aus. Nein, da bohrte etwas anderes in ihr: An Khalid war etwas faul. Der verfolgte ein bestimmtes Ziel, hämmerte es in Ursulas Kopf.

Was ging es ihn an, wo Julian geboren war?

Julian war nicht verpflichtet, ihm seine Geburtsurkunde unter die Nase zu halten, und trotzdem hatte er es um des lieben Friedens willen getan.

Im Grunde genommen nichts anderes, als was die Nazis gefordert hatten, den sogenannten Ariernachweis.

Eine Unverschämtheit! Früher haben die Nazis ihr Unwesen getrieben, und heute wollen schon Araberjungen wissen, ob jemand Jude ist. Und das in Deutschland!

Das geht so nicht!

Ich muss mit Khalid reden.

Wenn mein Junge bis zweiundzwanzig Uhr nicht zu Hause ist, gehe ich zur Polizei und melde ihn als vermisst. Vorher aber werde ich Khalid aufsuchen und fragen, ob er weiß, wo sich Julian aufhalten könnte.

Dazu benötigte sie seine Adresse. Sie wusste, dass Julian sein Zimmer immer ordentlich aufräumte. Dort würde sie sich finden lassen.

Sie ging entschiedenen Schrittes in sein Zimmer und durchsuchte es Stück für Stück. Unter der Schreibtischunterlage wurde sie fündig und beruhigte sich etwas. Aber Julian war immer noch nicht aufgetaucht, und die Zeiger der Uhr waren weiter vorgerückt. Jedenfalls hatte sie jetzt die Adresse.

Als sie schon den Mantel angezogen und zugeknöpft hatte, hielt sie eine innere Stimme zurück. Sie hängte ihn zurück an die Garderobe und ließ sich in einen Sessel fallen. Was war der Grund? Sie zermarterte ihr Gehirn. Konnte es sein, dass man ihr eine Falle stellte, und der Köder war Julian?

Sie erschrak über die Erkenntnis. Schweiß trat ihr auf die Stirn. Sie schalt sich einen Dummkopf, in die Stadt zurückgekehrt zu sein, in der sie einen tödlichen Auftrag ausgeführt hatte. Und nicht

nur in Frankfurt, nein, auch in Berlin. Sie war der Liebe wegen an den Ort ihrer Tat zurückgekehrt, obwohl ihr Vorgesetzter sie gewarnt hatte.
Ich bin so uneinsichtig gewesen, aber ich wollte doch endlich auch einmal ein Stück vom Liebesglück. Und was habe ich davon? Es ist mir unter den Händen zerronnen. Mein geliebter Hans ist als von einem verrückten Afghanen erschossen worden. Und nun ist auch Julian in Gefahr.
Sämtliche Alarmglocken hätten bei mir klingeln müssen, als mich Khalid im Hotelrestaurant angestarrt hatte. Spätestens da hätte ich die Stadt verlassen müssen. Er hatte mit Sicherheit seiner Mutter zugeflüstert, dass sie die Mörderin seines Vaters und seines Onkels war. Kinder haben ein gutes Gedächtnis für bestimmte Vorfälle; das hatte man ihr während der Ausbildung eingetrichtert. Aber sie hatte jegliche Vorsichtsmaßnahmen, die ihr Leben schützen sollten, über Bord geworfen. Jetzt musste sie die Konsequenzen tragen.
Wenn Julian etwas zugestoßen ist, werde ich Amok laufen, und ich weiß schon genau, wo ich anfangen werde. Khalid ist meine Zielperson. Er wird mir innerhalb kürzester Zeit darüber Auskunft geben, wo sich Julian befindet.
Sie zweifelte keinen Moment daran. Sie sah vor ihrem geistigen Auge, wie er sie anflehte, mit dem Verhör aufzuhören, er würde alles gestehen. Sie hatte schließlich gelernt, mit welchen Mitteln man aus einem verstockten Menschen Informationen holen konnte.
Aber vorher musste sie Zavi anrufen. Möglicherweise hatte er als Leiter des Mossad Auslandsgeheimdienstes einen Wissensvorsprung. Er hatte ihr bei ihrem letzten Besuch eine Geheimnummer gegeben, für alle Fälle, wenn sie einmal seine Hilfe benötigen würde. Jetzt war es soweit. Sie griff zum Handy und wählte.
„Ja“, meldete sich Zavi und legte auf. Kurz darauf erfolgte sein Rückruf über eine abhörsichere Leitung. So ging er immer vor, wenn er einen Rückruf tätigen musste.
„Wie geht es dir?“, wollte er wissen.
„Nicht gut.“
„Warum?“
„Julian ist verschwunden. Er ist heute Abend nicht nach Hause gekommen. Ich mache mir große Sorgen. Ich weiß nicht, wie ich

vorgehen soll. Bevor ich auf eigene Faust tätig werde, bitte ich dich um Rat.“
„Welche Haarfarbe hat dein Sohn?“ Zavi kam umgehend zur Sache.
„Er ist blond. Das weißt du doch. Warum fragst du?“
„Wir Israelis sind meist schwarzhaarig. Blond ist die Ausnahme, was manchem unter Hitler das Leben gerettet hat. Blond kann allerdings auch ein Fluch sein.“
„Zavi, du sprichst in Rätseln. Ich rufe dich an, weil ich bitternötig deinen Rat brauche, und werde gefragt, ob mein Junge blond ist. Ich will wissen, ob ich zur Polizei gehen soll, um eine Vermisstenanzeige aufzugeben, oder zu Khalid, ob er weiß, wo sein Freund Julian ist. Was hat das mit seiner Haarfarbe zu tun?“
„Ursula, du gerätst in Panik. Behalte einen kühlen Kopf! Du musst in dieser Situation rational denken, nicht emotional. Sonst machst du Fehler über Fehler. Das hast du in deiner Ausbildung gelernt. Mir ist zugetragen worden, dass im Internet, konkret im Dark-Net, etwas kursiert. Sobald ich Näheres erfahre, melde ich mich sofort bei dir.“
„Sag mir, was da kursiert. Zavi, bitte! Es macht mich krank, so etwas von dir zu hören.“
„Ursula, ich habe nur spärliche Informationen erhalten. Sie auf Verdacht hin weiterzugeben ist unseriös.
Aber momentan gehst du nicht zur Polizei. Ich habe einen Mann in Gang gesetzt, der Licht ins Dunkel bringen könnte. Wir müssen uns in Zurückhaltung üben. Ich werde mich mit ihm treffen; dann weiß ich hoffentlich mehr.“
Es entstand eine Pause. Ursula hörte, wie Zavi am anderen Ende der Leitung schwer atmete. Das war ihr bisher nicht aufgefallen. Himmel noch mal, er war krank! Aber die Sorgen um ihren Sohn nahmen Oberhand.
„Zavi, warum hast du nach Julians Haarfarbe gefragt? Sag mir, warum? Bitte! Spann‘ mich nicht auf die Folter! Und eiere nicht herum!“
„Gut. Du gibst ja sonst keine Ruhe. Ein blonder jüdischer Junge wird im Dark-Net gewünscht. Aber beruhige dich, in der ganzen Welt leben blondhaarige Juden, ob du es glaubst oder nicht.“
Zavi legte unvermittelt auf und hoffte, dass Ursula seinen Rat befolgte. Obwohl sie offiziell nicht mehr seine Agentin war, holte sie ihn gelegentlich ein. Er hatte ihr empfohlen, sich vorerst zurückzuhalten. Wenn Julian allerdings bis zum Morgen nicht

heimkehrte, stand sie in der Pflicht, der Schule gegenüber sein Fernbleiben zu entschuldigen.
Als sie spätnachts zu Bett ging, horchte sie auf jedes Geräusch, immer in der Hoffnung, dass es Julian sei, der heimkehrte, weil er bei einem Freund eingeschlafen war und die Mutter oder der Vater des Freundes ihn erst jetzt nach Hause gefahren hatte. Alle Geräusche liefen ins Leere. Irgendwann schlief sie, von ihrem Bangen erschöpft, ein.
Als sie in aller Frühe erwachte, fühlte sie sich wie nach einem Boxkampf, in dem sie zwölf Runden lang vom Gegner verprügelt worden war. Als erstes rief sie ihren Arbeitgeber an. Sie hatte Glück, der Verwaltungschef saß schon im Büro. Sie schilderte ihm die Situation. Er drückte ihr seine Betroffenheit aus und gab ihr die nächsten Tage frei, damit sie sich dieser persönlichen Angelegenheit widmen konnte.
Als nächste rief sie die Schule an, um Julian krankheitsbedingt zu entschuldigen. Als sie auch dieses erledigt hatte, setzte sie sich in einen Sessel und verfiel ins Grübeln.
Sie war unvorsichtig gewesen. Sie hätte Julian von Khalid fernhalten müssen. Nach wie vor war sie überzeugt, dass der Junge ferngesteuert war. Nur wer stand hinter ihm, wer?
Khalid hatte sie erkannt. Nicht an ihrer Optik, nein, an ihrer Stimme, gestand sie sich ein. Ursula tat sich mit der Einsicht schwer.
Sie hatte eine Familie in Deutschland gründen wollen, und das hatte sie auch. Aber ihr Glück war nur von kurzer Dauer gewesen, stellte sie betrübt fest. Es war ein Fehler gewesen, hier im Land ihrer Väter und Mütter zu bleiben. Wäre sie nach Israel oder ein anderes Land gezogen, hätte ihr Leben nicht so einen deprimierenden Lauf genommen. Aber alle Selbstbezichtigungen nutzten nichts. Im Dark-Net wurde ein blonder Junge jüdischen Glaubens gesucht, und Julian war verschwunden.
Sie zählte eins und eins zusammen. Ein Schauder erfasste sie. Wann meldet sich Zavi endlich?

In Argentiniens Hauptstadt Buenos Aires telefonierte John Mannheimer wie ein Verrückter mit katholischen Dienststellen, um den Aufenthaltsort von Bruder Lucius ausfindig zu machen.
Den einen war der Name Lucius nicht geläufig, andere hingegen erklärten ihm, dass sie diesen Typen am liebsten am Galgen baumeln sehen würden. Das letzte Telefonat führte er mit einem

kirchlichen Reha-Zentrum für psychologische Beratung von Missbrauchsopfern. Der Ansprechpartner sagte, dass er sich in einer Stunde mit Lucius zu einem Meinungsaustausch treffen würde. Mannheimer atmete auf und bat ihn, Lucius auszurichten, dass sich Zavi mit ihm treffen wolle und er Mannheimer anrufen solle. Er nannte seine Handynummer und legte auf.
Zwei Stunden später rief Bruder Lucius zurück. John Mannheimer bat ihn um ein Gespräch in der Bar „El Sol“. Wenn möglich, innerhalb der nächsten Stunden.
Eine halbe Stunde später betraten zwei Männer unabhängig voneinander das brechendvolle „El Sol“. Die meisten Gäste waren Beamte des nahegelegenen argentinischen Verteidigungsministeriums, die ihren Feierabenddrink kippten und lautstark Tagespolitik und Wetter kommentierten, bevor sie nach Hause zu ihren Familien abwanderten.
John Mannheimer kannte Bruder Lucius von einem früheren Einsatz. Beide hatten israelische Maschinenpistolen zu den Contras in El Salvador geschmuggelt, die von dort nach Nicaragua weitergeleitet wurden. Fast wäre John bei der Lieferung von einem Agenten des nicaraguanischen Geheimdienstes erschossen worden, der sich unter die Contras gemischt hatte. Lucius hatte den Agenten mit einem Feuerstoß aus seiner Uzi niedergestreckt, als er mit seiner Waffe auf John zielte. Und ihm das Leben gerettet. John bedankte sich, indem er Lucius versprach, ihm jederzeit zur Seite zu stehen, wenn er auf seine Hilfe angewiesen sei. Jetzt war es umgekehrt. John wollte von ihm etwas wissen, was er an seinen obersten Vorgesetzten weiterleiten sollte.
Die beiden Männer warteten einen Augenblick, nachdem sie sich durch Blickkontakt in der Menschenmenge verständigt hatten. Dann ließen sie sich auf Barhockern an einem Stehtisch nieder und reichten sich die Hand zur Begrüßung. Trotz des lauten Stimmengewirrs gelang es ihnen, sich in gedämpftem Ton zu unterhalten.
„Ungewöhnlich, dass mich der Leiter eines der besten Geheimdienste der Welt persönlich sprechen will. Warum ist nicht gleich der Ministerpräsident in dieser Mission angereist?“, fragte Bruder Lucius mit einem undurchsichtigen Lächeln sein Gegenüber.

„Er ist verhindert. Er weilt bei seiner Geliebten, und die wollte ihn nicht gehen lassen. Sie erwartet ihr zweites Kind von ihm, und er soll Händchen halten“, feixte Mannheimer.
„Was kann ich für dich tun, mein Freund?“, wollte der Leiter des Geheimdienstes „Auge Gottes“ wissen.
„Der Chef des Auslandsnachrichtendienstes unseres Landes will dich morgen hier im „El Sol“ treffen. Er sitzt bereits im Flugzeug. Ursprünglich plante er ein Treffen auf Zypern oder Malta, hat sich dann aber für Argentinien entschieden. Um was es geht, wird er dir morgen sagen. Zeitpunkt: 17 Uhr. Dann ist der Laden genauso rappelvoll wie jetzt, und ihr könnt euch ungestört unterhalten. Mehr kann ich dir nicht sagen. Aber es liegt etwas von höchster Dringlichkeit an, wenn der Boss dich persönlich sprechen will.“
Die beiden Männer unterhielten sich noch über einige belanglose Themen, nahmen noch einen Drink zu sich, und dann ging jeder seines Weges.

Das Treffen in Argentinien

Zavi saß in einer Transportmaschine der israelischen Luftwaffe. Den Flug nach Buenos Aires verschlief er. Kurz vor dem Landeanflug wurde er von einem jungen Hauptmann geweckt, der ihm einen Becher süßen arabischen Kaffees reichte. Am Ausgang des militärischen Bereiches des Flughafens empfing ihn Mannheimer und fuhr mit ihm zu der Bar.
Er hatte einen Tisch reservieren lassen, wofür er dem Kellner zwanzig Dollar hinblättern musste, damit er ihn freihielt. Das frech geforderte Bestechungs-„Honorar“ fuchste ihn, aber sicher war sicher.
Er geleitete Zavi an den Tisch, an dem sie bereits von Bruder Lucius erwartet wurden. Gegenüber erstreckte sich ein langer Tresen, an dem Zivilisten und Uniformierte standen. Sie diskutierten lauthals, während sie Erdnüsse kauten, Tapas auf ihre Gabeln spießten, Olivenkerne auf den Boden spuckten und Wein tranken.
„Schön dich zu sehen, Bruder Lucius, ich hoffe es geht dir gut.“
Der Priester nickte lächelnd.
„Es ist ungewöhnlich, dass sich der Leiter eines Geheimdienstes mit dem Chefspion des vatikanischen Geheimdienstes in einem fremden Land trifft, um ein aufschlussreiches Gespräch zu führen.

Und jetzt keine Formalien! Sag mir, was dich von Israel hierher treibt."
Zavi holte tief Luft: „Ich mache mir Sorgen, um nicht zu sagen, sehr große Sorgen. Täglich werden wir mit Informationen überflutet. Die meisten wandern direkt in den Papierkorb, nur ein kleiner Teil ist wichtig."
„Ja, so läuft das Geschäft", entgegnete der Agent des Vatikans und schaute ihn abwartend an.
„Ich habe die Information erhalten, dass im Dark-Net schon seit langem Kinder für Sex-Spiele angeboten werden. Das dürfte dir bekannt sein."
„So ist es."
„Die ganze Sache hat eine für mich bedrohliche Nuance angenommen."
„Interessant, ich bin auf deine nächsten Worte gespannt."
„Im Dark-Net wurde kürzlich für einen blonden jüdischen Knaben – wohlgemerkt, einen Minderjährigen - eine hohe Summe geboten. Wieviel genau, weiß ich nicht mehr. Jedenfalls ist es für mein Ermessen sehr viel Geld. Wenn sich einer des Dark-Nets als Plattform bedient, verfolgt er ein Ziel, das er auf legalen Wege nicht erreichen kann."
„Du meinst, dass er jemand erpressen will, indem er ihm einen Knaben unterjubelt, um an Informationen zu kommen, die für ihn oder eine Regierung von Interesse sein könnten ..."
„... oder um sich an einer Person über diesen Jungen zu rächen", ergänzte Zavi.
„Wenn du das so formulierst, hast du einen konkreten Verdacht. Ohne dich ausfragen zu wollen, was dir unter Umständen schaden könnte, unterstelle ich einmal, dass du vermutest, jemandem soll durch den Jungen geschadet werden. Habe ich den Nagel auf den Kopf getroffen?", wollte Lucius wissen.
„Ja. Ich rede jetzt Klartext: Eine Agentin von mir hat einen Auftrag in Frankfurt am Main durchgeführt. Es stand nichts in der Presse; schließlich haben wir Freunde in Deutschland. Zwei Personen waren von der Aktion betroffen. Kurz vor dem Finale schickte sie einen kleinen Jungen zu seiner Schule zurück. Sie war zwar verkleidet, aber wechselte einige Sätze mit ihm.
Wie es der Teufel will, geht sie eines Tages mit ihrem späteren Ehemann, einem deutschen Bundeswehroffizier, in ein Frankfurter Hotel zum Brunch, wo auch genau dieser Bengel mit seiner Mutter sitzt.

Ein unglaublicher Zufall.
Dieser Junge ließ die Augen nicht von ihr, und die Agentin winkte ihm zu, weil sie es ganz normal fand. Aber wie es bei traumatisierten Kindern so ist, sie können sich an Einzelheiten erinnern.
Als die Agentin ihren Dienst bei mir quittiert hatte, wanderte sie mit ihrem Ziehsohn Julian nach Deutschland aus, und heiratete ihren Bundeswehroffizier. Sie führten ein harmonisches Familienleben, bis ihr Mann in Kabul von einem irren Moslem erschossen wurde.
Nun wird es interessant: Ein junger Moslem namens Khalid machte sich in der Schule an Julian ran und fragte ihn immer wieder, ob er Jude sei. Auf Wunsch meiner Ex-Agentin stellte ich eine Geburtsurkunde aus, die bewies, dass ihr Sohn gebürtiger Deutscher ist. Die hat er Khalid gezeigt. Julian ist blond und jüdischen Glaubens. Und seit kurzem verschwunden. Ich sehe eine Verbindung zu der mysteriösen Dark-Net-Suche."
„Das sagst du erst jetzt, dass er blond und verschwunden ist!", fuhr ihn Lucius an.
„Entschuldige, dass ich das zum Schluss erst erwähne. Es nimmt mich doch mehr mit, als ich angenommen hatte. Die Agentin ist wie eine Tochter für mich. Ich bedauere von Herzen, dass sie nach Deutschland gegangen ist. Ich hatte sie auf die Gefahr hingewiesen, wiedererkannt zu werden. Aber sie wollte nicht in Israel bleiben, und jetzt haben wir den Salat."
„Und ihr Junge ist wirklich verschwunden?"
„Ja, sie hat mich spätabends angerufen, als er nicht heimkam, und um Rat gebeten. Sie war völlig aufgelöst und trug sich mit dem Gedanken, zur Polizei zu gehen. Ich habe ihr abgeraten, denn jetzt komme ich zum Knackpunkt: Ein Nachrichtendienst, der von Palästinensern betrieben wird, hat mit der biometrischen Gesichtserkennung herausgefunden, dass meine Agentin die zwei erschossen hat.
Vor meinem Abflug sind mir noch die neuesten Erkenntnisse übermittelt worden: Unsere Gegner wissen, wo sie wohnt und dass sie bei der jüdischen Gemeinde in Frankfurt Sicherheitschefin ist."
„Legt sie es darauf an, ermordet zu werden? Ist sie manisch-depressiv und will einen Schlußstrich unter ihr Leben ziehen? Von einem dermaßen erratischen Verhalten habe ich noch nie gehört."

Lucius war aufgebracht. „Welche Rolle hast du mir in dem Stück zugedacht?“
Zavi zögerte einen Moment.
„Kannst du herausfinden, wer hinter der Anzeige steckt und den Jungen sucht?“
„Ich soll dir helfen. Du schickst mich an die Front. Warum setzt du dich so für deine Ex-Agentin ein? Normalerweise bist du aus Stahl und zeigst keine Gefühle. So habe ich dich kennengelernt. Aber sie bedeutet dir viel, nicht wahr?“
Zavi lief rot an und gestand: „Ja! So ist es. Sie liegt mir am Herzen. Lucius, meine Familie ist in alle Welt zerstreut, meine Frau ist tot, und wie lange ich es noch machen werde, kann ich nicht sagen. Ich vertraue dir ein Geheimnis an, aber ich bitte dich, es für dich zu behalten. Ich habe Krebs. Lungenkrebs.“
Er schaute Lucius in die Augen. Lucius zuckte, kaum wahrnehmbar, zusammen.
„Ich habe zu viele von den weißen Stengeln geraucht, die mir langfristig nicht bekommen sind. Ich habe große Schuld auf mich geladen, und möglicherweise ist das die Quittung dafür. Aber was immer ich auch getan habe, dann nur, um Schaden von den Menschen in Israel und ihrem Staat abzuwenden. Ich bereue nichts.
Um auf deine Frage zurückzukommen: Ja, ich habe mich in sie verliebt. Aber sie weiß es nicht. Sie ist um Jahre jünger, wunderschön anzusehen, überdurchschnittlich intelligent, und sie ist von mir ausgebildet worden. Ich möchte nicht, dass ihr etwas zustößt. Auch nicht ihrem Julian.
Meine Bitte: Kannst du in Frankfurt auf sie aufpassen? Sie als unsichtbarer Engel beschützen? Und kannst du deine Beziehungen zu den Kreisen spielen lassen, die sich mit pädophilem Sex beschäftigen? Ich befürchte, dass es bei dem blonden Jungen, der für bestimmte Spiele gesucht wird, um ihren Ziehsohn geht.“
Zavi atmete schwer die Luft in der verräucherten Bar ein. Kurzerhand zog er aus der Jackentasche ein Päckchen Zigaretten, fischte sich eine heraus, zündete sie an und inhalierte tief den Rauch, den langsam aus seiner Lunge entweichen ließ. Er fing an zu husten und hörte erst nach einer Weile auf.
Bruder Lucius hatte ihn beobachtet und kam zu der Überzeugung, dass sein Gegenüber nur noch kurze Zeit in dieser Welt zubringen würde. Er drehte den Kopf zur Seite. Sieben Muskelpakete, die

trotz der Hitze allesamt Lederjacken trugen, hatten eine Mauer um sie gebildet. Zavis Bodyguards, schoss es ihm durch den Kopf. Von Mannheimer organisiert. Sein Anliegen ist ernst gemeint. Wir beide haben uns in der Vergangenheit immer informativ ausgetauscht. Ich schlage ein.
„Zavi, ich gehe nach Frankfurt und passe auf deine Agentin auf, so gut es geht. Und ich werde meine Quellen anzapfen, um dir zu liefern, was du wissen möchtest."
„Ich danke dir. Wenn ich nämlich meine Leute in Frankfurt in Gang setzen würde, von denen ich die Informationen erhalten habe, sind die irgendwann verbrannt, und alles, was wir zusammen nachrichtendienstlich aufgebaut haben, ist für die Katz. Benötigst du Geld?"
„Nein, von dir nehme ich kein Geld. Ich nehme von niemandem Geld. Warum auch? Ich habe selbst ein Budget, über das ich frei verfügen kann. Ich kann frei operieren und freie Entscheidungen treffen."
„Es freut mich, dass ich das von dir höre.
Noch einmal etwas zu Kardinal Schneider, deinem Vorgesetzten. Er entscheidet, welche deiner Berichte über Kindesmissbrauch weitergeben werden und welche nicht. Ist dir das bekannt?
Er betreibt eigennützige Politik. Vor ihm haben viele hochrangige Geistliche Angst, weil er weiß, wie ihr Intimleben aussieht. Er genießt es, wenn ihm in Rom die Frauen nachschauen, weil er eitel ist. In Wirklichkeit liebt er einen ehemaligen Christen aus Marokko, der zum Islam konvertiert ist. Der junge Mann, mit dem er am Wochenende das Bett teilt, ist ein bekanntes Fotomodell in Italien.
Jetzt weißt du, wie die Sterne stehen. Euer Papst ist gegenüber diesen Machenschaften machtlos. Er will etwas gegen die Sünder unternehmen, aber die wirklich wichtigen Informationen über den Kindesmissbrauch bleiben ihm vorenthalten, weil das Kardinal Schneider so will.
Weißt du, Lucius, Päpste kommen und gehen, aber Kinderficker bleiben. Das läuft seit Jahrhunderten so, und daran wird sich auch in der Zukunft nichts ändern. Die Affären, die an die Öffentlichkeit gelangen, werden solange wegdiskutiert, bis kein Hahn mehr danach kräht. So einfach ist das. Sie verschwinden in der kirchlichen Versenkung. Was zurückbleibt, sind irreparable Schäden an Kinderseelen, die später häufig zu Suizid führen. Aber das kratzt die Herren nicht, die sie verursacht haben. Die

gehen zu ihrem Beichtvater, ihnen wird vergeben, und sie sind bis zum nächsten Fick reingewaschen. Es ist zum Kotzen, wie da vorgegangen wird. Die Kinderficker merken gar nicht, dass sie den christlichen Glauben mit ihrem Verhalten in eine tiefe Krise stürzen. Erst wenn eines Tages die Kirchenbänke in der Messe unbesetzt sind, werden sie sich die Frage stellen, was falsch gelaufen ist.“
Das Gesicht des Vatikan-Agenten verhärtete sich.
„Du hast Recht. Deshalb bin ich ja da. Aber wenn ich von dir höre, dass meine Berichte von dem aufgeblasenen, selbstverliebten, karrieregeilen Schneider nicht weitergeleitet werden, der denselben Dreck am Stecken hat, den ich mit Vehemenz verfolge, dann hänge ich meinen Priesterrock an den Nagel.“
„Lucius, wir könnten alle früher oder später den Bettel hinschmeißen: ‚Macht doch euren Scheißdreck alleine!‘ Aber das ist Fahnenflucht. Die begehst du nicht, ich auch nicht. Wenn Leute wie du und ich alles so laufen lassen, läuft eines Tages alles aus dem Ruder und wir steuern auf eine Katastrophe zu. Es gilt, mein lieber Kollege, die Arschbacken zusammenzupetzen und weiterzumachen. Das ist meine Meinung und auch hoffentlich deine.“
Lange Zeit brütete Lucius vor sich hin. Dann hob er entschlossen den Kopf: „Du hast Recht. Wenn wir davonlaufen, lassen wir andere schutzlos zurück. Das haben sie nicht verdient. Ich gehe nach Frankfurt.“
Zavi reichte ihm eine Visitenkarte, auf die er seine private Handynummer geschrieben hatte.
„Wenn du mich unter dieser Nummer anrufst, melde ich mich mit ‚Ja‘, lege auf und rufe zurück.
Ich nehme die nächste Luftwaffenmaschine nach Israel. Wir hören voneinander. Und noch etwas, Lucius: Sei vorsichtig! Das sind Palästinenser; mit denen ist nicht zu spaßen. Die wollen uns vernichten und andere auch noch.
Mehr habe ich im Moment nicht zu sagen.“
Er stand auf und steuerte auf den Ausgang zu. Vor ihm zwei Leibwächter. Der Rest seiner Begleittruppe schirmte ihn nach hinten ab, damit er keine Aufmerksamkeit in der Bar erregte.

Vierundzwanzig Stunden später saß Zavi in seinem Büro, trank süßen schwarzen Kaffee und rauchte. Der Jet-Leg machte ihm zu

schaffen, wie er an seiner Atmung und der schweißnassen Stirn feststellte. Er lehnte sich zurück und schloss die Augen.
Ich darf nicht mehr um den halben Globus fliegen. Meine Konstitution hat erbärmlich nachgelassen.

Bruder Lucius war mit der Lufthansa von Buenos Aires nach Frankfurt am Main geflogen. Während er am Flughafen auscheckte, rief er einen Mitarbeiter an und bat, am Ausgang von Terminal 1 abgeholt zu werden. Drei Stunden später saßen sie auf Frankfurts Fressgasse und tranken ein Bier. Danach wechselten sie drei Häuser weiter zum Restaurant Maier, um die berühmte Linsensuppe zu probieren. Vor ihren Augen zog eine Karawane von Passanten vorbei, auf deren prallgefüllten Taschen die Logos der Geschäfte prangten, in denen sie überteuerte Kleidung, Geschenke, Andenken und unnützen Nippes gekauft hatten.
Als sie die deliziöse Suppe ausgelöffelt hatten, hob Bruder Lucius an: „Es gibt ein Problem, das mich belastet. Du und ich, mein lieber Bruder, arbeiten daran, sexuelle Übergriffe zu verhindern. Die Anweisung erfolgte von allerhöchster Stelle, von unserem gemeinsamen Vorgesetzten Kardinal Schneider. Nun habe ich erfahren, dass nicht nur meine Berichte, sondern auch die anderer Kollegen, die in derselben Mission unterwegs sind, von Schneider nur begrenzt weitergegeben werden. Er filtert sie. Nur was ihm passt, gibt er an unseren Papst weiter. Wenn mein Bericht offenlegt, dass sich ein Würdenträger sexueller Verfehlung schuldig gemacht hat, entscheidet er, und nur er, ob er ihn weiterleitet. Mit dieser Strategie hat er sich ein Machtzentrum in Rom geschaffen und reicht nach eigenem Gutdünken Würdenträger nach oben weiter oder zerstört ihre Karriere.
Er weiß mehr über ihr Leben und ihre Vergangenheit als jeder anderer. Und wir Schafe haben ihm guten Glaubens geholfen, seine unangefochtene Super-Duper-Schlüsselposition auszubauen.
Es ist frustrierend, so einem Karrieristen zuzuarbeiten! Umso mehr, als er in Rom ein Appartement unterhält, in dem sein Geliebter, ein marokkanisches Fotomodell, ein- und ausgeht. Seine Heuchelei macht mich fuchsteufelswütend.
Bevor ich hierher geflogen bin, habe ich ein aufschlussreiches Gespräch mit einem hochrangigen Geheimdienstmitarbeiter geführt. Er hat mir gesteckt, dass im Dark-Net ein blonder Junge

jüdischen Glaubens für vergnügliche Stunden gesucht wird. Eine vielsagende Formulierung! Entweder ist er ein Nazi, der seinen Hass auf Juden mit einem Kind abreagieren will, oder ein perverser Kinderficker, der möglicherweise aus unseren Kreisen kommt.
Ich hatte vor nicht allzu langer Zeit in Deutschland – under cover - Kontakt zu pädophilen Kirchenvertretern aufgenommen und mir einen Jungen liefern lassen. Es ist mir gelungen, ihn der Kindermaffia zu entreißen und in die Obhut einer deutschen Behörde zu übergeben.
Du, Bruder Stefan, wirst dich jetzt auch in diese Kreise einschleichen und Kontakt zu dem Suchenden aufnehmen. Biete Geld, und wenn ein Treffen zustandekommt, übergeben wir ihn der Polizei. Oder wir lassen uns etwas anderes mit ihm einfallen.
Bist du bei der Aktion dabei? Kann ich mich auf deine Verschwiegenheit verlassen?"
„Natürlich, keine Frage", antwortete Bruder Stefan ohne nachzudenken.
„Es ist so demotivierend, dass Schneider uns für seine Zwecke benutzt. Wir spionieren für ihn. Aber statt die Analerotiker an den Pranger zu stellen, schützt er sie und schiebt sie vorübergehend irgendwohin ab. Basta. Und wenn er gefragt wird, ob es sexuelle Verfehlungen in der Kirche gibt, wiegelt er ab: Man müsse mit solchen Behauptungen vorsichtig umgehen. Anschuldigungen würden schnell gegen katholische Würdenträger erhoben, aber ob sie zuträfen, müsse erst bewiesen werden.
Damit hat der hochangesehene Herr Kardinal zeitlichen Spielraum, und dreißig Jahre später kräht kein Hahn mehr danach."
Bruder Lucius griff nach seinem Espresso und schaute grimmig den konsumberauschten Passanten hinterher.

Ursula schwankte zwischen Wut und höchster Nervosität. Julian war seit Tagen nicht aufgetaucht. Sie war so verzweifelt, dass sie entschied, bei der Polizei eine Vermisstenanzeige aufzugeben, ohne Zavi erneut zu kontaktieren.
Dem Polizisten gab sie vor, dass Julian mit einem Freund über ein Wochenende oder vielleicht etwas länger von zu Hause fernbleiben wollte. Da sich ihr Sohn jedoch immer noch nicht gemeldet habe, sei sie besorgt.

Der Beamte nahm die Anzeige auf und bat sie, umgehend die Polizei zu informieren, wenn er wieder auftauche. Er sei keine Ausnahme. In dem Alter würden viele Jugendliche gegen die Eltern rebellieren und für Wochen das Weite suchen. Aber 97 % tauchten wieder auf. Über die restlichen 3 % äußerte er sich nicht.
Nachdem sie die Polizeiwache verlassen hatte, rief sie Khalid an.
„Hallo Khalid!" Ursula unterdrückte ihre Anspannung und versuchte unbefangen zu klingen. „Julian ist seit ein paar Tagen nicht heimgekehrt. Weißt du, wo er ist?"
„Nee, keine Ahnung, wo er abgeblieben ist. Mir hat er nicht gesagt, dass er keinen Bock mehr auf Zuhause hat ... komisch, sonst sagt er mir doch alles. Vielleicht ist er bei einem neuen Freund abgestiegen? Aber er sollte doch wenigstens seiner Mutter Bescheid sagen. Ich verstehe ihn da nicht. So kenne ich ihn nicht."
„Khalid, rufst du mich bitte an, wenn er sich bei dir meldet? Ich mache mir Sorgen, dass ihm etwas zugestoßen sein könnte."
„Ja, wenn ich etwas weiß, rufe ich Sie selbstverständlich an. Ich schwöre es bei der Ehre meiner Mutter und meines Vaters."
Khalid beendete grinsend das Gespräch und wählte eine Handynummer.
Eine tiefe Männerstimme meldete sich: „Was gibt's?"
„Sie hat gerade eben angerufen. Du weißt, wen ich meine. Ich habe ihr gesagt, dass ich keine Ahnung habe, wo Sohnemann steckt. Habe ich auch nicht. Ich weiß zur Stunde nicht, wo er sich rumtreibt. Wenigstens sollte er seiner Mutter sagen, wie es ihm geht, oder nicht?" Khalid lachte höhnisch. „Geht es meinem Freund gut? Oder dreckig?"
„Das geht dich nichts an. Stell nie wieder diese Frage! Denk' nicht einmal daran. Stattdessen solltest du seiner Mutter Gesellschaft leisten und ihr beweisen, dass du ein Mann bist, auch wenn du viel jünger bist. Du strotzt vor Hormonen. Trainiere bei ihr deine Lendenkraft. Übrigens, morgen holt dich Mohammad von der Schule ab. Er bringt dir ein kleines Geschenk mit, das du brauchen kannst."
Unvermittelt beendete der Angerufene das Gespräch.
Was für ein Geschenk das sein mag, fragte sich Khalid.

Julian war auf dem Heimweg von einem schwarzhaarigen Mann mit olivenfarbener Haut und Schnauzbart angesprochen worden. Er schaute ihn misstrauisch an.

„Du bist doch Julian, der Freund von Khalid, nicht wahr?"
Julian zögerte mit der Antwort und musterte den Fremden. Er war Araber. Normalerweise war Vorsicht geboten, aber da er den Namen seines Freundes genannt hatte, schwand sein Misstrauen allmählich.
„Er hat mich gebeten, dich zum Fußballplatz zu fahren. Er will dir seine nagelneuen Fußballschuhe von Nike vorführen. Mit denen, so glaubt er, wird er eines Tages zum Fußballprofi hochsteigen. Als sein Onkel hoffe ich, dass er das schafft. Komm, lass uns keine Zeit verlieren und steig' ein. Ich heiße übrigens Ibrahim", sagte Khalids Onkel.
Julian schaute sich um, aber die Mercedeslimousine ließ jeglichen Argwohn verfliegen. In so einer Luxuskutsche hatte er noch nie gesessen.
„Im Handschuhfach ist eine Cola light deponiert. Wenn du Durst hast, kannst du sie gerne trinken." Ibrahim drückte auf einen Knopf, und die Klappe öffnete sich geräuschlos. Julian hatte Durst und griff zu.
„Die Flasche ist durchgeschüttelt worden; tu' mir bitte den Gefallen und öffne sie vorsichtig, sonst spritzt die Cola raus und versaut die Sitze."
Ibrahim sah ihn mit einem Lächeln von der Seite an.
Vorsichtig öffnete der Junge den Drehverschluss und trank einen kräftigen Schluck. Dann verschloss er die Flasche und legte sie in das Handschuhfach zurück. Kurze Zeit später wurde er müde und müder. Er versuchte, die Augenlider offen zu halten, aber vergeblich, sie wurden bleischwer. Schließlich gab er den Kampf gegen die Müdigkeit auf und war eingeschlafen.

Ibrahim hielt vor einer Villa in einer ruhigen Seitenstraße nahe der Mainzer Altstadt und stieg aus. Er schaute sich nach Passanten um, aber die Straßen waren leergefegt. Auch Nachbarn, die ihren Vorgarten gossen oder aus dem Fenster schauten, waren weit und breit nicht zu sehen. Er klingelte, und eine großgewachsene Frau erschien im Türrahmen.
„So, der Sohn ist endlich da", sagte Ibrahim. „Er ist so erschöpft vom Fußballspielen, dass er während der Fahrt eingeschlafen ist. Ich trage ihn ins Haus; dort kann er weiterschlafen."
Die Frau begleitete ihn zum Wagen und öffnete die Beifahrertür. Ibrahim beugte sich über Julian und trug ihn in die Villa.

„Wie lange er schläft, kann ich nicht sagen, jedenfalls noch einige Stunden. Wenn er aufwacht, bekommt er etwas zu essen und das nächste Schlafmittel. Dann geht er auf Reisen. Er wird für seine Mutter büßen. Wenn wir mit ihm fertig sind, kümmern wir uns um sie. Mit der haben wir noch eine gesalzene Rechnung offen. Sie hat einen großen Fehler gemacht. Die Frau hätte niemals nach Deutschland kommen dürfen, aber jetzt ist Endstation für sie."
Die Frau, die die Limousinentür geöffnet hatte, war ein wichtiges Rad im Getriebe der Organisation. Sie war verantwortlich für den sexuellen Nachschub. Vornehmlich für hohe kirchliche Würdenträger.
„Wenn der blonde Jude ausbüxt, ist für Sie hier Schluss. Was ich damit meine, wissen Sie", sagte Ibrahim.
Sie nickte.
„Gut, dann haben wir uns verstanden."
Er schaute sie drohend an. Ein Frösteln überlief sie.
Ibrahim verließ die Villa.

Mohammad hatte Khalid für einen Spaziergang im Frankfurter Stadtwald abgeholt. Dort waren sie ungestört; nur selten begegneten ihnen andere.
„Was ist das für ein Geschenk, das du mir mitbringen sollst, Onkel? Ibrahim hat es mir gestern erzählt, aber nicht, was es ist. Sag schon, ich bin ganz neugierig", drängelte Khalid.
„Khalid, in dem Wort neugierig, steckt das Wort gierig, richtig?"
„Ja, jetzt, wo du es erwähnst, fällt es mir auf. Das wäre mir sonst entgangen", pflichtete er ihm bei.
„Komisch, was lernt ihr eigentlich in der Schule? Zu meiner Zeit hat man in diesem Land großen Wert auf Bildung gelegt. Heutzutage wohl nicht mehr. Also, um deine Neugier zu befriedigen: Ich habe eine Pistole mitgebracht."
Er griff in die Innentasche seiner Lederjacke und holte einen kleinen weißen Leinensack hervor, den er seinem Neffen überreichte.
„In diesem Säckchen liegt eine ganz besondere Waffe. Dein Vater hatte einmal einen jüdischen Spion in Gaza enttarnt und damit erschossen. Es ist der Palästinensischen Bruderschaft ein besonderes Anliegen, dir die Waffe auszuhändigen, mit der dein Vater einen Feind getötet hat. Halte sie in Ehren und schütze sie vor Feinden. Töte damit jeden, der gegen unser Volk ist.

Ibrahim will, dass du der Mutter des blonden Juden einen Besuch abstattest. Du kannst mit ihr machen, was du willst. Er würde es vor allem gerne sehen, wenn du an ihr deine Manneskraft stärkst. Wenn du sie ein paar Mal gefickt hast, töte sie.
Du hattest damals Recht, dass sie die Mörderin von deinem Vater und Onkel ist. Die Beweislage ist eindeutig. Sie hat nur den klitzekleinen Fehler gemacht, nach Deutschland zurückzukehren.
Ich rechne dir hoch an, dass du sie in dem Hotel an ihrer Stimme wiedererkannt hattest, du Teufelskerl! Jetzt ist es an dir, deine Verwandten zu rächen; aber erst, wenn dir Ibrahim grünes Licht gibt. Halte dich daran. Wenn nicht, wird Ibrahim bösartig. Er verlangt von jedem, der sich unserer Organisation angeschlossen hat, bedingungslosen Gehorsam. Nur so sind wir über unsere Heimat hinaus in anderen Ländern erfolgreich.
Steck die Waffe ein. Nur für den Fall, dass uns jemand beobachtet. Zu Hause kannst du über deine neue Aufgabe nachdenken."
„Ist es wirklich wahr, dass mein Vater einen israelischen Agenten mit dieser Pistole getötet hat?", fragte der Junge mit hochrotem Kopf.
„Ja, das hat er getan. Für unser Volk ist er ein Held. Bis zum heutigen Tage."
„Wahnsinn! Das ist ja irre!" Er begann, die Waffe zu streicheln. „Ich werde das Andenken an meinen Vater in Ehren halten und an meine zukünftigen Söhne weitergeben. Mit denselben Worten, die ich von dir vernommen habe. Ich verspreche außerdem, Ibrahims Anweisungen bedingungslos zu befolgen."
„Gut, dann sind wir jetzt fertig." Mohammad reichte ihm seine Visitenkarte. „Hier, falls du einmal meine Hilfe benötigst. Ruf an, und wir machen einen Termin aus."
Khalid warf einen Blick auf die Karte:

Dr. Ali Mohammad
\- vereidigter Übersetzer für Deutsch, Arabisch und Englisch -
Amselgasse 14 B
60313 Frankfurt am Main
Mobil: 0141 – 33 44 55 66 7

„Das werde ich tun! Danke!"

Khalid steckte die Visitenkarte in seine Jeans. Sie verabschiedeten sich voneinander, und jeder ging seiner Wege und hing seinen Gedanken nach.

Ursula war nervös, verbot sich aber, Zavi erneut zu kontaktieren. Sie wusste instinktiv, dass er sämtliche Strippen zog, um ihr zu helfen.
Natürlich kann er nicht alle seiner Agenten auf den Fall der Ex-Agentin Ursula Büttner ansetzen, sonst werden einige von ihnen schnell verbrannt sein. Er geht umsichtiger vor. Wenn die Palästinensische Bruderschaft clever ist, stationiert sie in geringer Entfernung von meinem Haus Beobachter mit einer Kamera, dachte sie.
Seit ihr Junge verschwunden war, ließ sie jegliche Vorsichtsmaßnahmen außer Acht. Es war ihr gleichgültig, ob ein fremder Agent sie fotografierte oder nicht. Sie ahnte, dass sie vom Gegner enttarnt worden und Julian Spielball von Freund und Feind geworden war. Ihre Sorge galt einzig und allein ihm.
Ist er bereits tot, in diesem Moment, in dem ich an ihn denke?
Oder foltern sie den kleinen Kerl?
Hat er Hunger und Durst?
Versorgen sie ihn mit Lebensmitteln?
Ihr eigenes Leben war ihr egal, aber das ihres blonden Neffen, der jetzt nicht mehr bei ihr war und den sie offiziell in ihren Papieren als eigenen Sohn hatte eintragen lassen, das war ihr nicht egal. Ursula starrte auf den Fernseher, der Tag und Nacht lief.
Einmal hatte ein Kripobeamter bei ihr geklingelt, sich Notizen gemacht und ein Foto von Julian erbeten. Zwei Tage später rief er an und bat sie zu einem Termin ins Frankfurter Polizeipräsidium. Ursula starrte auf den Fernsehschirm, nahm das Geplänkel der Talk-Show aber nicht wahr. Sie war mit den Gedanken bei dem Termin im Präsidium, der in zwei Tagen stattfinden sollte.
Was wollte die Kripo von ihr?
Wäre es nicht besser gewesen, der gesamte Frankfurter Polizeiapparat hätte sich auf die Suche nach Julian gemacht?
Das wäre produktiver gewesen als ihr Erscheinen zu einer dämlichen Befragung!
Von Julian war immer noch nichts zu sehen und zu hören. Ursula nagte sich die Fingernägel blutig.

Polizeipräsidium
Biometrische Feststellung

Kriminalrat Mittag hatte seine Mitarbeiter zu einer Besprechung einberufen, um ihnen eine neue, bahnbrechende Installation innerhalb des Polizeipräsidiums zu erläutern. Nachdem sich die Beamten im Besprechungszimmer des Kriminalrates geräuschvoll auf den Stühlen niedergelassen und sich Vermutungen zugeraunt hatten, verstummten sie, als er eintrat, und erwarteten gespannt seine Präsentation.

„Meine Damen und Herren, ich freue mich, Ihnen heute mitteilen zu dürfen, dass wir in unserer Polizeibehörde die biometrische Authentifizierungsmethode einführen. Zunächst als Testversion, um Schwachstellen mit Ihrer Mithilfe zu erkennen und auszumerzen. Als Hausherr des Präsidiums sind wir berechtigt, das Verfahren in unseren Gebäuden einzuführen. Auch der Betriebsrat hat seine Zustimmung erteilt.

Wir werden folgendermaßen vorgehen: Jede Person, die das Polizeipräsidium betritt oder verlässt, wird per Video aufgezeichnet - ich betone: jede - und mit der Datei gesuchter Personen abgeglichen.

Sie wissen, dass bei uns im Polizeipräsidium täglich per Haftbefehl gesuchte und aufgegriffene Personen erkennungsdienstlich behandelt werden. Bei dieser Gelegenheit wird das neue Verfahren als Test angewandt. Beim Betreten des Präsidiums, im P-Gewahrsam und beim Verlassen des Gebäudes wird der Delinquent aufgezeichnet. Dann wird sein Gesicht über ein Erkennungsprogramm verglichen, und bei Übereinstimmung ist der Beweis erbracht, dass das System funktioniert.

Per Haftbefehl Gesuchte geraten bei Personenkontrollen in die Fänge der Polizei, wenn, zum Beispiel, einer in seinen vier Wänden randaliert und die Nachbarn in Angst und Schrecken versetzt. Wir legen ihn in Handschellen und bringen ihn hierher. Das ist Ihnen allseits bekannt. Neu ist, dass er bei uns gefilmt wird. Während er bei uns hockt, wird ein Haftbefehl gegen ihn wegen Widerstandes gegen die Staatsgewalt genehmigt. Zwei Tage später wird er zwar entlassen, aber wieder gefilmt. Über ein Erkennungsprogramm sind seine Daten und sein Gesicht

eingespeichert worden. Das Programm stellt fest, dass gegen ihn besagter Haftbefehl vorliegt.
Bislang hatten wir keine Handhabe gegen diese Kriminellen. Das wird sich jetzt ändern, und wir haben die Chance festzustellen, ob das System funktioniert. Wird eine Person, gegen die ein Haftbefehl vorliegt, von uns gefasst und bei uns in Polizeigewahrsam festgehalten, erhalten wir den Hinweis, dass sie kriminell ist. Sofern sie bereits erkennungsdienstlich behandelt wurde. Wir erfahren ihren Namen und weitere Details.
Eine hochinteressante Innovation!“ Der Kriminalrat schaute seine Mitarbeiter an. „Gibt es hierzu Fragen, meine Damen und Herren?“
„Und was ist, wenn ein Verbrechen begangen wurde, von dem wir Kenntnis haben, aber der Täter unbekannt ist? Dann hilft die biometrische Authentifizierungsmethode nicht weiter, oder?“ warf Hauptkommissar Krähe ein.
„Dann ist nichts. Wenn keine EDB, also erkennungsdienstliche Behandlung, vorliegt und somit weder Foto noch Name, wird der Vorfall in eine Datei verschoben, die nach Belieben von uns bearbeitet werden kann, bis der Kriminelle mit Foto, Fingerabdruck und Namen festgestellt wird. Aber im Ernst, Herr Kollege, Sie glauben doch nicht wirklich, dass jemand, der etwas ausgefressen hat, aus lauter Jux und Dollerei zu uns ins Präsidium kommt, um kurz Hallo zu sagen?“
„Ich sehe das etwas anders, Herr Kriminalrat“, konterte Krähe. „Wir alle sind uns der terroristischen Bedrohung bewusst. Was machen wir, wenn einer von diesen Wirrköpfen bei uns hereinspaziert, der nicht als Gefährder eingestuft wurde? Wir brauchen ein Alarm-System, damit wir reagieren können. Alles andere ist unausgegoren.“
Mittag atmete hörbar ein und sagte: „Wissen Sie, Herr Hauptkommissar, ich bin schon froh, dass uns so etwas überhaupt genehmigt wurde und wir an dem Pilotprojekt teilnehmen dürfen. Früher wurden von den verantwortlichen Politikern Computer angeschafft, die im Keller des alten Polizeipräsidiums verrottet sind. Sie gingen nicht ans Netz, und wir durften auf diesen alten, verfickten Schreibmaschinen unsere Berichte tippen. Insofern findet hier gerade eine Revolution statt. Und ich lasse mir das von niemandem kaputtreden. Von niemandem!

Ähem, … ich gebe ihnen recht, da müssen weitere Schritte in eine positive erkennungsdienstliche Zukunft folgen. Jetzt gehen wir aber den ersten. Der Mann zu meiner linken Seite ist IT-Techniker der Lieferfirma. Er wird Sie einzeln mit dem System vertraut machen. Fragen Sie ihm Löcher in den Bauch! Auch er wird Fragen an Sie stellen. Beantworten Sie die, sofern nicht gegen geltendes Polizeirecht verstoßen wird.
Ich danke Ihnen und wünsche Ihnen interessante Fragen an den Mann neben mir."

Der Kriminalrat erhob sich und ging in sein Büro. Dort zog er eine Schublade aus dem Schreibtisch und entnahm ihr eine Akte, die er selbst angelegt hatte: „Die Lazarus-Akte - Streng geheim"
Er schlug sie auf und betrachtete Fotos, die er von dem Chip des Handys hatte machen lassen, das beim Leeren der städtischen Abfalleimer gefunden worden war: Eine Frau, offenbar verkleidet, um ihre Anonymität zu wahren, feuerte auf ein Auto. Dann, wie sie die Fürstenbergerstraße hinunterschritt, als wäre nichts passiert.
Mittag hatte von Kollegen vom Staatsschutz erfahren, dass es sich um einen politisch motivierten Mord handelte. Das verlieh ihm höchste Brisanz.
Die Toten waren Palästinenser.
Mittag hatte von ganz oben die mündliche Order erhalten, sich zurückzuhalten und sich auf keinen Fall kriminalistisch einzumischen.
Sein Kommissar Krähe hatte festgestellt, dass die Frau, die den Film von der Täterin gedreht hatte, ermordet worden war. Krähes Bericht hatte Mittag der „Lazarus-Akte" hinzugefügt, ebenso seine handschriftliche Notiz, dass er sich in den Mordfällen bedeckt zu halten habe.
Das muss eine Racheaktion gewesen sein, weil die Tat von der Frau, die jetzt in der Pathologie liegt, gefilmt worden war, dachte Mittag. Aber wer hat Interesse an ihrem Tod? Die Informationen sind spärlich, aber wir sind ein kleines Stückchen weiter. Interessanterweise sind die Leichen der zwei Palästinenser bis heute nicht gefunden worden, und auch die Presse hat von dem Doppelmord keine Hinweise erhalten. Wenn wir mit der biometrischen Authentifizierung die Täterin finden, ist das die Sensation! Und der Durchbruch für das neue Verfahren!
Mittag hatte sich für die biometrische Gesichtserkennung gegenüber dem Polizeipräsidenten stark gemacht und

argumentiert: „Sie ist unabdingbar, weil die Kriminellen bislang schneller als wir sind. Weil wir immer an politischem Kleinkram und juristischen Bedenken scheitern, und das weiß die kriminelle Mischpoke auszunutzen.“
Er legte die Akte aus der Hand und schaute aus dem Fenster.
Was für eine stinkende Blechlawine von Autos walzt sich unter dem smogverhangenen Himmel die Eschersheimer Landstraße herauf! Am Drehkreuz Miquelallee zerstreut sie sich zwar in alle Winde, aber stößt weiterhin Unmengen an CO_2 aus. Gut, dass ich keine Kinder habe. Wie sollte ich ihnen gegenüber diese konsumgeile, auf „Freie Fahrt für freie Bürger“ geeichte Mentalität vertreten? Immer mehr und noch größere SUVs, die gleich zwei Parkplätze in Anspruch nehmen. Kinder dürfen nicht mehr auf der Straße spielen, wie ich es noch konnte. Zu gefährlich bei dem Verkehr! Stattdessen hocken sie vor ihren Handys. Bewegen sich nicht mehr und werden dicker und dicker. Frankfurt muss autofrei werden! Und mehr Grünflächen anlegen!
Immerhin war es eine gute Entscheidung, das neue Polizeipräsidium hier zu errichten. In Windeseile können wir von diesem Standort sämtliche Stadtteile erreichen.
Ach ja, die „Lazarus-Akte“. Wenn an sämtlichen Flughäfen Deutschlands Videos aufgezeichnet werden, um Fluggäste mit Fahndungsfotos zu vergleichen, sind wir in der Verbrechensbekämpfung einen Schritt weiter. In dem vorliegenden Fall ist es wohl sinnlos, weil er schon einige Zeit zurückliegt. Dennoch werde ich den IT-Techniker bitten, den Film von der Killerin ins System einzupflegen. Ich halte es zwar für absurd, dass sie das Präsidium besucht, aber aus Übungsgründen ist das keine schlechte Idee. Ich werde Kommissar Krähe hinzuziehen.
Aber die Frau auf dem Film ist bestimmt eine israelische Staatsangehörige, die für den Mossad arbeitet. Was für ein Schlamassel! Verdammt nochmal!

Nach der Schulung bestellte Mittag den IT-Techniker und Krähe in sein Büro. Dort bat er den Fachmann, den Film der Palästinenserin sowohl auf seinen eigenen Computer und als auch auf den von Krähe zu speichern. Dann fragte er ihn, wie man an den Besuchern seiner Behörde erkennen könne, ob sie gesucht würden oder nur ihr eigenes Anliegen erledigen wollten.

Der Techniker stand zwei Stunden lang Rede und Antwort. Als den beiden keine Fragen mehr einfielen, ging er zur Praxis über und ließ sie mit dem Programm üben, bis sie es selbständig bedienen konnten.
„Nicht schlecht, dieses Programm", lobte Mittag und wandte sich an Krähe. „Wir lassen das Programm jetzt jeden Tag arbeiten. Ich lache mich tot, wenn wir nicht nur einen Hinweis finden, der uns bei der Aufklärung von Fällen weiterhilft, sondern hunderte."

Bruder Stefan hatte sich für ein Seminar angemeldet, das sich mit dem „Neuen Glauben" und den positiven Folgen für die katholische Kirche beschäftigte.
Der „Neue Glaube" sei eine Offensive zur Rückgewinnung der Gläubigen, die sich von der Kirche entfremdet hatten, führte der Referent in seine Vorlesung ein. Man werde ihnen offenbaren, was in der Vergangenheit von der Kirchenführung falsch gemacht worden war, und so ihr Vertrauen zurückgewinnen.
Ausdrücklich ausgeklammert war Kindesmissbrauch durch Geistliche. Nur keine unnötigen Diskussionen mit den Gläubigen!
„Ja, es hat das eine oder andere schwarze Schaf gegeben, das sich dieser Verfehlung schuldig gemacht hatte. Aber was ist das gegen unsere Religion? Unser Glaube ist stark, ihn kann nichts erschüttern. Auch einfältiges Geschwätz über Pädophile nicht.
Und lassen Sie sich gesagt sein, liebe Brüder, der Teufel steckt in jedem! Nicht nur in Erwachsenen, nein, er macht sich schon in Kindern breit und versucht, mit ihnen einen Keil zwischen uns religiösen Führern und Gott zu schieben, damit wir vom Glauben abfallen und uns dem Teufel zuwenden.
Er hat Legionen von Kindern verführt, unsere Brüder mit Sex zu locken. Er hat ihnen dafür versprochen, wonach sie sich sehnen: Ein Handy der neuesten Generation, Markenschuhe und ein hippes Outfit.
Ich sage jetzt einmal hier und vor aller Augen: Er hat den Kindern die Wünsche erfüllt, wenn sie sich mit unseren Brüdern eingelassen haben."
Der Referent war von dem Schwachsinn überzeugt, den er verzapfte. Sein Gesicht war rot angelaufen, so sehr hatte er sich bei dem Vortrag in das Thema verstiegen. Seine Augen glänzten wahnwitzig. Er zog ein blütenweißes Taschentuch aus der Hosentasche und wischte sich die schweißnasse Stirn ab.

„Noch eines, meine lieben Brüder. Wir alle wissen, dass die Frau unrein und grundsätzlich vom Teufel besessen ist, denn sie paart sich mit ihm, wann immer es ihm danach gelüstet. Wie rein und unschuldig ist dagegen ein Knabe, der später zum Mann heranreift, und wie wichtig ist es, ihn beim Heranwachsen in all seinen Bemühungen und Bestrebungen zu unterstützen. Ich habe lieber die Zuneigung zu einem reinen Knaben als zu einer unreinen Frau! Das könnt ihr mir glauben, und dazu stehe ich auch."
„Hört, hört, welche offenen Worte", riefen einige Seminaristen, wussten jedoch nicht, wie sie mit seinen Appell deuten sollten.

Das Seminar wurde von Bruder Armin geleitet und erforderte hohe Konzentration von den Teilnehmern. Umso mehr sehnten sie den Abend herbei, um sich bei mehreren Gläsern Bier zu entspannen. Die meisten Patres diskutierten über religiöse Themen. Andere sonderten sich ab und sprachen offen über ihre Sexualität. Tenor war das Zölibat und wie man damit umgehen sollte. Einige wollten sich daran halten, aber nicht auf Sex verzichten. Bruder Armin wies darauf hin, dass an keiner Stelle der Bibel ein Hinweis zu finden sei, dass Sex mit Knaben verboten sei. Seine Glaubensbrüder waren erstaunt. Hinter vorgehaltener Hand säuselte Bruder Armin, dass er Abhilfe anbiete, wenn der Druck zwischen den Beinen übermächtig würde. Nein, nicht mit einer aufreizenden Frau. Mit einem Knaben, mit dem man sich nicht versündige. Schließlich sei alles Auslegungssache, wie so vieles. Er selbst griffe auf diese Dienstleistung gelegentlich ebenfalls zurück. Man sei ja schließlich ein Mann, wenn auch im christlichen Umhang. Er lachte anzüglich. Wenn sich also einer von den Anwesenden seines Hormonstaus entledigen wolle, könne er ihn jederzeit ansprechen.
Bruder Armin löste sich aus der Gruppe, als sich ein Dekan näherte. Die beiden steckten die Köpfe zusammen und sprachen in gedämpftem Ton.
Bruder Stefan hatte sich zu den hormonell gebeutelten Glaubensbrüdern gesellt und den anrüchigen Ausführungen Armins gelauscht. Da dieser nun mit dem anderen Geistlichen in ein Gespräch vertieft war, musste Stefan einen günstigen Moment abwarten, bis er ihm seine erotischen Phantasien anvertrauen konnte. Vielleicht konnte er sie erfüllen? Er traute Armin alles zu.

Ursula im Polizeipräsidium

Die Anlage zur biometrischen Authentifizierung war im Polizeipräsidium am Haupteingang diskret installiert worden, ohne Aufheben. Mitarbeiter eines Sicherheitsdienstes saßen hinter Panzerglasscheiben und gewährten nur Berechtigten Eintritt. Über ihren Köpfen hing eine Videokamera, die die Bilder der Besucher in eine spezielle Datei übertrug.
Von dem IT-Techniker, der die Anlage installiert hatte, waren außer Krähe und Mittag weitere Kommissare in das neue System eingearbeitet worden. Stündlich ließ er die aufgezeichneten Gesichter mit denen der Verbrecherkartei abgleichen. Nach wenigen Sekunden wurde angezeigt, dass es keine Übereinstimmung gab. Somit waren alle, die im Präsidium ein- und ausgingen, reingewaschen. Sie zählten nicht zu dem Personenkreis, der sich etwas zuschulden hatte kommen lassen.
Bevor der Techniker zu seiner Firma zurückkehrte, um sich neuen Projekten zu widmen, bat ihn Krähe, Filmaufnahmen, auf denen Unbekannte bei einem Verbrechen zu sehen waren, in die Datei einzuspeisen. Zur Vereinfachung sollten es nur Taten sein, die in Hessen und schwerpunktmäßig in Frankfurt begangen worden waren. Binnen kürzester Zeit wurden sieben ungelöste Fälle für die Gesichtserkennung eingegeben. Bei einem Film hielt der IT-Techniker die Luft an: Eine Frau ging auf ein Auto zu, schoss auf die Insassen und ging seelenruhig von dannen.
„Das ist heftig“ sagte er, „der reinste Schocker! So etwas habe ich noch nie gesehen. Aber unabhängig davon, wie eiskalt die Mörderin ist, die Personenprüfung ist bei ihr genauso wie in meiner Schulung durchzuführen.
Und nun zu Ihrer letzten Frage. Ja, manchmal ist das System ungenau, aber in der Regel nur, wenn die Aufnahmen unscharf sind. Dadurch kommt es bei der Berechnung des Gesichtes zu Abweichungen. Das kann dazu führen, dass der Rechner jemanden irrtümlich einer kriminellen Handlung bezichtigt, weil er sich bereits im Suchmodus des Polizeipräsidiums oder des BKAs befindet.
Im Großen und Ganzen ist es zuverlässig. Die Testphase in Ihrem Hause dauert drei Monate. Dann wird sich entscheiden, ob es

tauglich ist. Ich bin überzeugt, dass Sie mit dieser Innovation große Erfolge verzeichnen werden.
Um die Testphase zu erleichtern, empfehle ich, nur alle vierundzwanzig Stunden einen Personenabgleich durchzuführen. Der ist nicht so zeitaufwendig wie eine Plausibilitätsprüfung alle fünf Minuten."
Der Techniker schaltete das System auf Betrieb und verabschiedete sich.

Ursula hatte das Polizeipräsidium aufgesucht.
Kommissar Geyer, der für die Vermisstensuche zuständig war, befragte sie eine Stunde lang nach Julians Freunden, dem Namen seines Sportvereins, Schul- und Drogenproblemen. Auch, ob er zu Hause renitent gewesen sei und Ursula bedroht habe. Sie beantwortete die Fragen geduldig nach bestem Wissen und Gewissen. Der Beamte legte eine EDV-Datei von Julian an, gab Größe, Haarfarbe und Kleidung, die er vor seinem Verschwinden getragen hatte, sowie weitere Details ein.
Als Ursula sein Büro verließ, stieß sie mit Hauptkommissar Krähe zusammen. Sie entschuldigte sich wortkarg und ließ ihn stehen. Krähe schaute ihr hinterher. Die Frau gefiel ihm. Genau sein Typ. Ein Prachtweib. Er hatte sie schon einmal gesehen. Wo nur?

Kaum hatte Ursula ihre Wohnung betreten, rief sie die jüdische Gemeinde an und fragte, ob alles in Ordnung sei. Ihr Stellvertreter antwortete: „Alles wie immer. Tägliche Bedrohungen, dass in zehn Minuten eine Bombe hochgeht. Und dass der Führer nicht radikal genug gegen die Juden vorgegangen sei. Im Grunde genommen das Übliche. Die Vollidioten sterben nicht aus, egal in welchem Land. Gibt es Neuigkeiten von deinem Sohn?"
Sie verneinte und sagte, dass sie in der kommenden Woche wieder zum Dienst erscheinen würde; sie habe nun alles in ihrer Macht Stehende in Bewegung gesetzt.

Als Ursula sich bei der Information des Polizeipräsidiums angemeldet hatte, war sie per Video aufgenommen worden. Acht Stunden später setzte sich Kommissar Krähe vor seinen Computer und rief das Programm zur biometrischen Gesichtserkennung, kurz „BioGe", auf. Er fuhr einen Abgleich und stutzte, als er den Hinweis las, dass eine weibliche Person, die auf ein Auto gefeuert und Personen getötet hatte, das

Polizeipräsidium besucht hatte. Dann erschienen auf dem Bildschirm Ursula Büttners Gesicht, die Daten zur Identifizierung der unbekannten Mörderin sowie die Merkmale der Präsidiumsbesucherin. Sie stimmten zu fünfundneunzig Prozent überein. Krähe glaubte, nicht richtig gelesen zu haben. Er schüttelte den Kopf, weil er es für unwahrscheinlich hielt, dass eine Killerin die Polizei aufsuchte.
Ursula Büttner, die Security-Leiterin der jüdischen Gemeinde in Frankfurt, eine Mörderin?
Was für ein Unsinn! Wie soll so ein System funktionieren, wenn schon in der Testphase Fehler auftauchen? Diesen „BioGe"-Scheiß braucht niemand. Er startete ein weiteres Update, um die Daten zu vergleichen, und das Programm stürzte ab. Enttäuscht, dass es nicht so wollte wie er und auch nicht gesichert war, gab er weitere Versuche auf. Die Daten waren verloren; das ärgerte ihn. Er notierte sich den Vorgang und wollte zu einem späteren Zeitpunkt mit dem IT-Spezialisten darüber sprechen.
Ich bin Kriminalist und kein IT-Heini, der den lieben langen Tag vor dem Bildschirm hockt und irgendwelches Zeug eingibt. Ein Glück, dass das Ganze kein Echtlauf war! Morgen probiere ich es wieder; heute habe ich keinen Bock mehr. Das Programm ist noch nicht ausgereift. So ein Quatsch, dass eine Killerin ausgerechnet in unser Polizeipräsidium kommen soll. Blödsinn! Ein Killer verlässt möglichst schnell den Ort seiner Tat, um nicht entdeckt zu werden. So arbeitet ein Profi.
Alte Kriminalisten haben mir erzählt, dass der normale Mörder am fünften Tag an den Ort des Geschehens zurückkehrt und dabei quer über die Straße läuft. So seien Mörder, nach denen fieberhaft gesucht wurde, dingfest gemacht worden.
Morgen schaue ich, ob es wirklich mit der Gesichtserkennung funktioniert.
Er machte sich auf den Heimweg.

Bruder Stefan hatte sich in dem Seminar lebhaft an den Diskussionen beteiligt. Er plädierte für die Beibehaltung des Zölibats, denn Frauen seien mit dem Einsetzen der Menstruation unrein. Mit dieser Meinung stand er nicht allein. Er verteufelte die gleichgeschlechtliche Zuneigung von Mann zu Mann, schwärmte aber voller Inbrunst davon, dass ihn holde Knaben, bis zur Geschlechtsreife, ästhetisch und körperlich inspirierten, wie auch immer man darüber denken möge. Die anderen

Seminarteilnehmer schauten ihn daraufhin interessiert an, einige nickten, andere verzogen spöttisch den Mund.
„Im besonderen Maße inspirieren mich blondgelockte Knaben, wie sie schon Michelangelo gemalt hat. Diese Weichheit der Gesichtszüge! Und dieses engelhafte Haar! Darüber möchte ich liebend gern streicheln. Es würde mich zu Unglaublichem inspirieren!“
„Kinderficker!“, entfuhr es einem.
„Kinderficker haben hier nichts zu suchen“, empörte sich ein zweiter.
Bruder Armin ging dazwischen: „Hier kann jeder seine Meinung frei äußern, die er auch nach außen vertreten würde. Bruder Stefan, das ist überaus gewagt, was Sie von sich geben. Gerade in der heutigen Zeit, in der die katholische Kirche wegen gelegentlichen Missbrauchs an den Pranger gestellt wird, muss man mit solchen Äußerungen vorsichtig sein. Wir beide unterhalten uns später unter vier Augen.
Und jetzt machen wir weiter mit dem Thema: Luthers Arroganz gegenüber dem katholischen Glaubensbekenntnis und die Folgen.“

Bruder Armin ging auf Bruder Stefan zu: „Ist das wirklich Ihre Meinung, die Sie heute von sich gegeben haben? Oder wollten Sie nur provozieren, um die Runde aufzumischen?“
„Natürlich, ich stehe dazu. In der Bibel gibt es keinen Hinweis, dass es Sünde ist, mit einem Knaben zu verkehren. Der Mann solle sich nicht neben ihn legen wie zum Weibe. Das tut er ja nicht. Es ist im Leben alles eine Frage der Definition, und ich möchte einmal so einen niedlichen und süßen Jungen haben“, seufzte er sehnsüchtig.
„Es könnte sein, dass ich etwas machen kann, um Ihre Wünsche zu erfüllen. Ich komme in den nächsten Tagen auf Sie zu. Darüber, dass das etwas kostet, sind Sie sich im Klaren?“
„Daran zweifele ich nicht. Wieviel?“
„Um die zweitausend Euro. Damit sind alle Kosten abgedeckt. Der Knabe redet nicht, hält den Mund, seine Familie bekommt Geld, und alle sind zufrieden. Und Sie können Ihre Wünsche wahr werden lassen. Ich melde mich“, sagte Armin und ging in den Hörsaal zurück.

Als Ursula das Polizeipräsidium verlassen hatte, ging sie zur U-Bahnhaltestelle der Linie U-1 direkt vor dem Präsidium. Betont langsam. Sie hatte das Gefühl, verfolgt zu werden.
Sie drehte sich um. Kein Mensch.
Sie hielt sich von den Gleisen fern und stellte sich an die Wand. Zu oft hatte sie in der Zeitung gelesen, dass Passagiere vor einen einfahrenden Zug gestoßen worden waren. Der Kleine, der unter den Rädern einer Lokomotive im Frankfurter Hauptbahnhof - vor den Augen seiner Mutter - sein Leben ausgehaucht hatte, war ihr in bedrückender Erinnerung.
Ob die Täter Psychopathen oder aggressive Kriminelle waren, interessierte sie nicht. Sie gehörten weggeschlossen, damit sie nie wieder mordeten.
Sie sah zum Bahnsteig auf der gegenüberliegenden Seite. Dort stand eine Traube Fahrgäste, die nach Bad Homburg oder weiter in den Taunus fahren wollte. Frauen, Männer, Schulkinder. Der Lärmpegel war ohrenbetäubend.
Ursula setzte die Sonnenbrille auf, um nicht erkannt zu werden. Sie analysierte jeden Wartenden, ob er sie im Visier haben könne. Wenn die Gegenseite so wohlüberlegt vorgeht wie wir Mossad-Agenten, wird es für mich schwierig, den Gegner herauszufischen. Da habe ich schlechte Karten.
Ob ich meinen Lieblingsneffen jemals wiedersehen werde? Seit Tagen Funkstille. Ob er noch lebt? Ich habe Angst um ihn. Ich muss mich zu Besonnenheit zwingen, sonst drehe ich durch. Vielleicht beruhige ich mich, wenn ich etwas Leckeres esse.
Als sie die zwei Stationen von der Miquelallee zur Wolfsgangstraße gefahren war, ging sie zu dem sizilianischen Pizzabäcker, der seinen kleinen Laden um die Ecke in der Eschersheimer Landstraße betrieb. Sie bestellte eine Pizza mit Salami, Artischockenherzen, schwarzen Oliven und Peperoni zum Mitnehmen.
Seit Julians Verschwinden hatte sie keinen Appetit und 5 Kilo abgenommen. Eindeutig zu viel. Sie zwang sich zum Essen.
Sie verzehrte zwei Dreiecke der Pizza mit Müh und Not. Dann schaltete sie ihr Handy ein, das sie auf dem Wohnzimmertisch ausgeschaltet zurückgelassen hatte. Eine neue Nachricht war eingegangen. Mit zitternden Fingern rief sie die ab und erstarrte: Auf dem Handy lief ein Film mit einem blonden Jungen ab, der nackt an einem Joint zog, den Rauch lange in der Lunge behielt und dann stoßweise ausatmete. Hinter ihm war ein Nackter zu

sehen, der ihn zärtlich streichelte und mit arabischen Koseworten bedachte. Der Junge stöhnte leise. Dann beugte der Mann den Oberkörper des Jungen vorneüber. Es ertönte ein Schrei. Ende des Films.
Ursula graute es. Der Junge, der gegen seinen Willen unter Drogen gesetzt wurde, war Julian. Der Mann hinter ihm war Araber und … fickte ihn.
Diese dreckige Sau! Dieses perverse Schwein!
Ursula wurde übel.
Sie rannte zur Toilette und kotzte sich die Pizza-Ecken aus dem Leib. Als sie wieder einen klaren Gedanken fassen konnte, wurde ihr klar, dass man sie entdeckt hatte und sich an ihr rächte. Julians Misshandlung war gegen sie gerichtet. Klar, wenn man den Gegner nicht direkt treffen will, leidet er umso mehr, wenn man den Menschen quält, der ihm am liebsten ist.
Scheiße, Scheiße, Scheiße! Ich war töricht. In Israel wäre das nicht passiert. Nur weil ich einmal im Leben geliebt habe und den dreckigen Krieg zu Hause satt hatte, bin ich nach Frankfurt gezogen. Jetzt werde ich dafür bestraft.
Wer auch immer mir diesen Film zugespielt hat, will, dass ich aus der Deckung komme. Er glaubt, dass ich sofort auf den Film reagieren werde. Aber ich werde es nicht tun. Ich werde die Füße stillhalten. Ich muss mich mit Zavi beraten.

Drei Tage später wurde ihr ein weiterer Film zugespielt, in dem Julian Kokain in die Nase zog und anschließend Crack rauchte. Ursula wurde schwindelig. Sie taumelte zum Sessel und setzte sich, bevor sie das Bewusstsein verlor.
Als sie aus der Ohnmacht erwachte, zweifelte sie an ihrem Verstand. Hatte sie wirklich dieses Grauen auf ihrem Display gesehen? Sie ließ den Film erneut abspielen. Kein Zweifel. Julian wird von euch gefoltert.
Ich werde euch finden.
Ihr quält mich, und ich werde euch quälen. Und dann bestialisch meucheln.
Einen nach dem anderen.
Mit euch kenne ich kein Erbarmen.
Sie verließ die Wohnung und fuhr in die Synagoge im Westend, um zu beten. Als sie zu Fuß zurückkehrte, klingelte ihr Handy und auf dem Display erschien eine Nachricht:

Warte noch drei Tage!
Du wirst überrascht sein!!!

Kein Absender. Die Handynummer des Absenders war unterdrückt.
Noch drei Tage! Und dann schicken sie mir eine SMS, dass mein Julian tot ist.
Am dritten Tag passierte nichts, dafür am vierten. Der Film zeigte zunächst weiße Blumen, dann schwenkte er auf Kirchenbänke, dann auf einen Altar von der Bodenperspektive aus. Nackte Waden erschienen im Bild. Die Kamera fuhr nach oben: nackte Oberschenkel und das mit einem Tuch spärlich verhüllte Geschlechtsteil einer Figur. Ursula konnte nicht erkennen, ob sie aus Porzellan war.
Dann sah sie in Zeitlupe den Oberkörper eines Jungen, der an einem Holzkreuz hing. Julian! Die Kamera fuhr weiter hoch, und sie sah, dass sein Kopf mit einem Stirnband an das Kreuz gebunden war, damit er nicht nach unten sank. Seine Augen waren geschlossen. Hände und Füße mit großen Nägeln an die Balken geschlagen. Wie Jesus.
Ursula schaute sich die Bilder wieder und wieder an. Julian war tot. Man hatte ihn an das Kreuz genagelt, um sie zu treffen und für das zu bestrafen, was sie im Auftrag des Mossad ausgeführt hatte. Ihr Neffe war für etwas zur Rechenschaft gezogen worden, was er nicht verbrochen hatte. Der Gegner - ihr Gegner - hatte sie ins Mark getroffen.
Man will mich demoralisieren. Nein, ich gehe nicht in die Knie, schon gar nicht vor euch. Ihr werdet dafür bitter zahlen.
Sie rief Zavi an. Er riet ihr, der Polizei den Film sofort zur Verfügung zu stellen.
„Wenn die Leiche deines Jungen gefunden worden ist, bestatte ihn in heiliger israelischer Erde. Wenn du hier bist, sprechen wir weiter. Im Moment bist du nicht aufnahmefähig. Du lässt dich von Gefühlen leiten; du denkst nicht realistisch. Es ist sinnlos, wenn du jetzt zum Rundumschlag ausholst. Du hast mich verstanden?“
Zavi begann zu husten. Als er wieder zu Atem kam, flüsterte sie: „Ja.“

Nach dem Gespräch mit Ursula dachte Zavi nach. Dann griff er zum Telefonhörer und rief Zürich an. Im Privatbankhaus „Jos. Bellheimer“ klingelte das Telefon des persönlich haftenden

Gesellschafters Menachim Landauer. Überrascht über die späte Uhrzeit nahm er den Anruf entgegen. Er dauerte nur zehn Minuten und wurde über eine abhörsichere Leitung geführt. Landauer hörte schweigend zu; ab und zu nickte er.
Dann zog er sein Jackett an und ging die berühmte Bahnhofstraße hinunter. Er bog in eine Seitenstraße und betrat eine koschere Metzgerei. Er war der einzige Kunde. Es dauerte keine Minute, und ein älterer Herr mit Kippa auf dem Hinterkopf betrat den Verkaufsraum durch eine verspiegelte Tür. Durch diese konnte er beobachten, wer seinen Laden betrat und ob er den Kunden bedienen wollte. Hatte er keine Lust, sich um ihn zu kümmern, schickte er Dean hinter den Ladentresen, damit er die Wünsche entgegennahm.
Er begrüßte Landauer auf Hebräisch.
„Welche Ehre, dass der Resident für die Schweiz mich persönlich aufsucht. Mein Lieber, ich habe lange nichts mehr von dir gehört. Wenn du kommst, ist Gefahr im Verzuge. Was kann ich für dich tun?“
„David, du musst einen Mann nach Frankfurt am Main schicken. Er muss ein Geschenk bei einer Freundin abgeben. Es ist in Frankfurt hinterlegt. Die Adresse, wo es hin soll, steht drauf. Danach ist sie unkenntlich zu machen. Aber du weißt, wie das läuft. Was soll ich dir lange erklären.“
„Klar. Soll das Geschenk an der üblichen Stelle abgeholt werden?“ vergewisserte sich David.
„Ja“, bestätigte Landauer.
Der Bankier griff in die Innentasche seines Jacketts und legte ein Kuvert auf den Tresen.
„Das ist für Spesen, Zugfahrschein und ein kleines Trinkgeld. Es ist ja nichts Großes, deshalb sind die Spesen auch nicht zu üppig, “ sagte Landauer mit einem vergnügten Augenzwinkern.
David warf einen kurzen Blick hinein und erwiderte schmunzelnd: „Geizkragen.“

Einen Tag später reiste ein junger Mann, der laut Ausweis den Namen Chaim trug, mit dem Zug nach Frankfurt. Er trug einen leichten Rucksack mit den üblichen Utensilien, die ein Tagestourist benötigt: Regenschirm, Flasche Coca-Cola, Pullover, falls es doch kälter als war, als die Wettervorhersage verhießen hatte, und zwei mit Pastrami belegte Brote. Alles völlig unauffällig.

Ab und zu blieb der junge Mann vor den Schaufenster auf seinem Weg in die Beethovenstraße 3 stehen und kontrollierte, ob er beobachtet oder sogar verfolgt wurde. Er schlug einige Haken und kam zu der Überzeugung, dass dem nicht war.
Am Ziel klingelte er dreimal beim Namen Alisa Rosenbaum. Die Dame erschien nach gefühlten zehn Minuten.
„Sie sind also der Tourist aus der Schweiz, der sich ein Zimmer ansehen will. Dann kommen Sie herein und schauen es sich an."
„Danke sehr. Ich werde einige Tage hier verbringen, weil ich die Stadt mit ihren Wallanlagen und den architektonisch überaus interessanten Gebäuden besichtigen möchte. Vor allem die neu eingeweihte Altstadt, die nach alten Plänen restauriert wurde."
Ein unverfängliches Gespräch, aber die Legitimation für den Touristen, in das Haus eingelassen zu werden.
Frau Rosenbaum zeigte ihm das Gästezimmer und ließ ihn allein, da sie nach ihrem Essen schauen wollte, das auf dem Herd köchelte.
Der junge Mann schloss die Tür, stellte den Rucksack auf einen Stuhl und entnahm ihm einen kleinen Faltkarton. Dann betastete er eine Diele, hob sie an und legte sie mit der Nachbardiele beiseite. Darunter lag eine Pistole in einer Plastiktüte. Er steckte sie in den Faltkarton. Dann legte er die Dielen an ihre alte Stelle zurück. Den Karton verstaute er im Rucksack, schulterte ihn und verließ die Wohnung.
Kurze Zeit später kam Frau Rosenbaum und wollte den jungen Mann nach seiner Meinung zu der neuen Altstadt fragen, doch er war weg.
„Eine Jungend ist das heute", sagte sie seufzend und ging zu ihrem Topf in die Küche zurück.

Am nächsten Tag ging Ursula Büttner wieder in das Polizeipräsidium. An der Information trug sie ihr Anliegen vor. Die Angestellte einer Sicherheitsfirma, die hinter dicken Panzerglasscheiben saß, bat sie höflich, sich einen Moment zu gedulden. Dann verschwand sie. Es dauerte eine Zeitlang, bis sie durch eine Seitentür mit einem Mitarbeiter der Kripo zurückkehrte.
„Frau Büttner?", fragte der in Zivil gekleidete Mann.
Sie nickte.
„Was kann ich für Sie tun? Ich bin Hauptkommissar Krähe. Man hat mich gebeten, Sie zu empfangen. Wollen Sie mit mir in einem separaten Raum sprechen? Oder lieber hier?"

„Nicht hier. Was ich Ihnen mitteilen will, ist von höchster Brisanz."
„Dann folgen Sie mir bitte. Wir gehen in ein freies Besprechungszimmer."
Der Kommissar öffnete eine Panzerglastür und führte sie in einen sterilen Raum bar jeglicher Wärme. Weißgetünchte Wände, drei dunkelgraue, unbequeme Stühle, ein Tisch.
Krähe bat sie, sich auf einem der harten Stühle niederzulassen.
„Wir sind jetzt ungestört. Worum geht es?"
Ursula trug ihren Fall vor und reichte ihm das Handy mit dem Film von ihrem gekreuzigten Kind. Der Polizist ließ ihn ablaufen und war erschüttert.
„Das übertrifft alle Greueltaten, die ich bisher gesehen habe. Ein Jude – dazu minderjährig -am Kreuz. Das wird zu einem weltweiten Aufschrei führen. Die Spekulationen werden ins Kraut schießen. Deutschland wird zum Nazi-Land abgestempelt. Immer diese bösen Nazi-Deutschen. Man wird mit dem Finger auf uns zeigen. Der Film überfordert meine Phantasie. Sind Sie sicher, dass er echt ist? Zeigt er wirklich Ihren Sohn?", fragte Krähe und beobachtete die Mimik seines Gegenübers.
„Glauben Sie, ich bin gekommen, weil ich mich langweile und Gesprächsbedarf habe? Ich kann mir Schöneres vorstellen, als in einem Polizeipräsidium meine Zeit zu verbringen, das wie das Reichsicherheitshauptamt aussieht."
„Frau Büttner, bleiben Sie beim Thema, sonst lasse ich Sie hochkarätig rausschmeißen. Sie haben ein Anliegen, aber schweifen Sie nicht ab und verunglimpfen Sie nicht unser Gebäude! Es wurde nicht von Hitler erbaut!"
„Ich kann sagen, was ich will! Sind Sie als Polizist etwa der Meinung, dass es sich bei dem Film um ein Fake handelt, den ich gedreht habe, um mich wichtig zu machen? Ich bin die Leiterin der Security-Abteilung der jüdischen Gemeinde in Frankfurt. Damit bekommt der Fall, ich hoffe es zumindest, auch für Sie eine ganz andere Bedeutung."
Krähe hatte der Frau ruhig zugehört. Nachdem sie ihre Tirade beendet hatte, überlegte er kurz und sagte: „Das ist ein Fall für den Staatsschutz. Ich kann mir vorstellen, dass die Kollegen sich um ihn kümmern. Da ist ein Verbrechen an einem Kind begangen worden, das möglicherweise eine politische Dimension hat. Wenn der Staatsschutz den Fall übernimmt und unsere Hilfe benötigt, werden wir natürlich tätig werden. Das Handy behalte ich vorsorglich ein."

Damit hatte Ursula bereits gerechnet und den Film auf das alte Handy ihres ermordeten Ehemanns überspielt, das sie nun bei Krähe zurücklassen musste.
„Das Handy können Sie behalten“, antwortete sie unwirsch.
„Ich muss leider Papierkram mit Ihnen erledigen; Sie müssen Anzeige gegen unbekannt wegen eines mutmaßlichen Tötungsdeliktes erstatten. Ich weiß, dass das für viele Menschen der unangenehmste Moment ist, aber wir kommen nicht drum herum.“
Nachdem die Formalitäten erledigt waren, verließ Ursula das Polizeipräsidium mit einem Gefühl der Ohnmacht und viel Wut im Bauch. Im Grunde genommen war sie keinen Schritt weitergekommen. Sie lief zu Fuß die Eschersheimer Landstraße hinunter und bog in den Grüneburgweg, um in einem Lebensmittelgeschäft einzukaufen.

Der Mann aus Zürich ging zu Fuß von der Beethovenstraße 3 über den Platz der Republik zum Hauptbahnhof. Im Rotlichtviertel wurde er von heruntergekommenen Gestalten um „ein bisschen Kleingeld“ angebettelt. Chaim überhörte sie und setzte seinen Weg unbeirrt fort. Dann überquerte er die Straßenbahngleise vor dem Bahnhof und betrat das Gebäude durch den Haupteingang. In einem Kiosk kaufte er ein Päckchen Kaugummi und bezahlte mit einem Schein. Dann ging er zu den Schließfächern bei Gleis 24.
Er musterte die Anlage. Zwei Bundespolizisten, einer mit Maschinenpistole, gingen Patrouille. Er wartete, bis sie außer Sichtweite waren. Dann öffnete er ein Fach. Er entnahm seinem Rucksack die Faltschachtel, legte sie hinein, warf vier Euro in den Geldschlitz, die er im Kiosk als Wechselgelt erhalten hatte, und steckte den Schlüssel in die Hosentasche.
Durch das Gedränge bahnte er sich seinen Weg nach draußen und schlenderte zur Wolfsgangstraße. Die Marschroute hatte er sich bereits in der Schweiz auf dem Stadtplan von Frankfurt eingeprägt.
Er ließ sich Zeit. Vor Gründerzeithäusern und in Parkanlagen verweilte er, um sie genussvoll zu betrachten. So hässlich war die Stadt doch gar nicht.
An der Adresse suchte er den Namen Ursula Büttners und warf den Schlüssel kommentarlos in den Briefkasten. Danach machte sich Chaim auf den Rückweg nach Zürich. Er hatte seinen Auftrag

erfüllt und freute sich auf die Spesen, die ihm für seinen Kurztrip erstattet würden.

Als Ursula nach dem Einkauf bei REWE die Haustür aufschließen wollte, fiel ihr auf, dass die Klappe ihres Briefkastens hochstand. Post. Sie öffnete ihn und holte einen Schlüssel heraus. Er trug die Nummer 18. Keine Nachricht, kein Absender, nichts. Ursula wusste, was das bedeutete. Sie ging zunächst in die Wohnung und verstaute die Lebensmittel im Kühlschrank. Dann nahm sie die U-Bahn zum Hauptbahnhof. Zielstrebig steuerte sie auf die Schließfächer zu. Aus Nummer 18 zog sie den kleinen Faltkarton heraus. Ohne ihn näher in Augenschein zu nehmen, steckte sie ihn in die Handtasche und fuhr zurück.
Zu Hause öffnete sie ihn. Er enthielt eine Pistole nebst Munition. Zavi hatte ihr ein Geschenk zukommen lassen. Für alle Fälle, wie Ursula vermutete. Er wollte sie nicht im Regen stehen lassen. Seine Agenten konnte er zu ihrem Schutz nicht entsenden. Das wäre zu riskant; möglicherweise wären sie nach einem Besuch bei ihr nicht mehr einsatzfähig. Das wollte und konnte Zavi nicht in Kauf nehmen. Aber er unterstützte sie anderweitig, wie Ursula feststellen konnte.

Als die zwei Polizeibeamten auf das Kreuz schauten, lief ihnen ein Schauer über den Rücken. Der eine bekreuzigte sich und flüsterte: „Oh Gott!“
Sie hatten schon einige übel zugerichtete Leichen in ihrer Dienstzeit gesehen, aber noch nie einen Toten am Kreuz. Sie riefen die Kollegen von der Kripo an, und die Kriminaltechnische Untersuchung wurden in Marsch gesetzt.
Sie fotografierten das Kind aus allen Perspektiven und sicherten Spuren. Dann ging die Vermisstenstelle im Präsidium ihre Kartei durch. Schnell wurde festgestellt, dass es sich bei dem Jungen um den vermissten Julian Büttner handelte.
Ein totes Kind und die damit verbundenen Formalitäten sind eines der unangenehmsten Dinge im Arbeitsalltag eines Polizisten. Jeder drückt sich davor, die schreckliche Nachricht den Eltern zu überbringen. Polizeirat Mittag beauftragte Krähe mit dieser Aufgabe.
Krähe klingelte an der Haustür. Über die Lautsprecheranlage meldete sich Ursula.

„Frau Büttner, ich bin Hauptkommissar Krähe. Kann ich Sie einen Moment sprechen?"
„Kommen Sie hoch. Zweiter Stock", sagte eine kalte Stimme.
Der Beamte stieg die Treppe hoch, wo Ursula schon im Türrahmen stand. Sie ahnte, was er ihr mitteilen wollte.
„Ihr Kind ist tot", sagte er leise.

Die Rückkehr

Ursulas Verwandtschaft war aus allen Teilen der Welt nach Israel gereist, um von Julian Abschied zu nehmen. Der Rabbiner wünschte ihm ein besseres Leben im Himmel als auf Erden. Viele Tränen wurden vergossen. Viele Schluchzer waren zu vernehmen.
Nach der Beerdigungszeremonie wurde Ursula von Vorwürfen überschüttet, dass sie in das verhasste Deutschland ausgewandert war. Ihre Familie war groß, und viele hatten unter der Naziherrschaft Freunde und Verwandte in den Konzentrationslagern verloren. Besonders traf sie: „Wenn du nicht nach Deutschland gezogen wärest, wäre der kleine Julian noch am Leben."
Aber sie erklärte die Trauergemeinde mit eiskalten Augen kurz und bündig: „Ich kehre nach Deutschland zurück und suche diejenigen, die für seinen Tod verantwortlich sind. Niemand wird mich davon abhalten. Ich komme erst zurück, wenn ich erledigt habe, was ich mir vorgenommen habe. Ihr habt mich verstanden?"
Sie schaute in die Runde der Trauergäste. Niemand wagte zu widersprechen. Viele von ihnen wussten, dass sie einmal weiblicher Oberstleutnant der israelischen Armee gewesen war. Hinter vorgehaltener Hand tuschelten die Familienmitglieder, dass sie vermutlich beim Mossad gearbeitet habe, wenn nicht sogar noch immer für ihn tätig sei. Offiziell äußern wollte man sich nicht, schon gar nicht Dritten gegenüber. Zu gefährlich für den, der das aussprach, und für den, der für diese Behörde arbeitete. Am besten, sich erst gar nicht auf das Thema einzulassen.
Wenn der eine oder andere der Familie Ursula ins Gesicht schaute, kam er schon zu der Überzeugung, dass sie rücksichtlos über Leichen gehen konnte und mit dem Geheimdienst zu tun

hatte. Damit war dann das Thema abgeschlossen. Man wollte nicht weiter vordringen.
Ursula ließ die Trauergemeinde zu deren großer Verwunderung auf dem Friedhof stehen und setzte sich in ein wartendes Taxi. Als sie dem Fahrer ihr Ziel nannte, pfiff er leise durch die Zähne. Dann startete er den Motor.

Das Gespräch

Mossad-Geheimdienstgebäude in Tel-Aviv.
Ursula saß in einem bequemen Sessel Zavi Schneider gegenüber. Er schaute sie lange an. Schließlich zündete er eine Zigarette an, inhalierte tief und hustete keuchend. Ursula sah Zavi schweigend zu, wie er sich bemühte, den Husten zu unterdrücken. Als es ihm endlich gelungen war, seinem Körper wieder Sauerstoff zuzuführen, hob er an: „Hast du mein kleines Geschenk erhalten, Uschi?"
„Ja. Ich danke dir. Mir war sofort klar, dass du es warst, der es mir hat zukommen lassen. Es ist in meiner Wohnung an einem unzugänglichen Ort sicher verwahrt."
„Uschi, ich konnte dir keinen meiner Leuten schicken, aber wir haben dich immer im Blick. Wir wissen, dass dich die Gegenseite wochenlang beobachtet hat. Wenn einer von meinen Leuten bei dir vorbeigeschaut hätte, wäre er auf ewig verbrannt. Das kann ich nicht verantworten. Du kennst unsere Mission, deshalb bin ich mir sicher, dass du mein Vorgehen verstehst."
„Klar. Und jetzt zu meinem Julian. Das wird übelste Folgen für die Täter haben. Er ist gefickt worden, und vorher haben sie ihm Drogen verabreicht, um ihn willenlos zu machen. Mein Kind wurde von Schweinen missbraucht, weil sie keinen hochkriegen, wenn sie mit einer erwachsenen Frau im Bett liegen. Diese perversen Nieten gehören zwangskastriert. Man sollte ihnen die Schwänze abschneiden, damit sie, außer Pissen mit dem verbliebenen Stummel, nie wieder wen auch immer missbrauchen können.
Zavi, ich fliege nach Deutschland zurück. Ich muss erledigen, was mir unter den Nägeln brennt. Vorher kehre ich nicht heim."
Er hatte ihr ruhig zugehört und seine Zigarette, ohne Hustenfall, ausgeraucht. Er schaute sie liebevoll an und sagte: „Meine liebe Ursula, meine Tage auf diesem Trabanten sind gezählt. An welchem Tag ich meinem Gott gegenüberstehe, weiß nur er

allein. Jedenfalls geht es für mich dem Ende zu. Ich werde mich für meine Taten auf Erden ihm gegenüber verantworten.
Meine Familie hast du ja ein kleines bisschen kennengelernt. Wie die deinige ist auch sie in alle Herrenländer zerstreut. Das Schöne an uns jüdischen Familien ist, dass wir zusammenhalten, egal, wo wir leben. Einer meiner Söhne ist Börsenmakler in Amerika und hat es zu enormem Wohlstand gebracht. Mit etwas Geld, das ich ihm anvertraute, hat er an der Börse spekuliert und mir ein beachtliches Vermögen beschert."
Zavi zündete die nächste Zigarette an, diesmal ohne zu husten. Ursula hörte aufmerksam zu.
„Meinen Reichtum kann ich nicht auf die andere Seite des Flusses mitnehmen. Der Fährmann Charon rudert nur mich über den Styx. Ich habe mir Gedanken gemacht, wer mich beerben soll, und habe entschieden: Du!"
Zavi hielt inne.
Ursula glaubte, nicht richtig gehört zu haben: „Ich bin deine Erbin? Zavi, du machst Witze. Das kann ich mir nicht vorstellen."
„Doch, aber es ist mit einer Auflage verbunden."
„Rück schon raus mit der Auflage! Du wirst mir doch nicht verbieten wollen, jemals wieder eine Waffe in die Hand zu nehmen? Oder mich an Julians Mördern zu rächen?"
„Gemach, gemach. Es geht mir um etwas anderes. Nach dem Tod meiner Frau bin ich mit Freunden durch die Bars gezogen, um mich abzulenken. Während unserer Ehe hatte ich keine Geliebte, und danach wollte ich auch keine. Aber als ich dich das erste Mal gesehen habe, hat es mich wie ein Blitz getroffen. Ich war vom ersten Moment an in dich verliebt. Die ganzen Jahre über habe ich ein Auge auf dich gehabt, damit dir nichts passiert, während du deinem lebensgefährlichen Job nachgegangen bist, um Israels Bürger zu schützen. Das hast du ausgezeichnet gemacht."
Zavi holte tief Luft.
„Deine Entscheidung, nach Deutschland der Liebe wegen zu gehen, hat mich damals umgehauen. Aber gut, so ist halt das Leben. Der grausame Mord an Julian hat mich ins Mark getroffen. Ich kenne übrigens den Film mit ihm am Kreuz. Unfassbar. Wenn er mein Sohn gewesen wäre, ich weiß nicht, was ich …
Zurück zu Deiner Frage. Einige Jahre, bevor mein Lungenkrebs festgestellt wurde, habe ich mein Sperma in einer Klinik tiefkühlen lassen. Und nun komme ich zum Kern meiner Ansage: Ich

möchte, dass du dich nach meinem Tod mit meinem Sperma befruchten lässt und ein Kind von mir austrägst."
Zavi konnte an Ursulas normalerweise undurchdringlichem Gesicht ablesen, wie seine Worte angekommen waren. Sie war konsterniert und konnte mit flacher Stimme nur fragen: „Ist das dein Ernst, Zavi?"
„Ja. Das Kind wird eine Bereicherung für Israel sein. Und nun zur Erbschaft: 5 Millionen US-Dollar. Redlich an der US-Börse erspekuliert. Mit dem Geld bist du frei und kannst leben, wo du möchtest. Am liebsten wäre mir unser Land Israel."
„Und wenn ich das Geld nicht annehme und auch die künstliche Befruchtung ausschlage, was passiert dann?"
„Das weiß ich nicht. Darüber muss ich nachdenken."
Zavi senkte den Kopf und schaute melancholisch auf seine Schuhe.
„Das ist eigentlich keine schlechte Idee. Ja! Die ist überhaupt nicht schlecht! Dein Vorschlag überrascht mich. Ich wollte schon immer Kinder. Aber erst hatte ich nicht den richtigen Mann, und als ich ihn gefunden hatte, wurde er ermordet." Ursula lächelte. „Ja, Zavi, ich willige ein. Hast du das in einem Testament bei einem Notar hinterlegt?"
„Natürlich. Nach meinem Tod wird der Notar dich sofort verständigen. Du hast Zeit, bis dahin über meinen Vorschlag nachzudenken. Du kannst dann immer noch das Erbe ablehnen und deine Entscheidung dem Notar mitteilen. Er hält noch eine weitere Überraschung für dich bereit. Dazu will ich aber im Moment nichts sagen." Zavi lächelte, als er das ankündigte. „Der Pass …"
„Zavi, du hast recht. Vielleicht bin ich zu euphorisch und habe meine Entscheidung voreilig getroffen. Ich schlafe noch ein, zwei Nächte über deine Idee. Aber ich kann mir schon vorstellen, mich künstlich befruchten zu lassen. Ich möchte noch ein Kind oder zwei, aber ob ich den richtigen Mann jemals finde, weiß ich nicht. Hans hatte sehr gut zu mir gepasst, nur ist er in diesem Scheiß-Afghanistan getötet worden. Es sollte wohl nicht sein.
Zavi, ich hoffe, dass ich dich nach meiner Rückkehr nach Israel wiedersehe."
Ursula stand auf, ging auf ihn zu. Beide umarmten sich und hielten sich liebevoll umfangen. Dann küsste Ursula ihn zärtlich auf beide Wangen und verließ ihn.

Die Fragen

Ursula war zurück in Frankfurt. Sie hatte in Julians Zimmer nichts mehr angerührt. Alles lag an seinem Platz, als ob Julian jeden Augenblick zurückkehren würde. Aber er war tot, rief sie sich schmerzlich in Erinnerung, als sie zum wiederholten Male das Jugendzimmer betrat. Normalerweise, dachte sie, wird ein Mensch verrückt, wenn er zwei geliebte Menschen so kurz hintereinander verliert. Ich verstehe jeden, der sich in einer solchen Situation das Leben nehmen will und es konsequent durchsetzt. Aber ich bin aus einem anderen Holz geschnitzt. Ich will leben und Rache nehmen.
Sie begann, das Zimmer systematisch auf Hinweise zu durchsuchen, die Rückschlüsse auf die Entführer geben konnten. Julian war ein ordentlicher junger Mann gewesen, der seine Unterlagen in ein Ablagekörbchen gelegt hatte. Sie fand einen Brief mit Handynummer von einem jungen Mädchen, das in ihn verliebt war und mit ihm gehen wollte. Auch den Trainingsplan seines Fußballvereins. Auf einem Zettel hatte Julian Khalids Handynummer notiert. Telefonnummern anderer junger Männern fand sie nicht. Auch nicht von erwachsenen Männern, die mit Julian in Kontakt treten wollten.
Khalid muss der Schlüssel zu allem sein. Er und kein anderer. Mit ihm muss ich reden; er wird mir die Auskünfte geben, die ich haben will.
Sie wählte seine Nummer. Es dauerte nicht lange, und er meldete sich.
„Hallo Khalid, ich bin's, Julians Mutter. Ich möchte dich treffen, wenn du einverstanden bist, und mich mit dir über das eine oder andere unterhalten. Wann passt es dir?"
Stille. Sie konnte förmlich hören, wie er nachdachte.
„Am späten Nachmittag. Ich bin im Fußballtraining. Nach dem Duschen komme ich zu Ihnen. So in zwei Stunden bin ich da. O.k.?"
„Ja. Ich freue mich. Dann bis nachher. Die Adresse hast du ja von Julian."
„Klar."
Er legte auf.
Sehr gut! Das wird ein Abend, den du so schnell nicht mehr vergessen wirst, mein kleiner hinterhältiger Freund.

Bruder Armin rief Bruder Stefan zu sich. Er sagte ihm, dass er spätestens am selben Abend das Geld benötige, damit der Deal über die Bühne gehe. Zweitausend Euro waren vereinbart, und es bliebe bei dem Betrag. Armin schwärmte, dass das blonde Bürschlein sämtliche Wünsche erfülle, die man ihm offeriere. Es wäre überaus zärtlich und zu allem bereit. Für alles würde es einen entschädigen, was man an so manchen Tagen erlitten habe.
Als Bruder Stefan wissen wollte, was er genau damit meine, antwortete Armin: „Nun ja, die Anfeindungen unserer Brüder und Schwestern, die uns Kindesmissbrauch vorwerfen. Aber die machen es genauso wie wir. Nur die Weiber sind unrein. Das stört mich als gläubigen Christen am meisten. Deshalb widmen wir uns ja dem Reinen und Unverdorbenen, dem Knaben.
Wir Kirchenvertreter müssen zusammenhalten. Unser Sexualverhalten darf nicht an die Öffentlichkeit dringen. Es ist doch klar, dass einem jungen Mann, der sich für die Keuschheit entschieden hat, der Schwanz morgens genauso in die Höhe steht wie einem, der das Gelübde nicht abgelegt hat.
Nur wer den Schwur nicht geleistet hat, kann sich Abhilfe verschaffen, besser: verschaffen lassen. Uns hingegen wurde empfohlen, eiskalt zu duschen. Als ich das gemacht habe, ist mein Ding noch härter geworden. Ich habe es aufgegeben, mich dagegen zu wehren, und meinem Trieb freien Lauf gelassen. Sonst wäre mir der Sack geplatzt."
Bruder Armin lachte gezwungen.
Stefan griff in die Hosentasche und übergab das vereinbarte Honorar: „Ich kann dir das Geld jetzt schon geben."
„Sehr gut."
Armin steckte das Bündel Scheine gierig ein.
„Lieber Bruder, etwas Wichtiges. Was du mit dem Knaben anstellst, ist dein Ding, und du behältst es für dich. Rede mit keinem darüber. Wenn du hinterher ein schlechtes Gewissen hast, kann ich dir die Beichte abnehmen. Dazu bin ich befähigt, wie dir sicherlich bekannt ist.
Solltest du mit jemandem außerhalb unseres engen Kreises darüber sprechen, was hier unter der Decke läuft, und es wird an die große Glocke gehängt, bekommst du Ärger. In diesem Fall müsste ich einen Anruf tätigen, damit das Problem, nämlich du,

zur Räson gebracht wird. In welcher Form auch immer. Du hast mich verstanden?“
Stefan nickte: „Natürlich. Du kannst dich hundertprozentig auf mich verlassen, Bruder Armin. Alles, was ich mache, geht nur den Knaben und mich an.“
„Ich wusste, dass du vernünftig bist. Hier ist die Adresse, wo du dein Betthupferl abholen kannst.“
Armin überreichte ihm einen zerknitterten Zettel. Stefan warf einen Blick darauf: „Mainz! Ist das nicht um die Ecke, wenn ich mich recht entsinne?“
„Genau, keine 50 Kilometer entfernt. Das Haus steht in einem ruhigen Wohngebiet, hinter einer dichten Thuja-Hecke, damit niemand Einblick in unsere Geschäfte erhält. Wenn du klingelst, sagst du, dass du von Bruder Armin kommst. Dann weiß man schon Bescheid.“
Stefan steckte den Zettel ein.

Khalid war aufgeregt. Jetzt war seine Zeit gekommen, um sich an der Frau zu rächen. Nie würde er vergessen, dass sie ihm Vater und Onkel aus dem Leben gerissen hatte. Er dachte an die Waffe, die ihm ein Mitglied der Palästinensischen Bruderschaft anvertraut hatte. Welche Ehre! Die würde er bei dem Treffen bei sich tragen.
Dieses Weib! Wow! Groß - größer als er. Eine Figur wie die Top-Modells, die ihn von den Titelblättern der Modezeitschriften verführerisch anlächelten. Ein ebenso schönes Gesicht. Stahlblaue Augen, große Titten und langes, schwarzes Haar! Ja, diesen Traum von Frau wollte er nehmen, wie ein richtiger Mann. In seiner Gedankenwelt musste sie sich nackt ausziehen, auf den Boden knien und sein Glied in den Mund nehmen. Dabei wollte er ihr die Pistole an die Schläfe halten, damit sie ihn nicht verletzte. Sicher war sicher.
Die Lutschposition hatte ihm ein Kumpel aus dem Sportverein auf dem Smartphone gezeigt. Als er den kleinen Porno abspielte, hatte der Kumpel eine Hand anzüglich auf seinen Hosenladen gelegt. Jetzt wollte Khalid das genauso mit Julians Mutter machen, dieser Scheiß-Schlampe. Und er würde noch ganz andere Dinge mit ihr ausprobieren. Sie sollte für die Bluttat mit ihrem Körper bezahlen, mit jedem Zentimeter.
Dann kam ihm der Gedanke, sie - wenn er mit ihr fertig war - zu Hause seiner Mutter vorzustellen und ihr stolz zu erklären, dass er

die Frau erkannt hatte, die ihn damals vom Auto seines Vaters weggeschickt hatte.
Aber erst einmal wollte er der Schlampe beweisen, wozu ein junger Araber in der Lage war. Er würde sie einsperren, ans Bett fesseln und immer wieder nehmen, wenn ihn Lust überkam. Und wenn er keinen Bock mehr auf die Hure hätte, würde er mit ihr in den Frankfurter Stadtwald fahren und sie hinrichten. Wie sie es mit Vater und Onkel gemacht hatte.
Ihm schoss bei den Gedankenspielen das Blut zwischen die Beine; er war erregt. Er schaute auf die Armbanduhr. Höchste Zeit, zur Wolfsgangstraße 76 a aufzubrechen. Ein genüsslicher Schauer überlief seinen Körper, und in seinem Kopf malte er sich noch einmal aus, was er alles mit Julians Mutter treiben würde. Er würde jede Minute mit ihr auskosten. Auch all‘ die Dinge tun, die er heimlich auf Pornos im Internet angeschaut hatte. Sie musste ihm zu Willen sein.

Die Abrechnung

Khalid klingelte. Ursula fragte durch die Sprechanlage erst gar nicht, wer Einlass begehrte. Sie wusste, wer es war. Angst vor Einbrechern hatte sie ohnedies nicht. Im Gegenteil, es wäre lebensgefährlich für jene Kaste gewesen, die Wohnungen ausraubte. Hätte sie einen von dem Gesindel bei sich überrascht, hätte sie ihn massakriert.
Khalid trug eine Lederjacke, die ihm über die Hüfte ging. Sie verdeckte die Pistole, die er in den Hosenbund geschoben hatte.
Ursula erwartete ihn in der geöffneten Wohnungstür und bat ihn zuvorkommend einzutreten.
„Geradeaus, dort ist das Wohnzimmer. Da können wir plaudern.“
Ihre Stimme klang zugeneigt, doch innerlich brodelte es in ihr.
Er betrat das Wohnzimmer.
„Setz dich doch und mach‘ es dir gemütlich. Möchtest du etwas trinken?“
Ein Getränk lehnte er ab, aber er setzte sich auf das Sofa. Ursula nahm ihm gegenüber in einem Sessel Platz.

Sie schaute den vorgeblichen Freund ihres Sohnes an.
„Khalid, du und Julian wart Freunde. Jetzt ist er tot. Ich habe ihn begraben. Er war auf einmal verschwunden und kam nicht mehr

heim. Dann habe ich merkwürdige Videos auf meinem Handy erhalten. Da ist er nackt zu sehen und nimmt Drogen. Ein nackter Mann steht hinter ihm. Das letzte Video zeigt ihn tot an einem Kreuz, wie Jesus. Das war der Schock meines Lebens. Ich frage mich, welches perverse Schwein das macht.
Ich habe die Filme der Kripo gegeben. Die Behörde ist ratlos, ich auch. Kannst vielleicht du mir etwas über sein Verschwinden sagen?“
Er schaute die Frau an, die durch seine Phantasien der letzten Stunden gegeistert war. Ja, er wollte durchführen, was er sich vorgenommen hatte. Ihre dämlichen Fragen interessierten ihn nicht. Er hatte nur ein Ziel vor Augen: Sie zu vergewaltigen. Allein der Gedanke daran versetzte ihn in erneute Erregung.
Er erhob sich, griff mit der Rechten nach hinten und zog die Pistole hervor, die er auf Ursula richtete. Statt aufzuschreien schaute sie ihren Besucher ungerührt an, als existiere die Waffe nicht.
„So, wir beide werden uns jetzt unterhalten, Frau Büttner, damit ein für allemal die Dinge klargestellt werden. Erinnern Sie sich an unser erstes Treffen am Park, als Sie mich in das Schulsekretariat zurückgeschickt haben?“
Ursula zeigte keine Reaktion.
„Dann haben Sie das Blutbad an meinem Vater und meinem Onkel angerichtet.
Eiskalt!
Als ich zum Auto zurückkehrte, waren Sie verschwunden und die beiden tot. Wie ich später erfahren habe, waren sie führende Mitglieder der Palästinensischen Bruderschaft. Wir hassen Israelis. Ja, wir hassen sie. Den Hass saugen wir schon mit der Muttermilch ein. Deshalb mussten die beiden und bestimmt noch viele andere Palästinenser sterben.
Eines Tages saß ich mit meiner Mutter in dem Hotel in der Hochstraße. Erinnern Sie sich? Vielleicht haben Sie ja die beiden Morde vergessen, ich aber nicht.“
Ursula reagierte nicht.
„Ich habe Sie dort mit einem Mann gesehen und sofort erkannt. Und der Gipfel der Frechheit ist, dass Sie mir sogar noch zugewunken haben. Unglaublich. Haben Sie kein Herz in der Brust? Sie töten zwei Menschen und tun, als ob es das normalste auf der Welt wäre. Ich kapiere das nicht. Wie kalt muss man sein, um das zu tun?

Zufälligerweise habe ich später Julian in der Schule kennengelernt. Wir gerieten in eine Schlägerei, und der Kerl hat sich richtig gut mit mir geschlagen. Respekt, kann ich nur sagen. Schließlich kam eins zum anderen. Ich hatte sie ab und zu mit Julian in der Stadt gesehen, wenn Sie über die Zeil zum Einkaufen gingen.
Sie waren sich Ihres Doppelmords sehr sicher. Gut eingefädelt! Nur hatten Sie nicht damit gerechnet, dass man Ihren Auftritt, ja, ich muss es so sagen, filmt. Eine Genossin nahm das Video auf, wie Sie zwei Menschen zu Allah schicken, der sie als Märtyrer in die Arme geschlossen hat.
Was für ein Zufall! Allah hat Regie geführt.
Es hat lange gedauert, sehr lange, bis man dahinter gekommen ist, dass Sie es waren, die die Tat begangen hatte. Ich hatte die Hoffnung schon aufgegeben, dass man je dahinter kommt.
Aber es gibt ein Verfahren, das sich biometrische Gesichtserkennung nennt. Die Deutschen haben es entwickelt, und die täuschen sich nicht. Wir sind von vielen Freunden bei der Ermittlung unterstützt worden, bis wir nach etlichen Jahren auf Sie gekommen sind, Frau Büttner. Endlich, kann ich nur sagen."
Khalid machte eine Pause.
„Es gibt keinen Zweifel, dass Sie es waren. Allein Ihre Stimme würde ich unter hunderttausend anderer erkennen. Und dann diese Gesichtserkennung, einfach geil!"
„Wie ist die Sache mit meinem Sohn gelaufen?", fragte Ursula in ruhigem Ton.
„Ich habe mich an ihn herangemacht, nachdem ich Sie beide gesehen hatte. Ja, ich habe ihm Freundschaft vorgespielt, um über ihn an Sie heranzukommen. Wie Sie sehen, habe ich es geschafft. Anderenfalls hätte ich den Rest meines Lebens nach Ihnen gesucht und irgendwann gefunden."
Er lächelte böse.
„Wir haben zusammen Fußball trainiert und die eine oder andere Flasche Cola geteilt. So habe ich im Laufe der Zeit sein Vertrauen gewonnen. Dann habe ich ihm erklärt, dass er meiner Meinung nach kein typisch Deutscher sei.
Er wollte wissen, warum. Ganz einfach, habe ich zu ihm gesagt, immer, wenn einer von uns Jungs behauptete, dass alle Juden Verbrecher seien, hast du Partei für die Israelis ergriffen. Als Deutscher hegt man keine Sympathie für Juden. Man macht, wenn immer möglich, einen großen Bogen um sie.

Er hat mir beweisen wollen, dass er ein waschechter Deutscher ist, und hat mir seine deutsche Geburtsurkunde vorgelegt. Die habe ich fotografiert und zwei Leuten aus meinem Volk gezeigt. Die haben mir später erzählt, dass die Urkunde eine Fälschung ist.“
Er grinste diabolisch.
Ursula glaubte, sich verhört zu haben: „Wieso war die Urkunde gefälscht?“
Sie starrte ihn ungläubig an. Sie konnte sich nicht vorstellen, dass der Mossad einen Fehler gemacht hatte, dazu einen mit fatalen Folgen.
„Meine Freunde haben mir erzählt, dass auf ihr das Wort Frankfurt am Main mit ck stand, Franckfurt am Main. Somit war der Beweis erbracht, dass er Jude war und die Geburtsurkunde eine Fälschung. Dass er blond ist, ist so selten, wie es blonde Araber gibt, aber immerhin gibt es den einen oder anderen.“
„Du hast dich an meinen Jungen herangemacht und Freundschaft geheuchelt? Alles nur Lüge?“
„Genauso ist es. Ich wollte nur eines: Rache! Was glauben Sie, welche Überwindung es mich gekostet hatte, mit dem Sohn der Mörderin meiner Familie so freundlich zu verkehren, dass er meine Abneigung ihm gegenüber nicht spürte? Ich bewundere mich selbst, dass ich dazu in der Lage war.“ Er stellt sich selbstgefällig in Pose. „Meine Freunde haben Sie beide beobachtet und dann zugeschlagen. Er wurde unter dem Vorwand in ein Auto gelockt, dass ich auf ihn warte und sie ihn zu mir fahren würden. Im Auto bot man ihm, ganz, wie es die arabische Höflichkeit gebietet, ein Getränk an. Nach den ersten Schlucken ist er eingeschlafen und irgendwann in einem Haus - keine Ahnung, wo - aufgewacht. Das weiß ich von meinen Freunden.“
Khalid ließ den Blick von Ursulas Gesicht über ihre Brust und ihren Bauch wandern und verharrte zwischen ihren Beinen. Sein Kopfkino arbeitete wieder.
„Nach den Bildern auf meinem Smartphone zu urteilen ist mein Junge von Männern missbraucht worden. Richtig?“
„Ja. Er wurde herumgereicht, vermietet. Und wissen Sie, an welche Sorte Männer?“, fragte er nicht ohne Triumph in der Stimme. „Können Sie sich vorstellen, an wen man einen blonden, jüdischen Jungen vermietet? Oder sind Sie realitätsfremd? Sie glauben es nicht, Frau Büttner, er wurde bei katholischen … wie

heißen die noch? Pfarrer? Nein, nicht Pfarrer … . Priester, genau! Also bei denen hat er die Runde gemacht. Ihr Sohn wurde bei einer Organisation untergebracht, die uns nahe steht und Verbindungen zu den Katholiken hat. Von ganz unten bis ganz nach oben. Man hat mir auch erklärt, dass die Politik mitmischt. Wie auch immer, ich habe von alledem keine Ahnung; ich gebe nur weiter, was man mir angedeutet hat.
Die Vermietung von seinem Körper muss einen Batzen Geld eingebracht haben. Die Priester haben ordentlich dafür gelöhnt, dass sie ihren Spaß mit ihm haben durften. Um noch einen drauf zu setzen: Es ist meine Rache für das, was Sie angerichtet haben. Sie selber haben bisher nicht dafür gezahlt, aber das werden Sie, und zwar jetzt.
Ziehen Sie sich aus, ganz. Ich will Sie nackt sehen. Dann werde ich Sie ficken. Es ist mir egal, ob Sie es wollen. Ich will es. Los! Und dann knien Sie sich vor mir nieder und nehmen meinen Schwanz in den Mund, verstanden?“
Seine Stimme zitterte vor Erregung.
Ursula blieb entspannt in ihrem Sessel sitzen.
„Na los! Was ist? Fangen Sie schon an, sich auszuziehen!“, forderte er sie erneut auf.
„Du bist um viele Jahre jünger als ich. Was willst du machen, wenn ich dir gefalle und du an mir hängen bleibst? Wenn ich es dir gut besorge, wirst du süchtig nach mir. Wie Junkies nach Heroin. Dann wirst du mich nicht mehr töten wollen, was dir jetzt noch vorschwebt. Aber nicht mehr, nachdem wir es miteinander getrieben haben.“
„Ich verfalle nicht der Mörderin meiner Familie! Ich will dich ficken. Zieh‘ dich aus. Vielleicht lasse ich dich am Leben … Quatsch, mein Schwanz will Rache.“
Ursula stand auf und ging auf ihn zu.
„Du musst mir beim Entkleiden helfen. Ohne dich gelingt mir das nicht; ich bin zu erregt. Wenn ich meine Bluse ausgezogen habe, musst du den BH öffnen. Der Verschluss ist nämlich vertrackt. Dann kann ich mich meiner Hose und auch meines Schlüpfers alleine entledigen und knie mich vor dir nieder und mache es dir auf Französisch, wie du es nie wieder erleben wirst. Wollen wir das so machen?“, fragte sie mit heiser-erotischer Stimme und schaute ihm auffordernd in die Augen.
„Ja“, ergab er sich mit vor Geilheit bebender Stimme. Schweiß tropfte von seiner Stirn.

Ursula zog ihr Oberteil aus und ließ es nonchalant zu Boden fallen. Unerwartet öffnete sie ihre Jeans. Sie zog sie langsam aus und strich sich sinnlich über die nackten Beine.
Gierig schaute Khalid auf die weiblichen Rundungen. Die Hand, die die Pistole hielt, zitterte. Er konnte sich kaum unter Kontrolle halten. Sein Kopf spielte verrückt.
„Bitte, öffne mir den BH-Verschluss, damit du meine Brüste in der Hand halten kannst, wenn du mich von hinten fickst. Darauf bist auch du schon ganz geil, nicht wahr?“, gurrte sie.
„Klar! Komm her, du Schlampe, damit ich dir deinen Scheiß-BH aufmachen kann.“
Noch mehr Schweißperlen traten auf seine Stirn und liefen ihm über die Wangen.
Ursula ging mit eleganten Schritten auf ihn zu und schaute ihm betörend in die Augen. Er zwinkerte fasziniert. Mit der Linken schlug sie in die Innenseite der Hand mit der Pistole. Ihre Rechte rammte sich voller Wucht gegen seine Schläfe. Bevor er reagieren konnte, landete er ohnmächtig auf dem Boden. Sein Kopfkino war ausgeschaltet. Die Filmsequenzen erschienen nur noch in Schwarz.
Ursula nahm ihm die Waffe aus der Hand, sicherte sie und legte sie auf den Wohnzimmertisch. Verächtlich blickte sie auf den großspurigen Bengel hinab, den sie niedergestreckt hatte, zog sich an und wartete darauf, dass er zu sich kam. Er würde tierische Kopfschmerzen haben, aber die Schmerzen, die sie ihm zufügen würde, wenn er nicht mit den Informationen herausrückte, würden weitaus schlimmer ausfallen.
Der Großkotz bewegte sich und kam zu sich. Er versuchte aufzustehen, was ihm mühsam gelang. Sie trat ihm zwischen die Beine. Er schrie auf und sackte in die Knie.
„Du willst mich ficken? Selbst dazu bist du zu blöd, du Kameltreiber! Du kannst nicht einmal alleine aufstehen. Und du willst ein hartgesottenes arabisches Mannsbild sein? Da lachen ja die Kamele!
Ich kenne ganz andere arabische Männer. Die sind voller Kraft. Mit der eines Stieres. Aber du hast nicht einmal die eines Goldhamsters. Ich lache mit scheckig.
Mit dem Ficken, das wird nichts zwischen uns beiden. Eigentlich will ich keinen Araber zwischen meinen Beinen liegen haben. Vielleicht ändere ich aber meine Meinung. Du bist jung, hast einen

durchtrainierten Körper und ein markantes Profil. Welche Frau kann deiner Faszination widerstehen?
Aber, mein Engel, du musst mir erst meine Fragen beantworten, einverstanden?“
Khalid antwortete nicht, hielt nur die Hände schützend vor seine Genitalien. Ursula wiegte den Kopf, dann trat sie gegen seine Nase. Der Kopf flog nach hinten, er taumelte und ein leichtes Knacken war zu vernehmen. Das Nasenbein war gebrochen. Blut schoss hervor. Er verdrehte vor Schmerzen die Augen und weinte.
„Khalid, du hättest niemals zu mir kommen dürfen. Die Knarre haben dir Leute mit der Order in die Hand gedrückt, mich erst aufzusuchen, wenn sie dir das O. k. dazu gegeben haben. Habe ich recht?“
Sein Gesicht war blutverschmiert. Blut floss weiterhin aus seiner Nase. Er nickte.
„Sehr gut, mein schöner Junge, so kommen wir weiter. Da du meine Wohnung nicht mehr lebend verlassen wirst - darauf kannst du Gift nehmen - können wir in aller Seelenruhe einen Erfahrungsaustausch vornehmen. Du kannst mir alles sagen und dein Gewissen erleichtern, und du wirst sehen, du stehst Allah gegenüber und hast kein schlechtes Gewissen mehr. Ist doch schön, oder?“
Sie trat einen Schritt auf ihn zu, fasste ihn an der Schulter, drehte ihn blitzschnell um und schlug ihm mit der Faust in die Nieren.
Er schrie auf. Ein Urinstrahl schoss in seine Hose und bildete einen hässlichen Fleck im Schritt. Pisse rann ein Bein hinunter und sammelte sich um seine Schuhe zu einer Pfütze, die immer größer wurde.
„Ich will wissen, wer meinen Sohn in wessen Auto wohin gefahren hat. Und Namen und Anschrift von den Wichsern, mit denen du das ausgeheckt hast.“
Sie näherte sich seinem Gesicht bis auf 10 Zentimeter. Er blickte in Augen, wie er sie noch nie gesehen hatte. Sie ist der Teufel in Person, schoss es ihm durch den Kopf. Augen aus purem Eis, ohne jegliche menschliche Regung.
„Nebenbei, mein Junge, ich glaube nicht, dass du noch mit mir ficken willst. Ich schätze die momentane Situation so ein, dass wir beide auf Grund unterschiedlicher Meinungen dazu nicht in der Lage sind, oder?“
Er nickte.

„Schön, dass wir in diesem Punkt auf einer Wellenlänge sind.“

Bruder Stefan fuhr nach Mainz. Bruder Lucius folgte ihm in einem schwarzen Golf mit einem Stuttgarter Kennzeichen. Die Nummer hatte er sich bei einem anderen Fahrzeug abgeschrieben und war mit ihr zu einem kleinen Betrieb gegangen, der auf Nummernschilder spezialisiert war. Er sagte dem Mitarbeiter hinter dem Ladentresen, welche Nummer er haben wollte, und zehn Minuten später hielt er die nagelneuen Schilder in den Händen. Die alten schraubte er ab und ersetzte sie.
Auf Stefans Frage, warum er das tue, erklärte er: „Bei einem größeren Einsatz verwende ich immer Doubletten. Und den fahren wir beide jetzt. Werden wir bei einer Verfolgung geblitzt, kann man keine Rückschlüsse auf mich ziehen. Dein Fahrzeug habe ich von einem Profi beschaffen lassen. Es stand monatelang auf einem Parkplatz und wurde nicht bewegt. Für unsere kleine Spritztour habe ich es aufmöbeln lassen. Es ist alles im grünen Bereich.“
„Gut, dann kann nichts schief gehen.“

Lucius klingelte an der Tür des Hauses, in dem er den Jungen für Sexspiele abholen sollte, während Stefan - in seinem Auto verborgen - das Geschehen durch die einzige freie Achse, das Gartentor, filmte. Große, ausladende Thujas entlang des Zauns verwehrten jede weitere Einsicht. Eine Frau öffnete. Lucius wechselte einige Worte mit ihr, und die Tür schloss sich hinter ihnen.
Kurze Zeit später verließ er das Haus mit einem schlafenden Jungen in den Armen. Stefan stieg aus und öffnete die hintere Autotür, damit er das Kind auf den Rücksitz legen konnte. Er nickte Stefan zu, und beide starteten ihre Wagen.
Eine Stunde später parkte Lucius in der Tiefgarage unter einem klotzigen Hochhaus in der Berliner Straße 15 a. Es stammte aus der Epoche des Brutalismus, dem auch Offenbach in den Sechzigern gehuldigt und dieses Ungetüm aus Beton gebaut hatte.
Stefan war ihm gefolgt. Diesmal nahm er den Jungen in die Arme und trug ihn zum Aufzug. Sie fuhren in den zwölften Stock und betraten eine Wohnung, die trotz der Hässlichkeit der Fassade anheimelnd war und sogar über einen Balkon verfügte.

Der Nachrichtendienst des Vatikans, Auge Gottes, hatte sie vor vielen Jahren angemietet. Über ganz Europa waren Wohnungen verteilt, um Kirchenvertretern Schutz zu bieten, falls das Volk in Wallung geraten und sich sein Zorn gegen die Prediger Gottes Wortes entfachen sollte. Nur wenigen Agenten waren die geheimen Wohnungen bekannt, einer davon war Lucius.
Stefan legte den Jungen in ein Bett und deckte ihn warm zu. Dann warteten sie im Nebenraum darauf, dass er erwachte.
Nach zwei Stunden stellten sie sich die Frage, welche komatösen Drogen man ihm verabreicht hatte, doch da stieg er aus dem Bett und verließ mit tapsigen Schritten das Zimmer. Als er der Männer gewahr wurde, weiteten sich seine Augen vor Schreck, und er weinte. Lucius ging auf ihn zu, beugte sich zu ihm hinunter und umarmte ihn.
„Du brauchst keine Angst mehr zu haben. Du bist bei uns in Sicherheit. Keiner von uns wird dir etwas tun."
Er schaute den Geistlichen schluchzend an. Dicke Tränen liefen seine Wangen hinunter.
„Wie heißt du?", fragte Lucius das verschüchterte Kind.
Es reagierte nicht und schaute zu Boden. Dann fragte er auf Hebräisch, erfolglos. Stefan versuchte es auf Russisch und Rumänisch.
„André", antwortete es auf Rumänisch und knetete aus Verlegenheit sein T-Shirt.
Stefan nickte.
„Du bist blond. Bist du ein jüdisches Kind?"
André schaute ihn verständnislos an und schüttelte den Kopf.
Anscheinend wusste der Junge überhaupt nicht, was man von ihm wollte. Lucius probierte es anders.
„André, in dem Haus, wo wir dich abgeholt haben, hast du doch bestimmt noch einen anderen Jungen gesehen, oder?", fragte er auf Rumänisch. Sein Ordensbruder war über die Sprachkenntnisse seines Kollegen verblüfft.
Das Kind nickte.
„Du weißt doch bestimmt noch, wie der Junge aussah und wie du ihn genannt hast", fragte Lucius behutsam.
Der Junge legte die Stirn in Falten und dachte nach.
„Der Junge war etwas älter. Er hat mir gesagt, dass er Julian sei und aus Israel käme. Der hat immer die Augen verdreht, wenn er mit mir geredet hat. Als ob er betrunken wäre. Ich habe mich

nachts an ihn gekuschelt, weil ich Angst hatte, dass man mich wieder abholt und zu den schwarzen Männern bringt."
„Wen meinst du mit schwarzen Männern?"
„So hat die Frau die Männer genannt, für die ich bestimmte Sachen machen musste. Sie hat gesagt, in der Kirche predigen sie, und dann ficken sie euch. Was für Schweine das doch sind!"
Stefan schaute Lucius vielsagend an.
„Ja, da hast du recht." Er wollte über Andrés blonde Haare streicheln, aber er zuckte vor der liebevoll gemeinten Geste zurück.
„Vor uns brauchst du keine Angst zu haben. Möchtest du etwas trinken oder essen?"
Der Junge schüttelte den Kopf.
„Weißt du, was aus Julian geworden ist?"
„Irgendwann kam ein Mann mit schwarzen Haaren und einem Bart im Gesicht. Mitten in der Nacht. Der sah im Gesicht komisch aus."
„Was meinst du mit komisch?", hakte Bruder Lucius nach.
„Der hatte so ein gelblich-braunes Gesicht, und der war gar nicht lieb. Der hat Julian eine Tablette in den Mund geschoben, kurz gewartet und ihn dann weggetragen. Er hat gesagt, dass er Julian jetzt den ganz Perversen überlässt, damit diese sich an ihm rächen können für das, was die Juden Jesus Christus angetan haben. Jetzt hätten sie alle Zeit dazu. Und dann hat er noch gesagt, dass die katholische Kirche nichts anderes als eine schwule und kriminelle Vereinigung ist. Was meinte er damit?"
„Dass dir zu erklären, mein Junge, ist noch zu früh für dich. In einigen Jahren kannst du dir selbst deine Gedanken darüber machen, was dir passiert ist. Hoffentlich hast du aber bis dahin alles vergessen, was ich dir wünsche. Auf jeden Fall bringen wir dich nicht wieder in das Haus zurück. Du bist jetzt in Sicherheit, und wir werden alles dafür tun, dass das auch so bleibt."
„Ich muss nicht mehr in das Haus?" Ein Lächeln huschte über sein Gesicht.
„Nein, mein Kleiner. Du kommst zu einer Familie, die sich um dich kümmert. Dort hast du viele Spielkameraden. Ich hoffe, dass die Zeit alle Wunden heilt, die man dir zugefügt hat."

Nachdem sie Andrés Unterbringung geregelt hatten, sagte Bruder Lucius zu Bruder Stefan: „Wir fahren noch einmal nach Mainz und unterhalten uns mit der Frau, die offenbar die Aufseherin der

beiden Jungs war. Julian war der ältere. Sie haben ihn unter Drogen gesetzt, um ihn ruhig zu stellen, denn in seinem Alter traut man sich aufzubegehren, wenn man an Dinge herangeführt wird, gegen die man sich sträubt.
Wir werden die Frau zwingen, den Typen herbeizuzitieren, damit wir ihn unter die Lupe nehmen. Wenn mich nicht alles täuscht, habe ich ihn schon einmal getroffen, und zwar in der Nähe der schwäbischen Alb. Dem Jungen ist seine Gesichtsfarbe aufgefallen, wie mir damals. Komisch, dass die so markant ist. Wenn es derselbe ist, werde ich ihn persönlich zur Rechenschaft ziehen. Er hat damals zwei meiner Leute erschossen. Auf mich hat er auch gefeuert, aber nicht getroffen. Sollte es wirklich derselbe sein, wird er auspacken, wie er es noch niemals vorher irgendwo anders gemacht hat. Auf nach Mainz! Ich will jetzt Resultate sehen."
Lucius gab Gas.

Bruder Lucius klingelte wieder an dem Haus, in dem er vor wenigen Stunden den kleinen André abgeholt hatte. Die Frau öffnete und blickte nervös auf die zwei Männer: „Ist etwas passiert, weil Sie zu zweit kommen?"
„Ja. Lassen Sie uns eintreten. Etwas ist schief gelaufen."
„Um Himmelswillen, was?" Ihre Bestürzung war nicht vorgetäuscht.
Sie trug eine blaue Kittelschürze, und ihre Füße steckten in grauen Filzpantoffeln. Ihr schwarzes Haar hatte sie hochgesteckt. Unter einem langen Pony schauten ihre braunen Augen die beiden fragend an. Bei näherer Betrachtung stellte Lucius fest, dass ihr Gesicht fein geschnitten war. Und ihre Figur reizte bestimmt nicht wenige Männer.
Die Männer gingen an der Frau vorbei.
„Bitte ins Wohnzimmer. Rechts."
Sie folgten ihrer Anweisung.
„Was ist mit André passiert? Wieso tauchen auf einmal zwei Männer bei mir auf?"
„André ist abgehauen. Außerdem hat er es geschafft - der Teufel weiß, wie -, meine Visitenkarte vom Schreibtisch zu klauen. Wenn die in die Hände der Polizei gerät, kriege ich Probleme, denn ich habe mich mit ihm … ähem … vergnügt. Und das ist ein Priesterkollege, der auch auf die Dienstleistung Ihrer Firma zurückgreift", log Lucius.

„Wie heißen Sie eigentlich?“, wollte Stefan wissen.
„Ich bin Irene und für das Haus verantwortlich. Die Kinder werden von mir nicht nur gut, sondern außergewöhnlich gut behandelt.“
„Schön, dass Sie sich so für die Kinder einsetzen. Rufen Sie bitte Ihren Vorgesetzten an; ich muss ihn dringend sprechen“, sagte Lucius und setzte sich in einen Sessel. „Die Geschichte muss aus der Welt geschaffen werden. Es darf kein schlechtes Licht auf meine Person fallen. Er soll sich etwas einfallen lassen, wenn der Junge der Polizei erzählt, wo er sich aufgehalten hat. Wenn dabei mein Name erwähnt wird, wird es ungemütlich.“
Lucius kniff die Lippen zu einem schmalen Strich zusammen.
„Ich rufe den Boss an. Er soll sofort kommen, damit das bereinigt wird.“ Irene wirkte verunsichert.
Die Geistlichen nickten.
Sie holte ihr Handy. Als ihr Anruf angenommen wurde, schilderte sie auf Rumänisch was vorgefallen war und erklärte dem Boss, dass zwei Männer in der Wohnung auf ihn warteten.
„Wieso zwei?“, wollte er wissen.
„Der zweite ist auch Kunde der Organisation.“
Das genügte, um ihn ruhig zu stellen, und er versprach, in einer Stunde vor Ort zu sein.
Tatsächlich läutete es pünktlich. Irene öffnete. Es folgte ein kurzer Wortwechsel im Flur, dann betraten sie das Wohnzimmer.
Bruder Lucius hatte sich vor das Fenster mit dem Rücken zur Wohnzimmertür gestellt, so dass der Fremde ihn nicht erkennen konnte.
Irene deutete auf ihn: „Das ist der Mann, dem der kleine André abgehauen ist.“
Lucius drehte sich langsam um, zog aus der Jackentasche eine Pistole und richtete sie auf den Mann: Bart und Haut von der Farbe von Olivenöl. Derselbe, der seine Mitarbeiter in dem verdammten Geisterschloss erschossen hatte!
Er zielte auf das rechte Knie des Mannes und schoss. Mit einem Schrei griff er sich an das Knie und stürzte. Irene fing an, hysterisch zu schreien und mit den Armen wie wild in der Luft zu rudern. Stefan sprang von seinem Sessel auf, packte die Frau von hinten und hielt ihr den Mund zu.
Der Mann auf dem Boden suchte nach seiner Waffe, doch Lucius gab noch einen Schuss auf das gesunde Knie ab. Der Mann wälzte sich vor Schmerzen.

„Wenn Sie machen, was ich von Ihnen fordere, sind wir die besten Freunde“, sagte Lucius, „wenn nicht, blase ich Ihnen gleich das Licht aus.“
Er beugte sich über ihn und durchsuchte ihn. Als er den linken Oberschenkel abtastete, wurde er fündig. Er öffnete den Hosenschlitz, griff in die Hose und förderte eine Pistole zu Tage, die in einem kleinen Holster steckte.
„Ich habe Sie kampfunfähig gemacht, weil ich den Eindruck habe, dass Sie eine militärische Ausbildung absolviert haben. Wahrscheinlich nehmen Sie immer noch an Trainings teil. Wir beide unterhalten uns jetzt. Damit die Schmerzen uns beide nicht stören, verpasse ich Ihnen eine Portion Morphium.“
Er hob den Verwundeten an und jagte ihm eine präparierte Spritze in die Schulter. Irene verfolgte alles mit aufgerissenen Augen. Nach wenigen Minuten ließ der Schmerz nach, und der Mann hörte auf zu stöhnen. Aus den Wunden floss immer noch Blut, aber langsamer.
„Wie ich sehe, können wir die Unterhaltung beginnen“, sagte Lucius. Er hob den Mann auf und setzte ihn in einen Sessel. Irene gab er die Anweisung, die Wunden zu verbinden. Sie suchte Verbandmaterial und versorgte den Verletzten.
„Wir beide kennen uns. Erinnern Sie sich an das gespenstische Schloss, wo Sie zwei meiner Männer erschossen haben?“
Der Mann reagierte nicht.
„Ziehen Sie doch nicht so eine Show ab. Warum sagen Sie nicht einfach ‚Ja‘? Das wäre viel einfacher, und ich müsste nicht zu weiteren Maßnahmen greifen.“
Pokerface reagierte immer noch nicht.
„Bruder Stefan, ich benötige eine Gabel. Und wenn du Salz in dem Haushalt findest, dann bring es bitte mit.
Also noch einmal: Sie haben zwei meiner Leute erschossen, und mich wollten Sie auch umbringen. Dass es Ihnen nicht gelungen ist, ist schlecht für Sie.“
„Nix verstehen“, meldete sich plötzlich der Verwundete.
„Ja, mein Freund, ich gehe jede Wette ein, dass Sie gleich alles verstehen werden.“
Stefan kehrte mit einer Gabel und einem Päckchen Kochsalz zurück. Lucius reichte ihm seine Pistole und öffnete den Verband am linken Knie. Dann stach er mit der Gabel in die Wunde, rührte darin herum und streute Salz darauf. Der Mann wurde kreidebleich. Schweiß trat auf seine Stirn.

„Immer noch nix verstehen?"
Lucius wiederholte die Prozedur am anderen Bein. Der Mann wurde ohnmächtig, sein Kopf sackte seitlich weg. Irene hielt sich die Hand vor den Mund und starrte auf den Ohnmächtigen. Stefan ging in die Küche und kam mit einem Eimer randvoll mit kaltem Wasser zurück. Den Inhalt schüttete er dem Mann ins Gesicht. Dieser bewegte den Kopf und wollte aufstehen, aber es ging nicht. Seine Motorik versagte.
„Können wir uns jetzt wie vernünftige Menschen unterhalten?"
„Was wollen Sie wissen?"
„Wir kennen uns von der schwäbischen Alb, von diesem scheißverfickten Schloss, in dem Sie Kinder gefangen hielten. Dass Sie bei einem Feuergefecht zwei meiner besten Mitarbeiter getötet haben, nehme ich Ihnen persönlich übel.
Ich will wissen, für wen Sie diese Kinder bereitgehalten haben, Ali. Ihr Name war doch Ali, oder? Den Namen hat mir die Frau genannt, die die Kinder dort versorgt hat. Sie sind also der ganz große Boss. Größer geht es nicht, oder?"
„Ja, ich habe die zwei getötet. Was sollte ich machen? Sie haben auf mich geschossen, und ich habe mich gewehrt. Sie hätten sich genauso verhalten."
„Möglicherweise", sagte Bruder Lucius, „aber ich für meinen Teil hätte lieber verhandelt."
„Ja, ich habe dort Kinder bevorratet. Weil Kleriker Interesse an ihnen hatten. Ich habe die Kinder vermittelt, damit sie einmal im Leben ein richtiges Zuhause haben. Ist das etwa verboten?"
„Dass Ihre Triebfeder Mitgefühl ist, überrascht mich nun doch. Ich hatte Sie so eingeschätzt, dass Sie die Knaben aus anderen Gründen vermitteln:
Der erste ist banal: Geld. Der zweite sind Informationen über Kirchenvertreter, die sie von den Kindern erhalten. Damit können Sie Politik betreiben. Sie haben sie in der Hand, vom einfachen Priester bis zum ranghohen Kirchenführer. Vertreter Ihres Landes haben ein reges Interesse daran, sich mit Ihnen über deren sexuelle Gewohnheiten auszutauschen. Benötigen sie von der Kirche Hilfe, die aus politischen Gründen versagt wird, üben sie mit ihrem Wissen über die Kinderfickerei Druck aus. Stimmt's?"
Ali schwieg.
„Geben Sie zu", sagte Lucius, „dass es so läuft. Wenn Israel von den Vereinten Nationen verurteilt werden soll, stimmen die wichtigsten Länder der Organisation meistens zu, und wenn nicht,

enthalten sie sich zumindest. Schon komisch. Aber man muss über geheime Kanäle nur den nötigen Druck aufbauen, dann klappt es. Warum sollen wir nicht unsere Kontakte spielen lassen, um unser Land international entsprechend zu positionieren und Israel an den Pranger zu stellen?"
„Wir sind ein kleines Land, und wir wollen unser Land zurück, das man uns geraubt hat. Stellen Sie sich einmal vor, wir Palästinenser siedeln uns im Vatikan an. Wir schlagen von jetzt auf nachher unsere Zelte auf, bauen dann unsere Häuser, bauen Obst und Gemüse an und sagen euch Pfaffen, dass Ihr euch verpissen sollt. Wir würden Sie darauf reagieren?", gab Ali zu bedenken.
„Der Vatikan ist zu klein dafür, und ich betreibe keine Politik. Welche Politik Sie mit Ihrer Organisation betreiben, ist mir völlig egal, solange Sie nicht Kinder in Priesterbetten legen, um damit einen Reibach zu machen und Informationen für politische Zwecke zu gewinnen. Nur haben Sie jetzt einen Fehler gemacht: einen blonden jüdischen Jungen gekidnappt und verhökert. Seine Mutter ist ehemalige Agentin des israelischen Geheimdienstes. Der Junge verschwand, und eines Tages hing er in einer Kirche, an ein Kreuz genagelt."
„Einer von den Pinguinen hat mir zehntausend Euro gegeben, um es mit ihm zu treiben. Er hat einem meiner Leute erzählt, dass er sich so an den Juden für das rächen wollte, was sie Jesus angetan haben. Ist das nicht toll?", fragte Ali spöttisch mit glasigen Augen. „Wir haben mit der Palästinensischen Bruderschaft zusammengearbeitet. Ihrem Nachrichtendienst steht Abu ibn Warim vor, Geheimdienstchef der Palästinenser in Deutschland. Er hat uns diktiert, welchem Priester wir welches Kind zuzuschustern hatten. Danach wollte er von uns dessen sexuelle Vorlieben wissen. Die Information hat er nach Gaza weitergegeben, wo sie politisch eingesetzt wurde.
Eines Tages erklärte er uns, dass er einen blonden jüdischen Jungen entführt habe, den wir vermitteln sollten. Wir sollten einfließen lassen, dass er Jude sei, weil das seinen Preis hochtreiben würde. Es wäre Rache für ein Verbrechen, das seine Mutter begangen habe. Abu erteilte mir den Auftrag, einen kurzen Film zu drehen, wie der zugedröhnte Junge von einem Erwachsenen gefickt wird, und ihn seiner Mutter aufs Handy zu schicken.

Ich bin seinem Wunsch nachgekommen. Der nackte Mann ist ein Priester, der sich Armin nennt. Mit ihm haben wir immer gute Geschäfte gemacht. Er wollte den Knaben einreiten und nach Rom weiterreichen, damit seiner Karriere in der Kirche nichts mehr im Wege stände. Er hat dem Jungen auch die Drogen verabreicht, an denen er gestorben ist, und mich sofort angerufen. Ich bin zu ihm gefahren und habe dem kleinen Juden die Adern aufgeschlitzt, damit das Blut abläuft. Die Schächtung war meine Rache an den Israelis.
Der Pfaffe, in dessen Kirche der Junge gefunden wurde, ist ebenfalls Kunde meiner Organisation. Ich bin nachts - ohne sein Wissen - mit zwei meiner Leute in die Kirche gegangen; sie war unverschlossen. Wir haben den Jungen an ein Holzkreuz genagelt, das wir mitgebracht hatten. Seinen Kopf haben wir festgebunden, damit er nicht nach vorne fällt. Das alte Kreuz über dem Altar mit dem Jesus dran haben wir entfernt und das neue genau in die Mitte des Altars aufgestellt.
In meinen Augen benehmen sich die Männer Ihrer Kirche wie die letzten Schweine, ich habe nur Verachtung für sie übrig."
„Mir missfällt Ihre Argumentation. 95 Prozent unserer kirchlichen Würdenträger ist moralisch einwandfrei, nur der Rest hat ein Niveau unter aller Sau. Was leider reicht, um unserem Ansehen erheblich zu schaden.
Ich werde Ihre Organisation zerschlagen. Aber mir ist bewusst, dass dann andere Kraken ihre Tentakeln nach den Priestern ausstrecken und sie mit sexuellen Dienstleistungen ködern werden. Solange das Zölibat nicht gekippt ist, wird es immer wieder Skandale geben.
Was glauben Sie, was passiert, wenn durch die Presse geistert, dass deutsche Priester einen jüdischen Jungen tagelang missbraucht haben? Weltweit wird es heißen: Seht nur, die Deutschen sind abartige Kinderficker und Vergewaltiger. Aber die Deutschen haben nicht verdient, dass man sie verleumdet. Sie sind genauso gut und schlecht wie die Bürger anderer Länder.
Übrigens, Sie können Gift darauf nehmen, dass Julians Mutter Vergeltung üben wird. Sie hätten klüger vorgehen sollen: Einfach Finger weg von ihrem Jungen! Aber sie wollten es ja politisch machen. Ihr seid wirklich manchmal blöd wie Kamelscheiße. Dabei habt ihr studiert und wirklich keine schlechten Abschlüsse vorzuweisen. Das passiert, wenn Wut den Verstand blockiert und man sich von Hass leiten lässt."

Lucius ging hinter Ali und setzte ihm die Pistole an den Hinterkopf. „Du betest zu Allah und bittest ihn, dich als Märtyrer in seinem Reich aufzunehmen.“
Ali streckte die Hände vor und begann zu beten. Als er mit „Allah u al Akbar“ geendet hatte, drückte Lucius ab. Der Mann fiel vornüber. Blut und Liquor schossen aus seinem Kopf.
„Der Herr sei seiner Seele gnädig“, sagte Lucius lakonisch.

Die Abrechnung

Ursula hatte Khalids Hände mit einem Kabelbinder auf dem Rücken zusammengebunden. Der Blutstrom aus seiner Nase war versiegt. Sie ging in die Küche, hielt einen Waschlappen unter den Wasserhahn und kehrte zu ihrem Gefangenen zurück. Zärtlich säuberte sie sein Gesicht von der Blutkruste. Er ließ es stillschweigend über sich ergehen. Ihre Lippen berührten sein Ohr, als sie gurrend sagte: „Weißt du, Khalid, wir könnten in Israel friedlich nebeneinander leben und gut miteinander auskommen. Wenn da nicht die Scharfmacher wären, die uns einreden, dass wir uns hassen.
Wenn ich dich betrachte, muss ich mir eingestehen, dass du ein umwerfend gutaussehender Mann bist. Du gefällst mir. Ich verstehe mich selber nicht, warum ich ausgerechnet jetzt dir das gestehe. Und weißt du was? Du erregst mich. Khalid, das ist mir richtig peinlich.“
Sie schaute dem Halbwüchsigen tief in die Augen, so dass er nicht merkte, wie maßlos übertrieben die Komplimente waren. Er hing nur willenlos an ihren Lippen, und begann heftig zu atmen.
Ursula zog das Oberteil aus und warf es achtlos zu Boden, wo es sich mit Khalids Blutstropfen vollsaugte.
„Gefalle ich dir? Soll ich weitermachen? Willst du mehr sehen? Ich weiß, dass dich mein Körper aufgeilt. Du stellst dir gerade vor, wie du mich auf den Tisch legst, dein Ding in mich reinschiebst und ich dabei feucht werde. Welcher Trottel hat dir gesagt, dass Frauen es so wollen? Wir lieben Feingefühl. Ein Vorspiel. Schade eigentlich, ich hätte schon gerne einmal einen Mann in mir gespürt, der so jung und ausgesprochen gut gebaut wie du ist.“
Khalid schaute verschämt weg.

Sie zog den BH aus und entblößte ihre großen, vollen Brüste. Mit der Hand strich sie stöhnend über ihre Brustwarzen und schaute dabei den Gefesselten an.
„Möchtest du einmal daran saugen? Bei mir darfst du das, Khalid. Bei den moslemischen Frauen dürfen das Männer nicht. Ihre Brüste sind nur für die vielen Babys da. Du darfst einmal mit der Zunge darüber lecken. Wenn du in den Himmel kommst, wirst du voller Stolz berichten, wie du mit einer viel älteren Frau Sex hattest, die obendrein Jüdin war."
Sie ging auf ihn zu und hielt ihre Brüste herausfordernd in den Händen.
„Komm, mein Kleiner, lecke!"
Khalid reagierte nicht, er starrte nur auf den großen Busen. Statt Knarre hielt sie ihn wie eine Bedrohung in den Händen.
„Khalid, ich habe es mir überlegt. Wir können doch ein bisschen ficken. Ich will deinen Schwanz in mir spüren. Ja, glaube mir, ich kann mir vorstellen, dass du ein guter Liebhaber bist. Zwar ohne Erfahrung, aber ich kann dir ja viel beibringen."
Verführerisch lächelnd öffnete sie den Reißverschluss ihrer Jeans und zog sie aufreizend langsam aus. Khalid hatte sie dabei immer im Blick.
„Hast du Appetit bekommen? Regt sich etwas zwischen deinen Beinen, Khalid?"
Als krönenden Abschluss zog sie ihr Höschen aus und stand nackt vor dem arabischen Teenager. Seine Gefühle fuhren Achterbahn und jagten kreuz und quer durch sein Hirn.
„So sieht eine Vollblutfrau aus. Bin ich nicht schön? Eine schöne Jüdin? Sag es mir. Sag mir, dass ich dir gefalle. Komm wir ficken jetzt. Du darfst es mir richtig gut besorgen. Weißt du, ich hatte schon lange keinen Sex, und jetzt ist die Gelegenheit günstig. Für dich und mich. Meine Aggressivität vorhin, die schäumte in meiner Wut hoch. Die ist verraucht. Vielleicht verstehst du‘s, wenn du älter bist."
Nackt wie Eva im Paradies zog sie ihn aus, bis auch er nackt vor ihr stand.
„Mein Hengst, bevor wir miteinander ins Bett gehen, musst du mir sagen, wem du erzählt hast, wer Julian ist und wo ich diese Leute finde. Ich will sie fragen, warum sie meinen Jungen getötet haben. Sag es mir, komm! Ich will es hören! Flüstere es mir ins Ohr! Wo finde ich sie?"

Ursula nahm sein Geschlechtsteil in die Hände und begann, es leicht zu massieren. Als Regung in das Teil kam, hörte sie unerwartet auf.
„Sag mir bitte die Namen derer, die Schuld daran haben, dass mein Junge nicht mehr lebt. Dann mache ich weiter. Bitte, mein wilder Hengst!"
Ursulas Massage hatte ihre Wirkung nicht verfehlt. Sie lockerte seine Zunge, er lechzte nach mehr.
„Die Männer, die Julian geschnappt haben, gehören zur Palästinensischen Bruderschaft. Die sitzt im Hinterhof der Bockenheimer Landstraße 43. Beide tragen sichtbare Narben. Der eine auf der Stirn, der andere auf der Glatze. Der mit der Narbe auf der Stirn ist Abu ibn Warim. Den Namen des anderen kenne ich nicht", flüsterte er mit halb geschlossenen Augen.
„Ich finde das große Klasse, dass du mir die zwei genannt hast. Dafür werde ich deinen Schwanz weiter massieren, bis ich merke, dass du richtig erregt bist, also ein Mann bist und kein Kind mehr. Und dann will ich dich spüren."
Ursula griff wieder nach seinem Geschlecht und massierte es, bis sie der Meinung war, dass es genug sei, weil sein Schwanz die richtige Härte hatte. Plötzlich unterbrach sie die Massage, ging in die Küche, zog eine Schublade aus dem Schrank, holte ein Butterflymesser heraus und verdeckte es mit einem Geschirrtuch. Dann ging sie zu Khalid zurück. Sie schaute ihn bezaubernd an, aber ihm kam es vor, als ob der Teufel ihn anlächelte.
Sie griff wieder nach seinem Schwanz und massierte ihn hingebungsvoll.
„Liebster Khalid, dein Ding ist groß und hart! Wow, du bist ein richtiger Mann. Na, vielleicht willst du härter rangekommen werden, als manch anderem Mann lieb ist. Ich stopfe dir das Geschirrtusch in den Mund, weil es das erste und gleichzeitig letzte Mal ist."
Sie hörte, auf sein Glied zu bearbeiten. Das Butterflymesser kam zum Vorschein. Khalids Augen weiteten sich.
„Halt den Mund, Khalid, ich will nicht, dass uns die Nachbarschaft hört, wenn wir ficken. Was starrst du auf das Messer? Das dient lediglich meiner Verteidigung, wenn du zu wild wirst und außer Kontrolle gerätst. Nur dafür ist es da. Ich muss mich doch schützen, wenn du wie wild auf mir herumreitest. Mach den Mund auf, Süßer."

Das Versprechen, auf ihr herumzureiten, hatte vollends seine Gedanken vernebelt, und er öffnete willenlos den Mund. Ursula schob ihm das Geschirrtuch Stück für Stück rein. Es passte nicht ganz hinein, ein letzter Stoffzipfel hing raus. Mit der einen Hand massierte sie ihn weiter, mit der anderen legte sie die Klinge des Messers frei.
„Mein geiler Hirsch, jetzt verschaffe ich dir deinen ganz persönlichen Höhepunkt. Den Orgasmus wirst du nie vergessen. Weder in diesem Leben noch im nächsten."
Ursula strich mit dem Messer zart über das angeschwollene Glied, dann härter. Urplötzlich fuhr sie mit der rasiermesserscharfen Klinge quer durch und durchtrennte es. Khalid gab Grunzlaute von sich, verdrehte die Augen und wurde ohnmächtig. Ein Blutschwall schoss aus dem halbierten Penis und spritzte auf Ursulas nackten Körper. Der abgetrennte Penis lag zu ihren Füßen. Ursula starrte ihn angewidert an: „Khalid, den werfe ich einem räudigen Hund zum Fraß vor. Das mit dem Ficken wird nichts mehr. Vergiss es. Ich habe dir am Anfang gesagt, dass du nicht mehr lebend aus der Wohnung kommst. Ich halte immer meine Versprechen. Und die beiden Typen, die du mir beschrieben hast, knöpfe ich mir als nächstes vor. Du kannst in der Badewanne ausbluten - wie mein geschächteter Sohn. Wenn es mit dir vorbei ist, überlege ich mir, wie ich deine Leiche entsorge. Auf einer Gefahrenmülldeponie? Oder in einem Kleingarten anonym verscharren?"
Khalid brüllte vor Schmerzen. Mit einer letzten verzweifelten Willensanstrengung trat er nach ihr, aber sie wich den Tritten aus und wehrte sie mit den Händen ab. Gegen die durchtrainierte Ex-Agentin hatte er keine Chance.
Sie führte Khalid ins Bad und legte ihn in die Wanne. Dann setzte sie sich, nackt wie sie war, auf einen Schemel und sah zu, wie er schwächer und schwächer wurde und ihm dabei das Blut aus dem verbliebenen Stummel floss. Wie aus einem Wasserhahn, den man nicht abstellen kann. Irgendwann hörte sein Grunzen auf. Sein Gesicht wurde wachsbleich. Ursula wusste, dass es noch dauern konnte, bis der Tod eintrat.
„Hast du wirklich geglaubt, dass ich mit dem Pseudofreund meines Sohnes bumse? Mit dem, der ihn ans Messer geliefert hat? Und du warst überzeugt, dass du mich mit einer Waffe dazu zwingen kannst. Wie blöd musst du sein, um auf so eine Idee zu kommen. Vollidiot!"

Ursula stand auf, zog sich an und putzte die Wohnung. Nach drei Stunden hatte sie sämtliche Blutflecken beseitigt.
Khalid war tot. Ab und zu hatte sie nach ihm geschaut, ob sich noch Leben in ihm regte. Bei ihrem letzten Besuch im Badezimmer fühlte sie ihm den Puls. Sie konnte keinen spüren. Um ganz sicher zu gehen, durchtrennte sie die Pulsadern. Nur noch wenig Blut rann aus seinem Körper. Sie ließ sie es durch den Abfluss laufen. Dann duschte sie den nackten Toten gründlich, beseitigte die Blutspuren und ließ ihn in der Wanne liegen.
Während sie die Wohnung gereinigt hatte, hatte sie überlegt, wie sie weiter vorgehen wollte. Nun rief sie Zavi an und erklärte ihm, was sie vorhatte. Er hörte sich alles ruhig an und versprach, nicht nur ihren Plan zu unterstützen, sondern auch die ihm zugedachte Aufgabe zu übernehmen.
Nach dem Gespräch atmete sie tief ein. Jetzt musste sie sich konzentrieren. Sie holte die Pistole aus dem Versteck, steckte sie in eine Umhängetasche und zog los.
Von der Wolfsgangstraße ging sie zur Eschersheimer Landstraße und bog zweihundert Meter weiter in den Grüneburgweg ein. Mit zügigen Schritten gelangte sie zur Mainzer Landstraße. An der Alten Oper nahm sie den Fußgängerüberweg zur Bockenheimer Landstraße.
Es war bereits dunkel, als Ursula vor dem Haus mit der Nummer 43 stand, einem dreigeschossigen Gebäude aus dem vergangenen Jahrhundert. Am Eingang gaben vier Metalltafeln Aufschluss über die Mieter. Ursula studierte sie und stieß auf die „Vereinigung der Palästinensischen Bruderschaft in Deutschland - Hinterhof“. Prima, Khalid hatte Recht, die Brüder residieren tatsächlich hier. Dann gehe ich mal in den Hinterhof.
Auf ihr Klingeln meldete sich eine männliche Stimme durch den Lautsprecher: „Ja, bitte? Was können wir für Sie tun?“
Ursula überlegte nicht lange: „Khalid schickt mich. Ich soll Ihnen etwas ausrichten. Er selber kann nicht. Er hat Scheiße gebaut und sitzt bei der Polizei. Könnten Sie mich freundlicherweise einlassen? Es muss ja nicht jeder mitkriegen, was mit ihm los ist, oder?“
Der Türsummer ertönte, und sie trat ein.
„Wir sind im dritten Stock“, hörte sie die Stimme noch sagen.

Sie nahm den Aufzug. Als sie auf den Flur trat, vermied sie, die Beleuchtung einzuschalten. Im schwachen Licht der Innenhofbeleuchtung las sie die Firmennamen der benachbarten Büros: Oha, Winkeladvokaten, erfolgversprechende Start-Ups mit schwachsinnigen Business-Plänen, die nächstes Jahr garantiert Insolvenz anmelden, Fondsmanager, die im Schneeballsystem ihren Kunden das Geld aus der Tasche ziehen, und Escort-Services. Ich muss schon sagen, die Palästinenser residieren in erlauchter Nachbarschaft!
Am Ende des Flures war eine Tür einen Spalt weit geöffnet. Ein Lichtstrahl fiel auf den Fußabtreter. Sie zog die entsicherte Pistole aus der Umhängetasche und trat ein.
Da sie keinen Menschen sah, rief sie: „Hallo, ist niemand da? Wer hat mir denn geöffnet?“
Ein Mann trat aus einer Tür. Sie betrachtete ihn: Er war eindeutig Abu ibn Warim!
„Sie haben eine Nachricht von Khalid?“ Der Mann sah sie durchdringend an. „Was möchten Sie uns von ihm ausrichten, verehrte Frau Büttner? Schön, dass wir uns auf diesem Wege endlich kennenlernen.“
Ursula schob die Tasche, die ihre Hand verbarg, beiseite, und es erklang zweimal ein trockenes Ploppen. Der Mann brach zusammen. Sie hatte ihm die Kniescheiben zerschossen. Ihr Markenzeichen.
Sie schaute sich noch einmal um, aber sie war alleine mit ihm. Von dritter Seite drohte keine Gefahr.
„Khalid ist zu Allah gegangen. Ganz genau, er ist tot. Ihr habt meinen Sohn auf dem Gewissen, und ich habe mit gleicher Münze heimgezahlt: Auge um Auge, Zahn um Zahn. Und jetzt machen Sie die Schnauze auf, Sie widerwärtiger Drecksack: Wer ist der zweite Mann, der an Julians Entführung beteiligt war?“
Schweigen
„Sie sind doch Abu ibn Warim?“
Sie zielte auf seinen Kopf.
„So lautet mein Name. Und jetzt reden wir einmal Tacheles – so heißt das doch auf Jiddisch, oder? Sie haben zwei unserer Brüder getötet, die in Frankfurt friedfertig lebten und Israel überhaupt nicht gefährlich werden konnten. Und mit Sicherheit hatten Sie auch in der Tötungsaffäre in Berlin Ihre schmutzigen Finger im Spiel.

Die Frankfurter waren Exilpolitiker und planten keinerlei terroristische Attentate. Und dann kommen Sie und ermorden beide. Jetzt ist Ihr Sohn tot und Khalid auch, wie Sie sagen. Sie werden mich töten, und irgendeiner wird Sie dann töten. Ist das nicht der totale Wahnsinn? Wir schlachten uns gegenseitig ab, statt uns zusammenzusetzen und über eine vernünftige Politik und Zusammenarbeit zu reden.
Khalids Familie muss sich natürlich an Ihnen rächen, weil Sie nun noch ein drittes Familienmitglied getötet haben. Das ist bei uns Arabern normal und hat nichts mit Politik zu tun. Das wissen Sie doch. Reine Familienangelegenheit."
Der Mann verzog das Gesicht vor Schmerzen.
„Um es noch einmal zu betonen: Khalids Vater und sein Onkel hatten nichts mit der Palästina-Politik unserer Regierung in der Heimat zu tun. Sie hatten sich hier politisch betätigt, sonst nichts."
„Wenn ich einen Auftrag erhalte, steht er auf sicherem Fundament. Israel tötet keine Unschuldigen. Wir setzen aber alles dran, damit sich der Genozid an unserem Volk nicht wiederholt. Deshalb sind wir äußerst wachsam.
Sie haben mich auch auf meinem Heimweg fotografiert. Ich habe Ihnen freien Lauf gelassen, um Sie in Sicherheit zu wiegen. Sie sollten glauben, dass ich aus Sorgen um meinen verschwundenen Sohn meine Umgebung nicht mehr wahrnehme.
Ihm hatte ich gewünscht,
in einem freien Land wie Deutschland groß zu werden.
Wann kommt der zweite Mann, den mir Khalid beschrieben hatte?"
Sie hatte kaum ausgesprochen, als die Tür aufgerissen wurde. Ein Bewaffneter stürmte in den Raum und brüllte etwas auf Arabisch. Sie drehte sich um und blickte in eine Pistolenmündung. Der Mann dahinter trug Narben im Gesicht. Eine besonders große und immer noch rote zog sich halb über seinen kahlen Schädel. Offenbar hatte ihm jemand vor langer Zeit ein Messer darüber gezogen.
Ursula hatte ihre Pistole fest im Griff.
„Waffe runter", brüllte er.
Sie durchdrang ihn mit kaltem Blick.
Abu ibn Warim sagte zu ihm leise einige arabische Worte, und der Narbige ließ Ursula für einen Moment aus dem Blickfeld. Diese Unachtsamkeit nutzte sie und schoss. Mit aufgerissenen Augen stürzte er tödlich getroffen zu Boden.

„Vielen Dank, dass Sie Ihren Freund angesprochen haben. Sie haben mir das Leben gerettet. Ich werde mich jetzt bei Ihnen dafür bedanken.“
Sie schoss Abu ibn Warim in den Kopf.
„Wir sehen uns in der Hölle wieder, mein Freund, und dann setzen wir unsere Diskussion fort.“
Ursula verließ das Gebäude und ließ die Leichen hinter sich. Über kurz oder lang würden sie gefunden werden und ein würdiges moslemisches Begräbnis erhalten.
Allah sei mit ihnen! Aber was soll ich zu Hause? Dort freut sich niemand über meine Rückkehr. Nur Khalid liegt tot in der Badewanne. In Deutschland habe ich alles verloren, was mir ans Herz gewachsen ist. Ich fühle mich unsäglich einsam.
Schleppenden Schrittes ging sie zum Opernplatz und ließ sich wehmütig auf einer der steinernen Bänke unter den Arkaden nieder.
Wie soll es weitergehen? Bei der jüdischen Gemeinde als Security-Managerin weiterarbeiten? Und wenn man die beiden Toten im Hinterhaus mit mir in Verbindung bringt? Nein, es ist besser, ich gehe zurück nach Israel, das ich einst verlassen habe, um in Deutschland den Frieden zu finden, den ich mir wünschte. Aber stattdessen fand ich auch hier nur Krieg. Zum Kotzen.
Sie erhob sich sorgenbeladen und ging heim.

Was Ursula bei ihrer Vergeltungsaktion in der Bockenheimer Landstraße nicht gesehen hatte, war der Mann, der in einem kleinen Nebenraum mitbekommen hatte, was sich wenige Meter vor ihm abspielte.
Er war schon lange Zeit Mitglied der Bruderschaft. In den Neunzigern war er aus Palästina nach Frankfurt eingereist und hatte um Asyl gebeten, was ihm nach langwieriger Prozedur gewährt wurde. Im Gazastreifen wohnten seine Eltern, deren Haus beim letzten Vergeltungsangriff der Israelis bis auf die Grundmauern zerstört worden war. Sie bauten mit Unterstützung von Freunden das Haus wieder auf, aber ihr Sohn verließ die Heimat, um anderswo sein Glück zu suchen. Es lag in Deutschland, in Frankfurt am Main. Dort erhielt er einen Studienplatz an der University for Applied Sciences im Fachbereich Elektrotechnik. Dort lernte er Landsleute kennen, die ebenfalls nach Deutschland geflohen waren. Sie fanden - nach vielen durchdiskutierten Tagen und Nächten - ihre politische

Heimat bei der Palästinensischen Bruderschaft. Hassan, so wurde er von seinen Kommilitonen genannt, tat sich als großer Redner bei Diskussionsveranstaltungen hervor und stieg zum vielgeachteten Mitglied der Bruderschaft auf. Er bekam jede politische Aktivität mit, die sich gegen Israel richtete, und gab sie abends in seiner Studentenbude an einen befreundeten Kommilitonen weiter, der sich als Deutscher ausgab, aber in Wirklichkeit ein Israeli war, genauso wie er selber, mit Verbindungen zum Mossad.
Als Ursula gegangen war, griff Hassan zum Handy: „Simon, sie war hier und hat zwei Probleme beseitigt. Ich muss jetzt auch das Büro verlassen. Es wird mir zu gefährlich. Ihr müsst in ihrer Wohnung nachschauen, die ihr schon die ganze Zeit überwacht, ob alles in Ordnung ist. Sie ist außer Kontrolle geraten. Es könnte Ärger geben. Fahr mit deinen Leuten hin. Schnell, bevor sie wieder auftaucht. Mach schon.“

Ursula saß erschöpft im Sessel und schaute melancholisch aus dem Fenster. Es klingelte. Sie zog die Augenbrauen hoch. Wer kann das um diese Uhrzeit sein? Ich will meine Ruhe.
Dennoch erhob sie sich mühsam und ging zur Sprechanlage: „Hallo?“
„Ich bin es, Kommissar Krähe. Hätten Sie einen Moment Zeit für mich?“
„Es ist spät, aber kommen Sie hoch.“

Ursula nahm den Kommissar in Empfang. Ihre Erschöpfung war der Neugierde gewichen, was den Kommissar zu ihr trieb.
„Nanu, Ihr später Besuch ist ungewöhnlich. Aber treten Sie ein.“
Im Wohnzimmer fragte sie ihn mit Unschuldsmiene: „Was kann ich für Sie tun, Herr Kommissar? Warum taucht ein Kripobeamter zu so später Stunde noch bei mir auf?“
„Ich bitte um Entschuldigung, dass ich Sie um diese Zeit noch aufsuche, aber ich stelle mir die Frage, warum ausgerechnet Ihr Junge in einer Kirche in einem Kaff ans Kreuz genagelt wurde. Das hat Symbolcharakter. Sie hatten ja angegeben, dass er einen Freund mit dem Namen Khalid hat. Der Name klingt arabisch.
Vielleicht ist es weit hergeholt, aber könnte es sein, dass Feindschaften unter Jugendlichen auf deutschem Boden ausgetragen werden? Jude gegen Araber oder umgekehrt?

Ich habe schon viele Morde aufklären müssen, aber ein Kind am Kreuz habe ich noch nicht erlebt. Das ist eine neue Dimension. Hier sind Dinge vorgefallen, zu denen, wie ich glaube, Sie der Schlüssel sind. Haben Sie Kontakt zu dem Freund Ihres Sohnes gehabt?"
„Ja, ich habe ihn einmal angerufen, ob er wisse, wo Julian sei. Er hat mir versprochen, sich umgehend zu melden, wenn er etwas von ihm höre. Bisher hat er sich nicht gemeldet. Merkwürdig. Die beiden waren Freunde. Mein Sohn verschwindet, und sein Freund meldet sich nicht mehr.
Entschuldigung, Herr Kommissar, ich habe ganz vergessen, Ihnen etwas zu trinken anzubieten. Kann ich das nachholen?"
Der Kommissar schaute sie an. Seit ihrem Zusammenprall im Polizeipräsidium war er von ihr fasziniert. Sie hatte all das, was er sich unter einer Idealfrau vorstellte: Lange, schwarze Haare, eine weibliche, durchtrainierte Figur, Augen, die eiskalt blicken, aber auch Wärme ausstrahlen konnten, einen Busen, der ihn zum Träumen einlud, und ein wunderschönes Gesicht, das auf die Titelseiten von Frauenzeitschriften gehörte.
Aber sie barg ein Geheimnis. Ihm fiel wieder ihre Übereinstimmung mit der Mörderin zweier Männer ein. Das Ergebnis der biometrischen Gesichtserkennung war eigentlich eindeutig, dennoch plagten ihn Zweifel. Er würde sich im Präsidium nicht beliebt machen, wenn er Kriminalrat Mittag erklärte, dass die Killerin gerade selber ihren Sohn durch Mord verloren hatte. Mit dieser Theorie würde Mittag ihn aus seinem Büro werfen; die Argumentation war nicht schlüssig genug. Erst neulich hatte der Kriminalrat ihm vertraulich eröffnet, dass er die beiden Morde, die mit Sicherheit einen politischen Hintergrund hatten, in einer Akte, die er „Lazarus-Akte" nannte, abgelegt hatte. Eine offizielle Datei wolle er im Moment noch nicht anlegen, sondern die weitere kriminalistische Entwicklung des Falles abwarten. Einen Ordner gleichen Namens hatte Krähe ebenfalls angelegt, nachdem er zufällig die Akte seines Vorgesetzten auf dessen Tisch gesehen hatte.
„Danke für das Angebot, aber ich trinke nicht im Dienst. Aber ich wäre dankbar, wenn ich Ihre Toilette benutzen dürfte."
Ursula rang um ihre Fassung. Im Bad lag der tote Khalid, und ausgerechnet jetzt musste dieser Kripo-Beamte sein Wasser ablassen. Es ist zum Kotzen! Jetzt kommt alles ins Wanken. Nur wegen eines männlichen Urinstrahls, der garantiert im Stehen und

dazu noch in hohem Bogen abgegeben wird, so dass der eine oder andere Tropfen sein Ziel verfehlt,. Das war es ja wohl an diesem Abend! Scheiße, verdammt!
„Natürlich, gehen Sie nur. Das Bad ist geradeaus.“
Sie sah dem Kommissar freundlich in die Augen. Dabei dachte sie: Wenn er aus dem Bad kommt und mir eröffnet, dass er mich festnehmen muss, weil in der Wanne ein Toter liegt, ja, dann muss ich leider zu einer unattraktiven Maßnahme greifen und ihn töten. Nur zu meiner eigenen Sicherheit, damit ich Zeit habe, aus Reich- und Sichtweite der deutschen Polizei zu verschwinden.
Kommissar Krähe erhob sich und ging, um sich zu erleichtern.
Ursula gefror das Blut in den Adern. Ausgerechnet den Mann, den sie sehr sympathisch fand, musste sie umbringen. Was für ein Wahnsinn ist das alles! Das Killen hört niemals auf! Aber ich muss ihn erschießen, auch wenn man mir in Israel eingeschärft hat, nie auf deutsche Polizisten zu schießen, weil die Staatsanwaltschaft einem das sehr übelnimmt.
Sie legte die Pistole, in der noch vier Patronen steckten, unter ein großes Kissen auf dem Sofa.
Sie hörte die Klospülung, und dann trat der Kommissar auch schon aus dem Bad.
„Frau Büttner, wenn Ihnen noch etwas einfällt, dann rufen Sie mich bitte an.“
Er überreichte ihr seine Visitenkarte.
„Danke, dass Sie mir zugehört haben. Der Fall Ihres Jungen beschäftigt mich sehr … und etwas anderes gibt mir zu denken. Die biometrische Gesichtserkennung ist ein Meilenstein in der Kriminaltechnik. Sie vergleicht Gesichter. Wenn ein Foto in der Straftäter-Datei gespeichert ist, kann sie feststellen, ob die Person erneut ein Verbrechen begangen hat oder anderweitig belastendes Material gegen sie vorliegt.
Ich sage es ungern, Frau Büttner, aber ich habe einen Test im Polizeipräsidium durchgeführt, und es gab eine Übereinstimmung von einer Mörderin mit …“, der Kommissar hielt inne, „ … Ihnen. An dem Tag, an dem Sie das Präsidium aufgesucht haben, wurde zum ersten Mal jeder Besucher aufgenommen. Abends habe ich das Programm gefahren, um zu sehen, nur so zum Spaß, inwiefern es funktioniert, und Sie waren der Treffer. Ob das nun Zufall ist oder den Tatsachen entspricht, kann ich im Moment nicht sagen. Jedenfalls ist es merkwürdig, dass ausgerechnet Sie wiedererkannt wurden.

Das bei uns installierte Programm ist jedoch erst vom Stapel gelaufen und noch fehlerbehaftet. Wenn es reibungslos läuft, wird es nach und nach in allen Dienststellen eingesetzt, die dafür in Frage kommen. Und nicht nur in Deutschland, sondern weltweit.
Ich kann mir nicht vorstellen, dass Sie mit den Morden in der Fürstenbergerstraße etwas zu tun haben. Nur nachdenklich macht es mich, zumal Ihr Junge tot an einem Symbol des christlichen Glaubens gefunden wurde. Könnten Rachegelüste ein Motiv sein? Vielleicht ist an meinen Überlegungen doch etwas Wahres dran? Aber wenn ich meine Vermutung der Staatsanwaltschaft vortrage, wird die mich fragen, ob ich noch ganz klar in der Birne sei. Sie sind Israelin …
Wissen Sie, was verrückt ist? Mein Großvater war SS-Gruppenführer. Er hatte mit Sicherheit eine Menge Dreck am Stecken, was die jüdischen Mitbürger betraf. Zwar hat er nie über die damalige Zeit gesprochen, aber er muss ein fanatischer Nazi gewesen sein, wie man mir erzählt hat. Ich halte von dem ganzen Nazi-Scheiß überhaupt nichts; ich bin pro-israelisch eingestellt. Wir alle haben ein Recht auf Leben. Auf Leichen gründet man kein tausendjähriges Reich. Das geht schief, das zeigt einem ja die Geschichte der Menschheit.
Bei Ihnen bin ich hin- und hergerissen und verfolge Ihren Fall nicht mit der nötigen Konsequenz. Ja, ich gebe es zu, ich bin befangen.
Wir sind im Polizeipräsidium zusammengestoßen. Erinnern Sie sich? Da ist bei mir der Funke übergesprungen … ich habe mich in Sie verknallt. Deshalb lasse ich die Sache auch schleifen. Ich möchte nicht, dass Ihnen Unheil widerfährt. Auf Wiedersehen!“, endete er abrupt.

Ursula hatte der holprigen Argumentation und dem unerwarteten Liebesgeständnis ohne Regung zugehört. Kaum hatte Krähe die Wohnungstür hinter sich zugezogen, stürzte sie ins Badezimmer: Khalid lag nicht in der Wanne. Er war weg. Verschwunden.
Sie hatte keine Ahnung, wer ihn abgeholt haben könnte. Alleine konnte er sich nicht entfernen, denn er war eindeutig tot gewesen, wie sie vor dem Verlassen ihrer Wohnung überprüft hatte.
Immerhin hatte der Kommissar keine Leiche vorgefunden. Aber er hatte ihr einen Fingerzeig gegeben, dass er etwas ahnte. Die Luft war sehr dünn für sie geworden. Sie atmete tief ein. Gott sei Dank hatte sie das Blut in der Badewanne verschwinden lassen!

Das Handy klingelte. Ausgerechnet jetzt! Sie nahm das Gespräch an.
„Ich bin’s, Zavi. Du hast jede Menge Ärger am Hals. Deshalb habe ich dir einen Schatten hinterhergeschickt. Du hattest etwas in der Badewanne vergessen. Er hat es entfernt.
Nimm das nächste Flugzeug nach Israel. In Deutschland wird es verdammt eng für dich. Lasse alles stehen und liegen. Ich beauftrage einen Entrümpelungsdienst, deine Sachen aus der Wohnung in einen Container zu verfrachten, der per Schiff nach Haifa transportiert wird. Du bist für alle Zeiten in Deutschland verbrannt. Dort hast du keine Zukunft. Mir ist zugetragen worden, dass man im Frankfurter Polizeipräsidium eine Akte über dich mit dem Namen „Lazarus“ angelegt hat. Man hat begonnen, über dich Fakten zu sammeln, wobei die biometrische Gesichtserkennung eine wesentliche Rolle spielt. Die wissen bereits zu viel über dich.
Da ist aber einer, der die Hand über dich hält. Er hat einen Narren an dir gefressen. Der Mann heißt Krähe. Ich habe mir ein Foto von ihm angesehen. Ja, es hinterlässt einen sympathischen Eindruck. Sein Großvater war SS-Gruppenführer und für verschiedene Aktivitäten in Nazi-Deutschland verantwortlich. In seinem Nachkommen haben wir einen großen Freund des jüdischen Volkes gefunden. Krähe ermittelt gegen dich, sträubt sich aber aus Gewissenbissen, dir die Lazarus-Geschichte unterzujubeln. Es ist eine Art Wiedergutmachung von ihm. Wenn sein Vorgesetzter, Kriminalrat Mittag, deinen Fall konsequent verfolgt, wird er Krähe über kurz oder lang entzogen, weil er nicht weiterkommt. Klar, er bearbeitet ihn nur halbherzig.
Wenn ein neuer Mann an die Lazarus-Akte gesetzt wird, gerätst du in sein Fadenkreuz. Dann kann ich dir nicht mehr helfen. Wir wissen das von jemandem, der mit uns auf höchster polizeilicher Führungsebene zusammenarbeitet. Krähe muss ja regelmäßig den Bearbeitungsstand seiner Fälle seinem unmittelbaren Vorgesetzten berichten, und der wiederum seinem und so weiter.
Wir sind also wie üblich gut informiert, wenn es um unsere Belange geht. Wir haben auch gute, zuverlässige deutsche Freunde, aber irgendwann können auch die nicht mehr alles zurückhalten. Dann ist Feierabend. Deshalb komme nach Hause, bevor es zu spät ist.
Du hast ja Post mit einer kleinen Aufmerksamkeit aus der Schweiz erhalten, einem Diplomatenpass. Mit dem kommst du

durch jede Kontrolle. Keiner kann dich aufhalten. Das ist mein Abschiedsgeschenk an dich.“
Zavi begann zu husten. Als er nicht mehr aufhörte, trennte er das Gespräch. Ursula hielt noch unschlüssig das Handy in der Hand, als es wieder klingelte.
„Ich bin es noch einmal“, sagte Zavi und atmete schwer. „Ich werde für immer deinen deutschen Namen vernichten und die Person, die damit zusammenhängt. Wenn du in Israel bist, werde ich dir das erklären, sofern ich dazu noch in der Lage bin. Meine Tage auf diesem Erdball sind begrenzt, eine schreckliche, aber nicht ganz unangenehme Feststellung. Sollte ich nicht mehr in meiner Behörde anzutreffen sein, wird dir mein Nachfolger alles Weitere sagen. Ebenso mein Notar. Bis dann.“
Er wollte das Gespräch beenden.
„Einen Moment noch“, beeilte sich Ursula, „ich muss unbedingt etwas wissen. In der Geburtsurkunde, die für Julian angefertigt wurde, stand ein Fehler. Sein Geburtsort Frankfurt wurde mit ck geschrieben. Das war falsch. Dieses verdammte c hat alles ins Rollen gebracht. Durch dieses c habe ich meinen Julian verloren. Wie konnte das passieren? Sag es mir, Zavi!“
Nach einer kurzen Pause erklärte er: „Uschi, der Mann der die Geburtsurkunde gefälscht hat, ist Araber. Für so kleine Sachen greifen wir auf die Dienstleistung kleinerer Ganoven zurück. In diesem Fall auf einen Araber, der in Deutschland gelebt hatte. Er vermutete wohl, dass ein Israeli arisiert werden sollte, und wollte ihm eins auswischen. Das mit dem c bei Frankfurt hatte er eingefädelt, um anderen einen Wink zu geben, dass mit der Urkunde etwas nicht stimmt. Das kann man sich an fünf Fingern abzählen. Und es ist ihm gelungen. Kleine Ursache, große Wirkung.
Der Fehler hätte uns niemals passieren dürfen. Da hat jemand bei der Kontrolle des Dokuments stümperhaft gearbeitet. Ich könnte mich verfluchen, dass ich es nicht selbst geprüft habe. Bitte, glaube mir. Im Endeffekt habe ich es vermasselt. Wenn ich es rückgängig machen könnte, würde ich es sofort tun. Es tut mir unendlich leid. Nimmst du meine Entschuldigung an?“
Er hustete. Die Verbindung wurde getrennt.
Ursula war bestürzt. Dass ausgerechnet Zavi der Fehler unterlaufen ist! Andererseits kann er sich nicht um alles kümmern, dafür hat er seine Untergebenen. Doch denen hätte der fatale Fehler auffallen müssen. Nun ist es zu spät. Das Schicksal hat

seinen Lauf genommen, und ich habe mich bitter gerächt. Irgendwann erwischt es auch mich. Wenn nicht in Deutschland, dann in Israel oder am Ende der Welt. Der Tag wird kommen. Früher, wenn ich wieder beim Mossad in Brot und Lohn stehe, später, wenn ich ihm endgültig den Rücken kehre. Ich wollte nicht zurück nach Israel, aber ich muss, nur dort bin ich wirklich sicher.

In Straßburg erhielt der Leichenbestatter Ari Lederbaum einen äußerst merkwürdigen Anruf. Der Anrufer sagte ihm auf den Kopf zu, dass er Jude sei. Israel benötige seine Hilfe. **22.4.20** Es ginge um den Schutz des Staates. Könne man auf ihn zählen?
Lederbaum zögerte keine Sekunde. Das Gespräch dauerte zwanzig Minuten, und dann wusste Lederbaum, was er zu tun hatte. Er ging in sein Leichenschauhaus und öffnete die Kühlkammern. Elfmal zog er die Klappen hoch und prüfte, ob auf eine der Leichen die Beschreibung des Anrufers zutraf, der sich als Zavi vorgestellt hatte. Und er wurde fündig. Er zückte sein Handy und rief seinen Assistenten Mosche Rosenthal zu sich. Als er den Raum betrat, wischte er sich die letzten Krümel ungesalzenen Brotes von den Lippen.
„Mosche, die Frau in Nummer elf wurde tot im Stadtpark gefunden. Keine Papiere, niemand vermisst sie, keiner weiß, wer sie ist. Ich schätze sie auf Mitte bis Ende dreißig. Schlanke Statur, schwarze Haare, große Titten."
Sein Assistent schaute ihn neugierig an.
„Sie muss noch heute Nacht nach Frankfurt transportiert werden. In unserem Sprinter. Wir brauchen dafür ungefähr drei Stunden. Dort müssen wir die Leiche im Ostpark ablegen. Wir setzen sie auf eine Bank. Sie soll von Passanten entdeckt werden. Die Leiche muss nackt sein, das ist Bedingung. Ein kleiner Haken ist allerdings dabei, mein Freund."
„Und der wäre?", wollte Mosche wissen.
„Du musst ihr die Hände abtrennen. Mach' dir keine Gedanken, Tote spüren nichts. Ich gebe dir auch ein bisschen Geld dafür."
Ein Lächeln huschte über Aris Lippen: „Also, wie ich merke, hast du dich entschieden."
„Sollte ich aufmucken? Mir bleibt doch nichts übrig, als mitzumachen", entgegnete Mosche.
„Dann an die Arbeit, wir haben keine Zeit zu verlieren."
Eine halbe Stunde später fuhr ein weißer Mercedes Sprinter mit französischem Kennzeichen Richtung Frankfurt. Auf der

Ladefläche lag eine übergroße Sporttasche mit dem Leichnam einer Frau, die keiner vermisste. Auch in den Unterlagen des Leichenbestatters Ari Lederbaum wurde die Unbekannte nicht geführt. Als ob es sie niemals gegeben hätte. Und trotzdem war sie in Frankfurt wichtig für einen anderen Menschen, der noch lebte.
Die beiden Männer erreichten den Ostpark um Mitternacht. Er war ausgestorben. Die Kinder vom Spielplatz am Weiher lagen längst in ihren Betten, kein Jogger drehte mehr seine Runden. Selbst der Kiosk, vor dem tagsüber die Säufer herumlungerten, war verwaist. Nur in der Ferne schimmerte Licht von der Obdachlosenunterkunft.
Sie schleppten die Tasche in die dunkelste Ecke und setzten die nackte Frauenleiche ohne Hände auf eine Parkbank. Sie warfen noch einen abschließenden Blick auf ihre Arbeit und fuhren zurück nach Straßburg.

Hinter einem Gebüsch hatten zwei Männer beobachtet, was sich fünfzig Meter vor ihnen abgespielt hatte. Als die Leichenbestatter verschwunden waren, ging einer von ihnen zu der Toten und musterte sie. Zufrieden zog er ein Dokument aus seinem Mantel und steckte es ihr zwischen die Beine. Dann verließ er mit dem anderen den Ostpark. Sie hatten ihren Auftrag ausgeführt. Sie fanden ihn ungewöhnlich, fragten aber nicht nach dem Warum noch Weshalb.

Der erste, der die Nackte entdeckte, war ein Fixer, der seinen Erdbunker aufsuchte, in dem er sein Heroin versteckt hatte. Er wollte sich den alltäglichen Morgenschuss setzen, damit es ihm die nächsten Stunden besser ging.
Ich habe mir gestern Abend schlechtes Heroin gespritzt und leide unter Halluzinationen. Ich muss meinen Dealer wechseln, dachte er.
Dann wurde er neugierig und schaute sie genauer an. Keine Hände. Reisepass zwischen den Beinen. Er nahm ihn an sich.
Das Ding kann ich zu Geld machen. Eine Leiche ohne Hände. Die Alte hat etwas ausgefressen. Sich den Zorn ihres Zuhälters zugezogen. Oder ihres Dealers.
Dann ging er zu seinem Erdbunker, holte seine Fixerutensilien hervor, setzte sich seinen Schuss, und die Sonne fing für ihn zu scheinen an.

Später, nachdem sich seine Gedanken einigermaßen geordnet hatten, fiel ihm wieder der Pass ein. Er zog ihn aus der Tasche seiner versifften Jeans und blätterte darin. Die Leiche im Park hieß Ursula Büttner, Mitte dreißig, schwarzes Haar, in Lübeck am zehnten Februar 1976 geboren.
Schade, dachte der Fixer, die Tussi hat es nicht geschafft. Sah doch recht ansehnlich aus. Die hätte mal besser fixen sollen, so wie ich. Da wird man uralt, wenn man den richtigen Stoff hat.
Das waren seine letzten Gedanken. Er brach zusammen und starb, unweit der Leiche einer Unbekannten.
Bei der Obduktion seiner Leiche wurde festgestellt, dass sein Heroin mit Rattengift gestreckt war. Sein letzter Schuss war der Goldene.

Ein Hundebesitzer, der seinen Labrador im Park ausführte, damit er sich die Reste der Schweinshaxe aus dem Leib scheißen konnte, die er am Vorabend gefressen hatte, erlitt den Schock seines Lebens, als er die Leiche einer Nackten auf einer Parkbank erblickte und eine weitere Person, die reglos auf der von Nilgänsen zugekackten Wiese lag. Er bekam Angst und rief seinen Hund als Schutz zu sich. Er drehte sich nach anderen Parkbesuchern um, aber dem war nicht so. So zückte er das Handy und erklärte dem Polizisten stotternd, was er entdeckt hatte. Der Polizist bat den Anrufer, vor Ort zu bleiben und das Eintreffen der Kollegen abzuwarten. Nach zehn Minuten fuhr die Polizei mit Blaulicht vor und begann ihre routinemäßige Arbeit.

Bruder Lucius und Bruder Stefan hielten Kriegsrat. Sie hatten den Kopf der Organisation liquidiert, der Kinder an Priester lukrativ vermittelt und die katholische Kirche in Misskredit gebracht hatte. Die Krone seiner menschenverachtenden Haltung war der geschächtete jüdische Junge am Kreuz.
Nach langen Überlegungen trafen sie die Entscheidung, schweres Geschütz gegen ihren Glaubensgenossen Bruder Armin aufzufahren. Er durfte nicht mehr gedeckt werden. Sie wollten in Rom vorsprechen und seine Versetzung in ein Altersheim für Nonnen fordern, aber es so arrangieren, dass er nicht erführe, wer seine Versetzung veranlasst hatte.
Die beiden Priester waren im Begriff, zu Bruder Armin zu fahren, um mit ihm über religiöse Themen zu sprechen, als sie ein DHL-Bote ansprach: „Ich suche Bruder Lucius.“

„Der bin ich."
„Ich soll Ihnen persönlich das Päckchen ausliefern, niemand anderem", sagte der Bote mit ernster Miene.
„Dann geben Sie es mir bitte."
Der Mann überreichte es und zog hastig von dannen.
„Soll ich nicht unterschreiben?", rief Lucius dem Paketboten nach, aber er war bereits verschwunden.
„Komischer Kauz. Ich bin auf den Inhalt gespannt."
Er öffnete das Päckchen. Bilder in Hochglanzformat, die Kardinal Schneider beim Liebesspiel mit einem Minderjährigen zeigten. Er zeigte sie Stefan.
„Widerlich! Jetzt verstehe ich auch, dass meine Berichte über sexuelle Entgleisungen kirchlicher Würdenträger bei ihm liegenblieben. Er entschied nach Gutdünken über ihren Aufstieg in der Kirchenhierarchie. Seine Pflicht ist, den Papst zu informieren, was er geflissentlich ignoriert. Er ist überaus mächtig. Manchmal denke ich, dass auch der Papst ihn fürchtet.
Kardinal Schneider kann im Vatikan schalten und walten, wie er will. Ihn greift niemand an. Wenn doch, fährt er einen hinterlistigen Angriff gegen seinen Widersacher mit Details über dessen Sexualität aus meinen Berichten und setzt ihn unter Druck. Mit jedem Bericht, den ich ihm geliefert habe, ist er mächtiger geworden. Und ich Trottel habe von seinen Machenschaften nichts gewusst. Verdammt, dass ich einem Aas von Vorgesetzten vertraut habe, der mich instrumentalisiert hat. Er hat mich missbraucht.
Das hat Konsequenzen. Das lasse ich mir nicht bieten. Da werden Kinder von unseren Leuten gefickt, ich bin diesen Schweinen hinterher, schreibe noch und nöcher Berichte, und er baut nur seine Macht damit aus. Nicht mit mir!"

Krähe war nach dem Besuch bei Ursula Büttner noch einmal ins Polizeipräsidium gefahren. In seinem Büro nahm er den USB-Stick aus der Geldbörse und steckte ihn in den Rechner. Dann rief er das Programm „Biometrische Gesichtserkennung" auf und schaute sich die Aufnahmen von dem Tag an, an dem die Ex-Agentin das Polizeipräsidium aufgesucht hatte. Dann drückte er die Taste „Sucherkennung und Identifikation" und gab ihr Gesichtsbild zur Suche frei. Es dauerte nur wenige Sekunden, bis ihm angezeigt wurde, dass die Zielperson erkannt worden war. Die Person, die auf dem Film zwei Männer liquidierte, war als die

Präsidiumsbesucherin identifiziert worden. Jeglicher Zweifel ausgeschlossen. Krähe war fassungslos: Ursula Büttner war die Killerin aus der Fürstenbergerstraße.
Und diese Frau hat den Mut, ihr Kind im Präsidium als vermisst zu melden? Die hat vielleicht Nerven! Aber was mache ich nun mit meinem Wissen? Wenn ich bei der Staatsanwaltschaft einen Haftbefehl beantrage, werden sie ihn mit dem Argument verweigern, dass sie Israelin ist und man deshalb mit großem Fingerspitzengefühl vorzugehen habe. Außerdem sei das System noch nicht ausgereift. Und dass der zuständige Staatsanwalt den Namen Silberberg trägt, wird ihr auch zugutekommen. Sie wird sich einen Verteidiger nehmen, der von einer jüdischen Vereinigung bezahlt wird, und ist schneller aus der U-Haft, als ich sie reingebracht habe. Wozu dann der ganze Aufriss?
Also, alles in allem witzlos.
Krähe drückte auf die Löschtaste. Auf dem Bildschirm erschien die Sicherheitsfrage, ob das Programm tatsächlich gelöscht werden solle. Krähe bestätigte.
„Das war's", dachte er.
Es trieb ihn wieder in die Wolfsgangstraße. Es war nachtschlafende Zeit, als er klingelte.
„Krähe noch einmal. Wenn Sie einen Moment Zeit haben, möchte ich Ihnen etwas geben", sprach er heiser in den Lautsprecher. Der Türsummer erklang.
Ursula hatte die Tür einen Spalt geöffnet. Sie stand im Wohnzimmer und schaute ihn erwartungsvoll an.
„Sie erweisen mir heute zum zweiten Mal die Ehre. Warum?"
„Ich habe über Sie nachgedacht. Hier."
Krähe reichte ihr den USB-Stick.
„Da sind kompromittierende Sachen drauf. Wenn man Ihnen die nachweist, kommen Sie für längere Zeit nicht aus dem Gefängnis. Sie haben die zwei Palästinenser getötet, wie auf dem Stick dokumentiert ist und die biometrische Gesichtserkennung bestätigt hat. Aber zu Ihrem Glück ist die noch nicht hundertprozentig zuverlässig. Sonst müsste ich Sie auf der Stelle festnehmen. Aber ich will nicht. Ich habe nur eine Bitte: Verlassen Sie auf dem schnellsten Weg Frankfurt, und kehren Sie nie wieder zurück. Deutschlands Pflaster ist zu heiß für Sie. Sie sind doch Frau Ursula Büttner?"
„Nein, das ist nur mein Deckname. Er sollte deutsch klingen, damit ich hier mit meinem jüdischen Namen nicht auffalle."

Krähe war verdattert: „Ihr richtiger Name lautet gar nicht Büttner?"
„So ist es."
„Und wie ist nun Ihr amtlicher Name?"
Ohne zu zögern antwortete sie: „Golda Zweigelt. Aber das bitte ich Sie, für sich zu behalten."
Sie bemerkte, dass es in ihm arbeitete. Der Mann ihr gegenüber war sichtlich irritiert. Offenbar verstand er die Welt nicht mehr.
Tja, dachte Golda, Polizei und Geheimdienst sind zwei grundverschiedene Behörden. Die einen richten riesigen Schaden an, und die Polizisten müssen den Dreck entsorgen.
„Na, dann verlasse ich Sie jetzt mit einem guten Gewissen und wünsche Ihnen eine erholsame Nachtruhe. Sie haben mit dem, was ich über eine Ursula Büttner zusammengetragen habe, nichts zu tun." Er machte auf dem Absatz kehrt.
Sie verriegelte die Tür hinter ihm. Krähe ist ein ausgesprochen sympathischer Mann. Was hat der bei der Polizei zu suchen?

Noch in der Nacht verließ Golda Zweigelt ihre Wohnung. Am folgenden Tag fuhr ein Entrümpelungsservice vor, packte ihr Hab und Gut mit viel Umsicht in Umzugskartons und lud sie in den Wagen.

Golda hatte den TGW nach Paris genommen. Als sie dort am Vormittag ankam, nahm sie sich, abgespannt und übermüdet wie sie war, ein Zimmer im Hotel Metropol in der Avenue de Grande Armée. Auf ihrem Zimmer bestellte sie sich eine Flasche Champagner, die sie in allerkürzester Zeit leertrank. Dann plumpste sie ins Bett und schlief traumlos. Sechs Stunden später weckte sie ihr Handy. Schlaftrunken zog sie sich an und nahm die nächste Maschine nach Tel Aviv.

Als sie auf ihrem Heimatflughafen landete, schaute sie auf die Armbanduhr. Auch wenn Zavi oft bis spätabends arbeitet, ist es nun definitiv zu spät, ihm noch einen Besuch abzustatten, stellte sie mit Bedauern fest. Mir bleibt nichts anderes übrig, als mir erst einmal eine Bleibe zu suchen. Wenn ich nicht schlafen kann, schlage ich mir notfalls die Nacht im Vergnügungsviertel um die Ohren.
Sie fuhr in die Innenstadt, wo sie eine familiäre Pension kannte. Nachdem sie ihr Zimmer bezogen hatte, trieb es sie nach draußen. Sie fand ein koscheres Restaurant, dessen Küche noch

geöffnet war und ihr Gefilte Fisch servierte. Sie aß ohne viel Appetit. Rastlosigkeit hatte sie ergriffen. Sie zahlte und trat auf die Straße.
Ich kann noch nicht schlafen. Irgendetwas treibt mich um. Vielleicht finde ich einen Nachtclub, in dem ich mich müde tanzen kann.
Sie ging die Straße auf der Suche nach einer Diskothek entlang. In der Ferne tanzten bunte Neonscheinwerfer. Sie wiesen den Weg zu einer Kellerbar. Die Stufen waren mit einem abgetretenen dunkelroten Teppich belegt; groovige Soul-Rhythmen eines Pianos und die mitreißende Stimme einer Sängerin drangen nach oben. Sie ging hinunter und warf sich in die Menge der Tanzenden.

Obwohl sie erst um 4 Uhr in die Pension zurückgekehrt war, wachte sie bereits kurz nach Sonnenaufgang auf. Statt zu frühstücken trank sie nur eine Tasse Kaffee und nahm ein Taxi zum Mossad-Gebäude.
Als sie beim Pförtner einen Termin bei Zavi verlangte, sah er sie bestürzt an: „Er ist heute Nacht ins Krankenhaus eingeliefert worden und vor zwei Stunden verstorben. Es tut uns allen leid, dass dieser großartige Mann nicht mehr unter uns weilt. Ich glaube, ich kann nichts mehr für Sie tun, oder möchten Sie seinen Nachfolger sprechen?“
Golda schüttelte stumm den Kopf. Die Nachricht schockierte sie dermaßen, dass ihr die Worte fehlten. Sie drehte sich um und wanderte ziellos durch das Viertel. Dann rief sie eine Verwandte an, und bat sie, einige Tage bei ihr wohnen zu dürfen.
Zwei Wochen später erhielt sie die Vorladung eines Notars. Sie war die einzige in der Kanzlei, als er das Siegel des Umschlags erbrach und ihm zwei DIN-A4-Seiten entnahm. Er räusperte sich und las:

„Testament des Zavi Schneider

Hiermit erkläre ich, dass ich im Vollbesitz meiner geistigen Kräfte bin. Dieses Testament wurde vom Unterzeichner alleine und ohne Hilfe weiterer Personen abgefasst.
Ich erkläre hiermit, dass Golda Zweigelt, geboren am vierten Januar neunzehnhundertsiebenundsiebzig, mein gesamtes bewegliches und unbewegliches Vermögen erbt. Sämtliche Spar- und Bankguthaben sowie Aktien und Anteile an fünf Unternehmen gehen auf sie über. Das Erbe ist an folgende Bedingung geknüpft: Golda Zweigelt lässt sich mit meinem Samen künstlich befruchten und trägt das Kind aus. Während der Schwangerschaft und nach der Geburt muss sie nicht mehr arbeiten, da das Erbe ihr und unserem gemeinsamen Kind es erleichtern wird, die Herausforderungen der Zukunft zu meistern. Die Überwachung des Erbes und die Einhaltung meines Wunsches werden von Herrn Dr. Levi Goldberg überwacht. Sollte Frau Golda Zweigelt ablehnen, meinen Kinderwunsch zu erfüllen, wird ihr als Entschädigung für ihren Neffen Julian nur die Hälfte des Erbes ausgezahlt. Die andere Hälfte geht ans israelische Rote Kreuz.
Schade, Golda, dass wir uns nicht mehr sehen werden. Julians Tod nehme ich mir immer noch zu Herzen. Hätte ich besser aufgepasst, wäre die Sache nicht so ausgegangen.
Und: Tue immer das, was du für richtig erachtest.

Zavi Schneider

Tel Aviv, den 04.12.2016“

„Nehmen Sie das Erbe an, oder schlagen Sie es aus?“, wollte der Notar wissen und schaute sie über den Rand seiner Brille an.
„Ich nehme es an, etwas anderes kommt nicht in Frage.“
Sie unterschrieb die Annahmeerklärung und trat Zavi Schneiders Erbe an, wie er es in seinem Testament bestimmt hatte.

Vier Wochen später ließ sich Golda in einer Tel Aviver Spezial-Klinik mit Zavi Schneiders Samen befruchten. Drei Monate später wusste sie, dass sie einen Sohn gebären würde. Julian sollte er heißen.
An Krähe hatte sie einen Narren gefressen. Er ging ihr nicht aus dem Kopf. Warum, wollte sie sich nicht eingestehen. Wochenlang sträubte sie sich, dann gab sie ihrer Sehnsucht nach und wählte seine deutsche Telefonnummer. Krähe war so überrascht, dass er

ins Stottern geriet. Sie nahm ihm seine Befangenheit, indem sie sich nach dem Frankfurter Wetter erkundigte. Nach weiterem unverfänglichem Geplänkel über das gegenseitige Wohlbefinden gab sie ihrem Herzen einen Stoß: Sie lud ihn zu einem Besuch ein. Sie hatte nicht erwartet, dass sie mit ihrem Vorschlag offene Türen einrennen würde, denn er schlug liebend gerne ein. Bereits einen Monat später flog er nach Israel.

Sie verlebten vier verträumte Wochen. Ihr sich wölbender Bauch tat Krähes Liebe keinen Abbruch, im Gegenteil, er streichelte ihn oft und legte sein Ohr an ihn, ob von Julian bereits etwas zu hören sei. Jeder, dem das händchenhaltende Paar begegnete, erkannte sofort, wie verliebt es war. Sie sprachen viel über gemeinsame Interessen, aber eines ließen sie außen vor: Ihre beruflichen Tätigkeiten in Deutschland.

Am Tag der Abreise sagte Krähe: „Ich habe damals korrekt gehandelt. Die biometrische Gesichtserkennung weist noch heute Schwachstellen auf. Die Frau auf dem Film, die wir über das nagelneue System am ersten Tag haben laufen lassen, bist nicht du. Damit ist das Kapitel abgehandelt."

Golda umarmte ihn liebevoll, und sie küssten sich innig. Dann schmiegte sie den Kopf in seine Halsbeuge und flüsterte: „Ich möchte dich wiedersehen. Spätestens, wenn dein Flugzeug abhebt, werde ich dich vermissen. Wann kommst du wieder?"

„Ganz bald. Ich kann mir sogar vorstellen, hierher überzusiedeln. Mir gefallen nicht nur dein Land und seine Menschen, sondern … ich will mit dir leben."

Kardinal Schneider musste zur Besprechung mit seiner Heiligkeit. Sie verlief in zivilem Rahmen. Beide kirchlichen Würdenträger trugen Straßenkleidung.

Als sich der Kardinal gesetzt hatte, studierte der ranghöchste Kirchenvertreter immer noch Unterlagen vor ihm auf dem Tisch. Dann blickte er auf. Er redete erst gar nicht um den heißen Brei herum, sondern kam direkt zur Sache.

„Kardinal Schneider, Sie als derjenige, der sexuellen Missbrauch unser Mitarbeiter
aufdecken und verhindern sollte, gehören in dieselbe Täterkategorie. Mir sind Fotos zugespielt worden, auf denen Sie in eindeutigen Positionen zu sehen sind, und die an Widerwärtigkeiten nichts zu wünschen übriglassen. Mit welcher Unverfrorenheit haben Sie nur Ihr Amt missbraucht?"

„Ich möchte gerne wissen, wer sie Ihnen zugespielt hat, und … würde gerne einen Blick auf sie werfen, damit ich mich dazu … äußern kann, Eure … Heiligkeit.“ Schneider hatte Schnappatmung.
„Sie verkennen die Situation: Ich bestimme, was gemacht wird, und Sie bekommen unter mir kein Bein mehr auf den Boden. Ich enthebe Sie mit sofortiger Wirkung Ihres Amtes und versetze Sie als einfachen Mönch in ein Trappistenkloster in den Pyrenäen. Das dort herrschende Redeverbot wird Ihnen viel Gelegenheit zum Nachdenken über Ihre Schandtaten geben. Und bei der dort angesagten Feldarbeit und vegetarischen Kost werden Sie nicht in die Verlegenheit geraten, Fett anzusetzen. Sie sind doch immer so bemüht, mit Ihrem durchtrainierten Körper Eindruck zu schinden. Falls Sie es vergessen haben sollten, Eitelkeit ist eine der sieben Todsünden. Eine andere ist die Wollust.
Natürlich können Sie auch aus dem Kirchendienst ausscheiden, was ich vorziehe, denn mit einem so verkommenen Charakter wie Ihnen möchte ich die Kirche nicht weiter belasten.“
Schneider war wutentbrannt aufgesprungen, aber der Papst hatte bereits eine Klingel unter dem Tisch gedrückt. Drei Vatikanwachen stürmten in den Besprechungsraum und stürzten sich auf Schneider, der gerade ansetzte, den Papst körperlich anzugreifen. Unter lauten Flüchen wurde er in Handschellen aus dem Besprechungszimmer geführt. Leise schlossen sich hinter ihm die schweren Türen.
Auf dem Flur der päpstlichen Verwaltung kam ihnen Bruder Lucius entgegen. Der Kardinal blieb stehen und schleuderte ihm entgegen: „Ich wusste, dass Sie ein Schwein sind, Lucius. Durch mich sind Sie hochgekommen. Statt Dankbarkeit zu zeigen, haben Sie mich ans Messer geliefert. Sie hätten weiter Ihre Mordaufträge als Söldner abarbeiten sollen, statt sich hier als Gutmensch aufzuführen.“
„Herr Kardinal, ich habe in der Vergangenheit Fehler gemacht, aber nie Kinder missbraucht und ihre Seelen zerstört. Übrigens, ich bin gerade auf dem Weg, um meine Beförderung bei Seiner Heiligkeit abzuholen. Ich werde Ihren Stuhl besetzen. Leben Sie wohl, Herr Kardinal! Als Ihr Nachfolger behalte ich Sie im Auge, das verspreche ich Ihnen.“
Bruder Lucius klopfte an die großen, mit zahlreichen Verzierungen versehenen Eichentüren. Der Papst bat ihn herein.

Acht Wochen später wurde unter dem Eisernen Steg, einer historischen Fußgängerbrücke in Frankfurt, die Leiche eines Unbekannten aus dem Main gefischt. Eine Rekonstruktion der Frankfurter Kriminalpolizei in Zusammenarbeit mit dem Institut für Rechtsmedizin der Johann Wolfgang Goethe-Universität ergab, dass es sich um Ex-Kardinal Schneider handelte. Als Todesursache wurde Herzinfarkt diagnostiziert.
Wie die Kripo Zeugenaussagen entnehmen konnte, wurde der Kardinal nackt aus einem Bordell in der Moselstraße getragen und auf dem Gehsteig abgelegt. Die Gesichter der Männer, die ihn raustrugen, konnte man nicht erkennen; sie trugen Sturmmasken.
Videoaufnahmen zeigten einen Wagen, der vorfuhr, und zwei Männer, die den Toten in den Kofferraum luden. Auch sie trugen Sturmmasken, also auch nicht identifizierbar. Offenbar wurde er an das Mainufer gefahren und in den Main geworfen.
Im Präsidium warf Hauptkommissar Krähe die Frage auf, wer ein Interesse daran haben konnte, dass der Tote schnellstmöglich verschwand. Die Aktion müsste doch von langer Hand geplant gewesen sein, denn die Nummernschilder des Autos waren abmontiert, wie auf dem Video zu sehen war.
„Ganz schön mysteriös“, sagte Krähe und schüttelte den Kopf.

Die höchste Instanz des Frankfurter Polizeipräsidiums mahnte zu absoluter Diskretion im Umgang mit der Presse über den Toten.